山西省宣传文化系统

『四个一批』人才培养资助项目

风住尘香

江雪◎著

山西出版传媒集团

山西人民出版社

图书在版编目（CIP）数据

风住尘香 / 江雪著 . —太原：山西人民出版社，
2022.1

ISBN 978-7-203-12025-4

Ⅰ.①风… Ⅱ.①江… Ⅲ.①散文集—中国—当代
Ⅳ.① I267

中国版本图书馆 CIP 数据核字（2022）第 003558 号

风住尘香

FENG ZHU CHEN XIANG

著　者：	江　雪	
责任编辑：	陈俞江	
复　审：	傅晓红	
终　审：	梁晋华	
装帧设计：	芦文秀	

出 版 者：山西出版传媒集团·山西人民出版社
地　　址：太原市建设南路 21 号
邮　　编：030012
发行营销：0351—4922220　4955996　4956039　4922127（传真）
天猫官网：http://sxrmcbs.tmall.com　　　电话：0351-4922159
E - mail：sxskcb@163.com　发行部
　　　　　sxskcb@126.com　总编室
网　　址：www.sxskcb.com

经 销 者：山西出版传媒集团·山西人民出版社
承 印 厂：涿州军迪印刷有限公司

开　本：787mm×1092mm　　1/16
印　张：26
字　数：368 千字
版　次：2022 年 1 月　第 1 版
印　次：2022 年 1 月　第 1 次印刷
书　号：ISBN 978-7-203-12025-4
定　价：88.00 元

如有印装质量问题请与本社联系调换

青羊月（自序）

夜色下的小城，霓虹闪烁，车来车往。

从 1529 到 2021 年，这座小城，已经走过 492 个春秋了！

有很多天，我沉浸在小城建县之初的情景。此时此刻，我有些难以相信，如此祥和宁静的小城，四百多年前，怎会是一个好汉云集、令朝廷震动的"瓦岗寨"！

那时，这里只是一个小小的山村。因是青羊里治和青羊驿站驻所，似乎，又比深山中别的村庄多一点与众不同。村庄北面的山叫青羊山，山上有一座青羊庙。有庙的地方当有百姓，有百姓的地方就有庙宇。庙宇是寄放百姓无奈诉求的地方。南边的山原叫南山，明嘉靖八年之后改名彩凤山。两座山的名字充满了吉祥意象，满载朴素希望。但事实上，这里土瘠民贫，千年鸿蒙似未开辟，并不似大山的名字那般美好。

但这个小小的"青羊"之名偏偏出现在了五百年前的明史中，与之结伴而行的是两个不祥的字："之乱"。四个字连起来，让人惊心动魄——那是一场啸众山林的大聚会，是一场悲壮的血雨腥风！

王侯将相，宁有种乎？陈胜、吴广的呼号之声为群雄起义定下一个为江山社稷而战的基调。后世有名的农民起义多为江山而战，但大多最终败北。"青羊之乱"并没有这样宏阔豪迈的理想，如小说《青羊血》所言，"青羊之乱"不过因粮而起，为粮而战。那群"好汉"啸聚十数年，打家劫舍，却始终未立年号，也未曾立国。说到底，他们的目的不过是对生存条件的基本诉求。最后，那个被割了九百多刀气息奄奄的人，留给这个世界最后一句无助的呐喊是："粮、粮啊！"

天和地都听到了！不知道行刑那天，天和地是否流泪了？哪怕一场冬雪随之飘零也好啊！青羊山的小庙里，不知享受着百姓世代香火的菩萨是不是也听到了"青羊之乱"首领陈卿的呼喊？

无论如何，那个叫陈卿的汉子用一副血肉之躯，用"罪大恶极"的"强盗"之名，终于赢得大明朝廷对"青羊"这个地方的关注。陈卿死得值啊！他虽然没能像振臂一呼的李渊，斩木揭竿之后创建一个盛极一时的帝国，带着千年辉煌穿透历史，最起码，"青羊之乱"带给了这片古老而贫瘠的山地一个新生的机会。

嘉靖七年，即公元1528年的农历十一月，身着大红官服的钦差大臣、大明兵科都给事中夏言踏上了这片山地。那天，北风呼啸，冬雪飘飘。凛冽寒风中，这个来自南国的明臣没有躲在暖阁中凭地方臣子的报告断言"青羊之乱"后的是非功过，而是亲自勘验了"青羊之乱"首领陈卿的根据地如谷堆地、石埠头，勘验了各路兵马进军路线如王陡崖、洪梯，最后，他来到了青羊村。

夏言到青羊村那天是农历闰十二月十二。

我常想，那位奉皇命而来的钦差大臣夏言，他冷峻的目光看到了什么？

当时，青羊山地是怎样一番情景？其状之惨、之悲，读一读夏言写下的《奉敕查勘青羊山平贼功次疏》中所记战况，后背阵阵发凉。

斩获多少首级，割多少耳记，夺多少马匹头畜……一组组数据对征战者是赫赫战功，对平顺这片土地，却是毁灭血肉生灵的血淋淋记录。人，被杀或被擒；家园，被焚毁；粮食、牲畜，被官府所夺……浩劫之后满目疮痍的青羊山地可谓生灵流离失所，野火遍野，炊烟几绝，生无所依。险峻挺拔的大山之内，破烂不堪、倾倒残垣的石屋难避风雨；"石崖攀天，仄蹬千回，仰瞻失明，俯临蔽霾……观者骇魄，行子心摧"的古老梯道鸟难逾越；无辜山民眼噙无助、绝望、仇恨之泪，叫天不应，喊地无门……

修身齐家治国平天下，这是封建士大夫普通、朴素的价值观。我相信，那一刻，夏言的心一定被某种情怀击中而隐痛不已，否则，他不会拿出四千多两银子抚恤、赈济流民百姓。

嘉靖八年正月二十八，住在潞州的夏言连上两疏：《改建潞州府治及添设兵备宪臣疏》和《开设县治巡司关堡抚恤降民事宜疏》，提出要割潞城、壶关、黎城共三十一里，在青羊村建县城："惟是立县，则有官府举法度以制奸豪，有师儒典礼义以化盲瞽。"

夏言从青羊村走过，从大明走过，从历史中走过，他的一道疏文留给这片山地一座县城："惟是青羊村风气开豁，山溪萦带。盖太山之脚随水东出，去而复回，顺势成逆，结成堂局；水从右而左，缠玄武者二十余里。案山列如屏障，兼主山秀，特蜿蜒顿伏藏风聚气，可以扦立县治，生养民物。东达林县西直潞州，南可以控制谷堆地、虎窑、西湾之要害，北可以通黎城、壶关之通衢，得形势之便利，据险害之腹心，四达之道里适均，经商之往来称便。"

夏言在奏疏中阐述了建立平顺县的必要性。

那年的嘉靖皇帝朱厚熜22岁。15岁登基的嘉靖皇帝，一开始的政治统治还算清明，能听人臣之善言，史称其"革除先朝蠹政，朝政为之一新"，甚至创建了"嘉靖中兴"的局面。查看明史可知，嘉靖后期，毒杀大臣无数，人人自危之下，安敢仗义执言？

谏臣敢言，君王善纳，夏言所奏疏文皆准。青羊山虽经历了一场屠戮暴虐，但平顺建县自此拉开帷幕。

一路勘验，夏言对这块山地早已了然于胸。这片本来贫瘠的土地，经过如此烧杀掠夺的劫难，到处生灵涂炭，哪里有钱建县？夏言那次执行皇命，向朝廷要来由他支配的赈济银一万五千两，除了一路赈济用去的四千两零五钱，还有一百二十两用于起盖关门（玉峡关和虹梯关），剩下的一万八百七十九两五钱全部用作设平顺县之费。

嘉靖八年春天，夏言办结差事回京。回首遥望太行山，他牵挂的一定有大山中那座被取名为"平顺"的县城。从35岁中举，到66岁被斩杀闹市，建立平顺县，无疑是他为官三十多年的一份不能忘却的荣光。他曾写下一首《桂洲漫笔》："二月过山城，高垣碧草生。野耕方骏发，盗鼓罢长鸣。圣主思恭默，苍生喜太平。寄言肉食者，仓卒莫论兵。"夏言的眼里，一座新生的县城在春天生机勃勃、满眼葱绿。关于这首诗何时所写是一个谜：夏言离开时，平顺县城尚未开建（纵然开始修建，也不可能立即有高垣城墙）；回京之后的夏言，作为倍受皇帝宠幸的京官重臣，再到平顺一次，机会可谓渺茫，那么，他的眼里怎么会出现平顺那么安静祥和的太平景象呢？

也许，那座秀美的山城是夏言理想之国的一个梦！

492年，大明、大清、民国到新中国，近五百多年的贫苦挣扎，新中国用70年，改变了旧河山！

今夜，我站在平顺的街头，站在一片流光闪烁中，站在那位封建王朝臣子所希望的理想世界中，再一次想起夏言奏折上的一个词："生养民物"。这片土地如今物饶民安、宁静祥和，是不是恰是他492年前建县时所殷切希冀的景象？

近五百年后，我以客居之身来到这片土地。尤其，近年来的工作让我不得不扑下身子融入这片土地。这片土地遥远的故事扑面而来。我用颤抖的手抚摸往昔，于是我看到孙渤、李晏、元好问、夏言、靳会昌、石璜等人向我走来……

一轮明月照古今。

掬水月在手。这一夜，我站在青羊山下，捧起的，是一轮辉映千家万户的青羊月、清明月！

目　录

龙门寺：遥远的禅影

中华唯一一处集五代、金、宋、元、明、清六朝木结构建筑于一处的千年古刹龙门寺，素有"八宝龙门寺"之称。龙门八宝分别为：龙门山前有龙门，宝石油灯昼夜明。金鸡报晓钟声响，幡杆预卜天阴晴。五檀闹槐映日红，菩萨含笑迎嘉宾。龙嘴吐水注清泉，透明碑前正衣冠。

六朝古建龙门寺

笔者在六朝古建龙门寺走访

最后一宝透明碑刻于明成化十五年（1479年），记载了大宋太祖皇帝赵匡胤建隆元年（960年）敕名重修龙门寺的经过。因碑平如镜，来人入寺之前，为表对佛祖尊敬，通常会在此对碑整理衣冠，因而被称为"透明碑"。五百多年过去，碑上许多字迹模糊，但有一句话尚依稀可辨："是时有僧法聪者，南阳新野内史陆机之兄，出尘纳戒……入五台山□礼圣迹，回还及此……"

碑文所提这位陆机，会是西晋文学家、政治家陆机吗？如果是，法聪和尚怎么会来到太行山，为什么要在这里出家为僧……

1

那一幕，也许是后人强加给你的。

那年，是公元303年。在距离古上党不远的邺城，你的弟弟陆机、陆云、陆耽，侄儿陆蔚、陆夏被五花大绑推出辕门外。

尽管你的兄弟陆机从兵败那日已想到会有一死，他仰望苍天，还是绝望如离雁悲鸣：华亭的鹤鸣声，哪能再听到呢？

鲜血四溅。那是一个家族三世的血液，浓稠、鲜红，从遥远的邺城一直流遍中原、流到西晋帝国土地上每一个角落，流到许多流着眼泪的悲愤者的眼里，流到中华厚重的典籍中，将那段历史浸透得悲凉而殷红。

那天，大雾弥合，大风折树，平地积雪一尺多厚。

43 岁的陆机身首两处。他的头颅被砍断，但他的才华没有被砍断。他留给后人的不仅是跨越千年的嗟叹，还有 105 首诗、27 首赋，而章草作品《平复帖》为中国古代最早的名人法书真迹，历史上第一件流传有序的法帖墨迹，享有"法帖之祖"之美誉，被评为九大"镇国之宝"……

那天，传说你正行走在从五台山到太行山的路上。肆虐的大风狂撩着你破旧的僧袍，你脚步踉跄，心思纷乱。你也说不清什么缘由，反正你一直想哭。你甚至看到，冰冻的漳河里，层冰下如泣如诉的河水一片血色。

你与弟弟们一别多久了？千里江山，千里烟波。多少日夜，你只能在心里为他们祈祝平安。

大哥陆晏，早已死于与晋国的交战；二哥陆景，死于晋吴之战，时年 31 岁。如今，你只有三个弟弟陆机、陆云和陆耽了！

生于帝王家是一种无奈，生于你这样的名门望族，何尝不是一种无奈！

好了，我们需要交代一下你的家世了。你的祖父，是孙吴丞相陆逊。历史送给陆逊的定位是三国时期吴国政治家、军事家。他一生出将入相，被赞为"社稷之臣"。关羽败走麦城乃至最后被斩杀，即陆逊及部下所为。后陆逊在夷陵之战中火烧连营、击败刘备，一战成名。孙权称帝后，拜他为丞相、荆州牧、右都护，总领三公事务，领武昌事。

你的父亲陆抗为陆逊次子，官至大司马、荆州牧。他一生忧国忧民，鞠躬尽瘁，被誉为吴国最后的名将。

你祖父的祖父陆纡，官至城门校尉；祖父的父亲陆骏，曾任九江（今安徽寿春东）都尉。

四代为将，陆家成为江东极其显赫的世族、望族。拥有这样的家世，无论谁都会骄傲的，只是，你的弟弟陆机和陆云更甚一些。陆机挥洒而就的《思亲赋》《述先赋》《祖德赋》，莫不透露着对祖辈、父辈的崇敬和仰慕，而陆云写下的《吴故丞相陆公诔》《祖考颂》也透露着浓厚的"父祖情结"。

而你，或者早已看透了刀光剑影背后的门阀之争，看淡了官场的尔虞我诈。

"生亦何惜，功名所叹"，你最终无法说服弟弟们，而弟弟们也无法说服你。公元289年，你眼睁睁看着28岁的陆机、26岁的陆云以及最小的弟弟陆耽怀揣着建功立业、光宗耀祖、克振家声的使命决绝而坚定地策马远去，那一刻，你低头轻轻吟诵了一句"阿弥陀佛"。

京洛多风尘，素衣化为缁。仕途——这条道路多么艰难，多么艰辛，多么艰险啊！那一刻，你所能做的唯有低头，低头祈求佛祖，保佑他们一路平安、一生平安。

2

中国有一个词叫"生不逢时"，用这个词来形容你兄弟生活的时代，恰如其分。

风流总被雨打风吹去，陆家也一样。如果孙吴不灭，封建王权时代，你们兄弟即使躺在父辈们的光荣业绩上，起码也能饱食终日。你的弟弟陆机和陆云不是喜欢诗词嘛，尽可以游山玩水、挥毫泼墨。如果有战事，还可以领兵打打仗，甚或会很顺利地参掌军国大政。

可世间并没有什么真正的岁月静好。你们的父亲陆抗死后不久，晋太康元年（280年），吴国被西晋所灭。

国破山河在。但国破之后，那片土地上的臣民是卑贱的、悲哀的。自东汉末年军阀混战、孙策入主江东，南北分裂达八十多年，南北士人间的对立情绪非常严重。西晋统一三国之后，北人鄙视南人为"亡国之余"。尽管晋武帝诏令"吴之旧望，随才擢叙"，这样的诏令实际上多是表面文章。

风雨飘摇中,江南豪杰只好隐而不仕。你的兄弟陆机此时也不得不退居故里,闭门勤学,忍辱负重过了十年。

你们兄弟共六个,你上有兄长陆晏、陆景,下有弟弟陆机、陆云、陆耽。在厚重的历史中可以查到,你的兄弟陆晏、陆景、陆机、陆耽均曾任具体官职,只有陆玄,也就是你,史书中对你的介绍只有"陆抗死后领其部曲"这样几个字。其实,你的父亲陆抗死后,你们兄弟几人都曾领过父亲的军队,时间是从274年到吴国灭亡280年之间。

公元303年,你的兄弟陆机一族被杀的名单里,并没有你——陆玄的名字。那么你去了哪里?

那个陆玄,是否就是你,后来龙门寺的创始人法聪和尚?当吴国豪杰归隐不出时,你冷眼看透一切,毅然选择淡出红尘?

然而,归隐,只是极少数人的愿望,对于大部分南人士子而言,接受儒家教育多年,读书就是为了"治国平天下"。安邦定国的理想,不入仕途如何实现?尤其你的兄弟陆机,他怎么可能忍气吞声、沉默无名地让显赫的家族在他们这一辈人手里黯淡无光、归于尘埃?你的弟弟们不甘心,苦闷着,也愤怒着。

就在这时,西晋朝廷似乎良心发现,对南人入仕勉勉强强推开一道门缝。太康九年(288年),武帝诏令"内外群官举清能,拔寒素"。这道诏令如一道清新曙光照进了你的兄弟们的心里。兄弟三人喜出望外,压抑了十年的他们终于等到一个可以入仕的机会,他们当然义无反顾、迫不及待直奔洛阳。

他们以为他们是为实现人生梦想弘扬祖业而去,事实上,他们人生的悲剧就此拉开。

这一切,或者你早已预感到了吧?

风华正茂且有家世与文名,使你的弟弟陆机、陆云很快成为江东士人的杰出代表。一到洛阳,兄弟二人就与顾荣一起被并称"洛阳三俊",与贾谧等结为"金谷二十四友",以"少有奇才,文章冠世"的才华使西晋文坛刮起"太康诗风",他们与潘岳还有"潘江陆海"之称,被誉为"太康之英"。后人看到如此光华四射的美誉,一定以为他们是成功的。事实上,他们努力挣扎,努力表现,却始终没有摆脱身上背负的沉重枷锁:南人。

人性潜藏最深的恶品性之一,是成见。带着成见,无论你看什么,对方都不会白是白,黑是黑。成见如慢性毒药,用成见杀人,可以杀人于无形。这武器,每个人都有。只不过,有些人的成见因他人微言轻,毒力不够,无法致人死命;而有些人,位高权重,他杀一个人,往往只需一句话。

在洛阳,才华横溢的你的陆机兄弟们几乎成了战胜者西晋权贵的笑柄。无论他们怎么优秀,对于自认为正宗华夏后裔的北人而言,他们都是"远人""亡国之余"。你的弟弟二陆入洛后,一度为大诗人张华所重。陆机问张华应该拜访洛阳哪些名流,张华推荐了刘道公。陆家兄弟前往拜访,孰料刘开口第一句话是:"听说江东出产一种长柄的葫芦,不知卿此次可曾带得种来呢?"刘直指他们南人身份,兄弟俩羞愧无言。

朝臣卢志曾当众问陆机:"你同陆逊和陆抗是什么关系?"陆机回答:"正如你和卢毓、卢珽(卢志的祖父、父亲)的关系。"难怪陆机反唇相讥,因为当时,没有人不知道你们大名鼎鼎的祖父陆逊、父亲陆抗。卢志这样问,无非是想羞辱你的弟弟们,不管陆逊、陆抗功绩多高,他的国家还是灭亡了。你兄弟陆机的反击导致他与卢志结下梁子,以致后来卢志极力陷害他们兄弟。

永康元年(300年),赵王司马伦发动政变后,你弟陆机被聘请为相国司马伦的参军,后又任命他为中书郎。永宁元年(301年),"三王"(齐王司马冏、河间王司马颙、成都王司马颖)诛杀篡位的司马伦,齐王司马冏将陆机收捕并交付廷尉治罪。幸亏成都王司马颖、吴王司马晏一齐救援,你弟陆机才得以减免死刑,改为流放边地。又恰好遇到朝廷大赦,他才幸而没到流放之地度过余年。

如果此时陆机能认识到仕途凶险,弃官回归,也不至于三年后即遭诛杀。当时,与你弟陆机交好的江南名士顾荣、戴渊等都劝他回归江南,但陆机仗着才能声望，又志在匡正世难，怎么可能放弃多年梦想！

你弟弟多天真啊，他看到，成都王司马颖推让功劳而不自居，且慰劳下士，颇得人心，加上他曾经设法援救过他，这使他觉得，司马颖这样的才德，必定能使晋室兴隆，于是他开始忠心耿耿追随他。凭良心说，一开始，司马颖对陆氏兄弟还是倚重的，他让陆机参大将军军事，还担任了平原内史。

太安二年（303年），司马颖与河间王司马颙起兵讨伐长沙王司马乂，考虑到你家曾两代统兵，司马颖把领兵大权交给了陆机，让他代理后将军、河北大都督，率领北中郎将王粹、冠军将军牵秀等各军共二十多万人。

陆家三代为将，其实为道家所忌；外加客居他乡做官，位居群士之上，北人之将王粹、牵秀等怎能不生怨恨？你弟弟陆机其实也明白"强龙不压地头蛇"的道理，所以一开始请求辞去都督之职，但司马颖不同意。

这时候，你们的同乡孙惠也劝陆机把都督之职让给王粹，不料这时你弟陆机偏偏文人性起，执拗地说："你是说我应该示弱来躲避这些人吗？只怕那样反而会招致灾祸！"他不信那个邪，于是干脆就任。此时的陆机还没有意识到危险即将到来，他甚至还以为建功立业、光耀门楣的机会真的来了！

看到陆机意气风发，司马颖曾对陆机说："如果事情成功，我封你为郡公，任台司之职，将军你可要努力啊！"陆机说："从前，齐桓公因信任管夷吾而建立九合诸侯之功，燕惠王因怀疑乐毅而失去将要成功之业，今天的事，在您不在我啊！"

言者无意，听者有心。此时正担任司马颖左长史的卢志本来内心正恨陆机恨得牙根痒痒，怎能不适时陷害？他立即向司马颖进言说："陆机自比管子、乐毅，把您比作昏君，自古以来命将派兵，没有臣子欺凌国君而可以成事的。"那一刻，司马颖尽管什么也没说，但他的心里一定涟漪波动。

陆机领军，北人诸将屈居南人之下，心高气傲的北人贵族认为这对他们是一种侮辱。陆机领军，其实是把自己置于了万劫不复之地。

我也是北人。这里的北人我并不是泛指北方之人，而是指有这样"北方心理"之人。假如有甲乙丙三个同学，甲原来是地位最低下的奴仆，乙是官宦世家少爷，而甲原来是伺候少爷乙的，丙为富庶人家的公子，如果甲有一天官职高于乙，且不说乙的心情如何，就是丙也接受不了！

我们仇视的往往不是原本比自己强大的人，而是比自己弱小的人。如果弱小者一旦超过你这个中间者，你的心理就会失衡，无形中就会鄙夷地问几个"他凭什么！"

读古鉴今，多少此类事例啊。北大毕业之后留校的心理学教授、李大钊的得意门生、曾领导一二·九学生运动、平顺县漳河抗日游击队长岳增瑜，只因父亲岳树芳昔日为平顺密峪村白家长工，当这只昔日落魄的鸡摇身变凤凰，当他的成就远超昔日主家白家，他的悲剧便注定了。岳增瑜最终在白家的推波助澜之下，出师未捷被"自己人"所杀，何其冤枉！

我们继续我们的故事。宦官孟玖和他的弟弟孟超均为成都王司马颖宠信之臣。尚未开战，孟超即放纵士兵掳掠，陆机执行军法逮捕主凶，孟超带铁骑百余径直到陆机麾下抢人，并鄙夷地对他说："貉奴（北人对南人的蔑称）能作都督吗？"不仅如此，鹿苑交战，孟超不受陆机指挥，擅自率兵独自进军，最终导致全军覆没。

北方贵族牵秀等北人将领终于找到了诛杀陆机的借口。先是宦官孟玖怀疑是陆机用计杀了他的弟弟孟超，于是向司马颖进谗言，说陆机有异志；接着，将军王阐、郝昌、公师藩等被孟玖利用，与牵秀等共同证明陆机有反叛之心，而卢志等也在暗中进谗，最终"证成其罪"。好了，现在司马颖觉得老账新账该一起算了，他没有追责孟超"不受机节督，轻兵独军"擅自军事行动之罪，反而以陆机怀有异志，"持两端，军不速决"之罪下令夷灭陆机三族。

直至被押刑场，你弟弟陆机才明白，于家乡的松江之上，泡一壶茶，听一听华亭的鹤鸣，这样的人生，该多好！

陆机兄弟丧命北土，寒了多少南士之心。如此优秀之人，尚且不能保全自己性命，北国的土地上，哪里还有他们的容身之地？此后，顾荣、张翰等南士相继返归江东故土。西晋南士入北求仕的活动就此结束。

3

北国的风多么凛冽啊！北国的雪漫天飞舞。当你的弟弟陆机、陆云、陆耽一家的鲜血泼溅到漳河水两岸，泼溅到滚滚黄河两岸，泼溅到长江两岸，手足断裂的疼让你终于明白，为什么你的眼里，漳河流淌的会是殷红的鲜血！

你扑倒在风雪中，扑倒在太行山上。也许，那次云游后，你原本计划去看望弟弟们的，看看他们作文拿笔的手挥舞刀剑，是不是已经厚茧在手？吴国流泉软水浸润出的俊秀的脸，是不是布满征战的风霜？

你任泪水长流，你任风雪覆身。那一刻，或者，你只想化作一粒尘埃融于天地！但你毕竟读过了无数经书，缘起性空，空性不生不灭不垢不净不增不减，当泪水流干，你明白，至此，这尘世，你当真了无牵挂了。没有人知道你从何而来，没有人知道你去向何方，你心里的柔弱和温度只向苍生。

从此，你成了和尚"法聪"，你的脸上再无疼痛的悲欢。

从此，你的脚步停滞太行山，给太行山留下一个神话，而你的身影化作了一座千年古刹。

透明碑《敕赐龙门山惠日院重修碑记》记载："考诸断碑，厥初创建北齐文宣帝武定年间，实梁武第二主简文帝末年也，是时有僧法聪者，南阳新野内史陆机之兄，出尘纳戒……入五台山□礼圣迹，回还及此……文宣帝诏见大喜，遂敕修寺，额曰法华。其弭虎灾、祈沛泽，具出神僧传焉。"

明万历《潞安府志》卷十四记载："法聪，陆机之兄。出尘纳戒，隐居龙门山，坐雪诵经，善弭虎害，祈雨泽，人呼为神僧。北齐文帝召见，与语悦甚，敕建寺法华，宋更其额曰龙门。今属平顺。"

法聪大师，你这位龙门寺的创始人，就这样给龙门寺这座千年古刹带来了一抹神秘的佛教圣光。据说你静卧龙门山雪松之下炼左拇指禅，涌法华不计其数，指忽重生。你能制服老虎，还能祈来甘霖。你的名气如日中天，所以你得到了北齐文宣皇帝的召见，两人相谈甚欢，于是文宣帝敕建寺院，赐名法华寺。

殊路难同归。一心光耀门庭的弟弟陆机"魂断蓝桥"，而你，无心插柳柳成荫，淡泊名利却终成一代大师，将一个名字永远留在了龙门寺。

无论史书还是碑刻，对于法聪和尚而言，都是奢侈的。很多股肱大臣留给史书的，也不过寥寥数字，而你，却洋洋洒洒留下了一段来历。

尽管如此，在那些残破的断碑中，隔着千年风雨，我始终没能看清你法聪大师的脸。

陆机，生活在公元三世纪的西晋时期，如按照龙门寺建寺时间推断，那个叫法聪的高僧，生活在公元5世纪，中间相隔两百多年时光，历史的焦点怎会汇集到一个人的身上？

康熙版《平顺县志》卷6仙释条款记载："法聪，北齐南阳内史陆机之兄"，而陆机历任太傅祭酒、吴国郎中令、著作郎等职，后追随成都王司马颖，职务为平原内史，世称陆平原。这个"平原内史"陆机与龙门寺记载的北齐"南阳内史"陆机可是一人？如果是同一人，为什么会出现"平原"与"南阳"之别？如果不是同一个人，今天河南南阳的历史名人中，为什么找不到一个叫"陆机"的人？如果有，那么，何以介绍你法聪和尚，却非要拖一个默默无名的"南阳内史陆机"来增加你法聪的光环？

成都王司马颖是河南温县（今焦作）人，镇邺城（河北省临漳县附近），也就是说，他的势力范围在邺城；那么，陆机担任的平原内史，也应该在这里，而此地距离龙门寺不过一百多公里。

龙门寺碑刻及《潞安府志》记载，法聪之弟陆机任南阳新野内史。这两个陆机的官职是一样的，但做官的地方却不同，一个是南阳新野内史，一个是平原内史。南阳新野虽也在河南境内，但距离邺城近五百公里。

《晋书》记载的内史官职中有平原内史，却无南阳新野内史；而到南北朝时期，太和十八年（494年），孝文帝进行汉化改制，创建开国五等爵，王国的行政长官称内史，其他封国的行政长官称相，其中并没有南阳内史。到北周时，废国存郡，作为王国官吏的内史一职随之取缔，后世不再复置。也就是说，北齐时期，南阳内史这个职务根本不存在。

那么，是有人故意把法聪和尚创立龙门寺的时间来了一个乾坤大挪移，将陆机为官的地点也来了一个偷梁换柱吗？如果是，这样做，是想隐藏什么？

如是以讹传讹，历经千年时光，早该有人发现此中端倪。为什么一代一代，还要继续以讹传讹？

陆机之冤，世人皆知。唐太宗李世民如此评价：夫贤之立身，以功名为本；士之居世，以富贵为先。然则荣利人之所贪，祸辱人之所恶，故居安保名，则君子处焉；冒危履贵，则哲士去焉……上蔡之犬，不诫于前，华亭之鹤，方悔于后。卒令覆宗绝祀，良可悲夫！

莫非，陆机被杀的二百多年后，古老的邺城乃至漳河岸畔的人们仍旧在念念不忘那个临终回首望着家乡、渴望听到鹤鸣耳畔的俊士，把他的故事强加上了一个神秘的佛教大师身上以传后世？

千古谜题！

如果法聪和尚与西晋大文豪陆机果然是兄弟，他们的命运真的令人感慨不已。一个渴望走向仕途，一个选择归隐山川；一个被夷三族，一个安然圆寂。陆机、法聪，其实，无论他们是谁，有怎样的联系，当我们隔着千年时光触摸远去的故事时，给我们心灵带来赫然一击的，是不可捉摸的人生方向。

前路漫漫，谁的年轻不迷茫？

我仿佛看到《红楼梦》中一个癞头和尚、一个跛足道人向我们走来。他们在"正统世界"者的眼里是多么不正常、不协调："那僧则癞头跣足，那道则跛足蓬头"，似乎，他们比东奔西走的我们要可怜得多、不幸得多。事实上，你放眼去看，呼啦啦如大厦倾的宫阙万间下，覆盖着多少人间悲剧！倒不如癞头和尚，无官一身轻，世事不牵绊，他们自由地行走，自由地歌唱，将那曲《好了歌》诵经一般传播给人世间：世人都晓神仙好，唯有功名忘不了！古今将相在何方？荒冢一堆草没了……

遗憾的是，我们听着，也一代代执着地演绎着。

悲欢人生，周而复始。

补记

此文完成一年后，意外从网络上看到了一篇《龙门寺创寺历史及僧人考证》的文章。文章认为，根据唐《续高僧传》《法苑珠林》中所记释法聪事迹来看，释法聪仅在年轻时游历嵩岳，他主要修行经历均在南方，且卒于梁太清年间（547—549 年），不可能创建龙门寺。说龙门寺为法聪和尚所建为后人附会。

认为龙门寺为法聪和尚所建的碑文，有勒刻于宋政和二年（1112 年）的《大宋隆德府黎城县天台山惠日禅院住持赐紫沙门思吴预修塔铭》，明成化十五年（1479 年）《敕赐龙门山惠日院重修碑记》碑、《重修惠日院记》碑、明嘉靖三十九年（1560 年）《重建千佛阁碑记》碑，另外，清乾隆《潞安府志·寺观》也沿袭此说。

那么，龙门寺所记载的法聪和尚是谁呢？此文的作者研究，龙门寺法聪和尚事迹与《宋高僧传》所记"唐吴郡嘉兴法空王寺元慧传"非常相似。

《宋高僧传》所记《唐吴郡嘉兴法空王寺元慧传》原文如下：

释元慧，俗姓陆氏，晋平原内史机之裔孙也……以开成二年辞亲，于法空王寺依清进为弟子。会昌元年，往恒阳纳戒法，方习毗尼。入礼五台，仍观众瑞。二年，归宁嘉禾，居建兴寺，立志持三白法，讽诵《五部曼拏罗》，于臂上蒸香炷。五年，例遭澄汰，权隐白衣。大中初，还入法门。至七年，重建法空王寺。又然香于臂，供养报恩山佛牙。次往天台山，度石桥，利有攸往，略无忧虞焉。咸通中，随送佛中指骨舍利，往凤翔重真寺。炼左拇指，口诵《法华经》，其指不逾数月复生如故。乾宁三年，偶云乖愆，九月二十八日，归寂于尊胜院，报龄七十八，僧腊五十八。弟子端肃等奉神座葬之于吴会之间，谓为三白和尚焉。其礼拜诵持，不胜其计，如别录也。

何谓三白，通曰："事理二种。一白饭、白水、白盐，事也。二身不偏触，口诵真经，意不妄缘。此三明白，非黑业也。故享此名欤。"

此文说陆机后裔元慧，曾在五台山练"三白法"，炼左拇指，诵法华经，这些与龙门寺碑所言一致，所以专家推测，龙门寺所言创寺僧人实应为唐僧元慧（819—896 年）事迹。但元慧先后历吴郡、五台、凤翔，并未来过上党。

传说中的法聪和尚为"南阳新野内史陆机之兄，出尘纳戒，立志三白……"与"释元慧，俗姓陆氏，晋平原内史机之裔孙也"，虽然一脉相传，但毕竟隔了两代人。

如果龙门寺法聪和尚不是《续高僧传》《法苑珠林》中所记释法聪，那么龙门寺那位建寺的僧人又会是谁呢？

不管是谁，龙门寺却是真的很古老了。2012 年，天津大学辽代建筑课题组在龙门寺西配殿东北角柱头栌斗上取得样品，其碳 –14 测年结果最大置信区间在 533—575 年间，包含武定八年，即公元 550 年。这至少可以证实栌斗木料的采伐年代在这一区间。

遥想十六国时期，龙门寺附近的石城已是兵家贮兵之所。也许公元550 年，这里已然建起庙宇并不足为奇。

至于那个建立龙门寺的僧人，他留给我们的始终是一个遥远的扑朔迷离的背影。

淳化寺：大定九年那次春游

1

那块碑，静静地镶在淳化寺仅存的弥勒殿的后墙角落里。它对今天需要关注一下它的人而言，最大的价值，是探寻这座古老殿宇年岁的佐证。

碑文的主要内容是两首诗，刻在一块长120厘米的青石卧碑上。除了两首诗外，碑的右侧还刻有修葺淳化寺法堂的经过和原因。此碑布局不多见，两首诗在石碑左侧一个双线框内，右侧另起一个小框，略低于左侧框，写了淳化寺修葺一事，字迹也比两首诗小很多。最右边还空着约一尺多的距离。

真不知道当时此碑的镌刻者石匠王才刊是怎么设定此碑格式的。古碑通常刻写方式采用由右向左，但此碑都是从中间近三分之二处分开，左侧框内的两首诗行文由右向左，右边小框行文却是由左向右。这还不是最奇怪的。王才刊似乎在刻写右边修葺淳化寺的过程一事时并没有打底稿，而是直接把文字刻到石碑上，否则，不会出现修葺一事内容字迹很小，以至于右边出现那么多留白。

两边碑文内容不同，字体不同，字迹大小也不同，却被雕刻在了一块石碑上。无论碑的布局还是字迹的随意，似乎都在说，当时淳化寺住持广妙和尚在立石时，对诗歌作者多少有那么一丝随意。

这块碑刻上留下了四个时间：第一个是第一首诗《路中即事》之后落款的"大定己丑三月晦日"；第二个是第二首诗《游龙门寺回投宿淳化寺》的落款为"大定己丑孟夏改朔"；第三个是修葺淳化寺中提到的大定六年五月一日；第四个大概这块石碑镌刻的时间，大定九年六月某日。

"大定"为金世宗所用唯一年号。公元1161年10月28日，金国东京留守完颜雍即皇帝位，改元大定，金世宗使用这个年号一共二十九年。"大定己丑年"即大定九年，为公元1169年；大定六年也即1166年。这些时间均说明，早在852年前的金代，淳化寺已经存在，并且历经风雨后需要修葺了。

淳化寺

淳化寺如今仅剩的弥勒殿，依据它的建筑结构，考古专家考证，属金代遗构。而这块碑，无可辩驳地成为淳化寺古朴、苍老的一个物证。

其实，这块碑并不仅仅是以一个时间符号而存在的，而是以一件往事而存在的。

852 年前的大定九年春夏之交，破败的淳化寺曾迎来春游的大金国黎城县令李晏。而这两首诗的作者正是黎城县令李晏。

古代诗人爱春游，若不是春游，唐代诗人崔护也不会给我们留下"人面不知何处去，桃花依旧笑春风"这样不朽的诗句。关于春游的古诗，历朝历代，纷纷如雪。我关注到这块碑，就因为上面的留诗。两首诗文采飞扬，气度不凡，透着一种淡淡的怀才不遇的忧伤，还有一抹难以述说的出世禅心。两首诗在八百多年后的时光里，一下击中了我的心。

我且把它们摘录过来先供读者品读。

路中即事

闻说龙门好，鞭羸岂惮行。

岩高飞鸟倦，路转好峰迎。

溪石那知数，山花不得名。

春风如有意，为我作新晴。

游龙门寺回投宿淳化寺

精蓝三日饱溪毛，俗累纷纷觉可逃。

探水寻源通月冷，披榛得路接云高。

山围故垒怀前古，河转孤岩激怒涛。

回首烟霞应笑我，人间官职信徒劳。

不得不说，千百年时光，陶渊明出仕归隐的理想影响了太多士子之心，让他们身在红尘，守着一方水土、一方百姓，甚至一方责任，却依旧向往红尘之外。在这首诗里，李晏直白地说："回首烟霞应笑我，人间官职信徒劳"。

蓦然回首，人生如梦，做官最终如烟霞缥缈，烟消云散，空自劳苦，白费心力。当时的李晏，他的悲愤与绿荫摇曳的时节是多么不匹配。

那么，这位李晏是谁？

《金史》留下了他的身影：李晏，字致美，自号游仙野人，泽州高平人。生于金太宗天会元年（1123年），卒于章宗承安二年（1197年）。皇统六年（1146年）登经义进士第，先担任临汾丞，之后调任辽阳推官。《金史》评价他"性警敏，倜傥尚气"。

李晏是高平人，距离我生活的古潞州并不远。一度，高平还属于晋东南地区，可谓与我同乡。后来我查知，他生活的村庄至今犹存，叫宰李村，位于高平河西镇。1988年出版的《高平县地名志》对宰李村的介绍，其中有一句"李文简公为宰"。《金史·李晏传》记载，李晏谥号文简，"李文简公为宰"，意思是这位李公曾担任宰相。宰李村村名由此而来。

宰相，一人之下万人之上。尽管历代宰相职权略有不同，但提及宰相，百姓都知道，这是一个很大的官了。无论戏曲舞台还是民间口口相传，宰相都是呼风唤雨的人物。

那么，这位李晏真担任过宰相吗？如果担任过宰相，到淳化寺时的李晏怎么会发出如此的感叹？

按照李晏的生卒年月推算，他到淳化寺时为46岁。从19岁考中进士，到大定九年，46岁依旧在做黎城县令，可见李晏施展才华的舞台并不理想。难怪那天，即使溪水潺潺，春光无限，游览之余，李晏还是忍不住仰天长叹。

2

那次出游，李晏并非独自出行。

距离淳化寺不过十多里外，有一座建于北齐天保年间的古老寺院——龙门寺。寺内的大雄宝殿建于北宋绍圣五年（1098年）。大雄宝殿东南角柱上刻有一段文字，内容为"予守官三季，每欲来游，以山路迂曲因循未能。今春偶被檄劝农，遂率邑中士人吴东美、王全一、路行甫、秦谦甫、李仲华、陈明叔、石信之同来，信宿而还。大定己丑四月改朔，邑令李晏致美题。"这道碑文与李晏淳化寺题诗《游龙门寺回投宿淳化寺》落款时间一致，为大定九年（1169 年）四月初一。这段文字告诉我们，李晏这次春游，至少有 7 位黎城县的读书人陪同，也许还有少许衙役。

李晏的这次出行是隆重的，也是简约的。一次等待了三年的出行，且终于抵达了他慕名已久的龙门寺，这次春游必是隆重的；但他并没有以官员身份而至，一路威风凛凛，而是带着几个读书人而来。可见在他内心，更喜欢与志同道合的人一同追求出游的兴致。

李晏留在龙门寺的碑刻虽然不过短短三句话，但包含了非常丰富的信息。这块碑文不仅提到了此次出行的目的、人员，还说明了他为官黎城的时间，住在龙门寺的时间。他在黎城当了三年县令，多次听说龙门寺，但因为道路崎岖，一直没能如愿前往。大定九年（1169 年）春天，恰逢朝廷下令让地方政府劝勉百姓重视和从事农业劳动，李晏终于有了一次到龙门寺的机会。于是他与县里七位读书人一起来到了龙门寺。"信宿而还"即连住了两夜后才回去，时间为大定九年四月初一。

那么，李晏此次出行的时间一共为几天？《游龙门寺回投宿淳化寺》第一句"精蓝三日饱溪毛"，说明他们一行人出行的时间为三天。李晏的《路中即事》写于"大定己丑三月晦日"。"晦日"指夏历（农历、阴历）每月的最后一天。三月为大月，那么，这天是农历三月三十日。

《路中即事》前面有题跋"游龙门寺，宋家庄阻雨，凌晨至羊羔（今阳高村）……"这说明，李晏一行是三月二十九日就出发的。在宋家庄，一行人被不期而遇的大雨阻拦。即使如此，稍等雨小，他们便快马加鞭冒雨赶路。凌晨到了羊羔村，风停雨住。看到天气放晴，李晏喜不自禁，于是写下了《路中即事》。"即事"即对眼前的事物、情景有所感触而创作。

《路中即事》洋溢着李晏对龙门寺浓厚的向往之情，此时李晏内心满是出游的兴奋。"听说龙门寺好，即使我的马瘦弱也要去看看。一路上山峰陡峭、峰回路转，小溪潺潺，山花烂漫。如果春风有意，那么，就给我几天好天气，让我好好游览吧。"这是李晏内心的希望。

宋家庄今天仍旧叫宋家庄，属黎城县，羊羔即今天平顺县阳高乡阳高村。

可见，《路中即事》写于他们前往龙门寺的三月三十日。从宋家庄到阳高，大约三十多里路。这段路有一些为土路，宽一米多。这在大山中已算好的了；一些路段为青石铺砌，斑驳错落。整条路可骑马，也可走马车，比河南晋阳古道路况要好一些。为写导游词，在阳高村走访时，我还曾经在这条路上走过。

《游龙门寺回投宿淳化寺》的落款时间为"大定己丑孟夏改朔"。"孟夏"指夏季的第一个月，即农历四月。"改朔"意为变换朔日，即每个月农历初一。也就是说，《游龙门寺回投宿淳化寺》写于大定九年四月初一。

游龙门寺是李晏三年来的心愿。《路中即事》题诗开门见山的"游龙门山寺，宋家庄阻雨"，《路中即事》首联的"闻说龙门好，鞭羸岂惮行"，都在述说着李晏对游览龙门寺的渴望。而龙门寺石柱上的题字："予守官三季，每欲来游，以山路迂曲因循未能。"我在这里做官三年，许多次都想来，但山路崎岖难行，所以没能成行。这句话再次强调了李晏对游览龙门寺的渴望。

3

有意思的是《游龙门寺回投宿淳化寺》。这首诗明明白白是说，这次出游是一次圆梦之行，所以李晏在《路中即事》中难掩激动。奇怪的是，那天晚上，李晏一行在游览完龙门寺后却住在了淳化寺。

当时，淳化寺住持是广妙和尚。能做到寺院住持，必不是平庸之人。那天黄昏，广妙一定是口默念着"阿弥陀佛"，低头躬身，恭敬地将地方官李晏一行迎进了寺院。

飘摇的烛光之下，和尚捧来茶水，接着是斋饭。斋饭之后，李晏作为地方官，一定与广妙有过叙谈。叙谈的内容，一位在朝官员，一位世外方丈，想来多半是佛经、修行，抑或寺庙建设情况。

广妙住持何许人也？

淳化寺古碑右面的修葺内容中介绍，广妙和尚原本是龙门惠日院的和尚，大定六年（1166年）五月一日，被羊羔村村民杨全、宋京等人请来住持淳化寺。也就是说，广妙来到淳化寺快五年了。

龙门寺存有一块残碑《大金潞州黎城县天台山惠日院沙门静公山主塔铭》，这块碑勒刻的时间与李晏游龙门寺的时间是同年，金大定九年。碑文记录的是龙门寺法静大师的生平事迹。其中有这样一句铭文："师始至之日，即与犹子广妙谋起土桥一座，及翻瓦大圣层楼寮舍，劬劬六祀，厥功崇成，蜕而弗处，仍乃僧司恳乞，始得还院。"这句话是说，法静大师从来到龙门寺那天开始，就与侄儿广妙谋划修建一座土桥，翻瓦大殿、僧舍，劳苦六年，大功告成，寺院焕然一新，但还不能居住，需要经过管理僧人的行政部门允许，才可以让寺僧返回寺院。

这段铭文证实了广妙的来历，他的确来自龙门寺；同时也揭开了广妙的身份：他是龙门寺住持法静大师的侄儿。

按照修葺淳化寺碑文记载，广妙刚到淳化寺时，寺院"破碎霖漏"，一片萧条破败。于是广妙决定"诱化众善友"，准备砖瓦木料，修葺寺院。

广妙"诱化众善友"非一日之功，且勒石于大定九年的修葺碑上也没有说此时淳化寺是修葺过的，而是只说准备了一些修葺的材料而已。那么，李晏到淳化寺时，淳化寺可能还没有开始修缮。

李晏在龙门寺写下"予守官三季"那段话的时间是"大定己丑四月改朔"，在淳化寺写下《游龙门寺回投宿淳化寺》的时间是"大定己丑孟夏改朔"，这是同一天，即农历四月初一。李晏题写"予守官三季"时，写到了"信宿而还"，即连住两夜返回，也就是说，当时他原本要在龙门寺连住两夜的。不知道什么原因，李晏忽然决定离开了。李晏一行在龙门寺住了一夜，另一夜是住在了尚未修葺的淳化寺。

按照他写"信宿而还"的意思，李晏一行离开龙门寺，应该天色已晚。明明白白冲名刹龙门寺而来，而且龙门寺刚刚修缮过，寮舍崭新，住宿条件要比淳化寺好很多，而淳化寺破败不堪，寺院规模、名气都与龙门寺不可同日而语，李晏，这个自幼锦衣玉食的地方官员，为什么会舍"崭新"

的龙门寺而选择破败的淳化寺下榻？

因公务繁忙，为了赶时间？龙门寺与淳化寺同在浊漳河之北，李晏从龙门寺到淳化寺无须过河走河南晋阳古官道。这样算下来，龙门寺距离淳化寺并不远，不过十多里山路。如果骑马，这段路应该用不了太长时间。

不仅如此。

从 19 岁到 46 岁，官职原地踏步的李晏，他渴望到龙门寺，也许有与佛门高僧畅谈人生以求顿悟的渴望。龙门寺当时的住持是 82 岁的法静大师。法静大师出家 64 年，剃度门人 10 人，平时喜欢参悟《大乘般若》《华严经》，若论佛法修为，当比其侄儿广妙要高深很多吧？倘若李晏此时心情苦闷，是不是更应多与法静大师探讨佛法以求顿悟？

那么，会不会淳化寺旁边，有一个官驿？如果有官驿，李晏一行想必会宿在官驿，但李晏却没有，还清清楚楚写下了一首诗《游龙门寺回投宿淳化寺》。他是要告诉人们，那一夜，他就住在了破败的淳化寺！

还有，李晏对龙门寺情有独钟，慕名已久，奇怪的是，他却没有留给龙门寺这座名刹一首诗！

大定九年农历四月初一那天夜里，烛光飘摇之下，李晏在淳化寺写下了《游龙门寺回投宿淳化寺》。

游览完心仪已久的龙门寺之后，李晏没有意犹未尽，相反，在淳化寺那天夜里，洗却游玩的兴致，似乎，他尽显失落。

李晏出行的三天时间（确切说是三十日和初一两天），后来果如《路中即事》他所盼望的，天气晴好。这三天，他逃离烦冗的杂务，世俗的牵累，沉浸于山水之间。然而，无论是循水寻源还是一路砍去草木艰难登上山峰，他并没有找到内心的安定与快乐。"山围故垒怀前古，河转孤岩激怒涛。"看着大山环绕的昔日堡垒，他忽然明白自己不过汉人之身，如今卑躬屈膝做了金国之臣，仿佛一块置身时代洪流的孤单石头，怎能泰然平静？这样的官，做了也不过如早晚云天烟霞，消散徒劳。

为什么身在淳化寺的李晏会有如此消极的情绪？

第二天天亮，清脆的钟声回荡在大山之内。用过斋饭，李晏一行告辞，骑马绝尘而去。

广妙把李晏的诗保存了下来，保存下了一位金国汉臣的微妙心声。

两首诗勒刻的时间也很奇怪。对于李晏题诗，广妙似乎并没有太多激动，否则，他当时就找人采石勒刻了。他也没有等到淳化寺修葺完成后一起勒石，而是在两个月后，寺院尚未修葺，他却将两首诗和准备修葺寺庙备办材料一事一块刻在了一块青石上。

青石打磨得很光滑。但整个石碑的布局却甚为简单，不像一些寺庙的石刻，碑文周围围绕繁复花纹。不过一个双线框。这种简洁倒也与李晏诗中寥落的心情有些相匹配了！

经营一座寺院，广妙和尚当为经常迎来送往的聪明人。他不把李晏的诗高高置于寺院显眼之处，却把他的诗藏起来一样镌刻在殿宇后墙一块顶砖石用的石碑上，这多多少少有些对知县大人的大不敬吧？

也许还有一种可能，广妙勒刻题李晏诗碑，那块碑应该是独立的。也许在后来弥勒殿重修时，有人把寺院这块看似无用的题诗碑砌到了弥勒殿的后墙上。

而龙门寺广妙住持的叔叔法静大师更有意思，他干脆把李晏到龙门寺一事的题跋随手刻在了寺院内大雄宝殿后墙边缘的一个石柱上。龙门寺如此留下县令李晏出游往事，多少显得有些散漫。会不会当时的名刹龙门寺，所到达官贵人众多，法静大师并没有把一个七品芝麻官放太重的位置？

李晏留诗碑被砌在殿宇后墙上（左）

大智大愚是统一的。大地上多少石碑任凭风吹雨打，随风而去，或被砌墙，或被淹没，或被打磨之后重新勒刻其他内容。李晏到龙门寺的题跋却高悬于石柱，八百多年，与这座北宋的大雄宝殿同在。这会不会是法静如此勒刻李晏到此题字的初衷？

无论是法静大师还是广妙住持，他们都不会想到，这位46岁的黎城县令，未来的岁月会宏图大展，官运亨通。当然，李晏自己也没有想到未来的路。

就这样，李晏卓越的文采在一块并不起眼的青石上、一个角落里，沉寂了很多年，任日月风云读来读去。

4

李晏并没有如他诗中所说，他的仕途"人间官职倍徒劳"，相反，他在《金史》中是光彩照人的，是金国历史乃至中国历史不可磨灭的一束光芒。

元好问诗词集《中州集》收录有李晏的诗。《中州集》中的李晏，不仅是一位卓越的诗人，更是一位成功的、几乎完美的官员。至于李晏在黎城担任县令，无论《金史·李晏传》还是《中州集》中诗人小传，都没有提及。

元好问与李晏虽然是同时代人，但应没有什么交集。元好问生于1190年，李晏死于1197年。也就是说，李晏去世时，元好问还是一个七岁的孩子。但毕竟李晏去世时间不长，所以元好问编辑的《中州集》中，李晏的生平应是真实的，对李晏的高度评价也是中肯的。

而对于当时的黎城百姓来说，李晏是一个好官。明弘治年间编撰的《黎城县志》记录了这位开启黎城教育事业的官员："高平人，举进士，累调黎城令。其民笃信佛教，燃指刿臂，无所不至。李晏乃修崇学校，举行乡饮，使民知义礼，其俗渐革，知向学。"李晏在黎城为官至少三年，《黎城县志》把他列入了"名宦"。在他来黎城之前，这里的百姓笃信佛教到了燃烧手指、用手臂供佛的地步。是他在黎城建学校，广开教化之风，让当地百姓懂得礼义廉耻，使一些富裕家庭的孩子开始走上求学之路。

李晏的光芒，无论法静大师还是广妙和尚，那时并没有感受到。否则，广妙不会把李晏的赠诗与寺院修缮一事潦草地勒刻一起；而法静大师也不会将他的诗刻在大殿石柱上。

李晏出身名门。《中州集》不仅收录了李晏17首诗词，还浓墨重彩介绍了他的生平：李晏为唐顺宗十六子福王李绾的苗裔（后人）。其家学渊源颇深，文学长盛不衰，金时其家族先后有四人及第。二世祖李大节，精通《春秋》《毛诗》及天文学；祖父李异，精通韵学，著有《切韵门庭》。李晏的父亲李森，自幼受到良好的教育，少负才名，善诗文。北宋末年，十八岁的李森在泽州会考第一，补任莱州文学。李森一生淡泊功名利禄，为人急公好义，喜济贫扶危，很受乡人称道。金天会年间，岁遭大灾，斗米千钱，饿殍载道，李森将家中存粮千余石全部赈给灾民，救活很多人。有人劝他："如果把这些粮食卖掉，可得钱数千缗（一千文为一缗）。"李森笑着说："救活数千人，不是比得数千缗更好吗？"还有一次，李森在路上遇到两个病倒路旁的人，生命垂危。李森把他们扶回家中，请医治疗，直到痊愈。那时盗贼猖獗，李森冒死找到他们的头领，劝他们："你们家贫为盗，情有可原，但只可取财，千万不可杀人。"盗贼深受感动，跪拜而去。当时，泽州百姓都非常佩服他的德行。

生于这样的家庭，李晏无疑受到了最好的教育。李晏不负家族期望，19岁即考中进士，可谓少年成名。但一直到46岁，他的职务不过是一个黎城县令。难怪在《游龙门寺回投宿淳化寺》中可听到他消沉、悲愤而无助的呐喊：做官不过是一件很无趣的事。

皇室血统、父亲工诗、19岁中进士。李晏的人生道路应该顺风顺水，为什么会在七品官职上踱步徘徊？别忘记，他是北宋遗臣。而他生活的时代，是宋亡之后的金国。金国朝廷中有汉臣，但为数不多，且职位多不高。

改变李晏命运的贵人是金世宗完颜雍。完颜雍为完颜阿骨打之孙，金朝第五代皇帝。金朝初期，战争给北方经济生产带来很大破坏，完颜雍登基后用"大定"做年号，也表明了他天下安定的希望。金世宗从小受到很好的汉语文化教育，登基后他吸取中原王朝的统治经验，尤其是"偃息干戈，修崇学校"，人民逐渐进入安居乐业生产状态，经济文化都有了很大发展，所以金世宗还有"小尧舜"之称。

李晏与完颜雍的交集是他为官辽阳时。天会十三年（1135 年），完颜雍的父亲完颜宗尧去世，那年完颜雍只有 12 岁。他的母亲李洪愿出身于辽阳渤海大族，聪明能干。幼年的世宗，主要受母亲的教养。当时，按照金的习俗，丈夫死，妻子应嫁与宗族的人。李氏不愿改嫁，最后在辽阳出家为尼。此时，孤苦而志气高远的完颜雍与才气横溢的汉臣李晏相识也就顺理成章了。《金史》说他与金世宗有"藩邸之旧"，说的应该就是这个时期。

当李晏在七品职位上原地踏步时，他的贵人完颜雍正还经历着不知未来的磨难。完颜雍命运被改变是在被任命为东京留守后。金国第四代皇帝完颜亮让完颜雍任东京留守，为了挟制他，让他的妻子乌林答氏入京为质。深知完颜亮好色成性，乌林答氏在进京途中自杀身亡。乌林答氏临死前给完颜雍留下了史称《上世宗书》的绝命遗书，深情恳求丈夫不要因为她的死而悲伤，"作儿女之态"，要"卧薪尝胆"，等待时机"夺帝位，一怒而安天下。"乌林答氏以死逼了丈夫一把。完颜雍隐藏悲痛，并未亲自去为妻子入殓，而是要下人将妻子就地草草埋葬，暗暗把夺妻之恨藏于内心，厉兵秣马。正隆六年（1161 年），在完颜亮动用大量的兵力、物力、财力南伐南宋之际，完颜雍"后方点火"，在东京登上帝位。

李晏在淳化寺哀叹"人间官职倍徒劳"之际，其实此时帝位已稳的金世宗已想到了他，正在到处寻找他。

李晏离开黎城先是担任德州刺史，之后做了"翰林文字"。因为有金世宗的"素识其才"，李晏青云直上，担任过太常博士、高丽读册官，五迁秘书少监兼尚书礼部郎中、西京副留守、翰林直学士兼太常少卿、翰林直学士、吏部侍郎、中都路推排使，迁翰林侍讲学士兼御史中丞。明昌初（公元 1190 年），李晏担任礼部尚书，兼翰林学士承旨。

当年怀才不遇的李晏，无疑是一名好官，他做了很多载入史册的大事。金在扩张过程中，统治者为犒赏笼络贵族以及有功之士，将俘获的汉人、渤海人及奚人赏赐给他们，多则一二州，少亦数百人。这些人身份为奴隶，不仅要向官府纳税，还要向奴隶主纳税，被称为"二税户"。大定初年，这些奴隶被免为平民。但赐给间山寺的三百户奴隶，一直没有得到赦免。怨声载道之下，当地官府不管，有人把诉状递给李晏。李晏便给皇帝上书，请求免这些奴隶为平民。李晏对皇帝说，天子是黎民百姓的父母，就当一视同仁，怎么能使天下有一个百姓不被您的光辉照耀到呢？何况间山寺僧人为出家人，怎么可以听任他们男女杂居？陛下怎能为了这些寺僧，而使三百户百姓受屈？世宗大笑说："李晏你是要挟我呢！好了，这三百户奴隶，即日起免为平民吧！"在李晏的呼吁下，锦州龙宫寺的六百多二税户也尽释为民。

金代重开经义取士制度也得益于李晏。《金史·选举志》记载："（大定）二十八年，复经义科。"金朝科举采用辽、宋旧制，从科举创科伊始，金朝即有重辞赋而轻经义的风气，到海陵天德三年（1151年），干脆诏令废除经义科，单以辞赋取进士。这样一来，很多才子仕途之路被堵。不久，金朝廷县令缺员，不能满足治国之需。无奈之下，金世宗向李晏讨主意，李晏说了原因：国朝设科取士，一开始分南北两个选区，北选100人，南选150人，是通过辞赋、经义两科入仕，所以朝廷不缺县令。后来南北通选，且只设辞赋一科，只取六七十人，入仕者少了，可为县令的官员也就少了。于是，从这年开始，金廷下诏重新恢复经义科，此后该科与辞赋科并存直至金亡。金朝中叶的经义复科无疑是一场意义重大的科举制度变革，而推动此变革的，就是李晏。李晏为多少有才有识之人走上仕途打开了大门！

有一年泽潞大旱，李晏擅自给饥饿的百姓分发粮食三万石。泽潞即泽州和潞州地区，这里是李晏的家乡。粮食分完，李晏写了一道奏折，让提刑司给他论罪。私自开仓放粮，在古代必然是要治重罪的。不料金章宗（金世宗之孙）说，给李晏定罪是提刑司的职责，但李晏这样做，说起来也是一种义举，我看，还是不治他的罪了吧。

章宗即位后，李晏帮他谋划了很多事，其中有十件事被写入了史书："一曰风俗奢僭，宜定制度。二曰禁游手。三曰宜停铸钱。四曰免上户管库。五曰太平宜兴礼乐。六曰量轻租税。七曰减盐价。八曰免监官赔纳亏欠。

九曰有司尚苟且，乞申明经久远图。十曰禁网差密，宜尚宽大。"这十件事涉及民生、钱币、租税、处罚政策等，竟然皆被采纳。

《大同县志》收录有一篇《西京留守李公德政碑记》。大定二十二年正月，李晏从秘书少监出佐西京（今大同）担任副留守。此碑记载的就是李晏在大同期间为官的廉政事迹。碑文说他对待同僚敬而有礼，对待吏士宽而有治，对待民间秋毫无犯，私门请谒，一切罢去；贪污之俦各自敛迹，簿书鞅掌，阅目无遗；狱讼平理，断决如神；抑去豪强，潜消贼盗，人皆俨然望而畏之……人们对他，莫不衷心诚服。

李晏任礼部尚书时67岁，是游龙门寺二十多年之后的事了。这样的职位不可谓不高。

李晏不仅是官员，还是金代著名的诗人，诗坛领军人物。他写了很多诗词，如《高丽平州中和馆后草亭》《菩萨蛮·断肠人去春将半》《鹧鸪天·苒苒萋萋雨后村》《白云亭·白云亭上白云秋》《通州道中》《婆罗门引·汗融畏日》等等。他的诗词有柳永之艳，有李清照之绮，也有辛弃疾之奔放情怀。

尽管李晏汉人为金官，但他的官做得比家喻户晓的大诗人苏轼顺多了！比起诗仙李白、诗圣杜甫等人，那官做得也是顺风顺水、风轻云淡。诗人做官做成这样，在中国历史上，还真不多见。

5

李晏的官做得风生水起，以至于他告老还乡时，金章宗还体贴地让他的儿子李仲略（原为左司员外郎，六品官员）担任泽州刺史，以便就近侍奉父亲。即使如此，李晏的内心还是带着一丝微妙的遗憾。在我看来，他在《游龙门寺回投宿淳化寺》中的"回首烟霞应笑我，人间官职信徒劳"的呼唤是发自内心的。

《金史·李晏传》记载了他四次辞官的事。"丁内艰，服除，召补尚书省令史。辞去，为卫州防御判官。""以母老乞归养，授郑州防御使，未赴，母卒。""以年老乞致仕，改礼部尚书，兼翰林学士承旨。越二年，复申前请，授沁南军节度使，久之，致仕。"他找了"丁内艰""母老"，最后干脆以"年老体衰"为理由一再辞官。看来，"辞官"一事，并非李晏顺手在龙门寺写写而已，而是他内心的一种召唤。有意思的是，无论哪次辞官，无论金世宗还是金章宗，给他的答复都是不同意。尤其到他 67 岁时，李晏要辞官，皇帝干脆给了他一个"礼部尚书兼翰林学士承旨"的职位。这份至高无上的尊崇堵上了李晏的口，67 岁的他不得不鞍马劳顿继续效劳朝廷。李晏的官一直顺顺当当做到了 73 岁，做到了有病不得不回乡。两年后，他撒手西去。

李晏有金世宗这座大山靠着，为什么还要一再辞官？从 19 岁中进士，为官一生，他似乎与历史上梦寐以求"齐家治国平天下"的士子的理想正好别扭着。那么，到底是什么原因让这个春风得意的"才子"一直想远离政坛呢？

答案也许恰是那句"山围故垒怀前古，河转孤岩激怒涛"。他始终没有忘记自己是汉人，做的是金朝的官。放到现在理解，李晏是以汉人之身侍奉入主中原的女真政权"大金"。

我想，任哪个汉族人都忘不了北宋灭亡时的"靖康之变"。那份疼，是一个种族的疼。

"靖康之变"那年，李晏七岁。作为大唐后裔的李晏，他亲历了国破家亡的巨大变故，也一定听闻了一路劫掠而去的北宋朝廷的皇帝、官员、妃子悲惨绝望的呼声、哭泣声，他内心能没有一丝亡国之恨吗？

无论谁统治这片土地，为官，似乎是李晏别无选择的宿命。儒家学子把社会人群分为"士农工商"四个阶层，在士大夫、农民、手工业者，商人四类人中，李晏无疑是士大夫。而在"学而优则仕"的时代，只有入仕为官，才有谈论治国平天下的资本。否则，学得再多，说得再好，不能为民做一件实事，不能为国尽一分力量。而古代除了入仕为官这条路，似乎再无其他路可以一展雄心抱负了。

李晏曾写过一首《题武元直赤壁图》："梦寻仙老经行处，只有当年旧钓矶"，他把刘备、诸葛亮兴复汉室的雄心与功业看做一梦。这首诗的背后，我能听到他无助无力的嗟叹：以他区区一介书生，如何能挽回已去的前朝？故国不堪回首月明中，北宋，最终随时代滚滚洪流东去，成为一个让他、让很多亡国臣子悲伤、绝望的背影。

可以想象，多少回月下，他独自长叹。朝代无情更迭，他多少有些无所适从。乱世大臣，他能做的，是绝不尸位素餐，是努力做有益于社会发展的事。他也如此做了。只是，他自己也不知道，这一生，会不会被钉上历史的耻辱柱？

6

淳化寺到底是怎样一座寺院，让李晏不仅留宿还把自己写的两首诗全留在了这里？

今天的淳化寺仅剩下了一座弥勒殿。但当地百姓告诉我，淳化寺东面房屋所在地方，都是淳化寺的地方。新中国成立后，淳化寺还存有很多僧舍，一度作为阳高村的学校使用。

龙门寺有一块《龙门寺四至碑记》，为明宪宗成化十五年（1479 年）刻下，碑文清晰记录"淳化寺为龙门寺下院"。也就是说，明代，淳化寺是以龙门寺的下院而存在的，淳化寺属于从属地位。

但这并不能说明，金代，元代，淳化寺已是龙门寺的下院。尽管，几百年来，淳化寺与龙门寺有着千丝万缕的联系。

淳化寺始建于何时，暂无资料可考。民国版《平顺县志》记载，淳化寺建于唐开元年间。有意思的是，康熙版《平顺县志》及乾隆二十九年后的《平顺乡志》的建置志中，均无淳化寺的只言片语。甚至"艺文"一栏，也未收入李晏的《路中即事》和《游龙门寺回投宿淳化寺》。似乎很多年，这座寺庙若空气一般。至于李晏的两首诗，也隐遁在志书之外。一直到民国年间的《平顺县志》，淳化寺才有了这样一句话表示它的存在"在阳高村西，唐开元间建"，但仍没有提到李晏留在寺院的两首诗文。

淳化寺东侧不远处地上，有一直径 6 米的大石碾，上面刻有"明成化十二年二月二十一日安季才志"等字样，其余字迹漫漶不清。石碾倾覆于地下多年，任凭日晒雨淋、黄土掩埋。石碾放置不平，一头高，一头低，但它倔强地抬起了一边的身子，似乎在看着时光匆匆而过。到现在，它的一半身子还在泥土中掩埋着。

这石碾到底是何年所制？上面刻的"明成化十二年二月二十一日安季才志"等字样，是制作石碾的纪年吗？如果不是，那么，就有可能，石碾的年代更久远。

古人为什么要制这样大的石碾？

明代巨碾遗址　　　　　**巨碾复原图**

石碾的功能是碾粮食。可是，这样的大石碾，任凭是再大的地主家，能用得着这样大的石碾吗？有多少粮食需用如此大的石碾？

阳高村人说，巨碾属于淳化寺。当时寺内僧人多，需要专门的僧人每天不停碾粮食，才能保证寺院正常伙食供应。

这样大的石碾，可供多少人每天的米粮？那么，是不是可以说，当时，淳化寺有几百僧人？如果是这样，淳化寺的规模，说不定，在某个时期，并不比龙门寺小？

这样大的石碾，龙门寺却没有。今天的龙门寺也有破旧的石碾残缺不全地存在着，不过，与很多乡村所存石碾一样，并无特别。

那么，一度作为龙门寺下院的淳化寺，莫非，某个时期，僧人比龙门寺还多？还是，淳化寺碾好米面，再送去龙门寺供其食用？

想那广妙和尚，能帮着叔叔修建龙门寺殿堂僧舍，他自己住持的寺院，怎么可能不好好修建，不多建一些僧舍寮房？比较 82 岁的叔叔，广妙应该更年轻更有创造力吧？如果淳化寺规模不比龙门寺小，尽管破败但僧舍不比龙门寺差，是不是，身为朝廷命官的李晏，才会有意选择淳化寺投宿？

淳化寺、淳化寺……我忽然想到，"淳化"，是宋太宗赵光义年号啊！

我想到了另外一种可能：大金统治的太行山内，那时的淳化寺依旧清晰打着北宋的烙印。对李晏来说，"淳化"代表的也许就是先朝。"淳化"如一束熟悉的光，给他寒冷的心底一丝回归的温暖？

是"淳化"两个字沉淀着他内心无法割舍无法言说的对故国怀恋的情怀？这是李晏有意留诗于淳化寺的原因吗？是他选择要留宿淳化寺一晚的原因吗？

还有，他留在龙门寺的题字，也恰是刻在北宋建立的大雄宝殿的角柱上，这是巧合吗？

滚滚而去的漳河水，带走了多少故事，留下多少难解的谜题！

大定年间那场春游，却随着一块青石古碑，写在了大山之中。

> 写于 2019 年 8 月 15 日
> 改于 2021 年 6 月 2 日
> 再改于 2021 年 6 月 15 日

金灯寺：千年迷踪

1

三次入金灯寺，还曾在这绝壁上的寺院宿过一夜，却不知，早在八百多年前，金元之际文学上承前启后的桥梁，著名文学家、史学家，被尊为"北方文雄""一代文宗"的元好问，曾两次来过金灯寺。

元好问的足迹永远被收藏在他留下的300字的古诗《宝岩寺纪行》中。遗憾的是，这首诗被雪藏在康熙版《平顺县志·艺文志》中，鲜有人提起，而这首诗的价值，也鲜有人去印证。

然而，这首诗的价值是不言而喻的。第一，它佐证了早在八百年前，金灯寺已远近闻名；第二，元好问游金灯寺并留下了洋洋洒洒古诗《宝岩寺纪行》，仅这件事，就应成为金灯寺不该磨灭的历史。

有人说，寒山寺是唐代诗人张继的一首《枫桥夜泊》捧红的。"姑苏城外寒山寺，夜半钟声到客船"，好诗脍炙人口，好诗也是千古名片。论起来，元好问到过金灯寺，并写下《宝岩寺纪行》，这张名片在旅游业日益发达的今天，其分量因了元好问，也当是沉甸甸的。至少，在金灯寺的宣传词上，那首文采飞扬的诗不该多年如此沉静，以至于寺不知诗，人不知寺。

今人宣传金灯寺多用明万历壬辰（公元1592年）中州崔士榮的一首《登宝岩寺观金灯七言古风》。崔士榮之诗委实写得大气磅礴，若"玲珑乱垂如倒莲，石龛出洞似华屋。栋宇锥琢皆文章，千佛万佛骇人目"之句，佐证了明万历二十年时，千佛窟已然存在。然而，我始终没能找到关于崔士榮生平事迹的资料。可见，与元好问相比，晚于元好问三百多年的崔士榮在当时的影响力与元好问是无可比拟的。

古老的金灯寺

查阅康熙版《平顺县志》，知元好问留下的这首《宝岩纪行》是目前发现的写金灯寺最早的一首诗，比崔士榮的《登宝岩寺观金灯七言古风》早了三百多年。

那么，八百多年来，为什么元好问的《宝岩纪行》在上党地区会寂寂无闻？人们常引用崔士榮的《登宝岩寺观金灯七言古风》，而不用元好问的《宝岩纪行》？

疑问不止一个。我第一次读《宝岩纪行》时，第一是惊讶，第二是诧异。惊讶于那座古老而无声的古寺吸引过那位金代著名诗人，诧异于是怎样一机缘巧合，让他会鸿飞雪爪留迹金灯寺？

2

《宝岩纪行》牵引着我追寻元好问那遥远的身影。但那个背影在历史的丛林中，留给我的是"只在此山中，云深不知处"的迷茫。

古代交通不便，舟车难行，元好问到金灯寺游览的原因，我首先想到的，是他生活的地方距离金灯寺不远。

元好问与王维、王勃、温庭筠、宋之问、王之涣等一样，都是山西人。元好问是忻州人。不过，虽然是忻州人，今天从忻州到长治，开车也需四五个小时，放在古代，鞍马劳顿，只怕到金灯寺，至少也得一两天。如果当时金灯寺的吸引力尚不够大，元好问为什么会到金灯寺来？

或者，他曾在上党附近的州县为官？

为解开元好问为什么会到金灯寺、何时到金灯寺这个谜，我捋了一遍他的身世。

金明昌元年七月初八（1190 年 8 月 10 日），元好问出生在今山西忻州西张乡韩岩村一个世代书香的士大夫家庭。据说，元好问是北魏太武帝拓跋焘的后代。若此传说为实，元好问也算皇室后裔。他的高祖元谊曾任宋徽宗时期忻州神武（虎）军使，曾祖父元春（椿）曾任北宋时隰州（今隰县）团练使；祖父元滋善为金朝进士，在海陵王正隆二年（1157 年）任柔服（今内蒙古土默特右旗托克托附近）丞；父亲元德明多年科举不中，以教授乡学为业，著有《东岩集》。

元好问的父亲只是一个私塾教师，这样的家庭只能算乡里的富裕人家。如若真是这样的成长背景，也许元好问就不是元好问了。巧的是，元好问的二叔和三叔都没有儿子，而元好问兄弟三人，他排行老三，于是，出生刚七个月的元好问被过继给他的叔父元格，并被叔父带到掖县县令任上——也就是说，元好问是在官宦之家长大的。

元好问自幼有"神童"之称，七岁就能写诗与继父元格对他的培养有关。

元好问 11 岁时，元格在冀州任职，元好问得到了翰林侍读学士兼知登闻鼓院路铎的赏识，路铎"爱其俊爽，教之为文"；14 岁，元好问随叔父至陵川，师从博通经史、淹贯百家的陵川人郝晋卿；17 岁，元格被罢陵川县令之职，但为了儿子的学习，他仍留住陵川，直到元好问 19 岁完成学业，才带全家离开陵川。元好问之所以成为元好问，与他所受到的良好教育不无关系。

说到陵川，我们也就不陌生了。陵川至上党，不过百里；至平顺，不过百公里。

那么，会不会《宝岩纪行》创作于元好问 14 岁到 19 岁求学期间？

陵川、潞州一步之遥，元好问在陵川求学 6 年，怎能不游历上党？今天留存的元好问的《遗山集》，收录的第二首诗即为《初发潞州》。此诗抒发了元好问对潞州深切的留念和牵挂：

潞州住久似并州，身去心留不自由。

白塔亭亭三十里，漳河东畔几回头。

金灯寺就位于太行之巅、漳河东畔啊！

如果他是在这六年求学期间游历金灯寺，那么，当年，金灯寺迎接的，是一位尚未成名的翩翩少年！

但这毕竟是推测。

3

元好问是不是以少年郎的身份到的金灯寺？

我忽然想到，元好问何时到金灯寺，从他的诗里或可寻找到端倪。或者有人对他的诗按照时间顺序进行过编辑？

在网上搜索，还真找到一套《元好问诗编年校注》，4 本。"编年"两个字让我欣喜若狂，如果此书中能找到这两首诗，也许可找到元好问到金灯寺的确切时间。

孔夫子网上有这套书，但很贵，最便宜的近二百元，且寄来也需时日。

犹豫中，搜索了一下，发现竟然有卖这套书的电子版的。

　　我通过二维码下的电话联系上了对方。一切谈妥，她把《元好问诗编年校注》电子版发送到我的邮箱。

　　我下载下来，为 PDF 格式，我的电脑打不开。找印刷厂朋友想办法转变格式，朋友回电，转不过来；幸而手机上可以看，于是在手机上找到邮箱，开启试读模式。在目录中，我一页一页翻过去，一直找到第三卷，终于在 1290 页找到《宝岩纪行》。还在 1293 页找到了一首《洪谷圣灯》。

　　是的，我同时关注了《洪谷圣灯》。因为洪谷寺就在金灯寺所在林滤山的山脚下。这首诗我看过，是写元好问身在洪谷寺看到金灯寺金灯飞起的情形。我推测它是《宝岩纪行》的姊妹篇，是元好问到金灯寺时同期写下的一首诗。

　　读一读诗的内容，应该知道，《洪谷圣灯》在先，《宝岩纪行》在后。太行山山路崎岖，所以曹操留下了"北上太行山，艰哉何巍巍！羊肠坂诘屈，车轮为之摧"的诗句。明嘉靖八年，"青羊之乱"后，大明兵部给事中夏言到"匪巢"所在地，即现在的平顺县勘验，也是先到彰德府，后到潞安府，也就是说，夏言是从河南上太行山的。

　　元好问的行走路线大约也如此。《洪谷圣灯》中有一句诗是这样写的："昨朝黄华瀑流神所怜，今朝金门佛灯佛作缘。"这说明，诗人是前日游览了黄华山瀑布，今日才到金灯寺拜佛。黄花瀑布所在黄花山，位于林县城西 10 公里的太行山东麓林滤山。

　　我想，大约，此书校注的作者狄宝心老师没有到过金灯寺，不了解两座寺院一座悬崖间、一座山崖下，所以他把《宝岩纪行》编排在了《洪谷圣灯》之前。

　　《宝岩纪行》被编辑在一千多页，这打破了我原来的构想——元好问到金灯寺时，应该不是少年郎！

　　那么，会不会元好问在金灯寺附近的州县为官时，到的金灯寺？

4

为查找元好问到金灯寺的足迹,我把元好问的人生分了三个阶段:第一阶段,从出生到 35 岁之前的读书、应试期;第二阶段为 35 岁至 43 岁,仕途期;第三阶段为国丧后的著书立说期。

叔父元格从陵川卸任后,元好问随其远赴甘肃陇城。《元好问全集》第 37 卷《南冠录引》中记载:"予以始生之七月,出继叔氏陇城府君。"元好问对其生父称东岩君,对其叔父称陇城府君。21 岁之前,元好问过的是无忧无虑的公子哥的生活。21 岁那年,他的叔父元格病卒于官任。元好问扶叔父灵柩返回忻州后,在离祠堂几十里外的定襄遗山读书,他自号"遗山山人"即由此而来。1213 年,蒙古大军突袭秀容,屠城十万余众,其兄元好古丧生。为避兵祸,元好问举家迁往河南福昌,后转徙登封。

从 16 岁元好问开始参加科考,五进五出科举考场,直到 35 岁,在得金国时任礼部尚书赵秉文等人的贡举后,元好问才得中进士。然而,当权者并没有把这个胸怀天下的士子放在眼里,只是给了他一个"国史院编修"之职。尽管留居汴京,元好问的生活却异常清苦。这份编修之职,元好问做了不到一年。自古文人多清骨,何况才华横溢的元好问。他毅然辞掉这个冷官,回到登封,撰写自己的《杜诗学》去了。

1226 年,37 岁的元好问终于迎来生命的璀璨期,他先后任河南镇平县令、内乡县令;其后因母亲张氏身故,丁忧闲居内乡白鹿原;又应邓州节度使移刺瑗之邀,赴任幕僚;1231 年,元好问调任南阳县令。这年秋天,任尚书省令史、尚书省左司员外郎,最后官至翰林知制诰,终于把官做到了"中央"。

河南镇平县属于河南省南阳市下辖县,按今天的高速路里程,到金灯寺 434 公里;河南内乡县到金灯寺,有近 500 公里;从汴京(今开封)到金灯寺 250 公里。

这些距离放今天看,不过一日甚至几个小时,在古代,却是天高路远。不过,身处官位的元好问,若有一匹千里马,如果想到某地一游,也不是不可能。

如果元好问是此时来到金灯寺的，那么，当年的元好问恰是志得意满春风得意之时吧！

5

如果按照常人推测，元好问或者是青年无忧无虑，或者为官春风得意时，才会有条件有心情游历四方。

然而，狄宝心老师编撰的《元好问诗编年校注》中《洪谷圣灯》一诗的校注打破了这个推论："李《谱》（李光廷《广元遗山年谱》）编于蒙古定宗二年（1247 年）丁未秋再游黄华时作，从之。"李，即清咸丰年间李光廷；而狄宝心老师的《元好问诗编年校注》编排，采用了清代李光廷《广元遗山年谱》的说法。

我找到《元好问诗编年校注》中《水帘记异》后的编年："李《谱》定此诗为蒙古定宗二年丁未作云'先生两游黄华，相距七年，揆之小注，多不合……此行前游三月，后游九月，无论或癸或卯，固无安置。即历考各年，绝少合者。唯涌金亭在苏门，相距不远，应同再游时。考《环宇访碑录》云，《涌金亭》诗，元好问撰，正书，定宗后称制元年（1246 年）三月立于辉县，知此为先生亲书原刻……得此一证，群疑顿释。按定宗后称制在下年戊申，其诗之作，必在此一二年间。去年丙午也有彰德之行，而追溯七年为庚子三月，则先生方在家，无至黄华之事。而由是年溯辛丑，则春由东平回忻，取道瞭然……先生于是年五月意至真定（今正定县），复由真定至相州（今河南北部安阳市和河北省临漳县一带），与情事殊合。此虽集中无考，而唯此两年可以安放，亦无据之据，况夫苏门之诗尚有据耶！今此下半年无事，以镇州诗合之，已朗若列眉。而《水帘》小注之'癸卯'则丁未之讹也。'"

李光廷在编著《广元遗山年谱》时，必定是经过了慎重推敲的。查阅此处，方知元好问何时游黄华山历来扑朔迷离，历来也众说纷纭，而李光廷认为在 1246 年前后。因为《涌金亭》诗由元好问撰并书，于定宗后称制元年（1246 年）三月立于河南辉县。也就是说，这个时间，元好问恰好距离相州（今安阳一带）不远，于是推定在《水帘记异》写于定宗二年丁未，即 1247 年。

《洪谷圣灯》这首诗题目后紧跟了一个时间，9 月 5 日。两首诗如为同期之作，那么，《宝岩纪行》就是写于 1247 年 9 月 6 日了。

如果按此推断，元好问来到金灯寺并写下《宝岩纪行》时，已是 58 岁，即元好问到金灯寺的时间是 58 岁。

天兴二年（1233 年）四月，汴京破，金亡。43 岁的元好问同金朝大批官员一起被俘，被押往山东聊城看管。作为囚徒，元好问与家人辗转于山东聊城等地被囚管。这是元好问人生最凄凉的时期。金哀宗的自杀、金朝的灭亡让他悲痛欲绝。怀着国破之痛，他开始编撰《中州集》。

如果这个时间是确切的，那么，经历了丧国之痛、且沦为囚徒之后，58 岁的元好问怎么还会有如此雅兴游山玩水？

我再次品读《宝岩纪行》，希望从中寻找这位诗人此时此刻的心情。

阴崖转清深，秋老木坚瘦。城居望已远，步觉脱氛垢。
宝岩夙所爱，丈室方再叩。曛黑才入门，径就石泉漱。
遥遥金门寺，宝焰出岩窦。我岂无尽公，昔见今乃又。
同来二三子，寝饭故相就。况有杜紫微，琴筑终雅奏。
瞳瞳上初日，深樾炯穿漏。逶迤陟西巇，万景若迎候。
绝壁三面开，仰看劳引肮。两山老突兀，屹立柱圆覆。
诸峰出头角，随起随偃仆。不可无烟霞，朝暮为先后。
横亘连巨鳌，飞堕集灵鹫。九华与奇巧，五老失浑厚。
想当位置初，遂欲雄宇宙。太行有馈谷，胜绝无出右。
大似尘外人，眉宇见高秀。哀湍下绝壑，电击龙怒斗。
崩奔翻雪窖，莹滑泻琼甃。穷源得悬流，伟观骇初遘。
仙人宝楼阁，白雨散檐溜。天孙拂机丝，素锦绚清昼。
永怀登高赋，意匠困驰骤。窘于游暴秦，百说不一售。

　　林间太古石，稍复抔饮旧。已约铭洼樽，细凿留篆籀。

　　兹山缘未了，僧夏容宿留。终当丐余年，奇探尽云岫。

　　这首诗前四句交代了诗人到金灯寺的时间是秋天，这与《元好问诗编年校注》中《洪谷圣灯》标注的时间是一致的。"宝岩夙所爱"，一个"夙"字，说明诗人为慕名而来。可知，当时的金灯寺已经非常有名。

　　而"丈室方再叩"这句诗让我忽然想到，元好问这次到金灯寺，不是第一次，他写下《宝岩纪行》之前，应该已经来过金灯寺一次。

　　我们先放一下这个疑问，一起来了解一下诗中所描绘的金灯寺的环境。未到过金灯寺的人可能不理解"径就石泉漱"的意思。金灯寺有一绝，那就是水陆殿中的泉眼。这股泉水千年不绝，如丝如缕，水陆殿内的水不多不少，不漫不溢。传说当年芊禅师化缘而来的钱，并不随身而带，而是见河投河，见井投井，待他回到寺院，那些钱便从此泉眼随泉水涓涓而出。正是用这些钱，芊禅师修筑了这座悬崖凹壁中的千年古寺。

　　"遥遥金门寺，宝焰出岩窦。""宝焰"即金灯。这要说到金灯寺的一个传说。这个传说有些雷同于《天仙配》，只不过主人是一对鸽姐妹。白鸽姐妹被贬凡间。临行前，太上老君赠给姐妹一人一个金灯贲簪。白鸽妹妹后嫁给当地小伙儿史勤，后因恶霸刘黑作梗，史勤出家为僧。鸽姐妹忘不了夫妻之情，每到晚上，就会飞到宝岩寺前面的山上看望丈夫诵经习武。因为她们带着一对闪闪发亮的金灯贲簪，把宝岩寺照得犹如白昼。后来，人们就把白鸽姐妹起飞的山叫成"起灯山"，落脚的山叫"落灯山"，宝岩寺也就改名为"金灯寺"了。元好问对于金灯寺之圣光的描写，《洪谷圣灯》中也有。那日夜晚，夜宿金灯寺下洪谷寺时，元好问看到上面悬崖上的圣光飞起，于是写下了当时的情形："游人烧香仰天立，不觉紫烟峰头一灯出。一灯一灯续一灯，山僧失喜见未曾。金绳脱串珠散迸，玉丸走枰光不定。飞行起伏谁控抟？华丽清圆自殊胜。"

　　联系《洪谷圣灯》来理解"我岂无尽公，昔见今乃又"这一句，就能明白这句诗的意思了。而这句诗分明又在说，元好问来到金灯寺并非第一次。

"同来二三子，寝饭故相就。"这句诗是说，他们一同来的有三人，那天，他们就住在了寺庙里。

后面的诗句主要描写金灯寺的环境。秋日灿烂的阳光，郁葱葱的树木、连绵万里的山峰、璀璨的朝霞、恍若仙界的云雾等。岁月流转，今天我们到金灯寺，诗人笔下这些瑰丽的景象犹存，尤其"诸峰出头角，随起随偃仆"和"横亘连巨鳌，飞堕集灵鹫"这两句诗，形象地描绘了金灯寺外的高崖伸向中原大地的姿态。而金灯寺下有一座低矮的山丘，真如一条活灵活现的巨鳌，正奋勇游向茫茫大海，又如灵鹫从高空飞坠。

对于金灯寺所处的环境，元好问给予了很高评价："九华与奇巧，五老失浑厚"，"太行有铦谷，胜绝无出右"，他的眼里，金灯寺可谓太行最美之处。

整首诗意象丰富，诗意纵横，读起来，并无过多伤感的、国破悲凉的气息，充满了探幽寻奇的奔放情怀。

现在来看元好问的一生，经历了蒋捷的"少年听雨歌楼上、壮年听雨客舟中"，那么，他此时是不是应该"而今听雨僧庐下"，明白"悲欢离合总无情，一任阶前，点滴到天明"？

而《宝岩纪行》中，似乎并无落寞悲观的情绪，这怎么会是一个饱经风霜的老人所写？

我甚至怀疑，一定是编辑《元好问诗编年校注》的狄宝心老师弄错了。

6

在网络上搜索"狄宝心"，知其为忻州师范学院元好问研究所所长、中文系教授，多年研究元好问。

他今年多大年纪了？还健在吗？

我给文友忻州市副市长王海英打电话询问此人，王市长告诉我，她认识狄老师，此人还健在。

1953年出生的狄宝心，67岁，说起来年龄不算大，但王海英老师告诉我，狄老师耳朵不太好，她说，你需要通过他妻子联系他，然后发来了狄老师电话。我试着加了一下微信，那天下午，狄老师竟然通过了。

后来知道，狄宝心为大唐宰相狄仁杰之后裔，明代从太原狄村迁至忻州。

我直接抛出我的困惑：元好问的《宝岩纪行》写于什么时候？

狄老师明确告诉我：为1247年秋作。

我说："'李《谱》编于蒙古定宗二年丁未秋再游黄华时作，从之'，您是根据李《谱》而定的这个时间，对吗？"

狄老师告诉我，元好问此行并非仅仅写了《洪谷圣灯》《宝岩纪行》，还写了《黄华峪十绝》《水帘记异》等诗。《宝岩纪行》肯定不会写于元好问的青年时代，因为《水帘记异》的题注清楚写着，他是同杜仲梁、即著名元曲家山东杜仁杰一起去的金灯寺。元与杜结识是在元好问35岁时。

是的，《宝岩纪行》中有这样一句："况有杜紫微，琴筑终雅奏"；《洪谷圣灯》中也有一句"旧闻圣灯在山上，紫微侍郎宜不妄"，这两个紫微为同一人、即杜仁杰。

杜仁杰，字仲梁，济南长清（今属山东济南市）人。金正大元年（1224年），杜仁杰南游汴梁，参加科考未中，滞留京师，与元好问结识。而这一年元好问恰好中进士。金灭亡后，元好问曾两次向耶律楚材推荐杜，但杜"表谢不起"，一生没有出仕。可见元对杜的欣赏。

对于这次行程，狄老师说他在《元好问年谱新编》中钩稽甚详。《元好问诗编年校注》之末，收录有《元好问年谱新编》。

我赶紧查找，在《元好问诗编年校注》中找到了狄老师说的《元好问年谱新编》。这里写到了这年元好问的行踪："蒙古定宗二年丁未，1247年，58岁，春二月在家，从梁辨之请，做《朝元观记》；春，从李邦彦之请，作《藏云先生袁君墓表》；三月清明前夕，游繁峙之三泉。寒食节，自三泉归乡；夏四月，在乡间作《园明李先生墓表》；五月，至镇州张德辉处；秋，至镇州到相州，自相州西出，过善应寺；九月四日，与杜仲梁等游黄华山；九月初五日，游宝岩（即金灯寺）。南游苏门、山阳七圣堂。"

也就是说，1247 年，已经回到家乡忻州居住了几年的元好问，是从忻州出发，先到河北正定，再从正定到安阳，游览了黄华山，写下了《黄华山》《水帘记异》，之后来到了金灯寺。

《宝岩纪行》的创作时间、即元好问到金灯寺的时间终于在抽丝剥茧中渐渐明晰起来。

那么，58 岁的元好问为什么要到金灯寺一游呢？

7

解开这个谜题，亏了元好问的《游黄华山》《水帘记异》两首诗。而最早知道有这首《游黄华山》，得益于网络上一则河南林州作者史实考的《新发现元好问写的咏林州诗〈宝岩纪行〉》提供的一个信息。这篇文章说，公元 1237 年，元好问第一次游林州黄华山，写过一首《游黄华山》，此诗是记载于历代《林县志》里的。

我把这首诗摘录在此：

黄华水帘天下绝，我初闻之雪溪翁。
丹霞翠壁高欢宫，银河下濯青芙蓉。
昨朝一游亦偶尔，更觉摹写难为功。
是时气节已三月，山木赤立无春容。
湍声汹汹转绝壑，雪气凛凛随阴风。
悬流千丈忽当眼，芥蒂一洗平生胸。
雷公怒击散飞霆，日脚倒射垂长虹。
骊珠百斛供一泻，海藏翻倒愁龙公。
轻明圆转不相碍，变见融结谁为雄？
归来心魄为动荡，晓梦月落春山空。
手中仙人九节杖，每恨胜景不得穷。
携壶重来岩下宿，道人已约山樱红。

我再把 1247 年元好问写的《水帘记异》摘录下来：

黄华绝境探未穷，道人曾约山樱红。

镜台悬流不易得，世俗名取香炉峰。

七年长路今一到，刺鲠欲满平生胸。

岂知旱久泉脉绝，快意一濯无由供。

神明自足还旧观，涌浪争敢徼灵通。

何因狡狯出变化，胜概转盼增清雄。

天孙机丝拂夜月，佛界珠网摇秋风。

称奇叫绝喜欲舞，恨不百绕青芙蓉。

银桥清凉巅，玉镜崧丘东。

世外果无物，邂逅乃一逢。

书生眼孔塞易破，勺水已复夸神功。

东坡拊掌应大笑，不见蛰窟鞭鱼龙。

比较两首诗，可以清楚看到，《游黄华山》最后一句恰是《水帘记异》的第二句"道人已约山樱红"。也就是说，元好问写下《洪谷圣灯》和《宝岩纪行》那次，是他第二次来到黄华山，那年他 58 岁，而那次再到黄华山，是赴约而来。

"宝岩夙所爱，丈室方再叩""我岂无尽公，昔见今乃又"，其实，《宝岩纪行》也两次提及，1247 年 9 月，元好问到金灯寺，是第二次。

1247 年元好问写的《水帘记异》中有一句"七年长路今一到，刺鲠欲满平生胸。"意思是，再到黄华山赴约，已过了七年。那么，第一次到黄华山，写下《游黄华山》、与老道人缔约再看"山樱红"是 1241 年了？

这个时间又与河南林州作者史实考的《新发现元好问写的咏林州诗〈宝岩纪行〉》中提到的时间 1237 年是矛盾的。史实考在文章的第一句话就说：

"以前笔者只知道元好问于公元1237年第一次游林州黄华山，写出了著名的《游黄华山》诗，那是记载于历代《林县志》里的。"

按照史实考的说法，《游黄华山》可能就是这次回乡时路过游览并写就。真是这样吗？

如果第二次游黄华山为赴约，那么，第一次，他到金灯寺又有什么机缘巧合？

自1233年汴京被破，44岁的元好问过了五年多的囚徒生涯。作为囚徒，他与家人辗转于山东聊城、冠氏之间，度过了他一生最为凄惨悲凉的阶段。这样潦倒的生活一直到46岁，他的生活才迎来一丝光亮。那年，他迁居冠县，受崇尚文士的蒙古国的汉军首领严实、赵天锡等人的照顾，生活逐渐好转，他终于有了可以自由活动的机会。这一时期，他在冠县租赁民房而居。1236年8月，他迁居莘县，冬日，还建起了自己的新房。1237年3月21日，他跟随赵天锡游长清泰山等地，历时一月。1237年夏秋之际，他的新居被焚毁，他不得不再次租赁民房而居。那年冬天，一家人在秋风中瑟瑟相依，而元好问还感染了风寒。也就是说，1237年，元好问并没有到黄华山的记录。

让元好问有了还乡之念的，恰是因为1237年夏秋，他山东新居的火灾。1238年，身在异乡的元好问决定回乡。那年秋，元好问曾独自踏上回乡之路，为全家回迁安置做准备。他的回乡路线为从冠县、内黄、卫州、辉县、怀州、高平、陵川、太原，最后到他的故乡忻州。

我试图从《元好问诗编年校注》收录的1380多首诗中找到一些线索，比如《游黄华山》之后有一首《答晁公宪世契二首》。晁公即晁国章，高平人，教育家。由此可推知，元好问回乡路上是经过了高平的。也许就是在此次回故乡途中，途经河南林县，他慕名游黄华山，写下《游黄华山》这首长篇山水诗？"悬流千丈忽当眼，芥蒂一洗平生胸"是不是刚刚解除羁管后元好问慢慢舒展心情的表达？也许正是他心情郁闷，才停下回乡的脚步走上了黄花山？

如果《元好问年谱新编》记载准确，1238年秋元好问回太原的时间为秋天，那他留下的《游黄花山》中有一句"是时气节已三月"，这个时间显然对不上。

那么，元好问第一次到金灯寺到底是何时？

我查阅《元好问诗编年校注》中《元好问年谱新编》中1241年元好问的足迹。蒙古太宗十三年辛丑（1241年），这年正月初一，52岁的元好问是在山东东平阊载家过的年。年后，他去了辉县，曾与姚枢作问答诗。3月，游黄华山后作诗（大约就是这首《游黄花山》）；4月，至代州、应州、浑源。

1241年，这是元好问到黄华山的确切时间。

也就是说，元好问第一次游览黄华山的时间是1241年3月。

由此可知，元好问两次游览黄华山，均非顺路，而是有目的的游览。

后人评说，元好问有三大爱好：写作、交友和游历，这个评价并不虚妄。读元好问的诗，再看狄宝心老师的《元好问年谱简编》可知，即使最困苦的时候，不论风吹雨打，他都没有停下游历的步伐，没有停下写诗，没有停止交友。正因为如此，他才给后人留下了洋洋洒洒1380多首诗以及其他丰厚的文学著述。

劫后余生之喜和往事不堪回首之悲，此时的元好问心情当然五味杂陈。然而，他还是没能忘记了仿佛与生俱来的使命：写作、游历和交友。所以，他才会在回到家不到一年的十月二十日，再次启程，过东平，之后与好友山东杜仁杰等再游黄华山，到金灯寺，赴道人看山樱红之约。

《元好问诗编年校注》中，对《游黄华山》有一个注释，说黄华山即隆滤山，也即现在说的林虑（滤）山［因避东汉殇帝刘隆讳改名林虑（滤）山］，而金灯寺就位于林虑山。元好问两次到黄华山，也两次到了金灯寺。只不过，刚从羁管中走出的元好问，到底心情不爽，所以此次到金灯寺，没有为金灯寺留下文字。但朋友还是交了，他叩开了方丈之门。想来，两个人还聊了很久。诗人与僧人，从来都有说不完的话。

如果按照1241年算，元好问初到金灯寺那年，已是知天命之年，51岁；离开金灯寺、离开黄华山时，他与这里的山水胜景缔结了一个重逢约定。

1247 年，58 岁的他再次来到黄华山，来到洪谷寺，来到金灯寺。这一次，他为这些地方留下了四首诗篇：《黄华峪十绝》《水帘记异》《洪谷圣灯》和《宝岩纪行》。

8

元好问两次不顾山高路远、道路艰险，前来金灯寺，真的只为游山玩水？亡国之后的元好问，真的有这样的闲情逸致？

元好问虽然少有"神童"之称，但他的仕途并不顺利。他是深深笃行"儒学治国"的一员，所以 16 岁、19 岁、21 岁、23 岁、28 岁五次参加科举考试，却一次次名落孙山。直到 32 岁，才得中进士，但因科场纠纷，被诬为"元氏党人"，元好问愤然不就选任。由此可见元好问性格之刚直，他希望自己的仕途是干干净净的。一直到 35 岁，正大元年（1224 年），元好问得翰林学士、兼修国史赵秉文等人的贡举，才以优异成绩得中科举。

遗憾的是，生逢乱世，他的官做得并不顺当。从冷官国史院编修到河南镇平县令、河南内乡县令，到邓州节度使移剌瑗幕僚，再到南阳县令，当他终于调金中央政府任尚书省令史，此后又升任左司都事，转任尚书省左司员外郎，官至翰林知制诰，终于可以实现他的政治理想时，1233 年 4 月，金国灭亡了。

按蒙古惯例，"凡攻城邑，敌以矢石相加者，即为拒命，既克，必杀之"，可谓铁骑所至，血流遍野，寸草难生。尤其占领汴京之后，窝阔台原本是要屠城的。风雨飘摇中的元好问为保大金中原秀士，贸然给蒙古国中书令耶律楚材推荐了 54 个中原秀士如王若虚等，让他设法保全这些中原文化精英。

耶律楚材为辽太祖耶律阿保机九世孙，金朝尚书右丞耶律履之子。他虽为契丹人，但深受儒家文化浸染，是一位"汉化"得相当彻底的契丹族封建士大夫，他的思想与儒家学子几无二致。耶律楚材曾被金国授掾职、开州同知、左右司员外郎。成吉思汗十年（1215 年），蒙古军攻占燕京后，被俘的他因满腹经纶而成了成吉思汗的重臣。

从金国臣子到蒙古重臣，耶律楚材经历了难以言说的亡国之痛。但他没有逃避现实走向隐逸山林，而是经过一番审时度势，最终在新兴的大蒙古政权与腐朽的金朝统治之间选择了为蒙古国效劳。识时务者为俊杰，耶律楚材认为，实现自己的政治主张，唯有从政。之后，耶律楚材也果然成为促进蒙古贵族接受中国传统文化的第一人。窝阔台即位之初，代表统治集团的守旧派蒙古大臣哲别向窝阔台提出了："虽得汉人，亦无所用，不若尽去之，使草木畅茂，以为牧地"的主张。也就是杀尽汉人，把中原土地变为草原。想一想，倘若蒙古国果真这样推行国策，除了汉族人血流遍野、亡国灭种之外，中原大地会是怎样的情形？耶律楚材代表汉族地主阶级的利益，同守旧派的蒙古贵族进行了一场尖锐激烈的斗争。他竭力主张采用中原地区的封建剥削方式，实行统一的税课制度，作为大蒙古政权的一项基本国策。他的积极谏阻，防止了蒙古贵族妄想把落后的游牧经济扩大到中原农耕地区的企图。

尽管耶律楚材对历史有很多贡献，但在民族气节上后人对他始终褒贬不一。

也许正是鉴于耶律楚材这样的人生履历和政治主张，元好问才决定向他保举中原秀士。

元好问保举了五十多位秀士，但他却没有为自己谋福利。也许当时他是怀了必死之心。但在耶律楚材力谏下，元好问与很多金臣一样，没有被屠杀，而是被蒙古军押送到山东聊城及冠氏县关押。

这期间，元好问痛心金国的沦亡、奸贼的误国，为以诗存史，他开始勤奋编辑金国已故君臣诗词总集《中州集》。以"中州"名集，寓有缅怀故国和以金为正统的深意。

1235年，冠氏县令赵天锡（也属金臣，降元）把元好问一家接到冠氏，并资助他建房，免除了元好问性命衣食之忧（遗憾的是，新屋不久毁于火）。第二年，在赵天锡的引荐下，他结识了蒙古国的汉军首领严实。与东平行台严实结识，是元好问人生中的一件大事。可以说，没有严实，就没有元好问之后的安稳生活。

严实，泰安长清（今济南市长清区）人，初为金长清令。蒙古军队不断南下攻金，严实携部众三十万，投降蒙古大将木华黎后，被拜为金紫光禄大夫，行尚书省事，1234 年，授东平路行军万户、管民长官，成为掌握东平地方实权的汉世侯。严实父子善于招揽人才并以养士闻名，严实"时年已长，经涉世故久，乃更折节自厉，闲亦延致儒士，道古今成败，至前人良法美意，所以仁民爱物者，辄欣然慕之"（元好问《东平行台严公神道碑》）；又有"合散亡，业单贫，举丧葬，助婚嫁，多求而不靳，屡至而不厌"（元好问《东平行台严公神道碑》）的惠政，于是，中州名士慕名而来，东平人才集一时之盛，他们为治理东平、繁荣东平文化做出了重大贡献，东平也因此成为"郁郁乎文哉"的文化中心。尤其严实对于名满天下、文坛盟主的元好问更是格外优遇。在首访东平的第二年，严实还专门邀请元好问在府中做客，元好问在严府住了一个夏天，俩人结下了很深的友谊。

1234 年，汴京城破时，元好问曾立下志向，金亡后绝不出仕。以后，他确实这样做了。1239 秋，耶律楚材请其出山，被元好问婉拒。他决定隐居故里，交友游历，潜心编纂著述。

尽管不再为官，但元好问并不是一个甘居人下、甘为平庸之人。失之东隅、收之桑榆，元好问辞官不做，但他后来却成为金末元初的大文豪，与严实、赵天锡的大力襄助分不开。严实对元好问的厚待，使他很快成为东平文化圈中的核心人物。而这些带给元好问的最大的改变是，此后他的生活更加好转，行动也较为自由。1237 年秋天，他带着赵天锡等所赠金银回家乡修建"外家别业"，做回乡之准备。1238 年，元好问一家终于回到忻州。

那么，隐居后的元好问为什么要到金灯寺呢？

1240 年，元好问的"靠山"严实和赵天锡相继去世。尽管相识不久，但元好问对雪中送炭的严实和赵天锡的感情却是深厚的。他为赵天锡写下了《千户赵侯神道碑铭》。这年冬天，他去东平，为严实写下了《东平行台严公神道碑》。

元好问虽没有做元朝官员，但他却与很多元朝大臣有千丝万缕的联系。他不仅得到了降臣的照顾，还推荐很多中原学子担任了元朝的官员。而他也正得益于那些投降元朝金臣的照抚，才得以脱离牢笼，回到故乡忻州著书立说。这对于元好问到底是成还是败，是功还是过？

历史对元好问的三个灵魂拷问正在于此。

元好问虽为鲜卑族，但他在儒家文化浸染之下，性格、气度早已高度汉化。宋明以来士人反复强调的大节，即忠于国，恤于民，孝于亲，信于友，士大夫不能忘却，而元好问在乱世之中保举秀士，为降臣立碑歌颂，以及得严实等朝秦暮楚降臣的照抚，首当其冲成为后人诟病之处。

即使今天，依旧有人提出，元好问其实是有双重人格：一个是同情人民，把吃苦受罪的人民认为是自己的血亲骨肉；一个是厚颜无耻，把满手血腥的敌人当作自己的再生父母。尤其他与蒙古屠戮中原人民的将士周旋往来，对他们尽情歌颂，让人难于理解、接受。

生在乱世，我想元好问的确是迷茫的。当饱读诗书的元好问不能在儒学中找到答案解决他的问题时，他只能转身走向神学、佛学、道学。

元好问第一次到黄华山，他在《游黄华山》一诗中有这样一句"悬流千丈忽当眼，芥蒂一洗平生胸。"可见，此时此刻，他内心有多么不平静。那次游黄华山，他曾经拜访道士，但道家学术也没有让他找到解开他心中芥蒂的钥匙。

1243 年秋，元好问应耶律楚材及其子耶律铸邀请到燕京，为其父耶律履撰写碑文。此碑文是元好问 100 余篇碑碣铭文中最长的篇章之一，可见元好问对耶律楚材的感激之情。不久，元好问又为耶律楚材的两位哥哥耶律辩才和耶律善材撰写了碑文，为耶律楚材的母亲撰写祭文《中令耶律公祭先妣国夫人文》。1244 年，耶律楚材病逝，这令元好问十分悲痛。至此，与元好问有交集的几个重要人物均离开了他。

耶律楚材的死并没有减少元好问背负的诟病。相反，他以文人之身，侍降臣之祸，始终如山一般压在他的身上、他的心上。他想起与黄花山道人的约定，于是于 1247 年再次来到了黄华山。

这一次，他走进了佛门洪谷寺。

在《洪谷圣灯》诗中，元好问说他看到了金灯圣灯。其实，金灯圣灯本来就是虚无缥缈的存在，即使有，并不是时时刻刻、随随便便都能看到，正如他诗中所写的那样，"山僧失喜见未曾"，居住寺院的僧人都没有看到，他怎么会来此居住一夜就恰好看到了呢？说白了，金灯圣灯，其实是元好问心底需要的一盏灯。

西汉文学家刘向提倡神学，最终在神学中找到了自己的方向。元好问想到了刘向，所以诗中提到了"何曾办作刘更生，下照乃辱青藜杖"的往事。58 岁的元好问，对自己其实已有一个深刻认识。乱世之中，一介腐儒，他能怎样？他已经恪守了内心召唤，始终未去做元朝的官。以儒治国的理想破灭，著书立说是他最后的底线，唯有先活下去，才能有安稳的一张书桌。而这张书桌，对于他，倘若没有官府支持，没有任何依靠凭仗，放置何处？如何养家糊口？

那天的元好问，面对金灯圣灯，他似乎找到了生活的方向——今朝金门佛灯佛作缘。佛家自天竺来，这没有国界、不分种族的信仰，忽然让元好问大彻大悟。

其实，对文学的求索，便是他的佛。面对世人的不理解，他为什么不仿效刘向呢？

走进佛门，以佛治心，让元好问终于放下心中羁绊，他感慨地写道："纷纷世议何足道？尽付马耳春风前！"

历史的烽烟散去，元好问终究成了元好问。

写于 2020 年 7 月 16 日
修改于 2021 年 6 月 15 日

神秘的金灯圣灯

1

　　1247年9月5日，晋豫交界隆滤山下洪谷寺。深沉夜色中，山巅之上宝岩寺所处的紫烟峰上忽然飘起了一盏一盏的灯火。神秘的火光在暗夜的大幕中若隐若现、飘飘荡荡，如梦如幻。见此奇观，寺院的香客惊奇地仰头观望、呼朋引伴、啧啧称奇，有的甚至跪拜焚香，就连寺院内的和尚也不禁双手合十，口中轻念"阿弥陀佛"。

　　那一夜，58岁的大诗人元好问恰好在洪谷寺。见此情景，想来他也是兴奋无比，激动无比。古人以为神异，谓之圣灯。圣灯传说，很多人听过，能见到圣灯的人，却为数不多。因为不常见，圣灯充满神秘，圣灯大约也因此成了某种福报或者吉祥之相。按捺不住心中的欢喜，这位饱经家国沦丧的大诗人元好问以《洪谷圣灯》为题洋洋洒洒写下了一首诗，描绘了当时的情景：

　　"游人烧香仰天立，不觉紫烟峰头一灯出。

　　一灯一灯续一灯，山僧失喜见未曾。

金绳脱串珠散迸，玉丸走枰光不定。

飞行起伏谁控抟？华丽清圆自殊胜……"

依据元好问的描绘，圣灯不是一盏，而是一灯接着一灯，如串珠脱落，飞向夜空；圣灯形若河灯璀璨，随波逐流，荡漾起伏，一路光辉，所以诗人才会诧异，是谁控制着圣灯的起伏和飞舞，暗夜中那么超凡脱俗！

"昨朝黄华瀑流神所怜，今朝金门佛灯佛作缘。"那次，元好问是游了黄华山之后来到洪谷寺的。他在诗中写道，金灯圣景为他亲眼所见，也因此，他心情澎湃，"腐儒心魄为动荡"。因为偶遇金门圣灯，这位清高傲世的文学家忽然从内心缔结了他与佛家的缘分。

站在洪谷寺看，圣灯是从金灯寺起飞的。于是第二天，元好问艰难攀缘而上，抵达"圣灯"起飞的金灯寺。当时的金灯寺还叫宝岩寺，游览金灯寺后，他写下了洋洋洒洒 300 言古风《宝岩纪行》。

这是元好问第二次到金灯寺。第一次是 1241 年，元朝廷刚刚解除对他的羁押看管时。那次隆滤山之行，他仅写下一首《游黄华山》。他没有看到金灯圣灯，却游了金灯寺。元好问如此执着攀山越岭到金灯寺，可见他对金灯寺的喜欢。正如《宝岩纪行》所言"宝岩夙所爱"，所以他才会两次到金灯寺"丈室方再叩"。

佛家说，灯从上界传。"圣灯"是飘浮的神灯，凡见此奇观者，所愿皆成。难怪香客们激动，也难怪元好问自言结下佛缘。

2

神秘的金灯"圣灯"到底起源于何时？

现存资料中，最早看到宝岩寺"圣灯"的文人墨客，并非元好问，而是北宋哲宗、徽宗时尚书右仆射张商英。

张商英不仅看到了"圣灯"，也如元好问一般，以文人的深情写下了见到"圣灯"的情景。他径直把"圣灯"写到了文章题目里，以突出"圣灯"主题，这篇文章叫《林虑山圣灯记》。文中写道："初于紫烟峰现灯五，才闪烁耳。已而，于石城峰现宝灯一，行里余，又现金灯一，分而为二。同祈者为知县钱景允、尉耿澈、共城、陈巩，僧行三十人，兵干二百许人，莫不叩头悲泪。"

陪同张商英视察调研林虑山的官员还真不少，加上僧人，二百多人。大约张丞相生怕别人不信他所见的"圣灯"为真，于是把在场的官员名字一一列入，同时还写到了众人看到"圣灯"的表情，不是磕头就是激动地流泪。他这样写，仿佛似在说，我撒谎，总不能拉着这么多达官贵人、僧侣众人一起说谎吧！尤其僧人，出家人是不打诳语的。

张商英的话，世人不可能不信。张商英不是等闲之辈。能坐到丞相之位的，绝不可能是等闲之辈。张商英是北宋蜀州（四川崇庆）新津人，生于 1043 年，字天觉，号无尽居士。他的"号"已然说明他与佛法的渊源。

史书记载，张商英从小锐气倜傥，日诵万言。宋神宗时，受王安石推举入朝做官。他任职通州主簿时，有一天，他看到卷册齐整的大藏经，不仅感慨："吾孔圣之书，乃不及此！"后读《维摩经》顿悟，归信佛法。

读《张商英传》，颇觉得他是一个"愣头青"。他都干了什么事呢？建议朝廷褫夺司马光、吕公著谥号，捣毁他们的墓碑和坟墓；多次诋毁蔡京"身为宰相，却一心迎合君主"；劝说徽宗节制浮华奢侈的生活，停止修建土木工程，打击投机钻营的佞臣，以至于皇帝对他都有几分畏惧。据说皇帝装潢升平楼时专门叮嘱工程主管，遇到张丞相骑马来到，一定要把工匠藏在楼下，等他走后再干活。也因此，朝廷上下看出这个"愣头青"的力量，称赞他为贤臣；徽宗也因他有声望，任他做宰相。

大观四年（1110 年）六月，久旱不雨，张商英受命祈雨，三次都很灵验。张商英能求来雨，这实在是一种旷世的能力。从此，张商英闻名朝中，徽宗还因此钦赐其"商霖"二字。

后世对张商英的评价很高，说他处理政务公平，大力变革弊政，改革币制，恢复转般仓进而废除直接运输，施行纸钞以便于通商行旅，免除不合理的赋税以减轻百姓的负担等等。宣和四年（1122 年），79 岁的张商英逝世，谥号"文忠"，赠少保。

张商英对佛教有虔诚的敬意，他为后世佛学做出的最大的贡献是著有一卷《护法论》。他的《护法论》广破欧阳修的排佛言论，驳斥韩愈、程伊川等人反对佛教的观点，并对照释、道、儒三教的优缺点，认为儒教所治为皮肤疾病，道教所治为血脉疾病，而佛教则能直指根本，治骨髓疾病。他还布施僧寺田三百顷，以表达崇佛的赤诚。

张商英笃信佛法，他到天下闻名寺院参拜佛法也就顺理成章。史书记载，大观年间，张商英被降调至边远地区期间，就曾到五台山礼拜文殊菩萨。

张商英何时到的洪谷寺不得而知。宋哲宗初年，张商英任开封府推官，从开封到洪谷寺，对于一个笃信佛法的官员来讲，不是难事。

张商英的《林虑山圣灯记》后来被刻在了洪谷寺；也有人说，张商英的圣灯石刻，至今还保存在洪谷山中的谢公祠中。也许，刻石人不过是因为张商英为北宋宰相，以此为寺院炫耀资本的。

元代许有壬在他的《林虑记游》中写道，他看到了"砖塔嵌张商英圣灯石刻"。遗憾的是，我没有到过洪谷寺，未曾见到过这通石刻。

3

金代文学家、书画家王庭筠也到过金灯寺。他留下的《五松亭记》记载，"唯洪谷宝岩寺为独完，寺创于高齐天保初，至本朝泰定中，宝公革为禅居，钟鼓清新，林泉改色，始为天下闻寺。"也就是说，在金代，金灯寺已经是天下名刹。

1151 年，王庭筠出生在金代辽东（今营口盖州地区）。他出身于书香世家，为左相张浩之外孙、书画家米芾的外甥、汉朝太原贤士王烈的 32 世孙。其父王遵古（字仲元），正隆五年（1160 年）中进士，官至翰林直学士，为官清正，学识渊博，时人誉之为"辽东夫子"。

元好问《王黄华墓碑》记载，王庭筠自幼聪颖，七岁学诗，十一岁可做诗赋文，读书五行俱下，日记五千余言。金世宗大定十六年（1176年），王庭筠中进士，受官承事郎，调任恩州军事判官。任满后卜居彰德（即相州，今安阳），买田隆虑（林虑，即今天金灯寺所在的大山），读书黄华山寺，自号黄华山主、黄华老人、黄华老子。三个"黄华"也说明了他对黄花山的情有独钟。

王庭筠隐居黄华山10年之后，金章宗明昌三年（1192年），被召入馆阁，再入仕途。泰和二年十月十日（1202年10月27日）染疾而去世，终年52岁。

元好问编辑的《中州集》收录有王庭筠诗30首、词10多首，称赞他"诗文有师法，高出时辈之右"，又在《王黄华墓碑》中说他"暮年诗律深严，七言长篇尤以险韵为工"。请注意，王庭筠的墓碑为"王黄华"，可见那段居于黄华山的时光，对于王庭筠来说，永远值得追忆和纪念。

王庭筠居于黄华山10年，不可能不到金灯寺游览。他留下的诗中不少是写林滤山的，却没有一首写金灯"圣灯"，是他没有见过金灯"圣灯"吗？

4

元初，洪谷寺的住持为高僧勃公禅师（1183年—1257年）。他是今河北永年县人，俗姓张，从小出家，云游四海，终得深厚佛学知识。勃公先后到河北蓟县、四川峨眉山一些名寺任住持多年，后来云游太行，来到林州任村镇盘阳村法济寺任住持长老。

一次，他来到洪谷游览，看到这里景色壮美，而洪谷寺却被焚毁，十分痛心。他与当地僧徒交谈，流露出重振洪谷寺之雄心。后来，府、县、宣课所和洪谷寺僧人分别写了四道"疏"，即四个邀请书，当地乡官僧徒一同到法济寺苦苦相邀，勃公只得应命，于1237年来到洪谷任住持。勃公到洪谷寺后，整理破旧寺庙，还用三年时间创建了观音殿。

一天，林县县令到洪谷游览，夜宿寺院，晚上见圣灯落入金灯山，心中大悦，认为是上苍显灵，恭贺勃公修寺有功。兴奋的县令当即命勃公创建洪谷寺大殿。又过了三年，洪谷寺大殿建成。之后香客不绝，洪谷寺又一次名声大震。1243 年，勌公辞掉住持之职，退居沟里太平小寺。公元 1257 年 2 月 27 日，勌公卒，当时送殡者僧侣百余人。他圆寂的消息传到他曾住过的河北正定府衙，府官还写来了谕文："卫之北，相之西，山洪谷，太行齐。有本色，住山僧。续佛慧，继祖灯。韶阳宗，得勌公。修古刹，厥有功。高其冢，深其穴。石可转，名不灭。"

据说介绍勌公一生功绩的《勌公禅师塔铭》碑，到现在还立于洪谷唐塔前，首题"元朝第一代勌公禅师塔铭"，可见对勌公的评价之高。

如按时间推测，1241 年 3 月，元好问第一次到洪谷寺，恰是勌公重振洪谷寺之时。以诗人性情，也许元好问是见过勌公的。按照《勌公禅师塔铭》碑所记，林县县令、勌公以及洪谷僧人也是见过"圣灯"的。不知元好问怎么会写出："一灯一灯续一灯，山僧失喜见未曾"？

5

早在元代，金灯寺就是一处有名的寺院。

《古今图书集成·方舆汇编·山川典》第四十九卷《林虑山部汇考》收有一篇《碄峪宝岩金灯记》，作者为曹居易。我没查到曹居易的生平，不知道他是哪朝哪代人，但他写的主人公粘合公道是元代人。曹居易等人也认为，金灯圣灯并非凡人可以随随便便就能看到，而看到金灯圣灯者，"世人往往有兆福应诚之说"，即多是有福报之人。

元太宗十年（1238 年）六月，粘合南合（女真族，不知生于何时，1263 年卒，元朝初期大臣，魏国公粘合重山之子。中统元年，两迁宣抚使，累授中书平章政事。中统四年卒，封魏国公，谥号宣昭，为福建台湾粘姓始祖）出任江淮安抚使，到相下（今安阳）后，曾游览过金灯寺。寺院内方丈告诉他，这里可以看到金灯圣灯。于是他们在寺院住下，焚香祷告，不一会就感觉到了异样，之后果然看到了金灯圣灯："初如萤点点然，渐如烛摇摇然。微而坠者如星陨然，疾而过者如电掣然。或焰或烬，乍隐乍见。"

圣灯出现后，寺院内所有宾客、僧人一边仰望一边跪拜，"恍然见身世于般若光中"。因为金灯圣灯罕见，所以僧众合掌祝贺粘合南合："相君，福人也，且致诚，故能成此一段胜缘，当有无量福德。"有意思的是，后来，果然皇帝下诏让粘合南合代其父粘合重山丞相之位，"南伐，摄知行台军马事。"粘合南合认为自己能有如此福报，全因沾了金灯圣灯之光，"大缮隆虑"，从此成为宝岩寺"功德主"。

方丈为了记录这件事，于是找到曹居易。曹居易何尝不知道文字的份量，他较为中肯地写道："事苟涉怪诞，固非吾道所取。虽然，韩潮阳之石廪、苏登州之海市，世代人物自不能齐。岂精诚感召之际，而造物者亦有所适莫耶。况自荣公至于宰丞，宰丞方尔而复有公。其所以光明烜赫者，焰焰相续而照耀当世。噫，此非公家无灯也耶。此灯能燃之而使与此山相始终，是所期于公也。公曰：余虽不敏，请事斯语。"

曹居易采信了方丈之言，而且，他希望金灯圣灯永远照耀下去，与山川同阿。

6

除了北宋丞相张商英、元代大臣粘合南合外，金灯寺还来过一位高官——王磐。

《元史·王磐传》记载，王磐（1202—1293年），初名采龄，字萧客、文炳，号鹿庵先生。祖籍祁县，居河北。王磐为北朝西魏宰相王思政后裔。

王磐与元好问为同时代人，不同的是，金亡之后，元好问没有正正经经做官，拒官"归隐"，而王磐却入了元朝廷为官。

王磐于金朝正大四年（1227年）中进士，授归德府录事判官，但他没有赴任。金亡之后，他逃亡到南宋。宋理宗端平三年（1236年）的襄阳兵变导致很多在金亡后投降南宋的中原人士叛投元朝廷，王磐随大流北归。此时，著名政治家、东平行台严实正在大量招揽文人学士，而元好问当时担任招揽人才的试官。受严实之邀，王磐开始在当时北方三大文化中心之一的山东东平设坛教学。

在东平期间，王磐置田宅，题居室为"鹿庵"，取意安宿至老的意思，大约他想如此终老一生。孰料1262年，手握重兵的蒙古汉族世侯、益都行省长官李璮欲发动兵变，被王磐觉察，担心被牵连，匆忙脱身逃入京城大都。后李璮兵变被围济南，却被自己昔日将领俘虏并斩杀。王磐这一逃倒逃出个"忠诚"来，元世祖忽必烈召见他，嘉奖其诚节，召拜为翰林直学士，同修国史，再后来复入翰林为学士，升太常少卿。王磐多次辞官均不允，皇帝对他始终眷顾不衰。王92岁谢世，赠端贞雅亮佐治功臣、太傅、开府仪同三司，追封洺国公，谥文忠。

我们不讨论王磐的历史功过、是忠是奸，只说他留下的两首诗。王磐何时到的洪谷寺，我未做勘究。他如元好问一样，也是游了黄华山后才到了洪谷寺。在《游黄华山》一诗中，他写道："前年会一游，披览恨未细。今兹重经过，适与佳客萃。"这说明，他不是第一次到黄华山，也不是一个人来，而是有不少身份高贵的"佳客"陪同而来。第二天，他到了洪谷山，并留下《洪谷山》一诗记录了他的行程："昨日游黄华，抵暮方言还。今晨到洪谷，驱马五松边。未移金门日，还指元康烟。山中富清境，不暇相周旋。大似山阴客，望门却回船。空怀上方寺，矫首浮云巅。瀑布落晴雪，金灯开夜莲。何当重经过，岩下细留连。"从他留下的诗句中可以看出，对于金灯寺"圣灯"，王磐也是久闻而慕名。

7

古代游览林虑山者很多。金灯寺与洪谷寺，一在山巅，一在山脚，但游览洪谷寺后到金灯寺的人相对要少一些，这是为什么呢？

到金灯寺的路陡峭难行。

从平顺县玉峡关到金灯寺的路，即从北向南的路（此路相对平缓）为近年方才修通。八百多年前，到金灯寺的路大约只有一条，那就是河南洪谷寺攀缘而上的一条猴梯鸟道。此路为从南向北。直到今天，前来金灯寺的河南香客依旧从这条陡直的山路攀登而上。他们这样形容这条道路的遥远：“摸着金灯墙（金灯寺南的悬崖），还有十里长”。大约因为道路艰难，自古以来，很多达官贵人望而却步，遗憾地与金灯寺擦肩而过。

比元好问小 13 岁的金代书生刘祁（1203—1250）曾到过林虑山。刘祁为山西浑源人，1233 年考进士不第，还不幸被元兵包围于汴京。后历尽艰辛，由河南、山东辗转两千里返山西故乡。返山西途中，途经林虑山，之后写下一篇《游林虑西山记》。记中写道：“石起高齐峰端，有檐甍隐隐，号金门寺云，有僧居，路险林深，游者罕到。”

公元 1338 年，元代中书参知政事、集贤殿大学士许有壬来到林虑山，写下一篇《林虑记游》。其中说到他行“至洪峪东二里余，”看到“圣灯寺在西峰绝顶，望之，隐隐见其殿宇。僧云盖四十里之遥。”也就是说，当时从洪谷寺到金灯寺，还有陡峭的山路 40 里。

清道光年间官至福建巡抚、太仆寺卿的五台人徐继畬也到过林虑山。他留下一首《太行绵亘上党之东险隘林立述其在潞安境内者示朱生甫》，其中写到金灯寺东西两侧的桃花古道和花园古道，写到此地道路的艰难：“……高岭路纤盘。桃花隔两园，斗绝不容攀。林虑近可接，望之云漫漫。再北为潞城，虹梯空际蟠。鸟道回百折，投足欲走丸。樵苏尚彳亍，何人敢据鞍。奇险由天造，一夫可以完。下有茉兰岩，峨峨石剑攒。岵崿怖行旅，群吟《行路难》。”

尽管道路艰难，很多人还是怀着对金灯寺的崇敬，不畏艰难地要到金灯寺览胜。因此，看到金灯寺“圣灯”的，除了张商英、勍公禅师外，还有很多人，并留下了诗作。正如许有壬《林虑记游》所言：“旧传，圣灯诚悫拜祷则见，商英而后见者多自矜，必刻石以纪。近年元遗山亦有诗纪之。”

中国历经几次灭佛运动，金灯寺与很多寺院一样，也在历次灭佛运动中受到过冲击甚至毁灭。

到明代，金灯寺再次迎来它的辉煌，从明弘治十七年到嘉靖四十四年，依崖造佛的斧凿声不绝耳语。但金灯寺不同于云冈石窟、龙门石窟，无论金灯圣灯给其“镀”过怎样耀眼的光芒，金灯寺始终为一座民间寺院，供养人全部来自民间。即便如此，金灯寺还是不断迎来达官贵人。

居于潞州的沈简王朱模六世孙、朱元璋七世孙沈宪王朱允栘也曾慕名到过金灯寺，并留下了一首《寄题金灯寺》描写金灯寺景观："金灯寺在半岩头，石殿深涵碧树秋。鸟道入云天咫尺，山泉悬溜水周流……"沈宪王还是诚实的，他写到过金灯寺，却没有写他看到了金灯圣灯。

8

金灯寺的"圣灯"到底始于何时？

康熙版《平顺县志》记载，金灯寺始建于北齐年间，开始叫宝岩寺。而最早看到金灯圣灯的是寺院创始人芊禅师。每到夜晚，芊禅师就会惊奇地发现，有两盏金灯由东而西飘入寺内，寺内顿时金光满照，不管有无月亮，数米内的东西均可看清，读书写字、穿针引线也不会出错，所以他便把宝岩寺改名为金灯寺，并把寺东面的一个山头叫做"起灯山"，寺西不远处的山头叫"落灯山"。

金灯寺起灯亭

如果按照这个传说寻找"金灯圣灯"起源，那么，至少在北齐金灯寺建立时，金灯圣灯已经存在。

到明代，金灯圣灯依旧是存在的。对金灯"圣灯"描写最为详细的是明万历年间中州诗人崔士荣的七言古风《登宝岩寺观金灯》。这首诗就刻在金灯寺第二进院迎面台阶侧一块两米多长的碑碣上，其中写道："夕阳对酌发高歌，近夜看灯试密祝。忽然对山一星明，清辉晃晃如行烛。须臾数点起四山，眼底涧中五灯簇。乍明乍暗焰荧荧，还远还近光煜煜。分明出现摩尼珠，龙女呈来照林麓。游人大咤号佛声，果是山灵酬我欲。"崔士荣不仅写到了"圣灯"起飞的情景，还写到了"圣灯"形态，乍明乍暗，灯焰荧荧、时远时近。接着，他还写了人们见到"圣灯"的表情：惊诧之声大起，认为是心诚则灵，神灵来慰藉自己的一片佛心。

康熙版《平顺县志》中关于金灯寺，收录有五篇诗文。其中，明代平顺县文人申锐在作为平顺古八景之一的题咏诗《梵宇神灯》中写道："灿烂金灯光佛座，玄微石洞显神功。"康熙版《平顺县志》的纂写者路跻垣的《梵宇神灯》也写到了金灯圣灯："黉夜珠光耀，凌空萤火飞。"他的眼里，"圣灯"若萤火虫一样凌空飞舞。

除了《平顺县志》记载的关于金灯寺的诗歌，还有一些人写了金灯寺"圣灯"。比如，明代安文奎留下的一首《登金灯峰》中，也写到了金灯"圣灯"："夜月寒池见，佛灯远谷明。游人心洁净，谁遣炬光生？"清人王锋在他的《金灯寺》中对金灯"圣灯"景象是推崇的："宝刹留千载，神灯亦可跻。高低通不夜，隐见照诸迷。"清人万化在他的《林虑金灯寺》中，也写到了金灯"圣灯"："曛高紫气千峰起，星烂青灯万点来。"这些诗均未收入《平顺县志》。不知道，写下这些诗章的人是不是真的看到过金灯圣灯，是不是人云亦云？

乾隆版《潞安府志》《沁县志》编撰者姚学甲在土地《洪谷圣灯》中写道："旧闻金门寺前灯，山僧指示名曰圣。俄尔一点山中明，浮光吹乱遥带映。初疑荧荧鬼磷生，又似萤火各分并。鱼龙作戏珠光吞，星斗落地流辉迸。吾初见之得未曾，眼花迷乱立不正。远者如相迎，近者如相竞；散者纷而行，聚者肆以横。谁为抟其华？谁为执其絷？……佛法定有灯可传，灵台不灭西教盛。千灯万灯总一灯，灯灯相续明真性。"姚学甲为编写志书学者，尽管是写诗，他应知道文字记录需严谨求真。他是不是真看到金灯"圣灯"之后而记录的呢？

因为写金灯的诗歌太多，有人将这些诗汇集成了《金灯集》。这些诗歌中，对于金灯圣灯，大多诗人持认可的态度。只有少数诗人如清人李联芳，他在他的《金灯寺》一诗中明确说，他没有见到金灯"圣灯"："石径人烟少，琳宫香雾多。灯光浑不见，月影字婆娑。"

清人程之玿留下一首《题宝岩寺诗》，对金灯寺"圣灯"现象提出了疑问："花园村踞太行巅，上有古刹栖古禅。入夜金灯往往出，乍明乍灭树林边。观灯佛子归佛力，自我思之恐不然。中土无佛山即有，此灯灿烂几千年。非从白马驮来物，不稽之语莫轻传。暇日偶看草木子，谓灯皆是山灵宣……才华俊逸但佞佛，佛曰岂借灯增妍。我作此言告来者，读书明理莫纤缠。山归山兮佛归佛，鉴朗衡平两不偏。"

程之玿为康熙乙丑（1686 年）贡生，通诗博文，兼行中医。因在家中排行第二，尊称"二漳先生"，自号"舌耕堂"。其祖曾修《上党郡志》，其父在顺治时与周再勋同修《郡志》，称"一方信史"。之玿自幼好学，他遍走乡间，边行医边广收博采民间流散诗文。他看到了太多关于金灯圣灯的诗章后提出了自己的观点："中土无佛山即有，此灯灿烂几千年。非从白马驮来物，不稽之语莫轻传。"

程之玿没有否认金灯圣灯之存在，但他认为金灯圣灯是一种本来的自然之光，并非佛教"神光"。佛教为公元前后传入中土，并不是白马驮来的东西。在没有佛教之前，大山即在，这种"圣灯"现象就有，无稽之谈是不能随意乱写传播的。峨眉、简州、衡山等地，到处有让人惊奇瞠目的"圣灯"现象，难道都是印度传来的佛教传播所形成的奇特景观吗？你（那些自称见过金灯圣灯的诗人）有才华，不必借"圣灯"增加自己的光辉，从来山就是山，佛就是佛，不必把山中奇景附会为佛家法力。

康熙版《平顺县志》是如此介绍平顺县古八景之一"梵宇神灯"的："新兴二里迤东，山岩有宝岩寺，俱石室石像。俗传寺僧坐禅，每夜半有金灯数盏，从空由南山飞入佛前，后因僧童持帚扫地，及取而视之，乃树叶也。其后金灯无复常见。有至诚祈祷者，止现于崖畔间。题咏见艺文。"这段话的意思是说，圣灯为"俗传"，也就是说，这金灯"圣光"，生活在寺内的僧人也没见过。还有传说，坐禅的僧人看到"圣光"，命僧童拿笤帚扫打，结果发现是树叶。树叶会发光，这也委实奇怪。不过，此后，"圣灯"再也没有出现过。

乾隆版《林县志》记载："祺峪一夕，金灯见，有樵采者，过而扑之，金灯堕地，急取以视，特一败檞叶尔。"

如果金灯"圣灯"为树叶，那么，后来，发光的"树叶"怎么消失不出现了呢？

民国《重修林县志·名胜篇》中这样介绍金灯寺："谷（洪谷）西北一峰曰金灯峰，金灯寺在焉。下崖上岩，距地三十里，凿石壁为佛殿，深广各数丈，内有井泉，水常与户阙平。"意思是说，金灯寺距离山下 30 里路，佛殿开凿在石壁上，里面有泉水溢出，水面和门槛齐。这段记录倒是与金灯寺如今的情形是相似的。"内有井泉"说的是金灯寺水陆殿。这时的金灯寺，已经不再有金灯圣灯的记录了。

9

关于金灯"圣灯"，民间还流传着两个传说。

传说芊禅师之后，玉皇大帝派金灯老奶（观音菩萨）化身僧人到金灯寺住持。"金灯老奶"为寺院筹善款，集资粮，将寺院打造得别有洞天，并福佑一方百姓风调雨顺，人寿年丰。后老奶奶被召，金灯老奶让金鸽姐妹与自己一道返回天庭。谁知鸽妹展翅飞到了洪谷山狮子峰北侧变成了一位仙女，也就是现洪谷山谢公渠首东面的那座玉女峰，而鸽姐飞到洪谷千佛洞，要与鸽妹千古为伴。此时，寺院僧众才知主持原来是仙女，便在金灯寺建设了老奶奶殿、即今天的延寿殿，为老奶奶塑金身，尊称"金灯老奶"。周边百姓得知此事，八方云集，万民供奉。前来祈祷的不可计数，都说金灯老奶是最灵的一位神仙，她以慈善为怀，为天下芸芸众生消灾祛难，百求百应。

传说，在洪谷山，不管是谁，在夜黑走路感到害怕时，默念金灯老奶，就会有"圣灯"出现，伴你行路。金灯寺内延寿殿就塑造有金灯老奶金像。千百年来，金灯寺的香客，对金灯老奶供奉的香火始终不断。

《白鸽姐妹》的传说为近年来文人杜撰。故事是这样的：天上有一对白鸽姐妹因谗言被贬人间。太上老君临行前送给二人一对金灯贡簪，希望她们潜心修炼，早返天宫。姐妹二人来到人间就居住在林滤山。一日，她们在宝岩寺烧香敬佛时，因美色被当地财主的儿子刘黑觊觎。刘黑欲抢二人，被正在砍柴的穷小伙史郎救下。二人感激史郎义举，白鸽姐姐寺前作证，将妹妹许配给史郎，并把自己的金灯贡簪也送给了他。但好日子没过多久，刘黑找上门来，打昏史郎，并打死了史郎夫妻两人的儿子，抢走了鸽妹。史郎养好伤后杀了刘黑并放火烧了刘宅，最后到宝岩寺落发为僧。

没有死的鸽妹趁乱逃回家中，不见夫君，于是与姐姐一起寻找。此时她们已变回白鸽，所以，即使找到史郎，但史郎已听不出她们的声音。情到深处的鸽妹每晚都要到宝岩寺看史郎诵经。于是，一到晚上，一对长着洁白的羽毛的白鸽，再加上一对闪闪发亮的金灯贡簪，将宝岩寺照得宛如白昼，宝岩寺便改称为"金灯寺"了。

传说很煽动性地给年轻人以诱惑：凡真心诚意白头到老的年轻情侣在这里过夜，都能看到该寺夜明如白昼的景象。但凡住在金灯寺内，每晚不管有无月亮，数米内的物件均可看清，读书写字、穿针引线也不会出错。

10

金灯寺因金灯圣灯而闻名，那么，金灯寺又是何时开始称作金灯寺的？

根据康熙版《平顺县志》记载，金灯寺始建于北周，叫宝严寺（宝岩寺），元泰定年间改称金灯寺。

但传说，金灯寺最早叫金灯寺，是始于芊禅师。传说芊禅师在寺里诵经，无数金灯飞在眼前，他的小童怕骚扰师父念经，就用扇子扑打，结果落地全是萤火虫，后来，芊禅师就把寺院叫做了金灯寺。

金灯寺之称来源，还有一个关于佛经义理版的说法。佛教有金身不灭、一灯长明之说。佛界里有燃灯佛，佛法无边。青灯一盏，似琉璃通透，透照心灵窗隙，这很可能才是金灯寺命名的正源。

2016 年 2 月 23 日，《邯郸日报》刊发了原国富所写的一篇《洪谷金灯之谜》。文内说，2015 年 10 月 24 日，洪谷寺出土一块龙碑，碑上记载，金灯寺一开始叫悬空寺，而洪谷寺开始叫宝岩寺。东魏末年，高欢之子高洋在洪谷山被救，为感谢洪谷山寺僧人救命洪恩，高欢下令宝岩寺更命洪谷寺，定为皇家寺院，还把隐藏他的皂角树封为树王，每年只开花不结果，享受世人朝拜；悬空寺更名为宝岩寺。后来因为金灯"圣灯"，人们才把宝岩寺改名为金灯寺。后人在金灯降落的地方还建了落灯亭。这个故事说明，金灯寺曾经叫过悬空寺，东魏时，更名宝岩寺。何时叫做金灯寺的，没有说清楚。

金灯寺之名与金灯圣灯一样，扑朔迷离。

如果按照芊禅师因"圣灯"之因，建寺之初就叫金灯寺，为什么到元代，元好问到金灯寺时，这里还叫"宝岩寺"？也许，传说只是传说？宝岩寺之称始于高欢之朝？

清学者姚学甲的《洪谷圣灯》记载："旧闻金门寺前灯"，说明，金灯寺曾经还被称作"金门寺"。

从明代流传下来的关于金灯寺的诗词来看，比如万历年间进士崔士荣的七言古风《登宝岩寺观金灯》，沈宪王朱允栘的《题金灯寺》，明万历年间安文奎的诗《金灯寺》等可知，明代，这里是"金灯寺"与"宝岩寺"，大名、小名一起叫着了。

大明万历二十年文林郎知平顺县事张永锡、巡检司王岐顺曾筹资重修金灯寺，河南彰德府人、秀才刘时学为此撰写碑文，题目为《重修金灯寺碑记》，碑文第一句写道："隆虑西南四十里许，行山绝顶处，有寺曰金灯古刹也。"由此可知，明代，叫金灯寺为宝岩寺的已经很少了。从此，金灯寺之称一直到清代，一直到现代。

11

圣灯，果然有吗？如果有，关于圣灯传说最多最早的是哪里呢？

是四川峨眉山。

关于"圣灯"，"搜狗""百度"如此解释：金顶无月的黑夜，舍身岩下夜色沉沉，有时忽见一光如萤，继而数点，渐至无数，在黑暗的山谷间飘忽不定。佛家称它为"圣灯"，又名"神灯"。无论"搜狗"还是"百度"，他们解释"圣灯"，均参照了峨眉"圣灯"情境。

佛教称峨眉山为"大光明山"，"万盏明灯供普贤""万盏明灯照峨眉"说的都是峨眉山的"圣灯"，又名"佛灯"。因此，"圣灯"与"佛光"并称为峨眉山的"两绝"。

有人查证，最早咏赞"圣灯"的是公元9世纪的唐朝诗人薛能，他在公元866年秋天登临峨眉，夜观圣灯后写下了"莽莽空中稍稍灯，坐看迷浊变清澄。须知火尽烟无益，一夜栏边说向僧"这样的诗句。而后出现了许多描述峨眉"圣灯"的诗文，诸如"无边疑是万星染，不愧明灯称万盏""细雨湿不灭，好风吹更明""俟圣灯一至，数千百如乱萤"，佛门弟子称为"恒河沙数""智慧之光"。

1981年，作家马识途在《峨眉山下秀》中也写到了"圣灯"："忽然眼前深谷里出现星星点点的荧光，一会儿成千上万的飞腾起来，于是，都说：佛灯升起来了！"

峨眉金顶仁开和尚也说曾见过"圣灯"，他是这样描述其情境的："1982年8月一天的半夜，满天星斗，舍身岩半腰铺上一层薄薄的云，忽见云层中冒出一朵蓝中带绿的光点，约有拳头大，冒出后，迎面一射，迅速消失；

接着第二朵光点冒出，一射，又消失了……如此冒出约有三四十个光点。最后一朵光点，周围还伴随着三五朵小火花。"

关于"圣灯"，其实不仅仅一处有。宋人无名氏所作《鬼董》一书中记载："庐山天池峰，曼利刹利菩萨道场，夜夜有圣灯。"宋人孔武仲在他的《宿天池》诗说："暮夜烟云昏，西岩亦登眺；圣灯稍稍出，弄影何窈窕。一枝分百点，变态不可料，须臾归寂灭，何处观朕兆。"这是说庐山天池峰出现过"圣灯"。

峨眉山能看到"圣灯"的地方不止一处，灵岩寺、伏虎寺、华严顶、洗象池、天门石，都曾出现过。得见"圣灯"要具备四个自然条件：一是雨后初晴；二是天上没有明月；三是山下没有云层；四是山顶没有大风大雨。

古往今来，见过"圣灯"的人不少，连看三夜的还大有人在。公元1701年，高僧毛中大师在他的《朝峨山记》中饶有风趣地写道："是夜，僧报圣灯现，凭阁观之，空中隐耀得数十灯，有数灯最明，上下相承，又有渐飞至寺前者。伏虎圣灯罕见，余不及于峰顶睹灯，今补观于此，尤属异数。连连观三夜，余憩五日而后行。"毛中大师在金顶没在看到"圣灯"，到伏虎寺却补上了，还饱览了三夜，真是幸运奇缘。这说明只要条件具备，见到圣灯其实不难。

对于佛家神秘的"圣灯"想象，也有人质疑。

宋诗人范成大在《吴船录》中写道："上清之游，真天下伟观哉。夜有灯出四山，以千百数，谓之圣灯。圣灯所至多有，说者不能坚决。或云古人所藏丹药之光，或谓草木之灵者有光，或又以谓龙神山鬼所作，其深信者则以为仙圣之所设化也。"

明人叶子奇在《草木子·杂俎》写道："圣灯，名山之大者往往皆有之，世人多归之佛氏之神。如眉县峨眉山、成都圣灯山、简州天光观、衡山圣灯岩、匡庐之神灯岩、明州天童山、高丽之太白山，数处，圣灯时现，盖山之精英之气发为光怪耳。"叶子奇认为，"圣灯"这种奇妙的自然现象，是因光线通过云雾经衍射作用而产生的光环。

敢于打破佛家"圣灯"传说，叶子奇勇气可嘉。

12

2017年5月1日，因采访金灯寺看守人冯开平，我在金灯寺宿过一夜。黄昏时，我在寺院外石栏杆上远眺，山岚薄雾，山风习习，眼前的千年古刹庄重而沧桑，不远处的落灯亭沉静于暮霭中。

那夜我在三、四进院之间冯开平的小小寓所聊天，眼睛不时盯着监控屏幕察看外面。天黑时分，七八个年轻的驴友来到寺外，扎起帐篷，就宿在金灯寺外塔林的平地上。

不知道这些年轻人知不知道他们宿的塔林为历代金灯寺僧人佛骨所埋之处，也即坟墓，我有些担心。但金灯古刹如今成为全国重点文物保护单位，游人不能宿在寺内，也只能任他们宿在野外。

我在监控视频中看他们把摩托车停在一旁，忙着扎帐篷，引火（他们用的煤气炉）烧饭。我与冯开平师傅一同出来劝诫他们要小心用火，不要乱扔乱弃火种，以免发生事故。看他们一身青春之气，我忽然觉得我的担忧那么世俗。

那晚风很大，几次听到山风扑打厚重的木门的声音，仿佛有人敲门。及晚上十点，我与冯开平的妻子就宿在第三院延寿殿东一间偏殿中。眼前是一片明黄色，冯妻用金黄色佛家绸缎做了床围布。寺院温度低，冯妻为我打开一个小太阳电暖气。我睡得很沉，一夜无梦。我最终无缘于金灯"圣灯"。

在网上看到一种说法，说"圣灯"是一种附着在树枝上的"密环菌"，遇到空气中湿度达到100%时会发光。1983年，井冈山总体规划委员会的一支田野普查队，在南屏嶂水口坳这个地方夜宿时，看见了与"圣灯"十分相似的景象。他们把发光区域土壤、岩石、昆虫等和有关植物的枝叶进行采样化验，结果表明，发光的是附生在树枝上的"密环菌"，在水分达到100%时即能发光，干燥后光亮现象消失。这种带菌枝叶之所以能在黑夜里荧光四射，是因为密环菌得到充分的水分后和空气中的氧气相互作用的结果。这与一千多年前的徐太妃诗中的"细雨湿润不灭，好风吹更明"，与四百多年前王士性《游记》中的"俟圣灯一至，数千百如乱萤，扑之，皆木叶耳"似乎是吻合的。

2016 年，中央十台《地理中国》栏目曾经做了一期《奇秀峨眉》节目《那盏点燃在峨眉山顶的"圣灯"》。节目对于"圣灯"景象的形成如此解释：因为峨眉山金顶地下蕴含着丰富的磷矿矿物——磷灰石，磷矿石的主要化学成分是磷酸钙，这种物质一旦暴露在空气中，日积月累，会形成一定的磷化氢气体。磷化氢是无色的可燃气体，在 38 摄氏度时，会发生自燃现象，形成蓝绿色的磷火。由于磷化氢密度较低，在空气的流动中，能够随风飘动。远远看去，仿佛在半空中闪烁的蓝绿色灯火一般。所以，专家认为，峨眉山所谓的圣灯现象很可能是夜空中的磷化氢气体自燃现象。

金灯寺圣灯是不是与峨眉"圣灯"一样呢？金灯寺所处山体是不是也有磷矿石？还有，农历九月（元好问看到金灯"圣灯"的时间为 9 月），地处山巅的金灯寺能达到 38 度吗？采访冯开平时他曾说，即使夏日，他也需要穿保暖衣。因为山顶海拔高，温度低。如果不是，那么，金灯"圣灯"景象，又是何因？

想起《金刚经》中一句话："凡所有相，皆是虚妄。见诸相非相，即见如来。"想来，世间万物，莫过如此。

2020 年 8 月 9 日

扑朔迷离的虹梯关碑

1

那通石碑兀立在我面前，让我两年时间苦思但不得前行。

那通碑罕见地大。碑高2.74米，宽2.25米，厚0.3米。这还不算碑首。碑首目测也有1米多高（后知碑首高度为1.48米，与碑身一起高为4.22米），宽厚与碑身一样。人站碑前，像依了一堵巨大的石墙。

在写这通碑之前，我还没有亲眼见到它。总觉得一通石碑，没有什么好看的。

《虹梯关铭》碑

我真是小觑了它。我以为，一通石碑，不足半日，足可拿下（写完）。我甚至担心，一通石碑，只怕五百字都写不够。孰料，这通碑让我整整"写"了两年，还是感觉章法凌乱、不知所以。

很多年，这通石碑并没有引起人们过多的关注。人们见到它，不过感叹于它的高大，再往深处了解，知道这道巨碑的铭文为明代一个大官夏言所写。其余，没有人更多纠缠于往事——近五百年前的事。以至于我写解说词时，县里已有的解说词中并没有它。

但它的名气还是很大的。因为它与建立平顺县、长治县，潞州升潞安府有关。这通碑牵涉的历史称得上血雨腥风。搜狗这样介绍它："虹梯关铭，山西省重点文物保护单位。高 7 米，宽 2.25 米，厚 0.3 米，碑座埋于地下，碑身近方形，碑帽呈半圆形，平放地面未及安装。碑上原设计建造四角形碑亭一座，因故仅放置了柱础而未建造屋顶。"

后面介绍了立碑背景——那场发生在明代的山西最大的一场农民起义，还有碑文铭刻时间——明嘉靖八年（1529），之后是铭文全文。

细看后面的介绍："相传，明时严嵩与夏言明争暗斗。严嵩奏夏言在太行山为自己树碑立传，居心叵测，后夏言被贬，立碑之事由此终止。"也就是说，这通碑是一个烂尾工程。之所以没有完工，是因为书写铭文的大官夏言出事了。

按搜狗所说，铭文刻制于嘉靖八年，即 1529 年。这是平顺建县的时间，也是长治建府廓县、潞州升潞安府的时间。皇帝采纳夏言建议,答应平息"青羊之乱"后建县，抚恤百姓，钦差大臣夏言怎么会在那年出事呢？是把差办砸了吗？

我搜了一下此碑的名字"虹梯关铭"，出来的博文比如"邢之羊"的博客中，关于《虹梯关铭碑》的来历与搜狗一致。

无论真假，很多人都是这样传播的。

那么，1529 年，钦差大臣夏言真的出事了吗？

寻找夏言并不难，他是《明史》绕不过的大人物。

夏言，字公谨，号桂洲，贵溪（今江西贵溪）人，明朝中期政治家、文学家。历史给他的评价还是非常高的。与他同期为官的首辅大臣李时、顾鼎臣等都没有他这样的评价。

正德十二年（1517年），夏言登进士第，初授行人。夏言到平顺处理陈卿起义后事时的职务是兵科给事中，正七品，一个不算高的官职。但在明代，给事中品级虽低，权力很大，可以向皇帝直接汇报工作。

1528年，正直敢言的夏言给嘉靖皇帝递交《请差官查勘青羊山功次及处置地方疏》时，21岁的嘉靖皇帝还是很想有所作为的。嘉靖帝统治前期，一度曾出现"嘉靖中兴"的局面，"天下翕然称治"，足以说明，嘉靖一朝曾经一度政治清明。

夏言毛遂自荐到太行山处理陈卿起义后事，大约嘉靖八年三月，到京城复命。《明史·夏言传》如此记载："勘青羊山平贼功罪，论奏悉当。副使牛鸾获贼中交通名籍，言请毁之以安众心。……七年，调吏科。"也就是说，夏言并没有把差办砸，恰恰相反，皇帝认为他评定青羊山镇压叛乱的功罪，议论和奏章都很恰当，于是，把他调到吏部，虽仍担任"给事中"之职，但从兵部到吏部，是升迁。明代六部吏、户、礼、兵、刑、工，以吏部居首。

此后的夏言一路开挂，官运亨通：朝廷先是给他颁发加盖玉玺的诏书奖励，赐给他四品官的官服和俸禄；接着封他为侍读学士，担任纂修官，让他每天到经筵前讲论，同时仍兼任吏科都给事中；嘉靖十年（1531年）三月，升任少詹事，兼翰林学士，掌管院事，并与以前一样任直讲；1531年8月，任礼部左侍郎，仍旧掌管翰林院事务；1532年1月，接替李时任礼部尚书。这还不算达到顶峰。1536年，夏言升为太子太保，又提升为少傅兼太子太傅，当年闰十二月兼任武英殿大学士，入内阁参与机务。到1539年，李时虽为首辅大臣，但国家政令却多出自夏言。同年冬，李时逝世，夏言接替李时成为内阁首辅。

嘉靖十八年（1539年），夏言因进献祭祀皇天上帝的诏书，得以晋阶为少师、特进光禄大夫、上柱国。明代大臣没有晋升上柱国的，《明史》说这名号是夏言自己想出来的。这个名号也不难理解，无疑是独一无二股肱栋梁之意。

康熙版《平顺县志》记录有一篇《创建平顺县记》，为光禄寺大夫、太子太保、礼部尚书顾鼎臣所作。这篇记写于何年，文后没有留署时间。不过，根据此记中夏言的职务，推知为嘉靖十六年。对于封建帝国大明朝而言，一个山内小县的建立之事，能让一个三朝老臣（弘治、正德、嘉靖）如此不惜余力，亲笔手书创建记，不得不说非常奇怪、罕见。

醉翁之意不在酒，六十多岁的顾鼎臣当然不会朴实善良到为非亲非故的太行山内的平顺县写一篇建县记以留后世。这篇《创建平顺县记》的写作是为了取悦一个人。谁呢？这篇创建记中有这样一句话"捷闻，令少傅兼太子太师、礼部尚书、武英殿大学士桂洲夏公，时为兵科都给事中，请简命素持风裁给事中一人，往覈功罪，并区处地方事宜，以弭后患"。这篇《创建平顺记》正是为了取悦夏言。

《明史》记载："（嘉靖）十七年八月，（顾鼎臣）以本官兼文渊阁大学士入参机务。寻加少保、太子太傅、进武英殿。初，李时为首辅，夏言次之，鼎臣又次之。"由此可知，夏言为顾鼎臣的上级。

不仅仅顾鼎臣写下了《创建平顺县记》，当时，还有一位比夏言职位高的人写下一篇《夏公生祠记》。这篇生祠记中的夏公，正是夏言。此人是夏言的上级、少傅、华盖殿大学士李时。

李时生于1471年，弘治十五年（公元1502年）考中进士。正德十六年春，皇帝朱厚照驾崩。因其无嗣，在讨论由谁继位时，李时首倡"兄终弟及"之议，被孝慈皇太后及大学士杨廷和采纳，决定由兴献王长子朱厚熜继承皇位，继位后改年号为嘉靖。因有拥戴皇帝登基之功，李时自然得到皇帝厚爱，赐他银章，上镌"忠敏安慎"四字，让他密封重要的奏疏。嘉靖十年（公元1531年）九月，李时升任太子太保、礼部尚书兼文渊阁大学士"入参机务"，成为内阁重臣。后又加少傅衔，晋封太子太师，兼任吏部尚书，最后升华盖殿大学士。

《夏公生祠记》是在李时任华盖殿大学士时所写，也就是他在职位最高时为夏言写下的这篇生祠记。

《明史》记载，夏言入阁后，李时事事推让，让夏言做主，夏言与李时关系还好。嘉靖皇帝虽然对李时不如对夏言那么宠信，然而也很少指责、欺辱他，对他的信任始终没有减少，这是夏言无法相比的。夏言成为皇帝宠臣，李时在一定情况下为夏言写生祠记，终归不是违心之作。

既有《夏公生祠记》，当然有夏言生祠。李时在《夏公生祠记》中写道："乃相与即文庙之巽隅创为祠宇生祠，公于中，以为无忘公德……祠之堂舍外为门各三楹，翼以左右庑各六楹，中为堂，祠公，而其制特崇……"康熙版《平顺县志卷三·建置志》记载："夏公祠在旧文庙东，邑人感其建县安民功德，而立碑记，题咏见艺文。流寇焚毁，祠废。"万历版《潞安府志卷七建置十·平顺条》记载："夏公祠在旧儒学东，今废。"

这时的太行山内，陈卿起义已被平息十年，大山深处因夏言而缔造的平顺县，县城各个机关、城墙、城门均已经建好，且夏言又担任了大明首辅，夏公生祠也建起来了，为什么夏言写下的两篇铭记碑立不起来呢？

2

我在有限的典籍中找不到答案，一大早就打电话给平顺旅游协会曹新广会长。他曾写下《平顺的缔造者夏言》《创基知县徐元道》等关于平顺历史的文章。曹会长曾任平顺县委宣传部副部长十年，又任平顺县体改委主任、平顺安监局局长等职。最主要的是，曹先生对平顺地域文化颇有研究。

我说了我的疑问。曹先生推测，或者，《虹梯关铭》碑是被山洪冲倒了吧？

如果是被冲倒，那么，此碑应有被洪水冲撞痕迹，比如破损，但这碑分明没有。

虹梯关碑位于虹梯关乡碑滩村虹霓河河畔。碑滩村，顾名思义，村庄是因巨碑而被称作"碑滩村"的。这意味着，是先有《虹梯关铭》碑，后有碑滩村。

不知道《平顺县志》中有没有关于关于虹梯关碑的记载？

我没有《平顺县志》，委托曹新广先生帮我查阅。先生欣然应允。到下午1点半，先生回来信息："康熙版《平顺县志》有《虹梯关铭》，但没找到关于此碑的任何说法。我也不记得曾经在康熙版《平顺县志》中发现过与此碑有关的说法。我已将北大图书馆现存康熙版《平顺县志》发到你的邮箱，你可再找找。民国版《平顺县志》专门就此碑加按语，说'碑在碑滩村中，高一丈，宽八尺，楷书，五寸，刻工精美，杰构也'。该志作者石璜先生是苿兰岩村（距离虹霓村很近）人，对此碑应很熟悉。他为什么没有写碑倒着和帽子的情况呢？康熙版《平顺县志》中看不到碑滩村的记载。康熙年间碑滩村存在了吗？县志上看不到，需要其他证据说话。1997版《平顺县志》说碑滩村名因'村有巨碑……故名。'不过，这个说法似乎仍不能解决你的问题。"

我接到曹新广先生信息时，正在去平顺的路上。那天周六，但平顺文联组织了一个专题文学创作培训，申志强主席打电话相邀，尽管我沉浸在对《虹梯关铭》碑为什么没有立起来的疑问中不能自拔，还是答应参加培训。那一刻，对温文尔雅的曹先生心里生了几分内疚，又多了几分敬佩。他完全可以不管此事，用一句"不清楚"打发"钻牛角尖"的我，但他没有。

后来，我在张松斌先生赠送的点校版《平顺旧志三种》中仔细查找，果如曹新广先生所说，康熙版《平顺县志》记载了《虹梯关铭》和《玉峡关铭》两篇铭文，光绪版《平顺县志》仅仅记载了《虹梯关铭》铭文，民国版《平顺县志》记载了《虹梯关铭》和《玉峡关铭》两篇铭文，但关于是否立过碑，立碑情况，也仅有民国版《平顺县志》关于《虹梯关铭》碑的一句按语："碑在碑滩村中，高一丈，宽八尺，楷书五寸，刻工精美，杰构也。"

诚如曹新广先生所说，如果说康熙版《平顺县志》主修、时任平顺知事杜之昂不知此碑情况，因杜公不是本地人，或说得过去，但民国版《平顺县志》的作者石璜先生是苿兰岩村人，对此碑不了解似乎说不过去。苿兰岩距离虹梯关不过二十多里路。石璜生于 1877 年，自幼在距离碑滩村不远的茅兰岩村长大，《虹梯关铭》关系平顺建县历史，虹梯古道是有名的晋豫古道，直到民国尚有驻兵戍守，以石璜的素养、学识、阅历，怎么可能对于身首分离的《虹梯关铭》碑没有关注？何况，民国时期，石璜还曾亲手为晋豫古道虹梯关关门上题写了"虹梯关"三个大字，对于仅仅十多里外的碑滩村《虹梯关铭》碑，怎么会在县志中寥寥写了那么几个字？继而想，也许，石璜看到了《虹梯关铭》碑身首分离，只是身处乱世，无力或无暇改变其状态，只能用简短语言记下有此碑存在？

在长治市发改委工作的李国芳是平顺籍作家。他的出生地就在虹梯关村，所以他自称"虹梯关人"。2007 年，他出版纪实小说了《青羊血》，这部小说写的就是陈卿起义（也称"青羊之乱"）。

自幼生活在虹梯关的李国芳对《虹梯关铭》碑会有研究吗？他的小说是怎么写这段历史的？我找出他赠给我的《青羊血》，翻到第四十一回。文章长，容我简单叙述一下这段内容。（嘉靖七年十二月初十日）夏言到风门口之后，感慨于这里的险峻，将王陡崖改为玉峡关。同行的官员一听纷纷盛赞其文采，于是怂恿其写一篇文章，把平息起义军一事刻碑勒石，以求不朽。这个主意正中夏言下怀，于是当日下午夏言在青羊军的营帐里写下了《玉峡关铭》。小说写道："按照夏言吩咐，第二年冬天就铺成了玉峡关梯道。因在花园村上方，当地百姓就唤它花园梯。筑路同时，聘请玉工在花园村东小河滨凿石、打磨、刻字，竖起了五寸见方（字体）的巨碑《玉峡关铭》。"

小说中，夏言写下《虹梯关铭》是时间是嘉靖八年正月二十五日。夏言连着写了几道奏折后，决定出去走走。坐官轿到了柏木都（今虹梯关），到臭水峧后下轿走上洪梯子，亲自体验了洪梯艰险后，他提议说："如今战事已毕，也仿照风门口那样，起集丁夫修一条青石梯道，设官把守，改叫虹梯关……我来时，讨了一万五千两银子，赈济用去了四五千两，剩下的也不往回带了，就用来开修道路，设置衙门。"随同官员说，既然你为玉峡关写了碑铭，那么，也应该为此地写一篇碑铭。于是那天晚上，夏言写下了《虹梯关铭》。李国芳的小说里，关于《虹梯关铭》被安放的位置是夏言自己指定的。在河岸边，修个小亭，也方便行人商旅歇息。至于碑的大小，夏言没有交代。

2020 年 8 月 1 日早晨，我打通李国芳先生的电话，向他询问《虹梯关铭》碑的情况。

我说："《虹梯关铭》碑正如你小说所写，是当时就立起来的吗？"李国芳当即否认："我那是写小说，你可不敢把小说里写的情形当真。"

"那就是说，《虹梯关铭》碑并没有在 1528 年立起来？"

"没有没有。我小时候见到那碑，就在碑滩村一个土岸上。你知道老百姓用石头垒的岸吧？碑就垒在里面。碑帽在一旁扔着。"

"碑帽是什么时候戴上去的？"

"具体我也不清楚。我写《青羊血》再去看那个碑时，碑帽已经戴上了。"

李国芳说，关于我的疑问，其实他也早就有，他还曾就此写过一篇文章。

3

那天上午，我在李国芳先生的博客中找到了《〈虹梯关铭〉等待你来考辨》一文。

因为古碑几百年未戴上碑帽，加上古碑巨大，且与之同期而立的《玉峡关铭》碑有"玉峡关者，夏子创焉，而命之名也"中"夏子"的自称、落款不符合古代碑刻惯例，所以李国芳先生推测，《虹梯关铭》碑极有可能是夏言当了首辅之后，应下官诚邀补写出来的。

夏言担任首辅是嘉靖十五年。这时候且不说夏言需要日理万机，还有没有当年的雄心壮志，单说时过境迁，他还能清楚记得玉峡关和虹梯关周围的环境，能描绘得如碑文所写得那般身临其境、气势恢宏吗？

读一读两关铭记，无论《虹梯关铭》还是《玉峡关铭》，两关描述之险、之贴切，读之若历历在目，不用说，这是夏言翻越风门口和虹梯时的真实感受。夏言不仅是官员，还是一位极有情怀的文学家。他与许多古代文豪一样，面对壮美山河、奇秀风光，难免直抒胸臆，挥毫泼墨。夏言存世诗歌多达一千六百多首，即使在他入狱后仍有写下了八十首诗作。面对太行山的连崖立壁、陡峻奇险，我宁愿相信两篇铭记是夏言勘验"青羊之乱"时的即时之作。

而且，我认为，嘉靖八年的夏言，因满怀报效国家的理想，才会有如此汹涌澎湃的思潮，有更多为民请命的治国情怀，可以挥笔而就两篇铭文。担任首辅后，他为皇帝写青词都有懒惰之心，疲于应付，他会尽心尽力写过去的两篇铭记？

读两关之铭，可知"玉峡""虹梯"两关之名，都是夏言所起。

夏言在《开设县治巡司关堡抚恤降民事宜》中写道："臣看得风门口在万山之巅，连崖叠巘，亘如长虹，忽两山中断开一峭峡，如剑劈然。东下石路陡绝萦纡十二里，至花园口抵河南林县界。西来回绕山春陵十八盘，过麦积山旁瞰无底之壑，仰逼云日乃太行之脊，是为山西壶关县地方。臣欲于此设一关门，立名'玉峡'。"

再来看《玉峡关铭》全文："太行盘盘，横厉中原，近引河朔，遥缀昆仑。太原大梁，维国雄藩，壶关林虑，界于花园。鸟道崎仄，轮摧马烦。怪石离列，熊攀豹蹲。连崖壁立，屹如墉垣，绝顶中断，是曰风门。俯临夜壑，仰逼朝暾。一夫挺身，万骑空屯。设险慎固，王者道存。乃告守吏，爰作键闉。勒铭岩阿，宠以瑶琨，匪昧在德，用戒嚚昏。"

比较一下：夏言的奏折中写到风门口时，说"风门口在万山之巅"，而《玉峡关铭》中则精练为"绝顶中断，是曰风门"，写到悬崖壁立千仞时，夏言奏折中用的句子是"瞰无底之壑，仰逼云日乃太行之脊"，《玉峡关铭》中则精练为"俯临夜壑，仰逼朝暾"。再比较奏疏和《玉峡关铭》，我发现，这分明是同一人的写作思维，同一人的用词方式，只不过，《玉峡关铭》因是碑文，用了骈体文，看起来更精练更整齐，更富有文采而已。

《开设县治巡司关堡抚恤降民事宜》中夏言对虹梯关是这样描述的："由

北去百余里，山名'洪梯'，石蹬齿齿，盘回霄汉。四周悬崖立壁，崭巉如削，直至绝顶始开一峡口，状如风门而小，鸟道横亘上凌青旻，望之若虹霓然。臣欲于此处设一关门，立名'虹梯'。"

正如《玉峡关铭》写的："玉峡关者，夏子创焉，而命之名也。"而虹梯关，也为夏言所命名。

再来看一下《虹梯关铭》："玉峡关西来余百里，近蚁尖砦，千峰壁立，中通峭峡，状如风门而小，下则无底之壑。石磴齿齿，盘回霄汉，望之若虹霓然。比岁青羊之寇，凭负以拒汴师者，此也。故号洪梯，予易以今名，亦因以关焉，从而铭。

"石厓攀天，仄磴千回。仰干塞明，俯临蔽霾。铁壁勾连，谽砑中开。观者骇魄，行子心摧。亘如长虹，横绝天阶。彼昏者氓，肆其喧豗。爰据培嵝以抗震雷。卒干大刑。亦孔之哀。太行之阿，大河之隈。关门弗严，维帝念哉！北山有石，南山有材。经之营之，突焉崔嵬。侍臣作铭，以诏后来。"

比较奏疏和《虹梯关铭》，"石蹬齿齿，盘回霄汉"，这是奏疏中的词句，也是《虹梯关铭》中的原句；奏疏中"四周悬崖立壁，崭巉如削，直至绝顶始开一峡口，状如风门而小，鸟道横亘上凌青旻，望之若虹霓然"，恰是《虹梯关铭》中的"千峰壁立，中通峭峡，状如风门而小，下则无底之壑……望之若虹霓然"的来源。奏疏与《虹梯关铭》的用词如出一辙！这说明，《虹梯关铭》是在夏言写下《开设县治巡司关堡抚恤降民事宜》这道奏疏前后写下的。按照文人写文章身临其境、有感而发的为文习惯，《虹梯关铭》推测应写在奏折之前的勘验现场或夏言刚到潞州时。

试想一下，夏言既拟定了两关之名，两关内容怎么会放到几年甚至十几年后才写？就如我们写小说，想好题目时，往往小说内容早已胸有成竹，题目不过是小说的"点睛之笔"而已。

也有人说，会不会两篇铭文为夏言发迹后，有人代笔而写。这个可能性太小了。第一，夏言文笔，岂是一般人能代替的；第二，玉峡关和虹梯关，如果不身临其境，很难用辞藻准确描述其险峻；第三，夏言发迹之后，谁有胆量敢代笔呢？

4

提出《虹梯关铭》为夏言发迹之后所写，李国芳先生还有一个观点，他认为："玉峡关者，夏子创焉"中的"夏子"之称，应为夏言成功后才敢这样称呼，因为古人称"子"，需要功成名就或有德之士，而夏言到平顺时不过一个七品官，他这样自称，会不会太过不谦虚？

的确，古代很多大家会被带"子"称呼，比如孔子、孟子、韩非子、鬼谷子等。"子"只能代表成功人士吗？关于"子"的称呼演变，顾炎武在《日知录》、崔述在《考信录》中都曾有研究。崔述认为，"子"为未成诸侯之称，即没有成为诸侯的称呼。他还列举了一些例子；顾炎武认为，"子"一开始作为爵位，属于礼制当中一环，按照礼法的严格规定，这种称呼的确不能妄称，因此春秋时期，鲁僖公以前，大夫以伯、仲、叔、季为称。晋国在文公以前也没有大夫称子的。随着世事变迁，礼崩乐坏，这种严格的制度随之打破，学者所宗也可以称"子"，成年男子都可以称"子"，也就是说，"子"的用法早已降级，成了人人可用的称呼。《孟子》赵岐有注：称子者，盖男子之通称也。只不过，"子"仍旧是尊称而已。

提出两篇碑铭为后来所写，还因《虹梯关铭》中有一句"卒于大刑"。李国芳先生认为，夏言来到平顺勘验功过时，陈卿还在关押，固然知道陈卿死罪无疑，但也不能着急写下"陈卿死于凌迟大刑"的话吧。何况，明代死罪还有很多种。陈卿到底最后如何被处死，还没有行刑，就写出来，未免有些未卜先知！

其实，明洪武十二年颁布的《大明律》规定，谋反、谋大逆、谋叛、恶逆、内乱等为十恶重罪，犯人都会被处大刑；大刑并非仅指凌迟，剥皮、腰斩、车裂、烹煮与凌迟一样，都属于大刑。不过，对于谋反罪，处以凌迟的有前例，比如大太监刘瑾及其党羽就因谋反大逆，不分首犯、从犯一律凌迟处死，而刘瑾罪大恶极，被处磔刑（即寸斩）。

嘉靖八年正月二十八日夏言写下的《开设县治巡司关堡抚恤降民事宜》中有一句"臣欲于此处设一关门，立名'虹梯'"，联系《虹梯关铭》中最后有一句话为"故号洪梯，予易以今名，亦因以关焉，从而铭"，这说明夏言写奏疏时，"虹梯"之名，早已在他心里成熟并确定。而他写奏疏建议要在此建关时，他也说得很明白："我现在把洪梯改为了虹梯，是因为要在这里设关，所以还写了碑铭。尽管看起来先斩后奏，但这句话的意思很明白，夏言告诉我们，奏疏写下时，碑铭其实已经写好。

细读两篇碑文，其实夏言已告诉后人，不仅创设玉峡关和虹梯关两关的人是他，两关名字由他所起，两篇碑铭也由他亲手撰写，且写作的时间应该就在嘉靖七年农历十一月初九到花园口勘验"青羊之乱"途中，正如两篇铭文的落款时间——大明嘉靖戊子（嘉靖七年）。

不得不佩服夏言的胆识和胆量。他建议设立平顺县、长治县，升潞州为潞安府，为平顺开辟八条道路，建立三个巡检司、两个关口，这些尽管上疏向皇帝请示了，有意思的是，他奏请的要求，皇帝竟然一概应准。是他摸准了皇帝的心思还是皇帝对他格外信任？有一点，夏言做这些是胸有成竹的，否则他不会建议设立两关、三个巡检司时，为两关、三个巡检司起好名字。当然，给新建的平顺、长治县，新升的潞安府赐名的工作，他则交给了皇帝。

5

《玉峡关铭》题记写有"关成而系之以铭"，铭文中有"勒铭岩阿，宠以瑶琨"之句；《虹梯关铭》题记有"予易以今名，亦因以关焉，从而铭"，铭文中有"侍臣作铭，以诏后来"之句，这都是在说，夏言写下两篇铭文的目的很明确，就是要刻碑，"以诏后来"。

既然是夏言这位钦差大臣的命令，要求地方建立两关，并刻碑纪念，那么，虹梯关和玉峡关能建起来，这块《虹梯关铭》碑怎么会多年没有戴上碑帽？

　　李国芳先生的质疑在于，此巨碑没有立起来的原因，第一，在人烟稀少之地耗费偌大银钱树立如此高大阔气的碑铭，七品官员夏言尚不具备资格；第二，此碑的落款不符合当时的惯例。该碑落款只有年份、撰碑人的籍贯和姓名，没有通常要写的一大串官职称谓和月份或季节。而玉峡关古道现在留存的残碑中有"大明嘉靖戊子兵科都给事中夏言题推官张珩潞州周昊……"的字样，所以，他推测，虹梯关铭碑建造年代不会是嘉靖八年。

　　我们想来推测一下，当时的铭记碑到底立过没有。

　　平息"青羊之乱"时的潞州知州为周昊。周昊是陪同夏言勘验"青羊之乱"战场、虹梯古道，定夺平顺县县衙、学校地址等的地方官员之一。一路走来，夏言对周昊颇有好感，所以夏言才会在他给皇帝的《恳祈天恩申明屡降勒旨抚谕兵后残民以安地方疏》中说他"老成练达，深识事机"。那么，对于赞誉自己的这位钦差大臣，周昊会对他的命令置若罔闻吗？更何况，夏言还为建立两关拨了他带来的银子一百二十两！

　　中国古代，刻辞碑的形制受官阶和社会地位的制约。汉代之后，刻碑成风，碑文种类有山川之碑、城池之碑、宫室之碑、桥道之碑、家庙之碑、功德之碑、墓道之碑等不一而足，但从内容上大概分五种：功德碑、墓碑、记事碑、诗碑和纪念碑。

　　功德碑不消多说，很多寺庙、桥梁多有此类碑，用以记载建庙修祠某某捐助多少钱之类，谁的贡献大。墓碑无论皇家还是寻常百姓，只要有条件，均可刻立。但墓碑形制也会受制约。柳宗元叙唐代葬令时云："凡五品以上为碑，龟趺螭首，降五品为碣，方趺圆首。"明王朝在丧葬礼制方面，对品官用碑的规定更加详细和明确，并将其写入《明会典》《大明集礼》，成为国家法律条文的一部分，具有很强的法律效力。诗碑是为诗而立的碑。在名胜古迹人文景观上刻上有关名人的诗词，可增加游客兴趣，使湖光山色添加很多文化氛围。纪念碑更好理解，比如人民英雄纪念碑。

　　从铭文内容可以看出，《虹梯关铭》与《玉峡关铭》不是功德碑，而是记事碑，记录立玉峡关、虹梯关两关之事。立记事碑需重大或有价值的事情方可刻立，立碑过滥，会失去立碑的本意。建立平顺县，设三个巡检司、两个关门，这无疑是大事，立碑记录，是很正常的事情。

当时，建立平顺县还在酝酿中，执行命令的无疑是平顺县的上一级领导、潞州知州周昊。建立两关的命令都执行了，在遍地是青石的太行山上，镌刻两块青石碑有那么难吗？而且，为建立平顺县，完成夏言交给自己的任务，周知州甚至亲自在青羊村南山下督工挖井，他怎会不把这件事放在心上？所以，我推测，即使夏言写下铭文当时没来得及立碑，周昊也会嘱咐部属尽快把碑立起来。只是，那两块碑不是今天我们看到的高大的铭文碑，而是一块符合夏言身份的中规中矩的铭记碑。当年的周昊，尽管对夏言非常尊重，但他绝不会想到，有一天，夏言会成为内阁首辅。

6

如果周知州立过碑，那么，两块小碑哪里去了？这块巨大的《虹梯关铭》碑又是怎么来的？

李国芳先生曾有过一种推测：夏言当了首辅大臣炙手可热时，地方官为了讨好夏言，彰显地方名气，将小碑改换成巨碑，并且准备建造碑亭。

这个不难理解。比如某人说过的话，当他大红大紫时或者成为领袖，他的那句话很可能会成为遍及各地的大标语教令全国。

嘉靖十二年，夏言成为礼部尚书，潞安知府宋圭奉上级之命，在上党门立下了一块《新开潞安府治之记》碑。这块石碑至今依然屹立在上党门。嘉靖十六年，平顺县建成夏公生祠，内阁首辅李时亲手为生祠撰写《夏公生祠记》，顾鼎臣撰写《创建平顺县记》，徐元祉写了《新建平顺题名碑记》。这时候，可以说，无论潞安府，还是平顺县，对于夏言昔日的功勋，一片喝彩声。

这样的氛围之下，小碑已难以承载夏言的"丰功伟绩"，把小碑改换成巨碑，被官方提上了日程。

这个官员会是谁？山西按察使？潞安府知府？平顺县知县？都有可能。

假如小碑换大碑是此时平顺知县徐元道的主意，他也一定要逐级上报请示过。但不论是谁的主意，具体落实这项工程的，一定是徐元道。

看《平顺县志》，与夏言交集最多的平顺县令应该是徐元道。徐元道与夏言是同时期人，夏言位高权重时，他恰好担任平顺县令，此间还建了夏言生祠等。这些都让人不由想到，他和曾经到过平顺县的他的哥哥徐元祉，与夏言有千丝万缕的联系。徐元道和他的哥哥选定平顺古八景时，还把"玉峡通天""虹梯接汉"作为了古八景之二。会不会就是此时，徐元道决定将小碑换成大碑的呢？这样一来，不仅仅虹梯古道是一道景观，高大的《虹梯关铭》碑也会成为平顺古景中的一道景观了。

遥想当年，徐元道一定是耗费不少人力、财力将两块碑刻做好，一块运至虹梯关下，一块运至风门口的玉峡关的。平顺多山，不缺碑石原料，但运输、镌刻需要功夫。而且，与巨碑同时建造的，还有一个能遮挡巨碑的高大碑亭，这些都不是一日之功、一帛之金。

然而，嘉靖二十一年（1542年）七月，就在徐元道满怀激情兴建此工程时，忽然传来消息：皇帝下令让夏言革职闲居，与夏言有交集的官员被贬谪、降职了十三个言官，其中与夏言交好的高时还因曾弹劾郭勋，被重贬到遥远的边地。当年八月，严嵩取代夏言步入内阁。

得到这个消息，徐元道心情如何？严嵩的为人，即使深山之中，徐元道也不可能没有耳闻。在徐元道看来，也许夏言永无翻身之日了，甚或，奸相严嵩会不会把株连九族、夷灭近亲的黑手伸向夏言所建的平顺呢？建立平顺县是夏言人生的一个辉煌功绩，严嵩灭夏言，自然不会饶过平顺。徐元道如坐针毡。

这时候，徐元道一手兴建的工程，《虹梯关铭》碑碑身已经立起来了，但碑帽没来得及戴上，碑亭的精美柱础之类也都准备好了，只等碑帽戴上即可完工。但夏言被革职，继续建碑亭还有意义吗？巨大的石碑，运来不易，运走也不易。惶惶之中，徐元道不得不扔下他曾经满怀希望的工程，忐忑不安急流勇退，于嘉靖二十一年辞官，一步一回头离开平顺，回归故里。

巨大的虹梯关碑就这样被遗弃在深山之中，成了一个近五百年的烂尾工程。

其实，夏言被杀是在嘉靖二十七年十月二日，是徐元道离开平顺六年后。嘉靖二十一年，夏言被革职，回乡养老。但嘉靖此时并没有要了夏言性命。

夏言再次复出是在嘉靖二十四年（1545年）。但从嘉靖二十四年到嘉靖二十七年，复出后的夏言一直在与严嵩斗法，而皇帝对他的宠幸远远不如从前。重回相位的夏言心思大变。忽高忽低如坐过山车一般经历世态炎凉的夏言，此时一心排除异己，培植自己势力。被他罢官、治罪的官员多达十余人，而那些不尽公允的处罚，使朝中的士大夫开始畏惧他，远离他，甚至觉得他面目可憎。那些信任夏言的官员，等待夏言复出后，本来是希望他与严嵩抗衡的。我想，这时候，大约没有人会提议，为夏言写两篇铭记或者立碑纪念吧！

徐元道早在嘉靖二十一年开始换大碑，夏言复出后，因巨碑没有立起来，他会不会责罚当地官员？

平顺建立夏公生祠，夏言不会不知道。平顺是夏言建议建立的县城，平顺百姓对夏言感恩有加，即使巨碑没有戴上碑帽，碑亭没有建起来，以夏言多年宦海经验，以他的人格，他怎会如此睚眦必报？如果他这样做，那么，他的形象真会如被推入河道的玉峡关碑一样一落千丈了。其中利害，夏言自然清楚。

而且，也许当时，两块两关之铭的小碑还在，按照当年夏言身份，应不会怪罪立碑人，嫌铭碑规格过低。至于换不换，对于他来说，并没有下面的官员想得那么复杂。甚或，他根本不知道大山深处，有人曾想把两块小铭碑换成大碑的事。

当夏言复出后性情变得不可捉摸时，谁还会自取其辱投其门下？即便有人知道大山之内巨碑碑帽未戴上，也会选择三缄其口，远离夏言，远离是非。况且，巨碑在深山之内，加上没有立起来，知道这项工程的人不会太多。即使知道，立碑人如是徐元道，而徐元道已经辞官归乡，还如何责罚他呢？

至于嘉靖二十四年到二十七年执政平顺的县令，查阅《平顺县志》，政绩平平，几乎没有记载。大约他们也是不愿多事之人。

7

现在，我们来回答一下李国芳先生的另一个疑问：此碑的落款不符合当时惯例。

巨碑落款为"大明嘉靖戊子贵溪夏言书"。李国芳先生的疑问在于玉峡关古道现在留存的残碑中有"大明嘉靖戊子兵科都给事中夏言题推官张珩潞州周昊……"的字样，为什么《玉峡关铭》碑和《虹梯关铭》碑不写职务，也不写刻碑时间呢？

翻阅夏言留下的奏疏，文内大多仅用一个"臣"字，唯《入青羊山抚谕相度开设大略疏》中提到了自己的官职。夏言在这里署上官职是为了起区分作用，因为这道奏疏是两位官员打头、多位官员上奏的，即："钦奉兵科都给事中夏言，节该巡抚潘埙等官奏称"。可见，夏言不是一个时时把官职挂在嘴上的人。

夏言无子，仅有一女夏淑清生存了下来。他的外孙吴一璘在崇祯十一年印刻了外祖父的作品《夏桂洲先生文集》。夏言的《奉敕查勘青羊山平贼功次疏》就出于《桂洲奏议》。桂洲为夏言的号，以前官员、文人大多喜欢自称号，夏言也是如此。

但这块巨碑上，夏言既没有署官职，也没有署自己的号，却是署了籍贯。

铭文署名，不用说，夏言慎之又慎，毕竟，这将是传世的。署什么好呢？当时夏言的职务是兵科都给事中，七品，不算什么高官。更何况，当时他还是军籍身份。明代军士另立户籍，父死子继，世代为兵，军籍身份的人只有做到兵部尚书才能脱离军籍。当时的夏言，尚未脱离军籍，不署官职也在情理之中。

夏言署了自己的名字，没有署号。署了名字，再署号无疑重复；而号又怎能与姓名相提并论？

然后,夏言又署了籍贯。"大明嘉靖戊子贵溪夏言书",时间、籍贯、人名,就如我们作文,一样不缺,其实,这样署名没有问题。

让很多人耿耿于怀的还有勒刻巨碑的时间。不管巨碑是后期镌刻立制,还是小碑换大碑,是不是应该有个时间啊?

如果是小碑换大碑,大碑的内容一定会按照原来的小碑抄写。小碑的镌刻时间在嘉靖七年,大碑怎能随便改动?就如我们抄写一篇名家名文,你篡改文章写作的时间有意义吗?

8

关于虹梯关巨碑没有戴上碑帽,还有一个传说。

《虹梯关铭》碑碑身巨大,高近 3 米,而五百年前,是没有吊装设备的。给巨碑戴上碑帽,在当时,的确难倒了负责工程的人,也难倒了负责此工程的官员。

也有人说,虹梯关碑没有戴上碑帽,是因为当时落后的生产力,人们没有办法解决这个难题。

听过一个关于戴碑帽的故事。有一次,一众人等立了一块巨大的石碑,但因为石碑高大戴不上碑帽,众人犯了愁。眼看工期将到,工期内完不成工程会受到处罚,众人束手无策心急如焚。就在这时,工地走来一位须发皆白的老人。负责工程的人没有办法,看老人仙风道骨,于是走上前去,恳求老人指点。老人捋了捋胡须,悠悠说道:"我都土埋脖子的人了,我能有什么办法?"

听了老人的话,众人眼前一亮。于是一跃而起,用车运土,围绕巨碑堆成与巨碑碑身等高的斜坡。再用圆木垫着碑帽,众人一起发力,一点一点拖到碑身之上,就这样,碑帽被稳稳立在碑身上面。之后挖掉碑身周边泥土,碑帽戴妥,工程完成。

这确实是一个好办法。据说,埃及古老的金字塔就是这样建起来的。

这个传说说明,虹梯关碑虽然巨大,但并不是人力不可为。让虹梯关碑近五百年不能戴上碑帽的原因，只能是人力不可抗拒的其他原因，比如政治。

不用说，虹梯关碑是一块政治风雨的碑刻，它因政治需要而立，也因政治风雨而废。

与《玉峡关铭》碑相比，虹梯关碑还是幸运的。也许因其高大，人力难以撼动，四百多年，它屹立在虹霓河边，远远看着不远处虹梯关人来人往的繁华，看着几百年岁月的刀光剑影，看着古道荒凉、王朝更迭，仿佛一个巨大的感叹号，令人抚之感伤、言之兴叹。

而与虹梯关碑一样形制的玉峡关碑，大约也是在人力之下，落入了风门口下的河道之中。2009 年，作者老树在他的《寻找玉峡关铭碑》中发出几幅玉峡关碑的照片，观图让人感伤不已。巨碑断成数块，与河道中很多石头一样，一次次被流水无情地打磨，被岁月侵蚀，再没有昔日高大挺拔的风采，也没有工匠赋予的棱骨，它悄悄地把一代巨臣流光溢彩却被无情磨蚀的文字残片揽入怀中，仿佛做错事的老人，布满风霜的沧桑里透着几分躲避的胆怯。

2010 年，玉峡关村的干部将此残碑一块块从河道中清理出来，移至玉峡关村，对接，树立起来。碑残缺了，但那段历史依然清晰地铭刻在残碑中。

都说金碑银碑，不如百姓的口碑。为写关于夏言的文章，我一次次走近那位五百年前的大明权臣。他的生、他的死、他的荣耀、他的辉煌，他的头断血流……一块碑，怎么能承载得了他的一生！

傲然挺立的石碑，最终还是不能阻挡夏言被杀的命运。

他走了，"青羊之乱"后的平顺，却开启了亘古未有过的县治时代。难得这位封建王朝的大臣，是他上书恳请朝廷赦免了"青羊之乱"投降的将士，在大明残酷的律法下，使很多山民得以不被追究，保命生存。也是在他的请求下，朝廷赈济青羊山这一饱受兵灾之苦的地区，同时还设立县治，让当地百姓发展生产、安居乐业。这样的功德，即使没有《虹梯关铭》碑，平顺百姓也不会忘却！

2021 年 7 月 10 日

三晋第一碑探秘

1. 碑问

两次到平顺县东寺头村拜谒巨碑，一次是花椒果红艳艳的初秋，一次是阳春三月、山桃花绽放时。

三晋第一碑位于东寺头村五龙垴上。让我们先来了解一下三晋第一碑所处的环境吧，那是不亚于三晋第一碑的一处奇妙绝伦的景观，当真是"无限风光在险峰。"

山巅之上，几块巨大的、光洁的、危如累卵、摇摇欲坠的石头组合，巧夺天工地我行我素，高高耸立，其壮观程度远超《红楼梦》中的"天外来石"！是的，那几块巨石，一一叠加，直指苍天。巨石下一块块形状不一、大小不一的小石头，仿佛木楔一般，支撑起了巨石，保持了巨石的稳定和平衡。

关于这些"飞来"的巨石，谁也说不清它们何年而来，如何而来。仿佛有一双无形巨手，垒积木一般，将一块块巨石巧妙地堆砌起来。巨石看似危如累卵、摇摇欲坠，但历经千百年风雨却安稳如磐。拥有这样巨大力量的会是谁？也许数万亿年前，这里是一片汪洋大海，我想，只有大海有这样的力量，翻卷的巨涛把一块块巨石完美得摞起来，垒成这样一道绝世景观！

对于这些巨石，我充满了疑惑；对于山巅之间的巨碑，我的疑问更是如雪球一般，越滚越大。这不仅仅是一巨碑，更是一个扑朔迷离的巨大问号。

三晋第一碑与大同云冈石窟、洛阳龙门石窟一样，附崖而凿，山碑一体。碑高9.57米，宽4.35米，相当于三层楼的高度。关于这块石碑得名有两种说法，一是指碑体之高大，在山西属第一；第二种是说后世续刻铭文中有"三晋属中第一碑"语，因而得名"三晋第一碑"。虽然都有解释

三晋第一碑

得名三晋第一的原因，但意义不同，前者是说因为碑的高大而谓之三晋第一，后者则强调巨碑雕凿的时间久远，为三晋第一。

可能有人会质疑巨碑的"身量"在山西"碑界"的"领导地位"，认为位于山西运城司马光祠的司马光神道碑（又名"忠清粹德之碑"）是三晋第一碑。司马光神道碑全碑通高近9米，由宋哲宗撰额，苏轼撰文，明代朱实昌书丹，颜体书风，巨碑气势确实雄浑。但比较三晋第一碑，仅论"身高"，司马光神道碑还是略逊色了一点。三晋第一碑高9.57米，比司马光神道碑的不足9米略胜一筹。

碑刻一般有建筑刻石、摩崖刻石、墓志等。三晋第一碑属于摩崖刻石。摩崖刻石，一般在较平整的石壁或山崖上，著名的有汉代的《西狭颂》《石门颂》，北魏的《石门铭》，北齐的《泰山金刚经》，南朝的《瘗鹤铭》等。碑通常由底座、碑身、碑额组成，底座有时雕成赑屃形象，碑额则浮雕成双龙盘绕，碑身镌刻碑文，有时碑文背面，即碑阴处或两侧均刻有文字。三晋第一碑背靠山崖摩崖立碑，但碑首、碑身、底座等碑之形制皆具备，碑阴靠山无字。

面对遗留岁月长河中悬崖绝壁上这样一块巨碑，在感慨于它的高大和

精美之余，我不仅心生疑窦，是谁在这崇山峻岭之巅，雕凿了这样一块巨碑？

看巨碑恢宏的气势，可以肯定，这绝不是私人行为，没有哪个私人有如此宏大的气魄，可以在荒无人烟的悬崖绝壁上摊开这样浩大的工程，如此大手笔地雕凿这样高大的巨碑！

现存最早的康熙版《平顺县志·山川志》中，并无三晋第一碑的影子。再看《平顺县志·艺文志》，依然没有三晋第一碑的一字一句。

这实在是一件奇怪的事情。以巨碑之形制之气魄，怎么会没有文人骚客前来吟咏诗词歌赋呢？是因为它地处荒僻无人知晓吗？

似乎并不是这样。最直接的证据就是巨碑上明明留下四篇不同年代的铭文，而最早的一篇为北宋年间济南朱进忠留言，时间为大观丁亥季夏廿日。北宋大观丁亥，即公元1107年，距今有九百多年。这是石碑上留存最早的文字。

民国版《平顺县志》"金石考"卷中，"三晋第一碑"出现了。这里不仅有巨碑的身影，而且，还占用了很大篇幅。此版志书将三晋第一碑上后续所刻四篇铭文全部收录了进来。

或者，当年编撰此书的民国议员石璜有和我一样的疑问，所以在四篇铭文之前增加了这样一段话："寺头村西山巅，摩崖雕造，面向东南，高三丈，宽丈余，螭龙方额，碑始刻于何时无考，旧志云：'非其秦汉以下之物也'。原刻漫灭，一字不名，仅存宋大观丁亥季夏廿日济南朱进忠以尉事受檄届此提留可辨，余之系平息陈卿暴动后镌……"

不知道当年石璜老先生从哪部旧志上查阅得出"非其秦汉以下之物也"之记载的。如果巨碑非秦汉之后所刻，那么，此碑可真"老"，真是堪称"三晋第一"！

也有人认为，石璜老先生记录的"秦汉之前"这个时间有些偏早。专家研究，先秦时碑的用途有三：一为测量日影以计时；二为拴系供祭祀用待宰杀的牺牲；三为下葬时用来牵引棺椁。后来墓地里用来牵引棺椁的碑不再撤除，人们才在上面刻上铭文表其功德，纪念先人，成为后期的墓碑。三晋第一碑高高矗立于绝壁之上，显然与这三条用途皆不吻合。

中国最早的碑刻文字，首推秦朝的"石鼓文"。河北平山县三汲公社发现的大篆（籀文）碑刻，雕凿时间约是春秋战国时期白狄人建立古中山国时期，是中国最早的碑刻之一。《史记·秦始皇本纪》言：秦始皇在东巡时立下六块碑刻，今仅存《泰山石刻》《琅琊石刻》。《泰山石刻》，刻于公元前219年，是存世秦代篆书的代表作，为秦相李斯所书。宋代学者刘跂曾两度登泰岳，亲访《泰山石刻》，考证甚详。其形制，据钦定四库全书本《学易集》卷六《泰山秦篆谱序》记载："其石埋植土中，高不过四五尺，形制似方而非方，四面广狭皆不等，因其自然，不加磨砻。"遗憾的是，《泰山石刻》毁于清乾隆五年（1740年），现仅存10字。

如果参照《泰山石刻》形制，三晋第一碑有三点不同于秦碑：一，尽管历史久远，但三晋第一碑至今依旧碑面光洁，当细加磨砻之后形成，这与不加磨砻的《泰山石刻》截然不同；二，高度之差。三晋第一碑高三丈有余，远不是秦碑的四五尺；三、《泰山石刻》"似方而非方，四面广狭皆不等"，而三晋第一碑为"螭龙方额"。

螭本是一种想象的动物，其艺术形象被运用于建筑物、碑额及其他工艺品。在古建筑上制作螭首，它的形态似龙、无角，分为大小螭首。最早提及螭首的文献是唐代封演的《封氏闻见记·碑碣》："隋氏制五品以上立碑，螭首龟趺，趺上不得过四尺。"现存最早的螭首是位于河北临漳县古邺城遗址塔基上的石螭首，而螭首碑大约出现于汉晋以后的南北朝时期。唐朝时螭首碑逐渐成为等级高低的象征，只有五品以上的官员才准刻制。

中国的碑制，奠定于东汉，肇端于冢墓碑。东汉中期崇丧厚葬之风气愈演愈烈，有人甚至为此倾家荡产，以至于曹操在东汉建安十年（公元205年）不得不下令"禁厚葬"。曹魏治下的北方地区，禁碑令一直得到认真的执行。

古人立碑有不可逾越的规矩。"物之不朽者，莫过于金石"，人人有树碑立传、名垂青史之欲望，正如初唐宰相房玄龄所说："勒石纪号……其意远矣"，既然关系名分，立碑肯定会受到国家政治制度的制约。

如果巨碑不是私人所立，那么，就只有佛家和帝王有权雕凿这样大的石碑了。

2. 巨碑何来

三晋第一碑到底为何时、何人所雕造？

巨碑之北有北魏时期的摩崖石刻佛像和妙轮寺遗址，有人考证，那里的碑刻风格和此处相似，所以推断巨碑为北朝时期雕凿。

难怪人们想到北魏。北魏时期，佛教盛行，尤其石窟造像，东至渤海，西至甘肃，皆有这个时期留下的石窟群。石匠在当时是炙手可热的行业。而且，北魏石雕习惯于宏大叙事，比如大同云冈石窟、洛阳龙门石窟，坐佛皆魁伟庄严，皆以大著称。大手笔雕这样一块巨碑在当时也就不足为奇了。

传说，巨碑是在妙轮寺某住持的主持下雕琢而成。大约这位住持与皇帝交好，所以雕造此碑，想给皇帝在碑上留下墨宝，孰料朝代更迭太快，未及完工，他相交熟悉的皇帝已然"风流总被雨打风吹去"，于是这块巨碑成了一块无字碑。

说到妙轮寺，康熙版《平顺县志·建置志》中有记载，且是排在"寺观"一栏的第一个寺院："妙轮寺，旧址在城，被兵火烧毁，其旧儒学即基址也。今改建城外东北山曲，见有碑记题咏。"

"妙轮寺，旧址在城"，这本身就存疑。如属实，那么，妙轮寺不过五百年历史，妙轮寺住持主持雕凿三晋第一碑之事就不成立，因为三晋第一碑至少在北宋已经存在；如果不是，那么，平顺是不是应该有两座妙轮寺？

康熙版《平顺县志·艺文志》中收录了一首潞州人李新芳的诗《题妙轮寺》"山门天畔起，宝树傍云栽。鸟去香仍在，客来花欲开。慈根盘地轴，法影荫星台。钟吕闲吟赏，姮娥莫浪猜。"我细读几遍，始终没能找出一点妙轮寺的地形特征来。

我找到了李新芳其人。李新芳，字元德，号漳野，为明嘉靖癸未（1523

年）进士，官至监察御史，著有《漳野文集》，被收录入《四库全书》。李新芳生活在公元 1538 年前后，他何时到的妙轮寺不得而知。根据夏言善后的奏疏来看，里面并没有提及妙轮寺，也许到 1529 年，妙轮寺已经不复存在。由此推测，寺头村的妙轮寺是不是毁于明正德到明嘉靖初期。

光绪《平顺乡志·杂役》也记录了妙轮寺："旧在平顺城内，后改建城外东北山曲"。这个记载似乎是承袭康熙版《平顺县志》，说妙轮寺所在之地为平顺县城所在地青羊山（这里原叫青羊村），而非今天的东寺头村。

民国版《平顺县志·古迹考》"祠宇"中也提及了妙轮寺，与康熙版《平顺县志》记载几乎一致："旧址在城，被兵火烧毁，后改建城外东山曲。"只是把"东北山曲"改为了"东山曲"，这样改不知是不是编撰者知道寺头村所处位置实为平顺县城东南，而非东北；此外，后面还多了这样一句话："今寺头有寺名妙轮，或即此寺"。这说明，编撰民国版《平顺县志》者，他也拿不准现寺头村的妙轮寺（遗址）是不是就是康熙版《平顺县志》中妙轮寺。

东寺头村现存一通元至顺三年（1332 年）勒石的《重修妙轮院并胜果院田庄之记碑》，碑记中明确提到："妙轮院，在州之东余三舍矣……自李唐迄今而主院者，朴素相尚……"古代一舍三十里，三舍为九十里，这个距离正好为长治城（古称潞州）到今天东寺头的距离。而碑文说，妙轮寺早在唐代已经存在。依据此碑记载，妙轮寺规模很大，碑阴提及妙轮寺地界中有"玉陡崖、杏成村、照成村、杨鬼子、申家平、王庄、莫流、西岭、青羊村、黑虎、上庄、砂地栈、池底、棒家峧"等今天我们熟悉的名字，还提及妙轮寺有广阔的田产，其中有"七子大岭为界"等字眼，且当时妙轮寺有上下院。

妙轮寺始建何时不得而知，但这通碑文至少证明，李唐时期，妙轮寺就有了。

也有人根据巨碑碑额螭龙龙首龙身的娴熟镌刻手法，推测三晋第一碑似为隋唐风格。那么，巨碑会不会凿刻于这个时期？

无论是巨碑手法类似不远处北魏时期的摩崖石刻佛像，还是根据元至顺三年（1332 年）勒石的《重修妙轮院并胜果院田庄之记碑》记载，至少，李唐时期，三晋第一碑已经存在。

3. 北宋铭文

三晋第一碑碑体文字漫灭，看不出曾经有过字迹。也许从来就没有雕刻什么，就像武则天当时的无字碑；也许石碑开凿后还没来得及刻上文字，就遇到了大的变故而停工。

但三晋第一碑上留下了四篇不同年代的铭文。最早的铭文是北宋济南朱进忠留言："济南朱进忠，以尉事受檄届此，命义僧踏曲径，观大石，迟留累刻，大观丁亥季夏廿日书。"这篇铭文距今 904 年。

"以尉事受檄"，"尉"为古代官名，军衔的一级，在校以下，一般是武官；"檄"为古代官府用以征召或声讨的文书。大观是宋徽宗赵佶的年号，启用于 1107 年。

1107 年夏天，济南朱进忠应朝廷征召赴任途中，路过此地，听说这里有一块巨大的石碑，于是让妙轮寺和尚带路，沿崎岖山路攀登来到了巨碑前。

朱进忠与很多看到巨碑的人一样，对巨碑充满了兴趣，以至于他在巨碑前观瞻停留了好久。一刻等于 15 分钟，而朱进忠在此停留"累刻"，足以说明他对巨碑的痴迷。也许他被这块巨碑的气势所震撼，也许他喜欢这里的秀美风光，可以肯定，赴任途中的朱进忠春风得意，同时也被这块巨碑吸引，所以才会在巨碑上题字，着和尚延请石匠刻下此事。

1107 年是宋徽宗当政的年代。宋徽宗赵佶是宋朝第八位皇帝，1100 年登基为帝。赵佶与南唐王李煜一样是一个艺术家皇帝。李煜善诗词，赵佶善书画。但千百年来，这位艺术家皇帝却背负着"宋徽宗诸事皆能，独不能为君耳"的名声。

今人评说，宋代是一个以文为主的时代。但这段碑文给我们透露了一个信息，宋徽宗当政时，曾从全国征调武官，朱进忠不过其中之一。而且这年十月，宋徽宗曾下诏："士有才武绝伦者，岁贡，准文士上舍（宋代太学分外舍、内舍和上舍，学生可按一定的年限和条件依次而升）上等法。"他曾想通过"岁贡"征集天下武士为朝廷所用，想过以文治武功来巩固他的统治。军事，任何时代不可或缺，而宋徽宗对军事也是有过希冀和重视的。

与北宋发生于1107年的诸多大事相比，名不见经传的朱进忠因路遇巨碑，信手涂鸦留下的寥寥数言，让我们可以一窥那年北宋的朝野。

汴京的一片繁华最终以极其悲惨的结局落幕，1127年的"靖康之耻"让中华民族跟着一起扼腕叹息了千年，而那位意气风发的朱进忠或者也消失在女真人的铁骑之下。

但朱进忠让我们看到，在九百多年前的北宋，三晋第一碑已经很有名气，而早在九百多年前，这里曾有香火缭绕的一座寺院。

4. 剿灭陈卿起义纪念

巨碑上的第二篇铭文雕凿于北宋灭亡411年之后的明嘉靖七年（公元1528年）十月十一日。

铭文写道："陈卿造反，累岁靡宁，两败官兵，人心耸惊。余以新任，即委分巡，初尚抚捕，协同级率师共剿，火牛火箭用效田单之能，神弓神枪每窥诸葛之巧。况建望楼于四角，威乃彰闻。又鸣更鼓于中央，军民齐悦。是以降者□多，陈卿委命而来，我师全胜而返。欲纪岁月，敢勒丰碑。嘉靖七年十月十一日奉钦依督兵山西按察司佥事分巡冀南道庆阳陈大纲题。"

佥事陈大纲与前面铭文的主人公朱进忠一样，是一个武官。《庆阳县志》记载："陈大纲，字廷宪，号强恕。明代安化（今庆阳市）人。正德十二年（公元1517年）进士。初授大理寺评事，官至密云（今北京市东北部、潮白河上游）兵备副使。他在担任大理寺评事时，奉公执法，蔑视权贵，审理疑案，当机立断，百官惊服。嘉靖八年二月升山西按察佥事。在陈卿'暴乱'一事上，当时朝中多数主张招抚，他却力主剿灭，并写出《平贼方略》六篇。"

不知道是不是他的六篇《平贼方略》起的作用，嘉靖八年二月，陈大纲被任命为山西按察司佥事分巡冀南道，正五品。甫一就任，即前来剿灭"青羊之乱"。

陈大纲不愧为进士，他亲手撰写的这篇铭文文采斐然。陈大纲在铭文中讲述了面对"累岁靡宁"的"陈卿造反"，"青羊之匪"两败官兵后，自己领命来到这里，建望楼，鸣战鼓，威名远扬；效田单火牛火箭、诸葛神弓神枪，致使"陈卿委命（投降）而来，我师全胜而返"的经过。语言不多，却洋溢着意气风发的胜利者的得意。在言辞上，陈大纲比朱进忠稍微谦逊了一些，后面还客套了一句"欲纪岁月，敢勒丰碑"，意思是为了记录这段往事，斗胆刻下碑文。

陈大纲在铭刻中讲到的田单是战国时齐都临淄的市掾（管理市场的小官）。齐国危亡之际，田单坚守即墨，以火牛阵击破燕军，收复七十余城，因功被任为相国，并得到安平君的封号。因为陈卿的山寨军寨、申河寨、马武寨等均在山上，易守难攻，陈大纲不得不用火牛阵攻打陈卿的山寨。

陈大纲登临五龙垴、写下巨碑铭文时，恰是青羊大地烽烟遍地时。这场"平剿"并非陈大纲说得那么轻松。夏言在《奉敕查勘青羊山平贼功次疏》中提到，陈大纲在二月上任，即开始着手"剿匪"事宜，各路官兵也早在嘉靖八年六月已经驻扎在潞城等地。因为其时庄稼正在生长，他们一直等到十月初六日才开始发起攻击。十月十一日，陈卿投降。"匪首"投降，平息"青羊之乱"指日可待，陈大纲等终于长吁一口气。官军众将士弹冠相庆，喜笑颜开，陈大纲登临五龙垴山顶来到了巨碑前。剿贼全胜，兴致很高的陈大纲决定在空碑左侧下方记下战事，以留后人，于是有了这段铭文。

夏言在《奉敕查勘青羊山平贼功次疏》中向皇帝建议论功行赏，提到了他："佥事陈大纲，兵力独盛，声威素扬，不事穷诛，尽降首恶，又郁平寇之略，竟收得隽之功。以上三臣（河南巡抚潘埙、河南副使翟瓒），论功为上，相应优赏，以旌其能。"

陈大纲在三晋第一碑上留下铭文，认为自己剿匪有功，多少有些希冀自己名垂青史。然而根据《庆阳县志》记载，"青羊之乱"后，本应得到嘉奖的陈大纲与巡抚潘埙（因河南旱灾，救灾不力）一样，非但没有得到晋升，反而被当朝宰相（不知是哪位宰相）以"不合勋格"为由罢免。后来，陈大纲升密云兵备副使（正五品），他"效力朝廷，屡次镇压农民起义，推行所谓'十家牌法''保甲法''乡约'，意在连坐，钳制农民……"这，并不是一个仁义的评价。

巨碑上的第三篇铭文为明代嘉靖九年（公元1530年）即陈大纲刻下铭文两年后所刻：山贼既平，民患乃息；创一县治，建四巡司。陈一书。这段言简意赅的铭文，也记录了陈卿起义之后，平顺建县之事。

陈一是谁，不得而知。

5. 三晋第一碑得名

三晋第一碑上的第四篇铭文为明代嘉靖九年（公元1530年）平顺第一任知县高崇武留下的一首诗：万紫千红远绣复，山人迎我入山嵯。登临愈望工愈巧，三晋属中第一碑。嘉靖庚寅（1522年）知平顺县事井陉高崇武书。

夏言来到这片土地进行善后工作，看到这里山高峰陡，深林穷谷，他在奏折《开设县治巡司关堡抚恤降民事宜》中提到，选用到这里任职的官吏，当以"其知县必得本处旁近州县官，历任年深达练民情事体者改用"。

平顺首任知县高崇武为河北井陉人，是一名例贡生。明代初期只有考中进士、举人后才能做官。但大比之年每省考中的举人的只有几十人（明代一十三省，每省有不同的录取名额），所以三年一考录取的举人名额，远远不能满足朝廷安排官员的需求。因此，明洪武年间恢复国子监，从秀才中选拔优秀人才进国子监深造，肄业后再委任为八、九品的低级官员到州县任职，幸运一点的可以委任七品知县或者留任低级京官。岁贡、例贡等也就成为读书人经乡、会试考不中举人后的一条出仕之路。但前提是这些秀才必须进入国子监成为太学生。

例贡，是科举时代向政府捐献米或银两而取得入国子监资格的监生。高崇武就是通过这条途径成为嘉靖初年太学生的。雍正《井陉县志·仕迹》

记载："高崇武，嘉靖例贡。历山西潞安府平顺县知县。嵩亭方定，百物整饬。奉委丈地，万姓悦服。致仕归。"

在网络上搜到一篇刊发于 2021 年 1 月 2 日的文章，题目叫《五百年前一位太学生为何竟敢在这巨碑上题诗》，作者为许力扬。文章称，自己是明嘉靖二十五年举人、曾任山东利津知县的许时雍的后代。许时雍曾撰《井陉县儒学例贡碑记》，而此碑的书篆者正是高崇武的长子邑庠生员高节。该碑上有"创例贡题名碑者邑庠生高节倡之，诸同志成之也。节父讳崇武，以例贡进。嘉靖初，历诸城、历城二县丞。历强壮蠡气见……考选以为能，迁平顺令。平顺适创知县，公治事于……"等字。由此可知高崇武曾任山东诸城、历城二县县丞，平顺创设县治时，他首任平顺知县。高崇武为河北井陉微水村人，河北井陉位于太行山，地理地貌与平顺相近，选择高崇武任平顺第一任知县，恰好符合夏言所奏请的"其知县必得本处旁近州县官。"高崇武在担任平顺知县之前，曾任山东诸城、历城二县县丞，也符合夏言所奏的"历任年深练达民情事体者改用"。

高崇武上任时的平顺县还是一穷二白，平顺县城的基址不过一个小小的劫难之后的青羊村。正如民国《平顺县志》所记载，高知县来到这里，按照夏言等人制定的规划，成立县政机构，划定县域范围，修建城池，建设新县署、巡检司，"诸凡布置，一切草创，劈荆棘，剪荒芜，督工筑城"，在短短三年时间内完成如此繁多的工作，高崇武为平顺的创建立下了不可磨灭的功劳。

巨碑上还有一段话："是岁四月廿日，青峰高崇武同少尹李鸾、井陉庠生毕光远、真定武举生张金、余子高第到此登临。"有人把这段话当做第五篇铭文，但我认为，这篇铭文是高崇武诗歌后面的落款而已。

1522 年农历四月二十日，或为视察民情而来，或为睹起义军旧址而来，总之，高崇武与平顺少尹（主簿）李鸾、井陉庠生毕光远（井陉望族七狮村毕氏家秀才）、真定武举生张金（井陉的上级行政机构直隶真定府的武举），以及他的二儿子高第一同登上五龙垴，来到了巨碑前。高知县对于这个刚刚建立的县城壮志满怀，而朴素的山民对新来的父母官也恭敬有加。"万紫千红远绣复，山人迎我入山嵯"两句诗，貌似写平顺锦绣山河，却透露着高知县春风得意马蹄疾的豪情。

民国《平顺县志》对高崇武给予了很高的评价，称他为"后升任阁老"。这个"阁老"职务为民间之称。因为，在明代，阁老并不是一种官职，而是一种通俗而又不失尊敬的称呼，即使五品官员也可能有此称谓。阁老之称最早出现在唐朝，狄仁杰就曾被尊称为阁老。到明朝，朱元璋把相权收归，后来永乐皇帝在晚年建立了一个皇帝的咨询机构——内阁（相当于皇家的顾问团），能进入内阁的官员品秩并不一定非常高，一般入阁的官员品秩仅仅是五品小官。但他们相当于皇帝的顾问，可以直接和皇帝交流、沟通军国大事。也就是说，只要进了皇帝的咨政机构——内阁，成为内阁大学士，都可以被称为阁老。

按照雍正《井陉县志·仕迹》记载，高崇武并没有担任"阁老"的记录，而是最终"致仕归"。

高崇武留给世人的还有一通石碑。博文《井陉蛇事》说，明嘉靖十八年，高崇武曾撰《重修二青龙王庙记》，碑文记述了青峰山觉山寺内老僧所讲的二青龙王庙的由来，故事类似平顺县黑虎村两株牡丹的来历。碑文内容颇有些乡间野趣，倒也符合高崇武归乡后的口吻。

高崇武的七言绝句虽没有成为流传后世的经典佳作，但他无意中却为巨碑留下了名字——"三晋第一碑"。

6. 丰碑

抗战时期，三晋第一碑所在地寺头村成了太行山上抗日的"小延安"。太行第四军分区以及很多八路军地方机关都驻扎在这里。

1942 年 5 月，日军对太行区进行"大扫荡"，矛头直指驻于太行区的129 师师部和晋东南的国民党 27 军。在日军的强势攻击下，27 军预备 8 师师长陈孝强率部来到东寺头太行四专署的地盘上避难。

对于国军 27 军的避难，太行第四军分区采取了欢迎的态度。当时的东寺头到处贴标语，挂横幅，并援助了他们一定的粮食、被服和武器。

当时，八路军太行第四军分区情报处长是李新农，他对外的公开身份是太南办事处主任。李新农陪陈孝强登上了五龙垴参观了三晋第一碑。李新农给陈孝强介绍了三晋第一碑及陈卿起义被平息的经过，陈孝强感慨地说："国家不统，万事难负，如果天下太平，住在寺头，研究研究这块碑的来历，倒也不失为一件雅事。"

李新农说："嘉靖皇帝本希望建立平顺县，国家长治久安，人民平平顺顺，谁想到日本鬼子来侵，生灵涂炭。"

陈孝强百感交集："我等军人，本来都是炎黄子孙，应该同仇敌忾，一致对外。怎奈国共水火不容，徒伤我们弟兄和气。"

李新农说："国民党视国家利益为私产，买官卖官，贪污腐败，必将自绝于人民……"

两人立场不同，信仰不同，观点不同，借题发挥，谁也说服不了谁。最后，李新农指着三晋第一碑说："好在这块碑还给我们留下了诸多空白，孰是孰非，让历史去写吧！"

八十年过去，正如李新农所说，孰是孰非，历史已经有了明确答案。不久之后，陈孝强在日军大军压阵下投降，担任了伪华北治安军王克敏部的副军长，后随国民党溃逃台湾。

十四年抗战，来到寺头村的共产党人在三晋第一碑下书写了改天换地的历史丰碑。

新世纪之交，三晋第一碑成为平顺一道秀美的风景。为让更多的人走近三晋第一碑，2008 年，东寺头乡新修 1500 多米旅游公路、600 多平方米停车场，砌筑步游台阶 398 阶、护栏 438 米。来自远方的客人可以援石阶而上，在这里登高临风，观东寺头无限风光，近距离领略三晋第一碑风采。

白云千载，岁月悠悠。三晋第一碑见证了千年历史风云，也见证了国共合作的一段历史，更见证了东寺头村作为红色根据地存在的珍贵往事。

如今风轻云淡，国泰民安，在历史的无字碑上，我们该为后世留下些什么呢？

7. 补记

2021年11月7日，平顺旅游公众号刊发《三晋第一碑探秘》。文章发出，曾任平顺县文物旅游发展中心党支部书记、副主任（主持工作）韩文虎先生跟帖说，大约是2003年夏天，时任山西省副省长宋北杉（明星宋丹丹的胞兄）曾率文物、地质、规划、旅游专家莅临平顺考察指导工作。宋省长一行对大云院存放的两块一尺见方、雕刻有龙形图案的石碑倍感兴趣。根据上面龙的形态，推测两块石头上的龙形为汉代风格。

此时，有人想到三晋第一丰碑碑首上的螭龙，与此石刻上的龙雕大致相似。据韩主任回忆，当时，宋省长一行特意延迟归期，去考察了三晋第一丰碑。专家们认为，三晋第一碑上螭龙龙首、龙须、龙身等特征，符合汉代龙的绘画或雕刻特征，由此推测三晋第一碑的碑雕刻时间为汉代。

就此事，我曾请教平顺文物专家宋文强老师。宋老师告诉我，当时，他曾把三晋第一碑的图片发给古建专家柴泽俊先生。柴泽俊先生也认为，根据三晋第一碑上螭龙雕刻手法和螭龙特征，推测三晋第一碑为一块巨大的汉碑。

汉代有这样宏大的碑刻叙事了吗？

如果"三晋第一碑"是汉碑，那将意味着什么？意味着"三晋第一碑"比之前很多人推测的属北魏时期的碑刻还要早一百甚至几百年；意味着不仅可以颠覆最早的螭首文献是唐代封演的《封氏闻见记·碑碣》所记录的："隋氏制五品以上立碑，螭龙龟趺，趺不得过四尺"，还可以颠覆现存最早的螭首是南北朝时期位于河北临漳县古邺城遗址塔基上的石螭首的记录。也就是说，华夏遗留的宏大的摩崖造像，并非始于北魏，而是汉代！

若真如此，三晋第一碑是不是甚至可以称之为"中华第一碑"呢！？

修改于2021年6月30日

卧碑的述说

1

若非到祥龙公园去，我也注意不到那两块卧碑。

其实，我很早知道，前往祥龙公园的甬道两侧，曾是平顺县的儒学所在地。祥龙公园的牌匾挂在一座原本是青砖的二层小楼门上。小楼大约为建国初期所建，下面的窗户均为两个拱形小窗，并立为一组，门口有罗马柱造型，这些都是鲜明的苏联建筑特色。这里曾是平顺县委家属院，也有人回忆说，20 世纪 80 年代，平顺县广播站曾经在这里办公。如今，渐失人气废弃了的小楼萧条而落寞，一个个失了玻璃的窗口仿佛空洞而无神的眼睛，冷眼看红尘过往。

不知道是不是甬道旁松柏成荫的缘故，我内心并不亲近那个地方，总觉得那里有阳光透不进的阴森。那种阴森，给我的感觉，有些似古庙。甬道旁的松柏顺着山坡从下而上，根系穿越薄薄的泥土层，一直扎进青羊山的岩石里。松柏大多海碗粗，只有一两株比水桶粗些。从这些松柏的粗细，推测为新中国成立后补栽。

我第三次去看卧碑，不知谁家厚厚的褥子正搭在右边的卧碑上晾晒。

我才明白，我内心感觉的阴森，其实来自那片土地。因为我读过《平顺县志》，知道平顺知县徐元道、杜之昂、黎宗干，潞安府知府刘重初，他们都曾把希望寄托这里，在这里兴学；知道平顺县如王御寰、靳睿、王良宪、石声振、路跻垣、王自新、石声扬、石凤起、石凤腾、路跻瀛、秦之璧等一代一代平顺学子都曾在这里思接千载。这块土地，是那些远去身影曾经生龙活虎的舞台。如果万物有灵，这片土地应该记得这里曾经的琅琅读书声、曾经匆匆的脚步。四五百年的时光在这里，四五百年的文化承载在这里，这片土地怎么能不厚重？随便抓一抔黄土，应该都能嗅出文化的味道、攥出文化的汁液来。

说是儒学遗址，如果不算两块卧碑，其实什么都没有了。平顺县城所经历的兵燹和运动，似乎都饶不过这个学子安放书桌的地方。

2021年春天，彩凤山漫山遍野山桃花时，因想查看一位老师写在祥龙公园的建设铭记，我第三次踏上去祥龙公园的路。

平顺古儒学所在地

两块碑就卧在有祥龙公园匾额的小楼前，一左一右，寂寞守望着荡然无存的儒学旧址。无意间一瞥，我先看到了左边那块残缺的石碑。我走近它，先辨别了一下它的碑刻时间，顺治九年（1652年）二月十九日，竟然是一块古碑，而且，已经358年了！这样毫无遮掩地裸露在阳光下，裸露在大众脚步声中、目光之下，这块倔强的石碑也算生命力顽强了。

古碑形制不算小，青色石质，碑面长方形，长1.72米，宽0.74米，厚0.2米。我尝试着读碑刻上的内容，似乎是规劝告诫的内容。碑的左上角已经残缺，无法看清是一块什么碑，但右边有"钦奉敕旨，榜文到日，所在有司，即便命匠置立卧碑，依式镌勒于石，永为遵守"字样，后面为"右榜谕、众通知"六个字，大约五寸见方，比起碑文内容，要显眼很多。

晓谕生员碑

回身，我看到了右侧的石碑，也是一块卧碑。古碑青色石质，碑面长方形，长1.59米，宽0.77米，厚0.27米，虽断成了两截，幸而未曾丢失，大小与左侧石碑相差无几。石碑碑面有乱七八糟的划痕，字迹非常模糊。我先去看后面的立碑时间，没有找到。不过，前面四行约四寸的大字我看清了，最前面写着"程子听箴"，字体很大。箴言，是一种上下句字数相同、讲究工整押韵、内容以告诫规劝为主的文体。内容为："人有秉彝，本乎天性；知诱物化，遂亡其正。卓彼先觉，知止有定；闲邪存诚，非礼勿听"。八字为一竖行。再往后，字迹很小，是什么内容，我一时无法判断。

程子听箴碑

古碑上面，碑额正中篆书有"宸翰"二字，四周雕有海涛、朵云纹，中间雕有游龙，上下各两条，两首相对；左右各一条，龙首向上，龙身舒展，大约为"龙翔海宇"之意。游龙龙身粗壮肥大、龙鳞栩栩、威风凛凛。线条工整有力，刻画细腻入微，整个古碑虽然历经沧桑，依然感觉到华丽而庄重。

一时之间，我不得要领。但两块碑就这样闯进了我的视野。

2

我从"程子听箴"入手，先摸清了右侧古碑的来历。

"宸翰"中"宸"指皇帝居所，"翰"则指文章。"宸翰"指碑文由皇帝所书，这两个字让我想到这块石碑应该与官府有关，后来证明，我当时的推测是对的。

程子为北宋理学家和教育家程颐，他的学说以"穷理"为主，认为"天下之物皆能穷，只是一理""一物之理即万物之理"，主张"涵养须用敬，进学在致知"的修养方法,目的在于"去人欲,存天理",认为"饿死事极小,失节事极大",宣扬"气禀"说。其著作有《周易程氏传》《遗书》《易传》《经说》,被后人辑录为《程颐文集》。

孔子曾言:"非礼勿视,非礼勿听,非礼勿言,非礼勿动"。程颐对此做了进一步阐发,后世称"程子四箴",即《视箴》《听箴》《言箴》《动箴》。不知道原来四块碑是不是同时勒刻,但平顺古县学遗址仅留下了"程子听箴"这块卧碑。四句话的意思是:人有美好的禀性,本来就是天生具备的。知觉(或心)受到外物的诱惑,就会失去其正见。卓然而事先能够察觉,就知道应该在哪里停止而有定向。抵御抛弃邪念而保持心志专一,不合礼法的无稽之言不要听。

"程子听箴"后面的内容为嘉靖皇帝亲书的对《听箴》的注释。

明嘉靖六年(1527年)十一月十三日,状元出身的讲官顾鼎臣(即后来写《创建平顺县记》的光禄寺大夫、太子太保、礼部尚书)给嘉靖皇帝解说宋儒范浚所作《心箴》。之后几天,嘉靖皇帝一直在御书房品读此箴,心有所得,于是亲为注释。十一月十五日,嘉靖皇帝特谕内阁诸臣:"朕因十三日听讲官顾鼎臣解说范浚《心箴》,连日思味,其意甚为正心之助。昨自写一篇,并假为注释,与卿等看。"接此上谕,大学士张璁在十一月十八日上奏:"是月小至日,伏承赐内阁《范浚心箴注》一通……臣昔读书山舍,尝揭范浚《心箴》及程颐《四箴》以自励……敬摹《宸翰》,付工刻石,传之天下万世……"

张璁的建议说到了嘉靖皇帝心里。于是,嘉靖皇帝又兴致勃勃研读了宋代另一大儒程颐所作《视》《听》《言》《动》四箴,并亲手作了注。嘉靖七年(1528年)二月十八日,张璁等大臣再次奏请将御制《敬一箴》、范浚《心箴》和程颐《四箴》并御注一起刻石建亭于翰林院北,同时摹刻立石于各府、县学宫,以教化天下。嘉靖皇帝当然同意,次日即批谕:"卿等所言,都依拟行。亭名为'敬一',其南北直隶及十三省亦各着盖敬一亭一座,礼、工二部知道。"之后,嘉靖皇帝注解的"视、听、言、动、心"五箴言以统一格式颁行天下，立石于全国各地的学宫里。

嘉靖皇帝为每篇箴言所作的注释，是从皇帝角度写出的心得体会。比如"程子听箴"，注中写道："人君于听讷之间，当辨其忠谗而已。忠言逆耳近于违我，谗言可信近于逊我。不能审择，其患岂浅浅哉！"

那么，平顺的这通古卧碑会是谁勒刻立石的呢？我三次到此审读卧碑，没有找到立碑人和立碑时间。是皇帝下令的统一格式，要求各县不得署勒石人之名和勒石时间吗？

平顺建县时间晚，于嘉靖八年方才有县治。而平顺儒学真正建立起来是在第三任知县徐元道手中。徐元道之兄徐元祉在《创建平顺县儒学碑记》写道："齿创为先师殿、明伦堂各五楹，两庑各七楹，两斋、启圣、乡贤、宰牲、射圃、学仓、神库、神厨各三楹，号房共二十楹，教谕、训导宅共三十楹，先师等门、等龛、等碑各八座，敬一等亭、太平等坊各两座。"可见，平顺儒学明伦堂很可能建于徐元道为政平顺的第五年，即嘉靖十七年（1537年）。

徐元道建平顺儒学时，建了敬一亭。建立敬一亭的用途，当然是用来安放皇帝御制的《敬一箴》及范浚《心箴》等御制碑刻的。其他县早在嘉靖七年已经勒刻石碑，平顺县只能后来追上。残破的《程子听箴》卧碑极有可能是与敬一亭内安放的《敬一箴》碑同期勒刻。只是，历经几百年岁月洗礼之后，只有《程子听箴》以残破的身姿迎来了今天的阳光。尽管没有署名，没有时间，但我推测应出自徐元道之手。

徐元道在平顺做了很多事情，是平顺历史上不可忘却的一任县令。但令人费解的是，他没有为平顺留下一字一句的文字。他悄悄地来，悄悄地离开，没留下一片云彩。他在平顺九载，急流勇退，辞官归隐，关于他的往事，全部为别人书写，就如《徐公去思碑记》（如今仅剩《县志》中的碑文，碑刻早已不知去向）。

这通古卧碑者为徐元道所立，那么，它将是留给平顺的实物。

让人感觉讽刺的是，尽管嘉靖皇帝颁令天下，把他注解的"视、听、言、动、心"五箴言立石学宫，号召天下学子遵循儒学，后来的他内心却遵循着道教的指引，迷恋长生术，崇奉道教，宠幸道士，成了历届封建王朝登峰造极的"道教皇帝"，也让嘉靖一朝别树一帜地出现了严嵩、李春芳、严讷、郭朴、袁炜等"青词宰相（大学士）"。

在这里，我想啰唆几句的是程颐其人。

程颐出生于宋仁宗当政时期，自幼聪明的他，十四五岁时，与哥哥程颢同时受学于理学创始人周敦颐，即那个写下《爱莲说》的北宋文学家、理学家。嘉祐四年（1059年），程颐廷试落第，之后便不再参加复试，开始与哥哥程颢在嵩阳讲学。程颐虽然没有考中进士，但按旧例，程家世代为官，其父程珦享有荫庇子弟当官的特权。但程颐身在官宦之家不差钱，把每次"任恩子"的机会让给本家族的人，自己则以"处士"的身份潜心于孔孟之道，在洛阳一个叫鸣皋镇的一个小村庄，在太尉文彦博的帮助下，建了一座"伊皋书院"，大量接收学生，从事讲学活动。

如果程颐一直这样讲学下去，他的一生也不会暗流涌动、命运多舛。元丰八年（1085年），宋哲宗即位，王安石变法失败。司马光、吕公著等人一再推荐，希望程颐出来做官。一开始，程颐没有接受任命，但经不住司马光、吕公著等人竭力相邀，他毕竟需要给当国宰相一个面子。于是，1086年，程颐应诏入京，被授为汝州（今河南临汝县）团练推官、西京洛阳国子监教授等职。程颐就职以后，他经常借向皇帝讲书的机会，借题发挥，议论时政。他在君主面前，敢于"议论褒贬，无所顾避"，这使他的名声越来越大，吸引了许多读书人纷纷向他拜师问学，由布衣一跃成帝王之师。盛名之下的程颐引起很多朝臣的反感，以苏轼为首的蜀派同程颐为首的洛派互相攻击，在京城形成两派对立局面，程颐受到谏议大夫孔文仲的奏劾，被罢去崇政殿说书之职。

绍圣三年（1096年），在新、旧两党的斗争中，因新党再度执政，程颐仍被定为反对新党的"奸党"成员，贬到涪州（今重庆涪陵），交地方官管制。这种打击还累及他的儿子和学生。元符元年（1100年），宋徽宗即位，迁程颐至峡州（今河南三门峡），短暂恢复其官位。但很快，崇宁元年（1102年），恢复新法的宋徽宗下令夺去其官位，并追毁他的全部著作（由于其著作对巩固封建统治有用，在其门人保护之下，仍被保留下来）。大观元年（1107年）九月十七日，程颐病逝于洛阳伊川，卒年七十五岁。程颐死后，洛阳地区凡与他有关系的朋友和门生甚至不敢去送葬。

程颐是在一片寥落和悲哀中去世的。他一定不会想到，在五百多年后的大明王朝，年轻的皇帝嘉靖会仔细研读他的文章，并亲手写下心得，颁令全国学宫，让他的文章连同帝王心得，一同成为那个时代学生必须遵循的"守则"。

3

那块写着"右榜谕众通知"的古卧碑让我琢磨了好久。不仅仅因为前面碑文缺失，还因后面落款时间与碑文相矛盾的缘故。

我在网络上找到一篇魏忠策写的《明代卧碑〈儒学榜谕〉评介》，这是就河南新野县原孔庙内存放的明代卧碑而写的文章。在这篇文章里，魏忠策在文末附录了两篇碑文。一是明洪武十五年（1382年）《礼部钦依出榜晓示生员》，二是清顺治九年（1652年）《礼部题奉钦依晓示生员》。

我对照我拍的祥龙公园前古碑的照片，一字一句辨认，终于弄明白，左侧"右榜谕众通知"的古碑内容为明洪武年间礼部制定的学规禁例12条。尽管卧碑右上角残缺，但根据魏忠策在文末附录《明礼部钦依出榜晓示生员》碑文，经比较，平顺古卧碑的原文与新野古卧碑内容并无不同。

卧碑是当年儒学童生、秀才们的学习守则，相当于今天学校的中学生守则。所刻12条，除2条针对教官和府州县提调官，5条泛及各类人等外，其余5条都是对儒学学生行为的限制，比如第一条是禁止学生参与诉讼，勿轻至公门，第二条是规劝父母不要"欲行非为"，第三条是不许建言军民一切利病等。

这块卧碑的格式很有意思。第四条"然后亲赍赴京奏闻"，第八条"亲赍赴京面奏"，第九条"方许赴京申诉"，第12条"许诸人密切赴京面奏"，只要涉及"京"字的，不管前一行有几个字，都会把"京"另起一行，提到碑面字行最高位置，而后面只跟一两个字，基本空行，这使得整个碑面出现了四处"京奏""京面""京申诉""京面"，格外显眼。我不知道别处是不是同样的格式，给我的感觉，这些着重提出来的涉及"京×"是在强调，有些事不到万不得已，不得惊动朝廷。也许，这样的碑文格式还有别的深意，比如，京城毕竟是皇城，以此表示尊重等。

看到卧碑，我瞬间想到了平顺县青草凹村秀才史书告御状的故事。史书就是因自己身为秀才却参与了平顺豆口村张家与东庄村王家的诉讼而被下的大狱。最后，尽管官司打赢，还是被流放云南，成了平顺学子两百多年的嗟叹。

内容搞清楚了，但古碑落款时间却让我疑惑了。既然是顺治九年勒碑，为什么没有勒刻顺治九年大清的《礼部题奉钦依晓示生员》，却勒刻了明洪武年间的学规？而且，这块古碑又是何人所立？

第三次见到古碑时，我再度审视碑文落款的字迹。经过仔细辨别，我认出时间后面有"平顺知县余廉徵、教谕王廷昭立"等字。

也就是说，顺治九年立碑的人是平顺知县余廉徵、教谕王廷昭（运城人，岁贡）。这块碑不同于右边的《程子听箴》碑，尽管内容也是学宫的规矩制度，却留下了勒碑立石人。

康熙版《平顺县志》记载，余廉徵为浙江遂安人，顺治六年己丑科（1649年）进士，于顺治七年（1650年）任平顺知县。县志记载他仁慈存心，宽和立政，文雅大方，有气量，还风度翩翩；同时也是平顺开启理学教育的第一人。每日办完公事，他会来到儒学，给在这里读书的学生讲书上课。县志记载他刻有《青羊有造录》，且有留存。康熙年间编辑《平顺县志》时，《青羊有造录》大概还存在，但并没有收入康熙版《平顺县志》，后来石璜编辑的《民国县志》并没有《青羊有造录》的踪影。这位余知县后来升任赤城堡同知，顺治十七年六月升任苏州知府。《苏州府志》对其也有记载。

我在网络上查阅，大多存世的明代晓示生员卧碑，基本都为明洪武十三年（1380 年）至十五年（1382 年）之间勒石，如无锡《礼部钦依出榜晓示生员》碑、湖北省郧县发现的原郧阳府学明代卧碑、河北高阳县《礼部钦依出榜晓示生员》碑等。从各地留存的古碑看，古碑形制全部为卧碑。以至于后世这样解释"卧碑"：把一些学校禁例刻于石碑上，置于学校明伦堂之左。因为碑一般是横着立的，所以称作"卧碑"。后来我在民国《平顺县志·学校表》中查到了"洪武十五年（1382），颁禁例于天下，学校勒石明伦堂左，谓之卧碑。清顺治九年（1652），御制条约共设八条，刻石学宫，谓新卧碑，今在明伦堂"的记录。

清顺治九年，平顺儒学早已建起来了。尽管民国《平顺县志》记载，"明崇祯六年（1633 年），流寇破城，官舍民房焚毁一空。旧制尽废，茫不可考"，但根据知县余廉徵喜欢在学宫讲课的记录，且是平顺理学教育第一人，可知当时平顺学宫是正常运行的。那么，这位经过殿试而中进士的余知县，怎么敢不遵皇命，没有在明伦堂勒刻大清的晓示生员卧碑？

余知县身为汉人，却在清初即做了大清的官员，这说明，第一他抱有儒家学子经纬天地的理想；第二，他是一个"识时务"的俊杰。这样一位能屈能伸的官员，他一定不会明目张胆与朝廷作对，让朝廷砍了他的脑袋。当然，从他后来升任苏州知府也说明，他继续走在仕途之路上，并没有跟跟跄跄，而是步履稳健，好评如潮。

于是我推测，当大清朝廷下令勒刻卧碑时，平顺县儒学应该同时勒刻下两块卧碑，一块为明洪武时期颁布的《礼部钦依出榜晓示生员》，一块是清顺治九年颁布的《礼部题奉钦依晓示生员》。因为同期而立，所以明洪武年间的卧碑禁令勒刻上了顺治九年这个立碑时的时间。

我脑海里闪过一个疑问：如果是这样，余知县为什么要费事费力多花钱多刻一道碑多此一举呢？是为了让平顺学子对比大明学生守则与大清学生守则的异同？况且，大清学子只需遵守大清守则就行，何必自找麻烦，为学生再增加一道行为枷锁？

大清入关后的铁蹄之下，南方江浙一带的抵抗尤其激烈而悲壮。余知县是浙江遂安人，距离"扬州十日"的扬州、"嘉定三屠"的嘉定，都不过五六百里。扬州城悲壮的抵抗、嘉定城残酷的镇压，就是微风，都能送来浓烈血腥的味道。面对清军屠杀，当时还是秀才或者举人的余廉徵做何感想？

清顺治二年（1645 年），清政府颁布剃发令，余知县尽管心有不愿，还是剃掉了头发，否则，他不可能在顺治六年顺利抵达京城参加会试殿试高中进士。

余知县，那个遥远的身影让我想到了《桃花扇》中与其同期的多情而懦弱的书生侯方域。他与侯方域一样，在家国沦亡之后，最终选择脱下汉族服装，穿上满人服饰，带着官员的光环走进了大清的朝堂。

然而，南明朝代灭亡的哀号依旧不绝于耳，面对国破家亡，余知县真的能忘怀吗？

我忽然想到，这块卧碑会不会是余知县借机有意勒刻，用来让平顺学子缅怀先朝的？或者，与其说是一块禁例碑，不如说是一块家国沦亡的耻辱碑，是大明亡魂的祭奠碑，是汉族学子内心最后一块故国家园，是大明国最后扎在汉族学子心底的根系！

细想，余知县经常到学宫为学生讲课，并在平顺儒学开启北宋理学教育是不是也别有深意？如果是，在亡国后的外族统治之下，聪明如他，这样做的目的是什么？

北宋理学的实际开创者为邵雍、周敦颐、张载、程颢、程颐。周敦颐为宋代理学的开山祖，他将道家无为思想和儒家中庸思想加以融合，阐述了理学的基本概念与思想体系。周敦颐的《爱莲说》更是千古名篇。余知县这样做会不会是希望更多汉族学子能保持莲花一样的个性，传承中华文化？

故国家园，也许在这位知县心里从来没有放下，从来没有忘记。

我站在四百多年后的平顺学宫遗址上，傻傻地想象着那个剃发换装的儒家文化浸淫过的学子的所作所为。历史的车轮滚滚，一代一代汉族后裔，哪个不是在屈辱的铁蹄中苟且偷生，在改弦易辙的绝望中佝偻着身躯，先后成为逆来顺受的敌国臣民，之后一些精英又在委曲求全中慢慢站起来，活成历史经典的？中国历史中，别说余廉徵这个小小的进士，即使李晏、耶律楚材、元好问等，闻名清末的栋梁之材曾国藩、李鸿章、左宗棠、林则徐等，都是屈服于敌国的汉人。一介书生余廉徵，在戒备森严的大清初年，他又有什么能力改变家国沦亡的结局？他不是没有民族气节，也不是不懂民族气节，但中华文化中还教会了他能屈能伸的坚韧和巧于世故的圆滑。人在屋檐下，怎能不低头。文天祥不屈的民族骨气固然千古流芳，但文化的根被压在暗无天日的巨石下，想要发芽，只能忍辱偷生、明哲保身。只有在巨石下设法站起来，才能实现士子所追求的理想最大化。然而，面对外族的铁蹄，面对家国的沦丧后的满目疮痍，余廉徵内心一定是有所不甘的，但走上仕途或者才是挽救同胞于水火，传承中华文化的最好的方式。

4

让我纠结的还有一个问题，清顺治年间，大清国内的儒学，是用什么语言来进行教学的？为什么遗存的碑刻都用的是汉文，而非满文？

大清入关之后，为了让汉人臣服，不仅推行让汉人着满人衣着，还颁布剃发令，把剃发作为汉人归顺的标志，野蛮地提出了"留头不留发，留发不留头"。"理发"一词尽管最早出现在宋代文献中，但那时的理发，只是梳梳头、刮刮脸、剪剪胡须而已，古时男人是不会剃发的。大清颁布剃发令，限定十天之内，全国百姓一律剃头。因嘉定城无一人屈服，清军怒而三次屠城，制造了"嘉定三屠"的历史悲剧。清廷剃发令在历经长达37年的残酷镇压下，汉人才不得不奉行。民间广泛流传有这样一首俗谣："正月不剃头，剃头死己舅。""死舅"其实是"思旧"谐音，因正月是一年的开始，一年之始不剃头，为的是思旧。思什么旧？当然是思念汉人千百年来总发为髻的传统。

顺治皇帝为大清入关后第一位皇帝。他6岁登基,13岁亲政,亲政之前,多尔衮摄政。推行剃发令正是出自多尔衮之手。推行剃发令尚且残酷无情，多尔衮又怎会让天下儒学用汉文教育汉族学子？康熙二十八年，清政府与沙俄签订了著名的《尼布楚条约》。这份条约存有满文、拉丁文和俄文版，唯独没有汉文版。这也说明一个事实，当时清政府的官方文字是满文。即使当时满文不成熟，努尔哈赤、皇太极、顺治三朝，满文依旧是清政府的官方文字。还有人研究，当时的汉族臣子，必须在朝堂之上讲满语，否则就有杀头之罪。如果让汉族臣子讲满语，也就意味着，当年中华大地上的汉族儒学学宫中，满语是必须设立的一门课程。

　　然而，无论大清朝廷怎么规定，顺治九年的卧碑却在无声述说着顺治时期天下汉语的依旧盛行。尽管清政府一再在全国推行满文、满语，毕竟中原汉人太多了，语言在汉人的脑海中根深蒂固，两千年璀璨的汉族文化也不是剃刀挥舞，一刀两刀就可以"剃"干净的。最后，大清朝廷不得不默认汉语的存在，以至于康熙等后来的大清帝王不得不学习汉语，而康熙的朱批则是满汉两种文字。

　　值得回味的是，如今遗落平顺学宫遗址上的恰只有两块与明代有关的碑刻。一块《程子听箴》，一块虽立于清，内容却是大明的晓示生员卧碑。不知是不是天意，那块清顺治九年的大清的晓示生员卧碑早已消失得无影无踪。

　　文章写完那天，我在民国《平顺县志·学校表》意外找到了这块古卧碑的身影。也就是说，一直到民国《平顺县志》编辑时，顺治九年的明洪武禁例碑依旧守在当年的学宫明伦堂左侧。正如我推测,清顺治九年（1652年）的确还勒立过另外一块御制条约碑，民国《平顺县志》称其为新卧碑，一直到民国《平顺县志》编写时，还立在明伦堂的左侧。

　　历史上儒学学宫要求立的碑刻不仅仅这两块。宋大观元年（1107年），朝廷曾诏布《周官》八行八刑之法于学宫，令所在镌刻；北宋淳祐六年（1246），宋理宗御书白鹿教条颁行天下,要求学宫立石。明洪武二年（1369年），朝廷令学者专治一经，以礼、乐、射、御、书、数设科，以分三教，年定学校射仪；康熙九年（1670年）十月初九日，康熙帝曾颁上谕十六条通行晓谕，每月朔望（初一、十五日），县正副官、绅衿、耆老、军民人等要宣讲圣谕，使教化行而风俗美；康熙四十一年（1702年），朝廷曾颁御制训饬士子文，要求镌碑树立明伦堂之左，以便士子诵习。明嘉靖八年这里尚无县治，所以宋碑等不存在很好理解，但康熙年间两块勒刻碑也均不存在。只有这两通卧碑穿越一次次无情的兵燹战火，寂寞而固执地坚守在昔日平顺儒学遗址上，沉默了几百年岁月，对着天光日月述说着往昔的故事。

今天，各地学宫的卧碑大多消失在历史尽头，平顺县这两块古老的卧碑，不仅成为平顺昔日明伦堂的留存遗迹，也成了见证平顺县文庙和学宫建筑格局历史变迁和兴衰历程的一个实物，同时，也让我们透过古老的卧碑看到了明清学子的"清规戒律"。

写于2021年5月4日

三改于2021年7月6日

金岗坡：一段悲壮的平顺往事

题记：提到明清两代山西的知名巡抚，历史学家一定不会落下这个名字——曾国荃。曾国荃是晚清股肱大臣曾国藩的九弟。有人这样评价曾国荃：前半生杀人如麻，后半生救人无数。光绪三年（1877年）是山西乃至华北历史上最大的罕见灾荒年。曾国荃因这场旱灾来到山西，非常时期采用非常办法，救山西无数苍生，以至于大灾之后，山西矗立起无数曾公生祠，百姓亲切地称之为"曾宫保"。而对于太行山中浊漳河沿岸的平顺百姓来说，这个名字代表的则是戏剧中人们最喜欢听的一个词"青天大老爷"。

那么，曾国荃与太行山深处的平顺县到底有什么渊源呢？

1. 金岗大火烧"金岗"

清末民初，平顺县浊漳河沿岸流传着一部戏剧叫《火烧金岗坡》。当时这里的百姓，几乎没有人不知道这部戏、不看这部戏，以至于时隔百年后的今天，提及这部戏，一些有心的文化人依旧记得戏剧的情节。

但很多年来，很多人以为这个故事的发生地为东庄村北面的金刚顶。

平顺县文化学者、作家赵伟平是平顺县东庄村人，他写过一篇文化散文《东庄，一个沟通朝野的村庄》。他在这篇散文中，详细讲述了这个故事。

这个故事与河南林州有关。千百年来，山西平顺（明嘉靖八年之前为黎城）县与河南林县唇齿相依，尤其在历代大灾之后，大批林县人逃难的方向就是太行山。很多昔日的林县人成为今天的平顺人，他们讲平顺话，以平顺为故乡，把血脉与骨殖永远掩埋在平顺的大山里，生生世世与平顺再不分离。

被周总理誉为新中国奇迹、伟大的红旗渠工程就在浊漳河沿岸。六十年多来，人们歌颂、感叹着红旗渠工程的艰巨、艰难，也感慨着平顺人民的无私和豁达。

火烧金岗坡的故事，不知当年修建红旗渠的总指挥杨贵听说过没有。或者，他一开始在做红旗渠的计划时，就听过这个故事吧。十多年后，他的家人曾在平顺神龙湾村、西沟村避难，而他，也曾在平顺县遮峪村避难。

那么，民间传说的"火烧金岗坡"的故事发生在哪里呢？是东庄村村北的金刚顶吗？

东庄村金刚顶高高伫立于村庄之北。据当地学者多年研究，这里曾经有一座乡间庙宇——娲皇庙。这座庙曾是一座书院。

今天，上马、马塔、牛岭、遮峪等村庄，都隶属石城镇。而在明清时期，这些村庄隶属于豆口里（明代 10 户为甲，10 甲为里），即今天石城镇豆口村。明清时期石城与豆口是一样的行政区划，均为"里"，隶属平北乡。

东庄，是第一批荣列全国传统村落的村庄。从明代岳家始祖岳孟冬留住豆口里东庄村，东庄村赵、岳、王三家各有举人、秀才多人，三大家族并驾齐驱，非常兴盛。三大家族在这里开垦荒田、耕读传家。按照赵伟平先生文章所言，这些荒地尤以南山赵姓家族开垦为最。当时的赵家经营了南山赵家谷恋、大南壕、杨树背上、金岗坡等地。

岳家也不示弱，现在的苇水村、白杨坡、遮峪村、岳家寨、北秋房等村庄的百姓，大多姓岳，甚至有的整村姓岳，究其先祖，他们都来自东庄村。毋庸置疑，这是因岳家发展迅猛，岳家人不得不到处开荒，最后形成这些村落。

《火烧金岗顶》所讲的故事，就与土地有关；而这场纠纷，即因省界的土地而起。

民国版《平顺县志》收录了一篇今石城镇克昌村（以前叫密峪村）贡生白懿撰写的碑文《擦耳岸争界讼案碑》。白懿为贡生，但民国版《平顺县志·选举表》却未把他收录其中。民国版《平顺县志·文儒传》对他有一个简单介绍。白懿经常足不出户研究经史子集、天文地舆，治学非常严谨。生活于同时代，白懿对于这段经历，应该不会记错。

民国版《平顺县志》还收有一篇克昌村廪生白鉴如所撰碑文《窦口里勘山纪略》。这两篇碑文讲述的是同一事件，即民间传说的戏剧《火烧金岗坡》。

"火烧金岗坡"事件因何而起？

赵伟平老师在《东庄，一个沟通朝野的村庄》中这样写道："同治十一年，豆口里社事赵树藩、东庄岳廷秀先生等在林县桑耳庄收租时遭林县人拘禁，同时林县人称金岗坡擦耳岸一带为林县属地，并移碑改界，一时引起了两省人们反目。东庄赵姓人家民风强悍，一怒之下，召集村人发起收复失地的驱赶行动，将河南林州居住在金岗坡上的十八户人家全部赶出。为永绝后患，放火将茅屋烧掉，所有金岗坡上土地全部收回。"

在戏剧《火烧金岗坡》中，这把火烧了起来。这把火随着浊漳河沿岸村庄龙王庙内戏台上铿锵的锣鼓声，烧遍了浊漳河沿岸的村庄，那些头上盘着大辫子看戏的东庄村先人，无不拍手称快。

《火烧金岗坡》讲述的是一个真实的故事。

关于这片土地的疆界，民国版《平顺县志》收录的《擦耳岸争界讼案碑》是这样记录的："我豆口里自平顺裁县之后，分属潞城，距县百二十里。东至隘峪口外三关石；东南至牛岭山香亭石；南至急三盘，一名十八盘。有明万历时立上党疆界碑。再至金岗坡夏王庙额书有'山右保障'四字，并有楹联可考；三处均与林接壤；西南至佛堂岭；正西至坟郊寨分水岭；北至龙洞洼张翰岭，纵横三十余里，连属一十八庄。悬绝一隅，四面受敌。所赖者人民和睦，同御外侮耳。里之东南畔逶迤至西南秀水池金岗坡擦耳岸一带山洼，道光以前本里耕种，咸丰以后，租于林人，每年纳租以补遗粮。"

急三盘，又叫十八盘，位于今遮峪村南十里，河南晋阳古官道即通过这里；夏王庙位于金岗坡半山腰。此"金岗坡"在今天遮峪村西京山一带，靠近河南一面叫金岗坡，靠遮峪村这面的坡叫擦耳壕。"金岗坡"名字至今未变，而"擦耳壕"不用说，即是《擦耳岸争界讼案碑》中的"擦耳岸"了。

由此可知，《火烧金岗坡》并非东庄村的"金刚顶"。

那么，东庄村民为什么要"火烧金岗坡"？

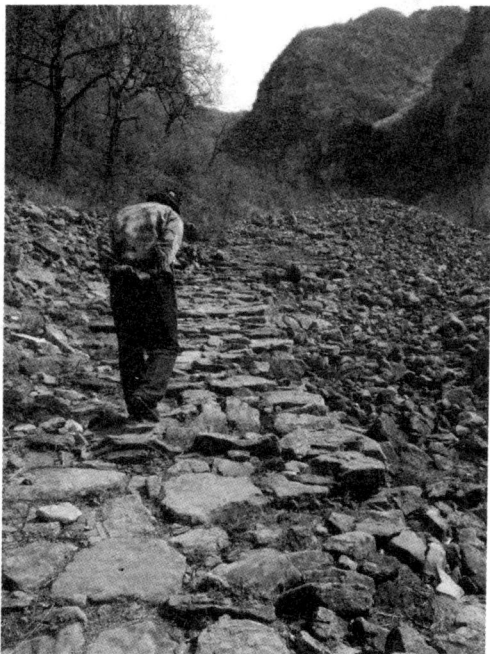

河南晋阳古官道（金岗坡位于附近）

2. 金岗大火可曾烧过

凡纠纷必然与利益有关。平顺豆口里与河南林县比邻，明嘉靖八年之前，崖头以上十八盘金岗坡、秀水池等处属于山西潞城（今平顺）县境。十八盘的山腰建有关帝庙、夏王庙（供奉夏王窦建德）、上党疆界碑，这些地方不用说都属于晋疆。这里水土肥美，菽麦皆宜，盛产党参，同时还是当地百姓薪材主地。清代、甚至更早的明代，豆口里人就在这里开垦种植，遮峪村岳家始祖也许就是那时来到遮峪建立村庄的。

因土地距离村庄太远，加上是山路，来往困难，并时有盗窃发生，因此，从道光十年（1830），豆口人开始把这里的土地租给林县人耕种，每年照契纳租。

听过一个故事，当你每天赠送某人五个鸡蛋，忽然某天你赠送了一个，这个受赠者不仅不会感激捐赠者，反而会迁怒捐赠者"不义"。人性即如此。一开始，你出租我租赁，没有什么纠纷。但天长日久，当租户越来越多，他们对这种生活方式开始不满，对原有的契约不满，凭什么我年年种地，收获的粮食要交给你？

其实，关于因租而起的疆界纷争，发生在同治十一年的"火烧金岗坡"并非第一次纷争。石城镇遮峪村小龙嘴上曾有一通界碑《里社官山志》，上面写道："盖闻吾儒大公为怀，畛城宜化此晋，扬之量非守土之道也！方今圣天子，四海为家，遐迩一体。而郡各置守，州各立牧，此疆被界，亦自有厘，然不容混者。余等生长是土，为潞邑边民，晋产也！而与豫接壤，客民之杂处此土，亦固其所顾，流寓则可，而任其侵占则不可！边政因时戒严，遍张晓谕，命将擦耳岸，山僻薪，路刨断，设兵防堵，以杜奸匪窥伺之门，兼欲厘清边界。面谕秀（指岳廷秀）等，建山神庙于葛条爽，赐额曰：山右保障。嗣于杨陆两父台案下，吾乡社首，因索租，与豫民之侵垦者争讼，遂将湫水圪塔及红崖根等处次第归后，而乡民得以固，吾围焉！特此镌石，以告后之职社租者。所有奉官酌定规条，详载碑阴。岳廷秀谨志。岁此庚申春月合里公立"。

此碑立于"庚申"年，即咸丰十年（1860年）。因为这些土地是当地百姓赖以生存的资产，加上此地为河南与山西的边界，所以碑文有强烈的地域保护意识，其语气非常坚定："流寓则可，而任其侵占则不可！"意思是，来到这里的河南人，你可以在这里租住，但绝不可以侵占这里的土地。

此碑还说到了此地对于山西而言更重要的原因："边政因时戒严，遍张晓谕，命将擦耳岸，山僻薪，路刨断，设兵防堵，以杜奸匪窥伺之门，兼欲厘清边界。"因为地处晋豫边界，所以这里时常因为战事戒严。一旦戒严，山西政府就会命当地人将这里的晋豫古道挑断，并设兵防堵。这样做一来可杜绝盗匪窥视，二来也可以厘清边界。为了表明这块地方属于山西，当时豆口里人还在岳廷秀等人带领下，在葛条爽建了一座山神庙。

我到遮峪村走访，曾经到过晋豫古道上的骡断岭。如今除了偶尔有驴友到废弃的古道上掠奇之外，古道上已经没有什么行人。古道青石斑驳，乱石坎坷。当时我的向导曾告我，清代遮峪村骡断岭曾驻兵，而且这条道路因是晋豫交通要道，且位于两省交界，一旦有什么战事，路就会被挑断。向导的话印证了碑文之说。

《里社官山志》碑说明，咸丰年间，这里已发生过一次因索租而起的疆土纷争。"吾乡社首因索租，与豫民之侵垦者争讼"，不得已"嗣于杨陆两父台案下"。这里的"杨"，《潞城县志》中记载，为杨从龙，广东梅州市大埔人，由举人任，咸丰癸丑（1853年）年离任调江南。这次纷争时间应该不短，经历了"杨陆两父台"两任县令。这块《里社官山志》碑正是那次纷争之后岳廷秀所写。

岳廷秀写下《里社官山志》碑，为的是杜绝此类因租而起侵占租地的事件。偏偏，他的一生，遇到了两次这样的争讼案。

同治十年（1871），林县租户石建台、杨作宾等十八户租户决定联合起来，抗租不纳。

这年秋后，豆口里社首贡生赵树藩、典籍岳三吉、赵太迪一如既往入山收租，因为山路崎岖遥远，那天晚上，他们住在了租户桑中兴家中。

看到赵树藩等人如期来收租，林县租户不由怒火中烧。当夜在石建台的组织下，三十余人来到桑中兴家里，几番言语冲突之后，他们挟持了岳三吉、赵太迪等人。

想来桑中兴与赵树藩他们的关系比较好，否则，他们不会选择居住在桑中兴家里。面对汹涌而至的抗租人群，桑中兴偷偷放走了赵树藩。

失魂落魄、怒火中烧的赵树藩跌跌撞撞回到东庄村去报信。浊漳河沿岸，很多村民自古习武。大户人家，几乎家家雇有一身武功的家丁，这也使得习武成为当地小伙儿的谋生之道。清代对武生的考核较为公正，很多寻常百姓希望通过习武通达仕途是习武者风靡的另外原因。这也是为什么历代平顺县令认为平顺民风彪悍的原因。若浊漳河沿岸那些大家族的习武者参与此事，也许还真是一出"火烧金岗坡"的大戏。

当地传说，豆口里百姓得知岳三吉、赵太迪等人被租户挟持，一怒之下，干脆一把火将十八家租户建在租种土地上的茅屋烧掉，并决定将所有金岗坡上出租的土地收回。

故事到这里有了分歧。河南林县方面就此事编写了一出戏剧《火烧十八庄》。在这出戏剧中，火烧十八租户的茅草屋演绎成了火烧金岗坡十八庄。十八个村庄烈火腾腾，十八村庄百姓流离失所、怨声载道，这是多大的事件！

那么，豆口里百姓真的以牙还牙、以眼还眼，烧过林县租户的"十八庄"吗？

民国版《平顺县志》中收录的白懿撰写的《擦耳岸争界讼案碑》和白鉴如写的《窦口里勘山纪略》，均无"火烧"记录。民国版《平顺县志》编撰者石璜先生在志书《生业略》中提及此事："自咸同以还，因东邻林县，人稠地窄，乏田可耕，一般贫民之无生业者，窥县东荒山甚伙，垦辟无人，呼朋引类，乘隙而入；典买顶托，大加种植。不百数十年间，来者愈众……或因租地而抗不纳课，或因加租而致酿债争，或原买而赖之为租，或顶托而误认死契。其最甚者，金刚（岗）争界，兴讼十年；断水加租，省控两次。"石璜先生为平顺县苿兰岩人，光绪三十四年优贡，后任中华民国第一次国会众议院议员，也是平顺县复县的功臣。他的记录里，也没有"火烧"一事。

笔者与王中怀老师在豆口村走访

这把火烧过没有？

当年，针对林县编写的戏剧《火烧十八庄》，传说平顺人为还原火烧金岗坡事件原委，针锋相对也写了一出戏剧《火烧金岗坡》，这出戏的编剧传说是密峪村的恩贡白鉴如。如果浊漳河沿岸传唱过这出戏，那么，为什么平顺人自己会写《火烧金岗坡》？是豆口里人真的火烧过金岗坡吗？如果这出戏存在，我推测，豆口里人大概真的放火烧过金岗坡。

也有说戏剧叫《大闹金岗坡》，但"大闹"有些泛泛而谈，骂没用；打，打不得，很难宣泄豆口里人的夺地气愤。

但白懿的《擦耳岸争界讼案碑》、白鉴如的《窦口里勘山纪略》和石璜《平顺县志》中的记录，均无"火烧"字眼，只是记录，从此豆口里人走上了诉讼之路。代理这场诉讼的是豆口村赵树藩岁贡和东庄村贡生岳廷秀。

赵树藩是豆口村人，同治二年癸亥（1873）年岁贡。明清时期，秀才免徭役、赋税，见官可以不跪、免刑。百姓一旦犯事，不管什么罪，到公堂先打一顿，名曰杀威棒，即使有钱人家也免不了皮肉之苦，但秀才犯了法不能缉捕，只能传讯，若要动刑，也需先上报省级学政革除功名。在明朝，官府明文规定百姓不得使用奴婢，商人、地主也不例外，否则按律严惩。但秀才因有功名，却可以合法地使用奴婢。赵树藩是贡生，比秀才高一个等级，告状自然要容易一些。

《平顺县志》对赵树藩评价很高，称之"博通经史，文艺书法，冠绝一时，潞城县尹称为后来之秀"。这样一个人，以他的学识修养，他会鲁莽到一把火烧了租户茅屋？

赵树藩找到了已经处理过类似案件的岳廷秀。当地人经常把岳廷秀写作"岳挺秀"。很多碑文上，岳廷秀也自书为"岳挺秀"。岳廷秀性格直爽，能言善辩，因居住在村中沟院，人称沟老先生。

关于岳廷秀的资料，民国版《平顺县志》"名贤传""文儒传""选举表"，均没有他的身影。但浊漳河沿岸的村庄庙宇的碑文却常见他的名字。比如现存于石城镇苇水村道光二十二年（1842）立石的《重修玉帝大殿碑记》即为"东庄村郡学生晴峰岳廷秀拜撰"。此时的岳廷秀还是学生，所以此时他撰写碑刻的态度非常谦恭；现存于六朝古建龙门寺立石于咸丰七年（1857）的《重修后正燃灯佛殿》也为岳廷秀书，此时岳廷秀为郡廪生；现存于平顺石城镇源头村观音庙内立石于同治二年的《重修观音堂碑记》也为岳廷秀撰写，落款为"例授承德郎、军功六品、东庄村贡生岳挺秀"；石城镇豆峪村文昌阁内的同治八年（1869）所立《重修碑记》也为岳廷秀撰写并书丹，落款为"军功六品衔乡饮大宾贡生东庄岳挺秀"；现存石城东庄村同治十二年立石的《修河坡灯地记》也为岳挺秀撰文；光绪二年，岳挺秀还为源头村《源头村新修水渠碑》撰文并书丹。

《擦耳岸争界讼案碑》这样记叙后来发生的事："于是赵树藩、岳廷秀，合里人控于方公案下，遂将赵岳二人传归。复关传抗租十八户。"遗憾的是，"林令黄见三贪贿徇私，认山属林，谓我越界讹租。"

《窑口里勘山纪略》也详细记录了这件事："因于道光十年（1830），租给林人，每年照契纳租，毫无异说。岂知为时既久，租户域众，得利愈多，贪心愈生。忽于同治十年（1871）起，反宾夺主，奸谋抗租不纳，直言此地属林。时本里贡生赵树藩、岳廷秀具控方天案下。"

赵树藩没带领一干人等冲上金岗坡，火烧租户房屋，赶走租户，相反，这些读书人按照他们对社会的了解和"法律程序"走上了诉讼之路。当时的他们，或者感觉一目了然的官司，必然稳操胜券。他们绝不会想到这场官司，会久拖不决，打得异常艰难。

3. 慈禧助力赢官司

民间传说总带有一定的戏剧性。按照平顺人编写的《火烧金岗坡》的故事情节，接下来，晚清权力巅峰人物慈禧会出面调停此事。

《东庄，一个沟通朝野的村庄》中讲述了后来的故事。话说赵树藩惊慌失措从金岗坡回来，东庄赵姓家族获知此事，怎肯罢休，于是一把火烧了金岗坡上十八户租户的茅草房，这下惊动了彰德府。彰德府兴师问罪，知会潞安府，要求勘清地界，平息混乱。于是潞安府、彰德府齐集东庄村会地场，审理此案。

　　林县县令称金岗坡东属林县所有，责备东庄赶人放火多有不是。岳廷秀力陈金岗坡为平顺所有，辩到精彩处，他如此言说：金岗坡如一房屋，房屋岂能有前坡无后坡，既有后坡，能无房檐，既有房檐，岂无滴水，若如此，不光金岗坡属东庄，坡下一里之内也属东庄。林县无言以辩，强判东庄村无理。东庄人义愤填膺，于是挥拳相向，潞安、彰德两知府急忙起轿奔窜而去。

　　不肯善罢甘休的彰德府尹、林县县令返回林县后，愤愤不平，于是写成奏章，上报皇上，光绪帝接报，龙颜大怒，尤其得知这里就是"青羊之乱"故里，而当地民风彪悍，惯出土匪，于是下诏，"血洗豆口里"。

　　消息传来，潞安府尹情知输了官司事小，剿灭豆口里事大，赶紧飞马报知豆口里，让豆口里百姓逃难而去。眼看豆口里百姓大祸临头，密峪村（今克昌村）廪生白鉴如挺身而出，决定到京城讨个公道。

　　戏剧《火烧金岗坡》中，白鉴如的身份为进士。当年慈禧在潞安府为婢，因白鉴如祖上为大姓人家，曾在拜会潞安府时与慈禧打过交道。白鉴如长大成人，赴京赶考殿试时，拜慈禧为干亲，所以当地人称他为干殿下或干国舅。

　　慈禧是长治人之说是不是源于此时，不得而知。笔者童年时也曾听不识字的外婆讲过慈禧为奴婢、两脚脚心各有一个"瘊子"的故事。而关于白鉴如是干国舅的故事，在浊漳河沿岸流传甚广，知情人提起，扬眉吐气，格外骄傲。

　　白鉴如日夜兼程，到了京城，拜见慈禧，说了事情原委，恳求太后免一方涂炭。慈禧闻言，心生恻隐，唤来光绪皇帝问讯。慈禧沉吟半晌，对光绪皇帝说："潞安府我知道，潞安府没有这样的刁民啊。"这句颇有些为娘家人做主意味的话，光绪帝自然明白其中含义。他只好连夜传谕，赦免豆口里一方乡民，并下旨让潞安府、彰德府重新勘界，恢复旧税，并判归金岗坡擦耳岸为山西属地。

事实上，作为事件参与者的白鉴如，他只不过是一介光绪十七年（1891年）的恩贡；而在擦耳岸争界诉讼案未判决之前，他或者还只是一个童生，根本没有官员背景。但在传说中，白鉴如却是进士出身，成了地方领袖同政府官员的融合体。

戏剧《火烧金岗坡》情节跌宕起伏，的确很有故事性。但故事就是故事，故事也只是故事。

其实，你若了解擦耳岸整个诉讼争界案，你会深深感叹，豆口里人的善良。按照封建社会的土地所有制及行事逻辑，豆口里租地收租，天经地义，他们并没有错。林县人抗租不交，并挖掉界碑，霸占耕地，他们是过错方。豆口里人非但没有收回租粮，还被扣押，他们还是没有"以恶制恶""以暴制暴"。倒是林县人，很快写了一出戏《火烧十八庄》。这部戏极言东庄人骄横刁蛮，烧掠抢夺，最后以巡扰率兵丁将勇剿灭豆口里而剧终。而在《火烧十八庄》中，剧中人白鉴如成了白面奸人。

山西人不甘其辱，只得以牙还牙，编了一出戏《火烧金岗坡》。两部戏剧，各自站在自己的立场上，你方忠臣我方奸诈，你方奸诈我方功臣，两省相互传唱，你褒我贬，广在乡间流传，成为两百多年的乡间谈资。

4. 坎坷诉讼路艰难

金岗坡事件发生后，赵树藩和岳廷秀开始为官司奔走。这场官司并非戏剧如此这般简单，而是起起伏伏前后打了八年，来来回回打了六七个回合。

按照碑文记载，那一夜，惊魂未定的赵树藩跌跌撞撞回到豆口里，立即通知豆口里乡绅等人商量对策。东庄村人岳廷秀因能言善辩，于是岳先生与赵树藩一起，一纸诉状将这些租户告到了潞城县衙（乾隆二十九年，平顺县划归潞城管辖）方知县手里。

这是第一个回合。

潞城县知县叫方戊昌，河南杞县恩贡，同治八年到任，在潞城为官四年，吏畏民怀，载入名宦，后官至忻州知州。

方知县接到赵树藩诉状倒也公正，抗租不交倒还罢了，无论如何不能随便扣押收租的人啊？他大笔一挥，下发公文，命令林县租户立即放人，岳三吉、赵太迪得以放回。

人，放了；租，还是没有交。

涉及两县民众纠纷，潞城县令和林县令对此事的态度直接决定事件的走向。如果仅是单纯的民事纠纷倒容易解决，但这件事牵涉到两省边界，情况就变得复杂起来。

方知县是河南人。当时他心里是怎么想的，我们不得而知。方知县毕竟为一方父母官，他两次传抗租十八户人问案，了解情况。

但最大的矛盾出来了，林县县令黄见三态度非常强硬，坚持认为租地为林县地界，租户就不应该交租，而豆口里乡民是越界讹租！

豆口里人不仅没有收回租子，还反被扣了一顶"越界讹租"的帽子！单纯一年收不回租子，不过损失一年收入，如果连土地也失去，豆口里怎能接受？

其实，即使现在，河南山西还是因为省界问题纠纷不断。因为两省之间，谈不上肥水不流外人田，至少耕种者有守护土地的责任。

不用说，方县令对情况心知肚明。他必须给豆口里人一个交代，于是决定与黄县令一同到边界会勘。但事不凑巧，天降大雪，崎岖的山路阻挡了他们的行程，这场官司不得不搁置。

林县县令黄见三，在豆口里百姓眼里，不说是"坏人"，至少是睁着眼睛说瞎话。但在民国版《林县志》中，他却是一个好官："黄见三，字星垣，长乐人，进士。同治十一年（1872），暑县事．行政以戢暴安良为主，禁大刀会、积社仓榖，皆以诚恳出之。尤瘁心文教，捐廉为诸生立文会，移建乡贤、名宦、节孝祠，以维风化，修龙头山文昌宫以存名胜，遗爱在人，与陈树勋并称陈黄。"作为地方官，黄见三维护当地利益是其职贵所在。黄县令这样判案还有一个原因："查所争界内，每年粮钱八串，因住户多系林人，谬向林县完纳，每年秋后由潞城县派差持文赴林提取，历年如此"。此为平顺县民国时期豆口里豆峪村有名的文化人刘可欲所记。

这段碑文是什么意思呢？所争地界内的钱粮税收，因租户是林县人，每年他们都会将税收交给林县。这种情况下，每年秋后，潞城县不得不派人拿着公文到林县再把这笔粮钱税提取回来。因为林县人把租地粮税交给林县了，所以黄县令认为，这租地自然归他们所有。

大雪阻挡了一时行程，不会阻挡日日行程。但此后，尽管赵树藩、岳廷秀铁鞋踏破，不顾山高路远一次次到潞城县衙催促官司，或者方县令也曾催促过林县一方，但林县县令黄见三一口咬定租地属林县，认为豆口里百姓是越界讹租，对此事不做处理，最终导致此案"移文积案，永久不决"。

第一个回合，豆口里失败了。这样的结局，任谁都生气。其实，关于潞城与林县的边界，是明明白白的。乾隆三年（1738）王焕撰的《窦口里官山碑铭》写得清清楚楚："四至为，东至骡断岭，西至坟郊寨、张堖岭，南至石厢寨、佛堂岭，北至龙洞洼。"碑还载有："每年荒山官粮八钱，折入平地。"同治十年（1871），岳廷秀撰碑将"龙洞洼"下加"张翰岭"三字；"荒粮八钱"加为"八金"，这通碑刻其时犹在。

越界讹租，这让豆口人怎么能咽得下这口气？难怪豆口里人会写一出《火烧金岗坡》的戏，这把火不在历史的舞台上烧，也会在豆口里那些脖子上绕着大辫子的百姓的胸口烧！

5. 山重水复疑无路

同治十三年春（1874），知县方戊昌卸任潞城。此时，潞城县训导李望膺主事（介休举人，十三年任）。

擦耳岸争界诉讼案已经过去两年了。这两年，豆口里人义愤填膺，他们一次次来到潞城县衙讨要说法，一次次失望而归。

第二个会合时间较短。潞城训导李望膺接到诉状，一样写了公文，欲约林县县令同去勘验边界。林令明摆着要霸占金岗坡，又欺李到潞城时间短，不肯理会。李训导写给林令的会勘公文应该不止一次，但林县县令一次次借故推辞。

为了销毁凭证，林县县令还明目张胆派人挖去擦耳岸界碑，剟去夏王庙石碣，毁掉上党疆界碑。界碑是划分边界的明证，林令此举是故意歪曲事实，摆明是要维护本县租户的利益。

林人此时很得意：地我种着，我既已抗租，租自然也不用交了；有官府撑腰，而且界碑都挖掉了，不仅不交租，连租地都成了我河南的，你山西能奈我何？说起来，这事还真是山西的奇耻大辱！

豆口里人唯有捶胸顿足，无可奈何！第二个会合，豆口里人再度失败。

同治十三年夏（1874），潞城县新任县令彭令到任。关于这位彭县令，民国版《潞城县志》没有任何记录。民国版《潞城县志》中，从同治十三年方县令卸任后，一直到光绪四年，没有县令、训导的任何记录。

赵树藩、岳廷秀他们还在一如既往地奔波着、呼喊着、抗争着，他们不愿看着这些本来属于山西的土地在他们手里被河南巧取豪夺。

此案被重提，第三个会合开始打响。这次，林令似乎给了一点新任彭令一点面子，约定于1874年9月5日会勘。

到了这天，彭令不远一百多里山路崎岖如期来到了金岗坡。这也是此案发生以来，第一位真正到达出事地点的县令。

那天，林令却故意爽约，只派差人、任村镇的杨合则携带村民杨一清私下买卖文约来见彭令，意思是豆口里的土地已经卖给了林县，企图淡化边界争议。彭令识当场破其诡计，准备追究其责任，林人落荒而逃。

彭令没有敷衍了事，他一路勘察来到擦耳岸。大约在彭令的追问之下，租户石建美不得已拿出了出租地契四张。这是明明白白的证据，彭令命令下属把这些证据收归存卷。

林县县令得到潞城县令到了擦耳岸的消息，第二天，他派林县候捕厅来人赴约，勘验边界。边界情形一目了然，同时彭县令手里还有石建美地契，林县官府自然无言以对。

回到县衙，彭令再次给林令写信，但林县支支吾吾，模棱两可。一句话，还是推脱。

6. 官司打到潞安府

光绪元年（1875）秋天，保公莅任潞城县令。这位保公为何人，《潞城县志》依然没有记录。

赵、岳两位先生依旧在奔走。此案经历了五年、三任县令，始终没能得到解决。保公了解情形后，建议他们把诉状递交潞安府。

赵岳两位先生只得翻山越岭来到潞安府，把诉状递到了潞安府高太尊（明清时的知府相当古代的太守，因此尊称其为太尊）手里。省界争端，高知府情知事情不简单，于是把诉状转给藩宪，"批备文加函转详移催会勘审办。"这个皮球，等于高知府踢给了藩宪。藩宪是对藩台的尊称，是明清时代对布政使的俗称，布政使管理一省的财政和民政工作，相当于现在的管理经济工作的副省长。

从县衙到府衙，再到藩台，小小豆口里的官司一下升了三级。

光绪二年（1876），鲍抚宪（山西省巡抚鲍源，相当于现在省委书记）巡查边境来到潞安府。为了见到鲍抚宪，赵、岳二先生不辞劳苦赶到潞安府韩店村，拦轿喊冤，把状纸递交给了鲍抚宪，把事情来龙去脉一一禀明。鲍抚宪当即批转，要求潞安府先行派人，会同潞城县与林县一起去现场勘验查明此案。

这是第四个回合，这一次，不仅劳驾了潞安府，还惊动了民间说的"八府巡按"。

事关边界问题，且有"省委书记"的批示，潞安府没有等闲视之。这年秋天九月二十六日，黎城县徐令会同潞城葛县令（这是参与此案的第四位潞城县令），与林县县令王尔羹终于会面了。他们会面的地点不是东庄村，而是今天遮峪村骡断岭关帝庙前。

那天，豆口里乡绅百姓千人来到了骡断岭关帝庙前听候宣判。让大家没想到的是，尽管当着那么多人的面，林令王尔羹还是不管不顾，谬讲上党疆界碑，强词饰非，公然袒护林人。

《林县志》记载："王尔羹，字吉人，溧阳人，监生。同治十三年（1874）莅任，光绪三年（1877）岁大祲，人相食，莠民聚徒抢劫。尔羹以治乱国当用重典，尝骑一青骡，闻有盗警，立时亲身前往，差役随之，获匪立予枭示，用能地方安堵，虽荒而不至于乱。"

世间很多所谓的"好"与"坏"，其实都是站在不同立场上做出的结论。王尔羹作为地方官，竭力维护林县利益，在林县百姓看来，就是"好官"；对于山西百姓而言，王尔羹不顾真相，歪曲事实，必然是"白脸奸臣"。

诉状告到了潞安府，这次，林县县令终于出面了，然而，谁能想到，大家苦苦盼望的会是林县县令如此枉顾事实！

面对林县县令王尔羹的胡言乱语，潞城葛县令的表现更为让大家心寒。白懿用了八个字来形容葛县令当时的情形："以私废公，不发一言"！意思是，葛县令与林县王县令私交甚好，为此，始终不为潞城豆口里租地所有人说一句话。

当地绅民无法不大怒，场面大乱。若不是黎城县令徐公解劝大家"各禀上宪，是非自明"，后果还真不堪设想。

此次勘验不欢而散。

你会疑问，为什么黎城县要参与其中？明嘉靖八年平顺建县之前，豆口里属于黎城县。乾隆二十九年，平顺再次三分，平顺仅剩平顺乡，豆口里划归潞城管辖。徐公作为黎城县父母官，豆口里作为黎城县故地，当清楚此地边界。

徐公意识到，潞城与林县，分属不同省份，这种省界纠纷，只怕潞安府、藩台都也无法决断。他建议豆口里人把此纠纷案递交山西省督抚。

第四个回合豆口里非但没有要回土地，潞城县令不发一言的做法反而增长了林县强词夺理的嚣张气焰。此时，林令的做法让豆口里人更加坐不住了——他们竟然擅自在骡断岭上张贴告示，说以骡断岭山尖为界，要划出新的晋豫边界！东庄村村民王懋一怒之下，将林县张贴的告示撕下。

第四个回合下来，官司非但没有眉目，还换来了林县一方胡乱划定林县与潞城县边界，这令赵树藩先生又气又急，一口鲜血吐出一病不起。带着对案件的无限牵挂，老先生抱憾而亡。临终前，他紧握岳廷秀之手，泪眼滂沱，示意他一定要继续告下去！

岳廷秀含泪答应老友，拼了性命，也要为豆口里人讨回公道。

告状路上，现在仅剩下了岳廷秀。当年的河南晋阳古官道上，岳先生形单影只，孤苦奔走，他把林令的乖谬、擅张告示，一一禀明了潞安府知府大人。

7. 柳暗花明曾宫保

光绪三年春，山西省批复，要求两省各派委官员到两省边界会勘。第五个回合拉开序幕。

尽管案件惊动了省里，豫省做法依旧独断专行，不顾是非曲直。这年三月十二，豫省委候补彰德知府陈赞，没有等晋委官员到案，即督同林令自行勘过回省。四月初十，晋省委候补泽州知府谢仁溥，督同虹梯司姓吕的巡检来到擦耳岸，详考府县旧志记载，亲验晋豫界碑。看过界碑，勘验完现场，谢知府不由长叹一口气，深斥彰德府候补知府陈赞的不公正。但他权利所限，只能将林县擅自张贴告示等错误，总列十余条，报告给山西巡抚。

《擦耳岸争界讼案碑》记载："值曾宫保大人莅晋，接禀大怒，以潞林县令办理不善，即时将葛撤委，移文豫省，撤委林令。"

看到这里，您心里可能与笔者一样，为终于出现了一个敢"将葛撤委"、给河南发文，要求他们"撤委林令"的人而叫好了！一个敢把潞城、林县县令同时撤职的人，必然是一个大人物。

这位"曾宫保"是谁，他怎么会有这么大的胆量？

近代晚清大臣中有一个响亮的名字，曾国藩。"曾宫保"即曾国藩的九弟曾国荃。

清光绪元年至四年，也就是 1876 年至 1879 年，中国华北地区出现了连续四年的特大旱灾。1877 年为丁丑年，1878 年为戊寅年，这两年灾情最严重，因此史称"丁戊奇荒"。面对这一特大旱灾，山西巡抚鲍源深感无力应对，就以旧疾日增为由，奏请开缺。朝廷权衡再三，决定启用曾国荃力挽危局。

历史这样评价曾国荃，前半生杀人如麻，后半生救人无数。曾国荃在率湘军围剿太平军时，攻一城掠一地，所过之处寸草不生，鸡犬不留，尤其在安庆、南京（天京）等几次破城后的屠城杀戮，被冠以"剃头匠""刽子手"等恶名。左宗棠曾问曾国荃："老九一生得力何处？"他毫不避讳地回答："挥金如土，杀人如麻。"这时山西因为大旱已死了五百多万人，朝廷不得不起用严吏力挽危局。1876 年，曾国荃上任后，他不仅自掏腰包，还多方借款筹粮，为救灾度荒事宜竭尽全力。因为曾国荃的有力举措，使得山西 600 万饥民逃过一劫，度过荒年，也因此，山西百姓对他感恩戴德，还曾专门修建生祠纪念他。

若无曾国荃，也许，今天的晋豫边界还真遂了林人之愿。

曾国荃一生杀伐决断，怎能容忍这样的事在他管理的境内发生？他不仅以办事不力撤了潞城县令的职，还给豫省递发公文，要求豫省撤掉了林县县令的职务。

萧荣爵编的《曾忠襄公全集》中收录有一封曾国荃写给豫省李巡抚的信《致李彼湘中丞书》。在这封信中，曾国荃如此写道："林潞民人互争山界一案业经五载。据府县查勘及久，官晋省之道府各员详加询问，以所争之地，晋省既有远年碑碣可凭，又有潞民粮单、林民租契可据，考诸府县志记载界画清晰，以道里之远近，山形之屈，稽之历年均属晋境管理。在林邑，小民因利图占系属常情，在地方，印委各宫理宜持平定断，方可永息争端。乃晋之葛令、豫之王令，上次竟以见不合于会勘时互相争辩而散。官且如此，无怪乡里之缠讼不休，弟商诸款叔方伯蓉舫廉访已将葛令先行撤省，惟案悬未结，潞邑民人控案以后地被林民强占，犹复年年照旧完粮第愤激不平思欲一逞械。弟闻此信，深恐愚民无知别生枝节，优思潞林苍赤皆我公惠泽之子民，至棠爱远垂，必无分于晋与豫也。案之曲直是非定邀洞鉴，特此函商。务祈我公俯念该民人等讼经五载，废时失业，应请台端严饬府县及委勘之员，准于十月初一日齐聚山内与晋员和衷会勘，秉公据理剖判审结，深为公便。论者谓王令意气疏不平正，若非离任，则此案终无了结之期。如我公不动声色另行预先遴选员接署，林篆庶彼此得以相商，林之刁民失其所恃，不敢据非理以相争，此案可期速结。"

从这封信看出，曾国荃对于省界纠纷已经有了自己的主张。对于豆口里百姓，他深怀体恤之情，"俯念该民人等讼经五载，废时失业"，对于林县做法，认定"王令意气疏不平正，若非离任，则此案终无了结之期。"这说明，曾国荃深知，此事是林县县令有意阻挠，为林县刁民撑腰，所以他主张只有先撤免双方县令，重新挑选勘界人员，才能秉公处理此案。

光绪三年（1877），山西的大旱使得浊漳河沿岸蝉喘雷干，庄稼绝收，饥民倒毙。在救灾间隙，山西省委派泽州知州陈豫，河南省委派卫辉知府，定于十月初一会勘擦耳岸。到九月，泽州罗警（危险紧急情况），陈知州不敢暂离，会勘事情不得不搁置。

这年冬天，新任林县县令决定邀请马踏村的张学武到林县面商，欲通过张学武沟通协商，缓和两边紧张气氛，被张学武拒绝。张学武是什么身份，笔者没查到。马踏村位于晋豫边界，推测，张学武或是当事人之一，或是马踏村比较有威望的人。张学武应当是继赵树藩、岳廷秀之后与林县对簿公堂的豆口里的代理人。

这年，山西饿殍满道，哀鸿遍野，灾情严重到千里无鸡鸣的地步，一斗米涨价到了一千七百文。因为到处都在设法救灾抗旱，大家也无力再关注擦耳岸的诉讼案件了。大旱之后是大疫。果然，光绪四年，瘟疫流行。光绪五年，又是一个大荒年。不幸的是，岳廷秀先生最终也没能等来边界诉讼案打赢，因感染疫情很快抱憾而亡。为了争回山西的土地，岳廷秀公而忘私，多年奔波。他如夸父，最终倒在逐日的路上。张东曦先生曾为他写过一副挽联：心身急公，泪使英雄襟欲满；州里慕义，魂昭感格石常存。

此时各级官府都在忙着救灾，豆口里的人也无暇过问此事。何况，官司打了五六年，豆口里人就连供应官府来勘验者的吃喝也成了问题。哪位官员来了，不得好吃好喝好招待呢！白鉴如，即《火烧金岗顶》中的主角"白进士"，他在《窦口里勘山纪略》中写道："里人以多官屡勘，供应难支，案悬莫结，几致中止。"

这一个会合，官司因大旱和疫情而搁置。

8.尘埃落定失地归

如果说林人抗租不交是人祸，那么，光绪大旱三年的天灾，让豆口里损失惨重，此时的豆口里人也慢慢感到状告无门，前途灰暗，无心再把官司打下去了。县衙、潞安府，八府巡按，能告的地方都告了，他们欲哭无泪，欲告无门了。

就在大家灰心丧气时，白鉴如站了出来，就是河南戏剧《火烧十八庄》中的那个"白面奸臣"。白鉴如是光绪十七年恩贡。他站出来时，不过一介生员。白鉴如从大义出发，告诉大家，丢地事小，但金岗坡擦耳岸十八盘等处要害之地，自古设卡防守，若失此地，等于失去了护佑山西的重要关口；而且，豆口里很多百姓仰仗这些土地为生，这些土地若被林人争去，豆口里的损失将是巨大的。他开陈利害，并决定协同豆口里的乡绅耆宾，勉力继续上诉。

光绪五年七月，疫情有所缓解之际，马踏村的张学武准备再度告状。就在这时，省里的公文到了。原来，忙于救灾的曾国荃并没有忘记豆口里百姓边界诉讼这件事。他仍下令让之前委托的泽州陈豫亲自到河南省见河南巡抚，协商此事，然后再与豆口里乡绅会面，征求他们的意见。

光绪五年十月二十六日，晋、豫两省的官员都来到了擦耳岸。这次，河南委托候补知府马永修与豆口里诸先生入帐共议。注意，这里有"入帐"两字，可见，这一次，他们驻扎在了金岗坡上，是解决问题来的。

但此时河南还是想为本省挽回土地，他们以林县令曾在当地处置过两次命案为由，希望晋省承认部分既定事实，为林人争秀水池等地，保护当地人利益。晋省乡绅以古迹志书证之，主张尊重历史，边界的划定按惯例都要遵循历史依据，将界线恢复原初。

这场拉锯战"拉"了几天不得而知，最后，双方争执不下，晋省不得不做出了一些妥协，决定以十八盘顶上嘉靖年修路故碑为界，西南以金岗坡夏王庙外，断归豫省，其北秀水池、擦耳岸俱属晋疆，并即刻建碑定界销案，命令林令下令，让租户将地退出，同时命令豆口里以后不再租地给林人。

这场拖延了八年的诉讼案终于尘埃落定。烟消云散之下，其实没有胜出者。林县人失去了赖以租种的土地，豆口里人在纷争中由于多次会勘劳民伤财。

八十多年后，一群林县人来到平顺，高喊着"全国一盘棋"。于是，滚滚浊漳河水源改变原本的方向，随着渠道流向了中原大地。平顺人民什么也没说，腾房挪地，默默帮助修渠的民工——干渴的林县大地，需要浊漳河的滋润啊！

八十多年前的争界诉讼案，早已成为了一个随风远去的故事……

修改于 2021 年 6 月 15 日

平顺与潞城的两次县界风波

《三晋石刻大全》收录有一篇清咸丰二年（1852年）的一通古碑《补修碑记序》，此古碑现存于北社村"国保"大禹庙内。一篇碑文本来没有什么，但这块《补修碑记序》却记载了一个惊动京师的诉讼案。

此诉讼案因县界而起。

大禹山在三池南里（"里"是古代的居住区划，起源于先秦。五家为邻，五邻为里，一里实际是二十五家。与现代的行政村区划相比，里这一单位所包含的居民户数要少于现代的村。当时三池南里包括河东、南社、北社和西社）之北，西面与葛井山相连，南面与壶关羊肠山相对。

大禹山上有一眼井泉，叫大禹泉。康熙版《平顺县志》记载，"大禹泉，在三池南里，俗传大禹治水经此，见里人缺水，相地穿井得泉，里人感沐至今，立庙祀之。"

大禹山山顶高耸，山顶叫盘肠垴。大禹庙就建在盘肠垴上。据说，此大禹庙为明万历年间平顺县县令杨捕廉派薛守司等捐银修缮。但这位平顺邑候，我在万历版《潞安府志》，康熙版《平顺县志》均没找到他的身影。

地属平顺县的西社、高岸和常家三个村就坐落在大禹山下。每年春秋时节，三个村的村民都会到大禹庙祭祀，请求保佑。

道光二十七（1847 年）年 6 月的一天，潞城县祥井里顶流村三十多位村民忽然乘着夜色，怒气冲冲攀上大禹山，镬头、铁镐一通挥舞，大禹庙成为残砖断瓦，一片废墟。

西社、高岸和常家三村维首崔连鳌、常士凤、曹贵恒等人，一怒之下，把刨庙的三十多人实名告到了潞安府。事情其实并不复杂，经过审讯，潞安府知府刘天最后判定，让祥井里绅士李滋荣等人照着界限把庙重修起来，参与刨庙的人处以拘留并执行杖刑。之后，潞安府把这个处理结果报给山西督抚，山西督抚回文，同意潞安府的惩处办法。

让人没想到的是，没有等到执行此判决，知府刘天离任潞安府。刘知府一走，祥井里人翻口，拒不执行潞安府裁定，事情被搁置。

庙倒了，眼看着已经打赢的官司不了了之，曹贵恒、崔连鳌一气之下，把状纸递到了提督院（提督为武职官名，全称为提督军务总兵官。负责统辖一省陆路或水路官兵。提督通常为清朝各省绿营最高主管官，官阶从一品，称得上封疆大吏）。

曹贵恒、崔连鳌无疑是病急乱投医。**按清代诉讼途径，先知县、再知府，再臬司（按察司），然后是督抚（总督和巡抚的合称），最后才能到京城。中央一级三法司有刑部、大理寺和都察院。刑部主审、大理寺复核，都察院监督。**

在清代的刑事审判程序中，笞杖刑案件由州县自行审结。凡应拟徒刑的案件，由州县初审，依次经府、按察司、督抚逐级审核，最后由督抚作出判决。流刑、充军等案，由各省督抚审结后咨报刑部，由刑部有关清吏司核拟批复，交各省执行。至于死刑重案，由州县初审然后逐级审转复核，由督抚向皇帝具题，最终由"三法司"核拟具奏。

对于民事案件，一般由州县或同级机关自行审理和作出判决，无须逐级审转。按清代制度，地方司法由州县至督抚共分四个审级，清朝律例严格禁止"越诉"行为。案件当事人若不服判决，可逐级上诉申控，但不得越过本管机关径赴上司申诉，违者即使所控属实亦应笞五十，或将本人并同代书诉状之人一体按"光棍"例治罪。

不幸的是，曹贵恒没有等来判决便去世了。曹贵恒怎么去世的，不得而知，碑文仅用了两个字"毙命"。也许他是因自身原因忽然去世，也有可能被杀害，还有可能因越级上告被杖毙。

古碑讲述简略，但这段诉讼经过一定非常曲折。否则，一场官司不会一拖五年。

这时，打官司的人只剩崔连鳌一人了。他没有退却，而是挺身而出，义无反顾，继续写了状纸，再次递交给了提督部。

按说，提督部不属于诉讼部门。是不是提督院有崔连鳌的熟人，不得而知。

有意思的是，提督院接下状纸，责令山西巡抚再审此案。山西巡抚不敢怠慢，审理后下令，让祥井里绅士李滋荣等包赔修庙纹银22两，照原来大禹庙的界限重修大禹庙。

从发案到结束，这件事历经五年，终于尘埃落定。这个案件从县到府，从府而省，从省到京，花费了钱百千。

咸丰二年（公元1852年）西社、高岸和常家三村村民合议，立了一块碑，以纪念此事。

碑中有一句话："与圣人为仇之人何足责，亦何足恨，那些刨庙之人都是自绝于圣。"意思是那些参与刨庙的人，是一群与圣人（大禹）为仇的人。这样一群人，不值得与他们一般见识，也不值得去恨。这句话颇有些自我宽慰。三村人转怒为喜，付之一笑。

62年之后，附近又发生了一起因为潞城和平顺县界而起的官司。

民国八年（1919）冬天，高岸村的老百姓到村后的山上打了一些柴火，以备来年夏天烧火做饭。

高岸村背靠的大山是葛井山，山巅有一眼泉水，泉水清冽，细流涓涓，四季不绝，被誉为"葛井寒泉"。传说东晋著名道学家葛洪，曾在此山隐居炼丹，山与石井因之得名。"葛井寒泉"距曾为潞城县古八景之一。泉边有一寺，名曰圆寂寺，亦名葛井寺。"葛井寒泉"离高岸村不足一里地。山坡上苍松翠柏，山下即是良田沃野，世代为高岸村百姓耕种。所以，高岸村百姓一直以来认为"葛井寒泉"就是高岸村所属。

但葛井山下的潞城县神泉村民并不这样认为。尽管神泉村距离"葛井寒泉"有五六里，但神泉村村名因有"葛井寒泉"而起，如果这个景点归了高岸村，那神泉村不是徒有虚名吗？

因为打柴，神泉村与高岸村就有了纷争。1920年的初春，高岸村想在两村分界处立一道界碑。其实，这块界碑不仅仅是村庄界碑，也是县域界碑。但神泉村村民认为高岸村村民是越界立碑，就把高岸村立碑人扭送到了潞城县衙。

此事发生后的一天，高岸村村民把砍下的柴火收拾起来往家里运送时，神泉村村长赶来，带人将收拾柴火的人一并抓起来送到了潞城县衙，而潞城县衙快处快判，将平顺县高岸村的打柴人收押下狱。

事关两县边界，在平顺百姓的呼吁下，平顺一些民间士绅纷纷上书，要求潞城县撤销判决，为被抓的百姓平反，并放他们回家。但潞城县坚持认为平顺县高岸村村民是越界立碑并非法砍伐属于潞城县的山林。

官司越打越大，最后闹到了道里、省里。

民国年间，政府废除原来的省、府、县三级管理体制，俗称"废府留县"或"废府存县"，改成了省、道、县三级管理体制。当时潞安府已经废除，潞城县和新复不久的平顺县同属山西省冀宁道管辖。官司告到阎锡山手里，阎锡山委托冀宁道尹徐之榘全权处理，徐之榘委托壶关县知事张廷琇前往勘办。

两个村为什么会因立个碑、打个柴而起官司呢？

平顺嘉靖八年建县，清乾隆二十九年（1764）被裁。被裁时所属地方按建县时从哪里来再到那里去，各归各县。民国元年（1912），在平顺乡贤石璜等人呼吁下，平顺复县，民国四年（1915），平顺又被裁，复为平顺乡，归潞城县管辖。民国六年（1917），平顺县又复。

　　高岸村在平顺建县前属于潞城，平顺复县后，又归平顺。高岸村村民祖祖辈辈在葛井山坡上砍伐树枝，烧火做饭、在葛井寒泉之下良田春种秋收也没见闹出什么大的官司。1917 年平顺复县，1920 年高岸村想立县碑，这就涉及了县界问题。据长治市潞城区成家川办事处神泉村李卫公庙内的民国年间石碑记载，在前清以及民国二年时，高岸村就曾和葛井寺打过几次官司。这个时间段，正是平顺县与潞城县分立时。

　　民国九年（1920）三月，壶关县张知事知会潞城、平顺两县知事，定于三月二十日带上各县县志到葛井寺三方会勘，当面定夺。三月二十日，壶关县知事张廷琇、潞城县知事柳鸿谟及承审员尚勋、平顺县承审员吴树藩三拨人马赶到神泉村时，已近傍晚，天上下起了大雪，葛井山是上不去了。大家商定于两日后，张知事与平顺县承审员吴树藩、潞城县承审员尚勋、高岸村村长、神泉村村长、葛井寺僧人端午等一同到葛井寺多方会勘，最终决定"葛井寒泉"归属。

　　两个村打官司，为什么要带上"县志"？因为千年纸笔会说话，这是证据。

　　当时，平顺仅有康熙版《平顺县志》，且县志中一没葛井山的记载，二无圆寂寺的记录，与千年潞城相比，自然吃亏。

　　这场官司以潞城打赢而结束。潞城能打赢官司，得益于《潞城县志》记载了一首诗。明万历十九年（1591），潞城知县冯惟贤曾经到过这里，并写了一首《潞城古邑八景之葛井寒泉》。诗中写道"圆寂招提景最幽，寒泉冽冽涌山头。"这说明，冯知县到过圆寂寺，且寒泉冽冽正是指葛井山上的"葛井寒泉"。冯知县写这首诗是在明万历十九年（1591），而这个时间是明嘉靖八年（1529）平顺建县之后，清乾隆二十九年（1764）平顺裁县之前。所以，潞城人认为，其时，既然平顺县既然存在，潞城县知县怎么会到"葛井寒泉"去写咏"潞城八景"的诗？除非"葛井寒泉"属于潞城，冯知县才会前去。而且"葛井寒泉"系潞城八景之一，那么，这里自然属于潞城。

　　平顺方面提出了距离问题，葛井寒泉距离高岸村仅一里，而距离神泉村倒有五六里，按距离应该属高岸村更为合适。壶关县张知事解释说，其言不虚，但按县城来算，葛井寒泉距离潞城县城仅二十里，而距离平顺县城就要有四十多里了。

　　白纸黑字，"葛井寒泉"被判给了潞城。

　　不知道是不是因为此事件的缘故，后来石璜在编辑民国版《平顺县志》时，"古迹考"有了"圆寂寺"在葛井山的记载："圆寂寺，在葛井山阳，土名葛井寺，殿侧有千佛石龛神像，规模精巧。唐天佑七年（910），禅师慧明结庐于兹。周世宗咸德初，诏省废天下寺宇，只留三十四所。此寺因名山佳处，不遭废。逮宋太平兴国元年（976），始以'圆寂院'匾额赐之。"

2021 年 7 月 7 日

龙门寺：悲壮的千佛阁

龙门寺第三院燃灯佛殿后面，是千佛阁遗址，昔日辉煌的古阁被萋萋荒草所掩盖。不过，从略微隆起的荒埂上，依稀能辨出它的大致轮廓来。

仅从龙门寺内现存的碑文就可知，千佛阁曾多次被毁。

明成化十五年（公元1479年）龙门寺《重修惠日院记》记载："斯寺爰有碑楼，层檐三叠，彤甍奇敞。忽罹兵燹，惟石柱、碑座、正殿并东西两殿及三门存焉，余诸房舍悉被灰烬矣。"

从这段碑记可以看出，在这次兵祸中，层檐三叠的碑楼以及僧房之类被烧毁，但正殿东、西佛殿（西、东配殿）却逃过了一劫。这座三层重檐的碑楼，大约就是千佛阁。因为它与龙门寺（嘉靖三十九年，公元1560年）《重修千佛阁碑记》记载的千佛阁相似。

《重修惠日院记》记载，从明正统己未年，即公元1439年开始，龙门寺得到大规模修缮，到公元1479年，寺院有天王堂、土地堂，极尽豪华，禅堂、方丈、僧舍、云堂、厨库、山门等，无不完备。由此可知，明代，龙门寺殿宇金碧辉煌，香火鼎盛。

修缮一新的龙门寺，唯有寺后千佛阁一片荒草萋萋。

1480年，龙门寺僧圆琮、圆礼重修了碑楼。《重修惠日院记》如此记载：

"能事既毕，僧圆琮、圆礼喟然欢曰，本寺乃万古金田，累朝兴建碑楼虽毁，宝刹仍新，欲缮古今创复之由，宜将碑楼鼎新革故。于是重修，不踰一载，楼阁峥嵘，丹碧相照……"

然而，重修的碑楼没有经历多久，再度被毁。

嘉靖三十九年（公元 1560 年），龙门寺刻下一块碑——《重修千佛阁碑记》，记载了重修千佛阁的过程。碑中记载，北齐时期，朝廷下旨修建龙门寺时，前后东西佛殿是旧的，上下左右僧房不必改作，只有千佛阁恰巧遇上凶年，被战火烧毁，殿宇倾倒，佛像毁坏。

从 1480 年到 1560 年，时间过去 80 年。也就是说，僧人圆琮、圆礼建起的碑楼（千佛阁）仅仅存在了不到八十年时间。

《重修千佛阁碑记》记载，几个朝代过去了，这里的僧人似乎早已习惯了千佛阁被毁事实。一直到明弘治年间，豆口里东庄村施主赵质想重修千佛阁。不幸的是，还没来得及开始重修，他就去世了；他的侄儿赵经之子赵江决定完成叔父（也许是伯父）重修千佛阁的遗愿，于是会同龙门寺僧人明富、明晓、真强等，募化十方木材，准备好了重修建材。1543 年农历七月，千佛阁重建工程开始动工，他们不惜钱财，历经三年，工程终于于 1547 年农历九月接近尾声。房檐建了三层（大概是重檐歇山顶建筑），柱头斗拱刻了山形，梁上短柱画了水藻，按照原来的规模，千佛阁终于重新建了起来。就在这时，圆玉的弟子明晓去世了。赵经的儿子赵江并没有停下建千佛阁的步伐，他接着率匠人重塑阁中卧佛一尊、十僧左右之神。塑像刚刚完成，赵江也去世了。明晓的弟子、僧人真强接过继续建千佛阁的夙愿。他举办水陆法会，教化十方百姓，以此获得一些钱财，用这些钱雕塑西佛一尊、菩萨两尊。谁料塑像工程刚刚完工，他也去世了。

当初决定重建千佛阁的只剩下僧人明富了。明富号天竺，是圆亮的弟子，马岩村赵家之子。他并没有因没有了帮手而停止重建千佛阁，相反，他破釜沉舟般，捐出了自己所有的积蓄，为东配殿佛像塑金身，完备了僧人真强塑下的两尊菩萨像。钱用完了，他会同施主张尚府举办水陆法会，募缘十方（到处募捐），最终造佛千尊，完成了先人的事业，也完成了他毕生的夙愿。

一座千佛阁，几代僧人心。遗憾的是，这座耗尽几代僧人心血的千佛阁，再度消失在了兵火之中。

从重修碑文看，在那场没有记录下来的兵燹中，那些蜂拥而入的兵丁，似乎并没有在意前院的建筑，而是直冲后院千佛阁，点燃了一把大火。大概因千佛阁鹤立鸡群是龙门寺最高的建筑？或者是最珍贵的建筑，让他们冲千佛阁而去？

无论佛家还是先民，他们似乎只记善行，对于恶行，大约想遗忘，也许是修行之人不言恶，两次兵祸，均无记录。

大火过后，千佛阁残砖断瓦，一片寂然。

举世闻名的圆明园都成了一片废墟，何况大山一座寺院的建筑！历史，就在这一片片废墟的无言中垂泪、叹息、前行。

千佛阁重修后的 34 年，天王殿也经历了重修。明万历九年（公元 1581 年）龙门寺《重修天王殿记》记载：天王殿门壁倾颓，瓦脊崩坏，历年已深。龙门寺明善弟子僧人真修（王曲里常氏之子）决定重修天王殿。

从真修法号看，他与重修千佛阁的僧人真强应为同门师兄弟，所以同用"真"字。他的师父法号明善，与重修千佛阁的明富、明晓应该为同门师兄弟。

僧人真修在隆庆二年（1568）在豆口村募化，一些对佛教虔诚的人如张朝经、郭廷保、张仕金、郝仲敖、王进米、张公道等，一起发起募捐，大家一同烧制了琉璃脊瓦，送到了寺院。就在这时，真修忽然去世了。重修天王殿之事被迫搁置。

一转眼 10 年又过去了。万历六年（公元 1578 年），张朝经之子张廷佐与长治县姬进禄，不忍眼睁睁前功尽弃，决定重整山河，募化捐资，重修天王殿的工程再度提上了日程。隆庆二年冬，工程开始，万历六年春，前后历经十年，天王殿终于重修完成。

隆庆元年（公元 1567 年）正月初一，东庄村平时喜欢做善事的乡绅王一贯忽然做了一个梦。梦中，他看到龙门寺大雄宝殿忽然坍塌，神像也倒了。第二天，他决定到龙门寺去看看。去了之后，发现大雄宝殿果然坍塌了。他心痛不已。他认为佛为百福源泉，殿为神仙栖息之地，怎么能眼睁睁看着殿宇倒塌而不修葺呢？何况，既然佛祖托梦给他，必是想请他来重修佛殿。于是他联合平时喜欢做善事的村民王世宝、王九章等，倡议众乡邻有钱的出钱，没钱的出砖瓦木材。建筑材料准备好后，万历五年（公元 1577 年）九月，重修工程动工，万历二十年（1592 年）八月完工，前后历时 15 年，大雄宝殿才得以重现光华。

龙门寺大雄宝殿壁画，图左为赵匡胤

一座殿宇怎么会修了 15 年？平顺建县建起县城也不过几年时间。个人推测，期间，也许会因钱财不足而短暂停工，最主要的，是古代木结构建筑施工精细，匠人们对大殿每一个环节认真负责，才会修那么长时间。

申家：平顺历史中一抹耀眼的光芒

1. 走进申家大院

夕阳西下，一栋栋老屋越发苍老、萧瑟。

我的脚步经过这里，申家大院宛如一根刺深深扎入我的眼睛里、心里，让我疼着，纠结着，许多天，拔不出来。我在平顺行走了两年，走遍了平顺 27 座全国传统村落。这些村庄有形形色色的故事、形形色色的特点，但没有哪座村落让我的心停留那么长时间，让我欲罢不能。申家大院的不同凡响，让我无法搁置、无法轻视、无法迈步。

我的任务紧而重，我没有更多的时间去考证、去思考。一声叹息之外，我多希望这里的一座座大院及时得到有效的保护和开发，然后与祁县乔家大院、榆次曹家大院、太谷常家大院等一样，让更多的人走入，更多的人了解。

今天的申家大院落寞而荒凉。其实，我只是浮光掠影看了一眼，已经触摸到，它们的价值，或者不在祁县乔家大院等大院的价值之下。

在山大沟深的平顺县，在建县不足五百年、"文化土壤浅薄"的平顺县，这是一个少有的官宦之家。

放眼山西，与我们所知道的因电视剧《乔家大院》闻名中华的乔家大院相比，申家大院并不逊色，甚至可以说还有比这些大院略胜一筹之处：因为，无论乔家大院还是常家大院，大多为清代民居，而申家大院，却是一座明代官宦之所！

你会说，申家大院规模不及王家大院，雕饰不及乔家大院。是啊，院落规模确实不如王家大院，至今保留的七座三进或两进老院，加上申家祠堂，也不过一百多间；至于雕刻等装饰，都知道的，明代商人的财力、建筑技术的确无法与清代相比，因为它要比清代早很多年。而且，略懂中国古建规律的都知道，中国古建本身就是一个从简至繁的过程。我们判断一个建筑属于明代还是清代，有时候就是依靠建筑装饰来判别。总的来说，明代比清代建筑装饰要简单很多。

还有一个不能比较的地方，晋中的大院多为商家巨贾所建，这些行走大江南北的晋商，不缺的就是白花花的银子；申家大院却是一个太行深处的官宦之家，它们没有商家的奢华，却处处透露着官家的高大威严。

你一定等不及了，会问我，你说的申家大院在哪里？

申家大院位于平顺县北耽车乡安乐村。

2. 少见的申家花园

我一开始注意到申家大院的不同，是因为我所走过的平顺县的一些普通官宦人家，是没有后花园的。顶多也就是几个院子，院子套院子，院子连院子。即使有名的乔家大院，也是没有花园的。据说民国时期，乔家欲建花园，未及动工，抗战烽火已起，于是作罢。

申家不仅有后花园，申家的后花园还很特别。

故宫有御花园。要到御花园，需要穿过太和殿等等高大的殿堂，一直到故宫最后面。皇城相府也有花园，也需穿过一座座宅院之后，才能抵达内宅后的相府花园。论位置，申家花园也位于一座座院落之后，院落在北，花园在南。不同的是，前往这些古宅，需先穿过这座花园。

申家大门门头装饰很简单，但不失威严。厚重的板门里面装有腰杆等防御措施。申家第一道大门很宽，有两米多。乡间有功名的高门大户很多，但像如此宽敞的大门不多。全国传统村落东庄村有一户人家，大门很宽，问及原因，当年院里驻有戏班，为方便戏班行头车进出，才修宽了大门。申家大门宽敞，却是为了可以走得下高大的官轿。

进入第一道大门，便是申家花园。申家当铺在花园北面，申家车马院在花园东北角，申家客房院在南面，等于客房院与申家当铺院中间夹了一个不算太大的花园。

从大门通向客房院的路是一条鹅卵石路。一个五六十岁的女子，自称为申家后代，如今住在客房院的南房和花园的西房内，她自发给我做向导，介绍当年花园的情况。我问她这条鹅卵石是不是新铺的。她说，她听祖辈们讲，自古以来就是这样。早在五百年前，像申家这样把鹅卵石铺砌在花团锦簇的花园里，在当地真不多见。

到一道只有大门遗址的地方，申家女人跟我介绍，这里是客房院二门，以前这里有"二槐把门"的说法，因为二门外有两棵粗壮的龙槐。她指着一堆乱砖堆砌的地方上一截水桶粗的褐色的犹如龙角的木头说："你看，这就是以前的龙槐！"

她的口气里满是骄傲。五百年多后，申家的子孙依旧是骄傲的。

二门已毁，但留有宽大的青石台阶、迎风石，可见当年形制。原来这里还有两株高大的合欢树。那些轻若羽毛的淡淡花朵，不知温暖了多少申家女子的心。可以想象，当年申家女子只能倚门而望，古代女子没有特殊事情不能出此门，她们也只能"大门不出，二门不迈"。好在，她们在古老的申家家谱中留下了各自的姓氏，作为申家的存在留下了一道缥缈的身影。

官宦人家的女子，并不比民间女子幸福多少。难怪古代《墙头马上》的故事多发生于官宦之家。

3. 水壁凉亭

进入二门后，左边一堵墙上有一个直径约 1.5 米的圆形砖雕照壁。照壁上雕有山石、松树、猴子。猴子在伸手够马蜂窝，而且很快就要够到马蜂窝了。按照古人美好心愿，这幅砖雕图案寓意"马上封侯"。 这幅照壁，颇有

水壁凉亭

些似乡村的标语，如"多快好省建设社会主义"，起着暗自鼓动加油的作用。申家为官宦之家，需要这样的标语激励后世子孙，向着美好目标前进、努力。

有意思的是照壁右下角竖题两行行草诗文：三晋云山化北向，二海风云自南来。"二海"指安乐村西南临河的大海湾、小海湾；"云山"应为国保大云院所依之北斗云。诗文恰如其分描绘了申家主人临亭远眺山水风光的情景。

这两句诗改编自唐朝状元、诗人崔曙《九日登望仙台呈刘明府容》中的两句"三晋云山皆北向，二陵风雨自东来。"下面有一个方形印章，我没有辨认出来，不知道是谁的名讳。他大约就是这两句诗的作者。他根据申家地理位置将两句诗改了三个字"皆"改"化"，"陵"改"海"，"东"改"南"。而站在申家的水壁凉亭，你瞬间就能明白，作者为什么会使用并改动这两句诗了。

这幅照壁题字飘逸、灵动，龙飞凤舞，堪称画、诗、字"三绝"。

申家人怎么会想到用这两句诗？仅仅为描摹"水壁凉亭"的地理位置吗？想了解"三晋云山化北向，二海风云自南来"深层含义，不妨稍微了解一下原诗作者崔曙。这位大唐状元，虽然科举考试获得进士第一名，又

在殿试中获得状元，也写了不少才华横溢的诗章，但他在浩瀚的唐诗中似乎并没有什么影响力，生平也只做过河南尉一类的小官。也许他对官场早已看透，还一度隐居河南嵩山。

崔曙的《九日登望仙台呈刘明府》是他一生唯一传世的一首律诗："汉文皇帝有高台，此日登临曙色开。三晋云山皆北向，二陵风雨自东来。关门令尹谁能识，河上仙翁去不回。且欲近寻彭泽宰，陶然共醉菊花杯。"这首诗给乡间落寞的知识分子以极大安慰。即使是显赫的汉帝，如今也在陵寝之中了，而一代代地方官员，谁还记得住他们的名字？就是被周文王聘请为宰相的姜尚，也再不能回来。既然功名利禄都是过眼云烟，不如也学一学陶渊明，东篱之下，泡一杯菊花茶，看天地悠悠浮云成雪。

想来申家子孙是品过崔曙的《九日登望仙台呈刘明府》这首诗的，所以一代一代一边纠结着，一边前进着；一边努力着，也一边满足着。正如"水壁凉亭"所蕴含的，一墙之隔的西面为"马上封侯"的努力，一墙之隔的东面则为水壁凉亭上把酒临风"共醉菊花"的逍遥。

经角门穿过照壁墙，就是申家的水壁凉亭了，这里相当于现代建筑的观景台。"水壁凉亭"原本为申家人吃午饭、纳凉、赏景之所。站在这里，凉风习习，四野青翠。抬眼望去，浊漳河水滚滚涌向村庄，仿佛那股巨大的水流正向观景台涌动而来。旧时浊漳河的水量很大，浩浩荡荡，蔚为壮观，也难怪作者要将此地称为"海"，叫这里为"水壁凉亭"，还真有水"逼"凉亭的味道。

水壁凉亭西面，是申家的练武场。凉亭一侧自上而下砌有十几级石阶，顺着石阶下到底，穿过角门就到了另一处平旷的院场——武书房院。旧时武书房院规模宏大，有七间堂楼，三间西楼，南楼连过道七间，遗憾今已不存。申家至今保存了100斤、250斤、300斤练武石。清代的一斤相当于现在的590克，100斤的练武石相当于现在的115斤。

在入仕和出仕的纠结中，申家一代代读书练武，成为平顺县获得功名最多的人家。仅从第七代到第十代，不算太学生、邑庠生等，有武进士一人、举人四位、岁进士四位、恩进士两位。这在平顺绝无仅有，在当时的潞安府，大概也不多见。

笔者在秦观村走访

4.少见的集市

安乐村虽在河南晋阳古官道上，但并不像附近候壁村的地理位置那么重要。候壁村不仅在南北方向的晋阳古道上，还在东西方向通往大椰梯的拐角处。也就是说，浊漳河沿岸的东庄、豆口等古村庄，要到平顺县城，最近的路需要走东西向的大椰梯和小椰梯（位于椰树园村）。这决定了候壁村昔日的繁荣，交通要道上难免会形成集市。

然而，古时的安乐村却有一个非常大的集市，这个集市位于安乐村东官道士崖下刚进村之处。

并不是交通枢纽的安乐村，即使村庄大，人口多，但形成集市，在交通不发达的古代，必有其特殊原因。

安乐村文昌阁

　　几千年来，集市一直是我国商品流通的重要途径。在古代农村，集市一般称为草市、村市等。草市产生于东晋，发展于唐，到北宋已遍布各地城郊，有名的"清明上河图"形象展现了古代集市的情形。"市"作为人们交换产品的场所，西周时期，为官府控制。此后的几百年里，市的设立或撤销均由官府来决定。宋代，随着货币和商人的介入，"集市"逐渐发展成商业区，出现零售性质的肆和批发性质的邸店。

　　集市不同于庙会。庙会一年一度，定期举行，很多村庄都有，但集市是常态的。百姓常来常往安乐村的原因，大约是这里集中了他们需要的东西，也就是说，这里曾经店铺林立。

　　如果这些店铺存在，它们又属于谁家经营？答案是明显的。安乐子孙可以逍遥自在读书练武，不用说必须有强大的经济基础；申家成为明历代平顺县令必造访之所，首先申家应是钟鸣鼎食之家，否则，仅接待费，他们也承受不了。

5. 罕见的盐店

如果说安乐村出现集市还不足以证明其特殊的地位，那么安乐村的盐店会不会让你吃一惊？对，你没看错，盐店。

人非食不饱，非盐不食。正如康熙版《平顺县志》的编撰者王步犖所言："盐政之关乎民生者，诚非眇小也。"从汉元狩四年（公元前118年）到唐肃宗宝应六年（762年）之前，盐业实行官卖制度。宋代之后实行"盐引制"，即商人花钱购买盐引。明代，由于边关缺粮，执行"开中法——盐引代币"，盐商们把粮食运到边关，再从封疆大吏的手中换取他们手中的盐引。《明经世文编》曾经提到，兵马云集的边镇全靠商人来接济军需，每年都有定额标准，这吸引了山西商人的目光。他们用粮食换取淮浙两地食盐的运销权，"领盐发卖，大获其利"。没有多久，开中法又扩展到用马匹、茶叶和铁也能换取盐引。这样，在北方粮食市场逐渐形成并稳定下来时，盐的贸易成为商人获取利益的重要渠道。

明成化年间，朝廷停止各边开中法，令盐商于户部、运司纳粮换取盐引。皇室、宦官、贵族、官僚们见持有盐引有利可图，纷纷奏讨盐引，转卖于盐商，从中牟利。这严重破坏了开中制度，也影响了大明政府的财政收入。到嘉靖年间，朝廷召集商人，实行商屯。有盐引就等于有商机。商人们为获得利益，四处伺机寻找盐引，将它变为银两。

那么，安乐村怎么会有盐店？又是谁在经营盐店？

天时之外，还需有"人和"，是这两个因素，让五百多年前的安乐村不同凡响。这个人是当时潞州知州申纶。

河北永年申氏家谱记载："申纶，字廷言，明弘治十一年（公元1498年）戊午科举人。十八年（公元1505年）乙丑科进士，为定襄、永康、平陆三令，举廉能第一，调太原擢守潞洲，所至皆有惠政，历兵户二部郎中，卫辉府知府，调常州守吏部推郡守首治行卓巽者。"

词网对其介绍为：明广平府永年人，字廷言，号南滨。弘治十八年进士，累官四川、云南按察司副使。性忠亮有雅量，莅官以廉洁著称。

申纶担任潞洲知州的时间是明正德年间（公元1506年至1520年）。那么，安乐申家如何与潞州知州申纶攀上关系的？

这与申家的来历有关。传说有千百种，但这个传说，无论山西、河北、河南，还是山东，版本基本一致。申家有一支被称做"打锅申"（锅片申，铜锅申，罗锅申等），据说，打锅申的远祖是南宋时的将军申宪。元初大学士姚枢的文章说，申宪在"议转浙西制置使"时，"因得罪权相贾似道，逃避于潞安州，改姓为曰。卒后葬于长子县。"明代赐进士第征吉郎工科给事刘文炳给河南新郑申家族谱写的序言中说："延四世，支脉繁庶，声势昌大"。老曰公九胎十八子，人丁兴旺，引起奸臣嫉妒，被参了一状，说"曰氏坟有王气"。老曰公在满门抄斩之时，打破一只罗锅，让十八个兄弟们各持一片，逃散四方，复姓为申。这篇写于大明万历四十六年（1619）年文章，是关于最早"打锅申事件"的文字记载，距"打锅申"事件的发生（元末1365年前后）过去了二百五十多年。

关于申家来历，还有一种说法。此说法根据河北省沙河市三王村原潞王太始祖曰璟公墓志铭整理得来：老曰公名璟，字迈公，系元顺帝同胞叔叔，他身居爵王，初封晋王、改封潞王，故而隐居之村庄更名为三王村。元大都陷落之际，元顺帝北逃和林，皇室裔亲被杀戮殆尽，老曰公因身居外藩晋疆，遂携家眷潜隐屯留、绛县一代。为保存宗嗣计改曰姓为申。拆铜锅为十八片，使其众子各持其一，以作相认之证。其中十三子申文临东逃过漳河，落脚潞城天宫村。

安乐村申家来历与此雷同：因为奸臣陷害，老曰公急召儿子回家。家人刚聚齐，便闻朝廷兵马已到，老曰公急中生智，抽出腰中佩剑，将大门匾额曰府中的"曰"字正中砍下一刀。军队到达曰家，发现门匾上写的是"申府"，以为向导带错了路，遂去寻找"曰"府，这为曰家逃离赢得时间。老曰公将做饭的锅摔破，让十八个儿子各执一片，作为日后阖家团聚相认的凭证。"曰"家十八个儿子从此改姓为申，远走逃难，迁徙于上党地区各地，形成一个个区域性家族。

根据安乐村申家家谱记载，申仲和、申仲贤正是在元末明初迁至乐头村（即今安乐村。"乐"与"曰"音近，说不定曰家恰是为了留住记忆而为村庄起名"乐头"呢）的，看到这里景色秀美，他们决定留居此地。由此可知，申仲和、申仲贤或为老曰公十三子申文临后裔。

申纶为"打锅申"十八个兄弟中老四申文美第五世申广之子，如果安乐申家为老曰公十三子申文临后裔，他们还真是一家人。

西白兔乡中村申家也是从潞城天宫村迁出的。申家就是利用这层关系开始做贩盐生意的。他们将粮食、铁制品等用骡马运至平阳（古尧都，在今山西临汾市西南十八里金殿镇）卖出，再买进食盐运回囤积转售，牟取利润颇大。人们说，潞商早于晋中的晋商，其说法大约来源于此。明代初期，申家早已生意兴隆。

但我有一个疑问。有人研究，中村申家始祖申十三迁居西白兔乡中村时为明嘉靖十一年，此时申纶已离开潞州，申纶在潞州的时间是明正德年间。而嘉靖八年陈卿起义后，平顺县建立，潞州升潞安府，申家此时依靠申纶贩盐之说似乎不能成立。倒是安乐村申家，在申纶在潞州当政时，恰是申家第六代申洪等人正当年时，他们若有关联，至少时间是对的。

安乐村盐店的出现，让人自然而然想到申纶与申家的联系。六百多年前的申纶如果不认可安乐申家，想来不会把贩卖食盐这样的"肥差"给了申家。也许，潞州区西白兔乡中村申家贩盐生意，是安乐申家认"铁锅申""一家人"，匀给了中村申家一部分的也未可知。

申家的盐店延续至清代乃至民国，以至于20世纪很多人都记得盐店的位置。这又是一个传奇。

清代，盐引成为大清政府大肆套财的手段之一。全国各地盐商数不胜数，清王朝户部，以大量印盐引来补充国库，以至于康熙年间的盐引泛滥成灾。朝廷康熙版《平顺县志》记载，明万历年间，平顺每年销盐引1100张。顺治十四年（1657），平顺奉旨新加盐引729张。康熙五年，朝廷按丁均引，每遇闰月还加引 131 张。这给平顺县带来的不是商机，而是沉重的负担。正如平顺县王庄村岁贡、康熙版《平顺县志》作者之一王升辇所说，平顺百姓专务农业，别无生理，而这里石厚土薄，并无膏腴耕种。土著之民，大半以糠菜为生，无钱买盐，日甘食淡，售盐仅什一于别邑，引额反较重于他县，致令民苦销纳，官误考成，实贻大累。

这时候，朝廷的盐引是按张纳税。平顺百姓苦寒，吃盐少，但朝廷按照人头分下来的盐引数量多，以至于盐税成为平顺县的负担。如此一来，安乐村的盐店大约也是不赚钱的。百姓吃盐少不代表不吃盐，此时，安乐的盐店还开着，图的是什么？

推测，此时的盐店，多半是半公益的。

6. 特殊的古官道

安乐村还有一道非常奇怪的景观：河南晋阳古官道到了这里，分成了两条，一条官道，一条民道。两条路虽然都铺了石头，但官道较于民道平坦宽阔，适合骑马，也可坐轿，民道崎岖陡峭，即使你原本骑马行走，到这里也不得不下马，走过坡度陡峭的一段。坐轿估计是无法通行的了。我那天走这段路时，没有任何负重，攀登不过二十多米，已

安乐村官道

是气喘吁吁。这路确实很陡。走过这段两三里的路后，两条道路在官道岭再合并为一条路。两条道路上均设有卡口，石块垒墙，墙体高约三米，门宽约两米，旧时上面安装有厚重的门板，可以起到一夫当关、万夫莫开的防御作用，平日也可作为交通盘查的卡口使用。两道"卡口"，是安乐村的"村门"。

古代道路工程均靠人力，在交通不发达的过去，在不通马车的平顺山路上，一块石头都得抬着扛着运过来，是谁肯花费巨资修这样两条路？

首先这需要大量财力。其次，是什么原因导致这里必须多出一条道路来？

或者从平顺县第三位县令徐元道之兄、五品官员、户部郎中徐元祉留给申家的两首词可窥出一丝秘密来。他为申家八世申朝用写了一首诗《题温泉》（申朝用的号为温泉），还给申朝用的祖父申洪写了一首诗《赠蓬莱申翁》。这两首诗并非"隔空打拳"，徐元祉如果没有亲自到申家，断然写不出"温泉泉上读书时，公祖临流饮一卮。更喜丝苓松上下，盘盘山涧浸琉璃。温泉泉涌接天河，一派流源万顷波……"如此让人身临其境的句子来。徐元祉不顾山路遥远、陡峭崎岖来到申家，可见申家当时的名望。

徐元祉不顾道路的艰难险阻来申家，其余一些地方官员想来也很希望到"水壁凉亭"饮一杯清茶吧。明明是官家，却可以在这里把酒临风，享受一把陶渊明赏菊的风雅，除了精神的快哉之外，大概更多的还有内心的需求。

于是，我仿佛看到，那条与民分开的"官道"上，一顶顶轿子摇摇晃晃而来，朴拙暗淡的青石变得青白油亮……

7. 不愿并里碑

从安乐村穿过的晋阳古道上，有一座小小的观音庙。观音庙虽小，却非常古老，硕大的斗拱似在讲述观音堂昔日的辉煌香火。观音堂后立着一块斑驳的青石古碑。古碑黄尘覆面，裂缝一道道，好在穿梭几百年冷雨风霜、红色革命、火热的"破四旧"后，还是挣扎着留了下来。

寻找乡间故事远去的密码，需在古碑上下功夫。

安乐村一官一民两条古道，古老盐店的谜底，也许就在这块古碑上。

这块古碑的碑额题写着《平顺并里碑记》，立碑时间为万历二十六年，即公元 1598 年。碑文记录了一件事：明万历年间，按照官府（不知是哪一级官府）规定，要把安乐所属的新安里并入留村里。因为留村与新安里路途较远，且有漳河阻隔，安乐村一位叫申忠道的村民，因不愿新安里与留村里合并，一纸诉状告到了冀南道，要求保留新安里。

不愿并里碑

先来说说里甲制度。里甲制度源于西周时期的乡里制度（现在的乡镇是中国两千多年沿用的行政区划制度），是封建社会管理基础人口的一项基本政治制度。只不过历代叫法不同，如宋代叫都保护制，元朝叫村社制，明代叫里甲制。明代里甲制规定：110 户人家编为一里，一里中挑选丁粮最多的 10 户为里长，其余 100 户编为 10 甲，设甲首。里长、甲首对所辖民户直接进行监督、统治和课征赋役。

碑文这样写道："钦差分巡冀南道副使杨爷，告为不愿并里，以从民便事，新安虽系中里，拾甲俱全，差粮易完，与留村里相离甚远，有漳河阻隔，差粮难以催征，况留村里军匠甚多，终为后患。蒙委长子县知县武爷、平顺县知县陈爷会审前事，审得留村里原与新安里相去甚远，有漳河阻隔，虽暂并，众民全甚称不便，权将留村里并为前五里，新安里并为后五里，凡□应催征等项，前后人役各照旧里，不得干预侵害。留村里应役里老管前五甲差粮军役，新安里应役里老管后五甲差粮军役等事，其余书口、堡官、保正、小甲、农商、夫役等项，留村里户不许牵连混报后五甲，辛安亦不许混报前五甲……"

按照碑文所说，官府给出并里的原因是，新安系中里，大约当时官府有将中里合并为大里进行管辖的意思。安乐村属于新安里，安乐村不同意并里的原因有五：新安里 10 甲俱全；与留村里相离远；有漳河阻隔，差粮难以催征；留村里军匠甚多，终为后患。

并里是官方行为。安乐村申忠道好大的胆量，竟然直接"抗旨"！？申忠道显然不是一个普通村民！

明代地方行政机构分为省、道、府、县四级。光绪版《山西通志》卷二十四"潞安府"一栏记载，冀南道为嘉靖元年设立。《明会要》卷七十三记载：冀南道，辖潞安府及沁州、泽州、辽州、汾州。这位申忠道的胆子真够大的，不仅敢明着反对官府并里决定，也不知他是否按照天下告状规定，先平顺县，再潞安府，总之，最后，这纸诉状递交到了冀南道道台手里。

如碑文开头所写，参与办案的官府就是冀南道。

胳膊拧大腿，哪里可以拧得动？但这块碑文告诉我们，申忠道拿自己这颗鸡蛋碰官府那块石头，最后是，石头软了。此诉状不仅惊动了冀南道，还惊动了朝廷钦差。

这不是一个小官司，并且是民告官，违抗的是官府的决定。但经过钦差冀南道副使杨爷的调停，长子县知县武爷（武之大，山东东平进士）、平顺县知县陈爷的会审，最后官司赢了，判决结果为："有漳河阻隔，虽暂并，众民全甚称不便，权将留村里并为前五里，新安里并为后五里，凡□应催征等项，前后人役各照旧里，不得干预侵害。"申忠道赢了官司，于是就有了"平顺县新安里因不愿并里，照依告准，前后五甲各役永为遵守"的碑记。一句话，新安里与留村里，不用合并了。不得不说，这样的判决，在封建社会，一定不多见。

通过这块古碑，我们还可以了解一下明代制度下的匠业。明代"凡户三等：曰民，曰军，曰匠"，又云："凡军、匠、灶户，役皆永充"，其中"匠户二等：曰住坐，曰轮班"，皆世袭。匠户地位很低，世代不得转业脱籍，不得做官。明代的军匠，即为军队服务的匠人，他们必须定期到军队作坊服役。这也意味着，如果新安与留村里合并，因为这些军匠的存在，差粮难以催征。

这场官司，不仅惊动了平顺县知县陈爷（明万历二十五年任平顺县知县陈所行）、惊动了长子县知县武爷、还惊动了钦差分巡冀南道副使杨爷。申忠道到底有怎样的底气敢这样与官府对抗呢？为什么杨爷、武爷、陈爷都这么好脾气，能听一个百姓之言？

且看碑文最后立石的落款人都有谁：

恩贡士文林郎陕西西和县知县、里人近泉申朝聘，武举里人云山申锐，南山申以赞，赐武进士第山西北楼□守备以都指挥体统行事镇守雁门宣威将军南坪申以详，儒学□□岁贡申铎，岁贡申其达，生员申其志，生员申以谟，生员申武备，生员申武健，老人申一科，□□柳天桢、堡官申铨、保正常以道等等。

第一个是陕西西和县知县、里人近泉申朝聘。明代县令称作"知县"，县分上（粮十万石以下者）、中（六万以下者）、下（三万以下者）三等，上县知县为从六品，中县知县为正七品，下县知县为从七品。陕西西和县为州，明改县，可见申朝聘的职务要比长子县知县武爷、平顺县知县陈爷高，何况，他们同朝为官。

第二、第三位为武举里人云山申锐、南山申以赞。云山、南山各为申锐和申以赞的号。武举始于唐代，宋代压武兴文，到明代，虽然武举没有文举地位高，但到明晚期，鉴于保卫疆土的重要性，明代对于武举考试开始重视。吴三桂也是武举出生。无论如何，"举人"即为有功名的人，一般官员不会得罪。

第四位是武进士宣威将军申以详。他是这块古碑中涉及的职位最高的人，职务相当于现代军队的旅长，在明代为正四品武官。按照明代官员级别，他与冀南道道台级别是一样的。

堡官申鎓，相当于村长。其余生员不再赘述。

碑中记录的申一科，却需要多一笔。碑文中有一句话"将前事给与新安老人申一科执照"，专门提到了他。"老人制度"是明代地方行政制度的组成部分。《明太祖实录》洪武二十一年八月条记其事："初令天下郡县选民间年高有德者，里置一人，谓之耆宿，俾质正里中是非。"也就是让有德的老人利用其年迈德高管理乡村事务。

可见，申忠道打这个官司，背后其实有一个强大的靠山。

那么，安乐村怎么会有这么多有权势的人？他们又是什么关系？他们都是申家人，曾生活在申家大院！

碑中还有这样一句话："权将留村里并为前五里，辛安里并为后五里"，五里即为550户人家，可见明万历年间安乐村已是百户人家的大村。

8. 申家家谱

申家留给我们二十多座院落、一百多间（一些屋子已经分给他姓）老屋，让今天的我们可以面对老屋追寻昔日的辉煌。申家留给世人更为有价值的是修订于康熙五十四年（1715）的申家家谱。不说此家谱是从明代开始写起，仅从从康熙年间传下来，也三百多年了。三百年，小树也参天了，再好的纸也会破损。但就是这些破破烂烂的纸页，让我们走近了一个庞大的官宦家族。

申家家谱

这部历经几十代人流传下来的乐头申家家谱的序言为申家十三代传人申匡周所记。序言讲道，家谱最早为申文渊（号东林）所撰，申文渊将家谱传给其子申朝用（号温泉），申朝用传给他的二儿子申锐，即《不愿并里碑》中所记的武举之一，申锐又把家谱传给了侄儿申以详之子申武功（号仰坪），申以详即《不愿并里碑》中所记录的官职最高的镇守雁门关的宣威将军。申武功也为武举，他又把家谱传给其孙申璿，申璿又给了其长子申匡周（号彤臣，邑庠生）。申匡周将家谱一直记录到了申家十六代。

我用几天时间粗略整理了家谱中所记的申家有功名的人（不完全统

计）。申家在建县时间段、文化底子薄的平顺县，简直可以称得上平顺"官宦第一家"！申家从六世到十三世，不断有人做官。申洪及申钊之子申文堂为明省祭官，进士有申以详（恩贡、进士），贡生有申朝聘、申朝用、申朝纪、申铎，申其达、申周鼎，武举人有申以赞、申锐、申武功等，岁进士（即岁贡生）有申武韬、申孔彰、申孔嘉、申周瀚、申周鼐等，至于邑庠生、生员几乎代代都有，而且人数众多。

明代，申家还出了申朝用、申朝纪等多位太学生。太学即国子监，太学生也就是国子监生。国子监是古代官办的国家最高学府，生源主要来自两部分：一是勋臣的子嗣，二是各府县通过层层推荐而来的当地最拔尖的秀才。国子监生经过考试，优秀者可以获得官职。太学生相当于现在北大、清华的研究生或博士生。申家的太学生到底有多少位，我未曾统计。家谱所记最后一代、即第十六代申振远、申致远，也是太学生。

翻开康熙版《平顺县志》，明清两代，申家文官、武举、隐士几乎包揽了平顺文官武举的一半天空。如此奇特的现象，只怕不仅仅在平顺，放眼三晋，也不多见。

申文渊，申洪次子，业儒未竟，耕田教子，好义恤贫，乡人有忤者，多质平之，众咸感服。

申文表，申洪三子，以省祭任典膳，归隐于赤壁山，乐善好施，教子成立。

申朝用，新安里人，由生员入监，初仕北直广平府经历，起服真定府经历，升辽东广宁卫经历。

申朝聘，新安里人，文表次子，隆庆二年（1568）恩贡，初授山东黄县主簿，升河南延津知县，起服陕西西和县知县。

申以详，申朝用三子，由廪生屡科不第，就武业，中武举。三次登万历（1573-1620）科进士。初任潞州卫左所镇抚，升本卫指挥佥事，奉命守备山西北楼口地方，以都指行事署守雁门关印务。

申锐，新安里人，朝用次子，由生员中万历乙酉（1585年）科武举。

申以赞，朝用六子，由生员中万历癸卯（1603年）武举。

申武功，以祥次子，中万历庚子（1600年）科武举。

申岩，新安里人，以生员告衣顶，隐居乐头村，琴棋陶情，山水适志，享年八十岁，时人称为"散神仙"。

申其达，新安里人，朝聘次子，万历二十九年（1601）恩贡，侯铨府判（府级的最高长官，相当明清时代的知府）。

申铎，新安里人，朝用四子，万历三十年（1602）贡。

申昌言，申武韬子，顺治十一年（1654）拔贡。

申昌先，耽车前里人（这时候新安里并入耽车里，笔者勘），申其达孙，康熙二十一年（1682）贡，考授训导……

申家不仅可谓平顺高门大户，在明清时代兴商少官的山西还真不多见。

9. 申家影响力

在明代，申家在平顺乃至潞安府到底有多大的影响力？我们还是从平顺县第三任知县徐元道之兄造访申家来看吧。

徐元道之兄、明嘉靖年间户部郎中徐元祉（从五品），与申朝用交善。他给我们留下了的那首《题温泉》告诉我们，徐元祉是到过安乐村的。诗中提到的"公祖临流饮一卮"，祖指申朝用的祖父申洪。

申洪为申家迁居平顺安乐村的第六代，曾任省祭官。省祭官即"省察官"，职能为"纠察"或"督察"，与现在的执法监察类的官员相似。此类官员明代多设在州县。申洪为哪个州哪个县的"省察官"，家谱中没有记载。但徐元祉到申家，不仅仅写下一首《题温泉》，还为申洪写下了一首《赠蓬莱申翁》："桥梓年来道始尊，时乘皓鹤上昆仑。悟真罕得修仙地，余庆偏临积善门。绿醑三杯延月岛，黑甜一枕卧云根。森森兰桂椿庭发，不说桑麻长子孙。"即使现在，如果关系不是特别好，不是欣赏你，也没有人会为你唱赞歌。而为申洪、申朝用"唱赞歌"者，为朝廷五品官，这绝不仅仅因为申家不仅仅是有面子，而是因为申家有"里子"！

申家家谱记载，申洪孝养不仕，耕隐赤壁，乐善好施，终年92岁，受敕封为蓬莱翁。可见，申家代代流传着的"皇帝封的蓬莱翁"并非空穴来风。

不仅如此，申家儿郎还曾经参与过平顺建县的歌咏。申家诗文在康熙版《平顺县志》中的"存量"，不说半壁江山，也是数量不菲。如此的申家，在平顺的历史上，怎么能不耀眼！

都说富不过三代，但繁衍生息于此的申家，历经十多代，旅店、骡马店、当铺、染坊、盐店，各种买卖十分兴盛。他们与村民共建了观音庙、土地庙、牛王庙、阎王庙等庙宇，将一辈辈希望安放在安乐这块土地上。安乐村，深深打着申家的烙印。

吴宫花草埋幽径，晋代衣冠成古丘。时光倏忽一过，已是几百年。在岁月的洪流中，一座座老屋掩藏着一个个沧桑的故事，等待着我们去书写。我们只需停下匆忙的脚步，听一听、听一听……

改于 2021 年 1 月 24 日

安乐村：古道疑云

安乐村，浊漳河岸边一座古老、安静的村庄。

千百年来，不变的是一年一年庄稼绿了、黄了，雪飞起来、雪融化了，桃花开、桃花落了。岁岁年年花相似。变了的是，村庄、道路，还有一张张面孔，有的走了，有的来了。

在浊漳河岸边的古村落走一走，岁月变迁的感觉尤其强烈。昔日雕梁画栋的古院落，充满了夕阳西下、阴沉落败的气息。再美的雕刻，也抵不过时光摧残。一茬茬老主人早已化作村外黄土，这些沾染过老主人温热体温的老物件，这些目睹了一代又一代新人的老屋，若是有情，也该颓废了。

站在那些曾经充满华贵的古院落前，有时，我的眼前有另外一幅情境：院子里是那些衣着前朝服饰的人，他们待客、饮茶、读书、下棋，完全是一幅富贵人家的生活图景。

浊漳河岸畔有一条古官道叫河南晋阳古官道。为寻找远去的故事，我曾经到古道上的村庄走访。偶尔，因为需要，我会到古道上走走。这些古道落寞而凄凉地冷落在荒草丛中，曾经落满足迹的斑驳青石、层叠铺呈，沉默在乡村角落。

古时候，古官道就相当于相在的高速公路呢。

　　安乐村就位于河南晋阳古官道上。我在安乐村走访，当地百姓告诉我，这里不仅有一条古官道，还有一条古民道。安乐村的古官道从东向西穿过村庄，在从村庄西边沿河岸迂回向北折向东面。如古道从潞城方向来，先进村南真武阁，穿过安乐村内的东西向主街，在村东由民道或者官道向东而去。官道、民道各有卡口，加上真武阁下的卡口此为安乐三道"村门"。三门打开，安乐村就是一个可以通往外面世界的村庄；三门关闭，村庄即为一座封闭的城池。

　　古官道沿路的村庄我走过十多个。大多村庄会在官道入村口处设卡口，比如遮峪、青草凹、候壁等，都设有高大的石券砌筑的卡口。这些进出村的石券，说白了，就是村庄的"城门"。古代豪强土匪出没无常，这些卡口可以起到保护村庄、防御外侵的作用。

安乐村古官道（北门）和民道（南门）

　　这些都不足为奇。奇怪的是，安乐村怎么会有一官、一民两条殊途同归的古道呢？要知道，在交通不发达的古代，修这样一条道路，很不容易。

我决定走走这条路。在向导带领下，我们来到安乐村村东。一个不算太高的土崖下，一左一右两条不同的路伸向远方。东南方向为官道，东北方向为民道。古官道一米多宽，坡度和缓，青石铺砌齐整；民道虽也为青石铺砌，但坡度较大，走起来要费力一些，而且道路形制比官道要差一些。两条道路上均设有卡口，石块垒墙，高约三米，门宽约两米，旧时上面安装有厚重的门板，可以起到一夫当关万夫莫开的防御作用，平日也可作为交通盘查的卡口使用。

但一官一民两条道路并非各走各的，互不干扰，或通向两个方向，或平行而行，而是出村约二里地后会合为一条路。安乐村东有一道山岭叫官道岭，名字即由官道在此而来。

盘点一下河南晋阳古官道所经过的村庄，像这样一官一民两条道路分开行走的情况，我还是第一次遇到。

晋豫古官道所经村庄很多，除通向不同村庄必须有岔路外，比如到东庄，有一条岔路向北过浊漳河，在河对岸形成一条季节性道路，可至黎城、潞城；青草凹村口是一个丁字券，一条径直东西而向，为官道主路，一条西进村庄；候壁村南也有一个三岔口，古官道呈东西向，岔路向南有一条路可到榔树园榔梯（由此榔梯可至老马岭、虹梯关、平顺县城），绝无仅有这样的情形。

本来一条路可以解决的南来北往问题，安乐村为什么要建两条路？古官道沿浊漳河百里多长，官可行，民可行，为什么到了安乐村这段，却单单官道不可走百姓？

陪同我的向导说，会不会是为了"分流"人流？

安乐村怎么会聚集那么多人，必须在此要分流人流呢？

根据村里的《不愿并里碑》可知，在明代，安乐村已经是一个大村。百姓传说，当年安乐村东口这片地方是一个非常繁华的集市。东西向的街道上店铺林立，沽酒、卖肉、当铺、车马店一应俱全，商来客往，熙熙攘攘。

如果安乐村仅仅有一个集市，也不为奇。古官道上很多村落都曾因古道繁华一片，有当铺，有大车店，有钱庄、有酒馆。其他村里也有各种店铺，为什么独独安乐村人多呢？即使人多，也没有哪个村庄专门开辟出一条专供官员走的官道来。本来，河南晋阳古道，这就是一条官道嘛！

走访安乐村时，当地退休干部郭国泰指着村东一座房屋说，这里曾经是一个盐店！

怎么可能？安乐村怎么会有盐店？从汉武帝到清代，统治者一直不允许民间买卖私盐。在古代，倒卖私盐是重罪。汉朝连年对外征战，汉武帝为增加王朝财政的收入，采用大臣桑弘羊的建议，开始在全国范围内施行"盐铁私营"，把全国食盐和铁器的销售制造权全部国有化，由朝廷垄断这方面的资源。朝廷控制了盐，就相当于掌控了绝对的权力。朝廷通过控制食盐，不仅保障了政府财政收入，也达到了控制百姓的目的。一直到新中国成立前，民间都是不允许贩卖私盐的。

民以食为天，从古到今，食盐都是非常重要的商品。老百姓要吃盐，只能通过官商买卖。尽管盐被统治者控制，很多人还是看到商机，会偷偷倒卖私盐，价格也比国家低很多。为利益铤而走险者历代都有，因此私盐贩卖屡禁不止。安乐村有人敢在官道上设盐店贩卖私盐？想来，即使脑袋再硬，也没有人敢于把国家不允许的事情放在桌面上来干吧。明目张胆买卖食盐，只有一种解释，此盐店为朝廷设立，考虑到山路崎岖难行，到县城不易，在此设立盐店，方便附近百姓购买。

政府设立盐店，必然会选择一个人流量大、交通较为方便之地。安乐村似乎满足这个条件。安乐村不仅地处河南晋阳古官道上，还比邻潞城、黎城，加上申家在当地颇有影响力，来往客商定然众多，所以县衙看上了这个三角地带的村庄？

如果这里有盐店，有集市，人群聚集似乎就可解释。但即便如此，也只能证明，这里客商多。客商多、行旅多，也不值得再开一条官道啊？

查阅安乐村申家家谱、《平顺县志》可知，申家历代申朝聘、申锐等，一代一代为官者甚多。从申家始祖申洪开始，很多选择归隐或者还乡。比如申洪就有蓬莱翁之称。尽管归隐，但申家名声在外，来往结交的权贵必然多。平顺县有史以来第三任县长徐元道之兄、明嘉靖年间户部郎中徐元祉，就与申洪兄弟申严之子申朝用交善。徐元祉还写过一首《题温泉》，（"温泉"为申朝用号），这首诗描述了申朝用辞官归隐读书、含饴弄孙的闲适生活："温泉泉上读书时，公祖临流饮一卮。更喜丝苓松上下，盘盘山涧浸琉璃。温泉泉涌接天河，一派流源万顷波。福泽有田从灌溉，寸心留与子孙多。"这首《题温泉》所描述的场景，颇似申家大院花园西面的"水壁凉亭"。

这说明，徐元祉是到安乐村申家做过客的。山不在高，有仙则名；水不在深，有龙则灵。申家为"科举"大家庭，从明代到清代，文官武举，一直有人奔走在朝廷与安乐家乡之间。加上其同窗好友、同门师兄，骑马的、坐轿的，这条路上真是官员众多，官道也名副其实。

于是，这里出现了两个不同的来往的群体，一个为客商，一个为官员。但客商就是客商，官员就是官员。别说古代，就是现在，忙于各种公务的有等级有身份的官员，也不愿时常置身于此起彼伏、鸡鸣狗跳的闹市。在古代，官员出巡或"微服私访"，百姓是要回避静街的。若是路上多了步行的、挑担的小百姓，本来不宽敞的官道自然会阻挡官员马匹的行进速度。是不是为了不让百姓扰了官员的行程，在此分设民道、官道以便分流人群？

也不过推测而已。如今，无论官道还是民道，都长满萋萋荒草、成了一条嶙峋乱石路，早已没有了尊卑贵贱。无论官道还是民道，无论官员还是百姓，今天若有兴趣，都可以到此走一走、体验一下。

古道荒凉，往事如风。

马蹄声远，尘埃落尽。

2020 年 10 月 13 日

隐秘的明代温泉

1

如果我告诉你，平顺有温泉资源，你一定不相信。不是你不相信，很多平顺人都不相信。平顺开发旅游多年，若有温泉，怎么会不利用如此少有的资源？别说平顺，就是整个上党地区，地下除了出煤炭，鲜有听说温泉。

阳高乡东坪村开发旅游，建了几个温泉池。我到东坪时曾问开发者水源从哪里来，答案是，开水。不管锅炉、还是电热水器，总之，水源的温度来自后天燃烧产生的热能，而非地下喷涌的天然温泉。

然而在康熙版《平顺县志》"山川"一栏，我看到了"温泉"。志书如此介绍："温泉，在新安里乐头村，漳水潆洄之处，高崖深潭，名为大海小海，取其渊源如海之义，且涯际多泉，水颇温，入漳河，隆冬不冻，故其名乐头。盖谓山水源头，知仁乐处也。"

如果它是存在的，那么，它温润过多少安乐村女子的手、激荡过多少安乐男儿欢乐的浪花啊！遗憾的是，如今，它静泉深流，深深藏匿在地层之下，深深藏匿在厚重的志书之中，被我们忽略了太久。

我三次到安乐村，看着那些从几百年时光摆渡而来的明清老屋，有一种说不出的感觉。让我慢慢触摸到旧时光人物温度的是安乐村申家康熙年间流传下来的部分家谱。我为安乐村申家遗留下来的一座座申家大院惋惜，也为当年安乐村繁华的官道、民道兴叹，更为申家成为平顺文化历史一抹耀眼的光辉而兴奋，唯独没想到，其实，申家第八代申朝用早将这个信息用他的名号写在了志书中。

古老的志书，仿佛阿里巴巴神秘的宝库。我们走不进，什么也看不见；走进了，满目的宝藏常常让我们目不暇接。于是，我们常常捡了芝麻，丢了西瓜。

2

如果县志所记为真，那么，安乐村村名"乐头"的来历就并非传说的那样了。

现在人们渐渐认同的安乐村关于"乐头"村名来历，是因为此村曾出过一个喜欢音乐的后生。安乐村最初叫"常柳弯"，因为姓常和姓柳的人家最早在此定居。常柳弯的人口越来越多，人们就把这里叫成了"常柳庄"。常柳庄有一个姓柳的后生，酷爱乐器。那时候，附近寺院（大云院等）多养有乐队，后生就经常到这些寺院去听音乐，听念经，时间长了，也参与其中，慢慢成了一名技艺精湛的吹奏手。传说，他吹的一手好萧、笛、唢呐。后来，当地百姓想请乐队，就找他联系；各寺庙乐队外出办事，也叫上他。久而久之，人们就叫他"乐头"（乐队的头头）。他去世后，人们为纪念这个过世的乐头，改村名为"乐头村"。

安乐村关于"乐头"村名来历，还有一个传说，而这个传说与安乐申家有关，是比较接近现实的一个版本。元朝末年，元顺帝的胞叔汉姓为曰，号"老曰公"。后"老曰公"遭奸臣陷害，皇帝下旨要将曰家满门抄斩。带队将领不忍杀害忠良，便派亲信送信给老曰公。老曰公急召十八个儿子们回家。家人刚聚齐，朝廷兵马已到。老曰公急中生智，抽出腰中佩剑，将大门匾额曰府中的"曰"字正中砍下一剑。军队到了曰家，发现门匾上写的是"申府",以为带路人带错了路,遂将带路人斩首,又去寻找"曰"府,这为曰家逃离赢得时间。老曰公将做饭的锅摔破,让十八个儿子各执一片,作为日后阖家团聚相认的凭证,所以申家也称为"铁锅申"。"曰"家儿子从此改姓为申,远走逃难,迁徙各地。其中一支逃过漳河,行至乐头这块地方,看到这里景色秀美,决定留居此地。因为他们姓"曰",便取谐音"乐",叫村名为"乐头",暗含"曰家从此在此居住"之意。

《平顺县志》"温泉"一栏,则颠覆了原来"乐头"村名的传说。原来"乐头"村名来历,并非为纪念一个区区不知名的"乐头"(何况那时乐户为下九流),也非为了记住申家来历,而是源于地域特征。

"温泉,在新安里乐头村,漳水漾洄之处,高崖深潭,名为大海小海,取其渊源如海之义,且涯际多泉,水颇温,入漳河,隆冬不冻,故其名乐头。盖谓山水源头,知仁乐处也。"

《论语·雍也》记载:"子曰:知者乐水,仁者乐山;知者动,仁者静;知者乐,仁者寿。"意思是智慧的人喜爱水,仁义的人喜爱山;智慧的人懂得变通,仁义的人心境平和。智慧的人快乐,仁义的人长寿。而安乐村这个地方,有山,有水,还有汩汩涌流的温润的水的源头,实为智者仁者乐水乐山之地,所以当时村民为村庄取名叫"乐头"。

如果此地真有温泉,我们可以想象,即使五六百年前,无论夏日还是寒风凛冽的冬天,人声鼎沸白雾袅袅的温泉,吸引着四方之人,到这里游泳、泡澡的人一定不少。还有婀娜多姿的少女少妇,纤纤玉手把村庄的日月涤荡得清澈纯净。村庄成为人们的欢聚之地,倒也是一种快乐,不负"乐头"之名。

3

平顺不是煤炭之乡,自古百姓伐柴取火。这股温润的泉水,可以省却多少伐柴的艰辛?如果温泉存在,不用说,它一定是村人的最爱,也是申家那些文辞卓越男儿的游乐天堂。载入《平顺县志》被诰封"蓬莱翁"的申洪，出外为官的申朝用、申朝聘，成为明代雁门关宣威大将军的申以祥等，也必然在挥汗如雨的练武之余，或从外游历回乡之后，在这里濯洗过勤奋的汗水与远徙的风尘。

如果温泉存在，文治武功的申家子孙必然是喜欢这一眼眼清澈温润的水流的，他们的诗文也一定会有温泉的影子。

对于村庄的温泉，申家还真有记录，而且，这记录至今犹存。

水壁凉亭是申家故居一张穿越五百年历史风尘的名片。至今矗立申家花园的"马上封侯"照壁，形象而生动讲述着申家子孙当年的追求。照壁的右下角竖题两行行草诗文："三晋云山化北向，二海风云自南来"。

申家选择把崔曙的两句诗稍加改动、永刻大门照壁之上，颇有些为子孙立座右铭的意思。

我们插一段看似与"温泉"无关的话题。

为什么申家会选择崔曙的诗句作为座右铭？史书中崔曙是一个非常励志的人物。崔曙原籍博陵（今河北安平），父母早丧，家境贫寒，孤身一人，沦落寓居宋州（今河南商丘），后隐居嵩山读书，可谓备尝人世艰难困苦。然而，生活的不幸非但没有把他压垮，反而砥砺了他奋发向上的意志。他写的《明堂火珠诗》，其中"夜来双目满，曙后一星孤"之句颇得唐玄宗赞赏，并因此被取为状元，官授河内尉。但崔曙也是一个悲剧人物，一生求学，不料为官第二年便病故，仅留一女名星星，后人都说他的命运正应了他"曙后一星孤"之诗句。

申家选择改动刻录崔曙诗的两句，在我看来，一则是勉励后代上子孙要学习崔曙艰难困苦玉汝于成，以古代最高学历"状元"为目标。除此之外，还有它意。诗中最后两句说，既然仙人难见，姑且就近找陶渊明所说的乐趣吧，不如共饮菊花酒，喝他个酩酊大醉！崔曙笔下惬意而无拘无束的乡野生活，其实恰是申家几代人包括第五代寿官申文渊、第六代省祭官申洪等都曾过过的天马行空的生活。

"三晋云山化北向，二海风云自南来"，照壁上所写的"二海"，指的就是村东申家外的大海湾、小海湾。今人都以为，以前浊漳河水量很大，浩浩荡荡，令人心动，蔚为壮观，故而称此地为"大海湾、小海湾"。这倒也符合县志所记"漳水漾洄之处，高崖深潭，名为大海小海，取其渊源如海之义……"可见，当年申家所记录的"二海"是真实存在过的，而且，"渊源如海"，这分明是说泉水涌流若海水一般水势很大。这也说明，这里曾经有一股不小的泉水，日夜不息。

4

关于安乐村的温泉，第三任平顺县知县徐元道的哥哥徐元祉也记录过。而在没有看到志书记录时，尽管有疑虑，我只是简单地以为，那首诗不过是徐元祉为申家第八代申朝用题写的一首诗而已。

徐元祉，大明嘉靖年间户部郎中。户部郎中为正五品官员。康熙版《平顺县志》记载，徐元祉与申朝用关系交好，他不仅写过《题温泉》，还为申洪写过《赠蓬莱仙翁》。《平顺县志》中，申家儿男不仅多次出现在《题平顺》组诗中，还集体出现平顺古八景的书写中，这不能不说，是平顺文化史中一个奇特的现象。

申朝用，申家第八代传人，他的号为"温泉"。正是因为他的号为"温泉"，让我及很多读县志的人顾名思义地以为，徐元祉的《题温泉》律诗，不过是写给申朝用的一首诗。

《题温泉》是这样写的：

"温泉泉上读书时，公祖临流饮一卮。
更喜丝苓松上下，盘盘山涧浸琉璃。
温泉泉涌接天河，一派流源万顷波。
福泽有田从灌溉，寸心留与子孙多。"

"温泉泉上读书时，公祖临流饮一卮。"这句诗中的"温泉"一词，的确指的是申朝用，意思是申朝用在泉上读书，他的祖父等人临河（浊漳河）而坐，把酒迎风。

在这句诗里，提到了乐头村温泉。这句诗中有一个表示地理位置的词"泉上"。"温泉泉上"连起来是什么意思呢？顾名思义是申朝用坐在温泉之上。"温泉泉上"中的"泉"与后一句"公祖临流"的"流"显然指的不是一物，但两句诗是对仗的：申朝用在温泉边读书，他的祖父面对浊漳河河水把酒临风。

这首诗的颈联再一次出现了温泉。"温泉泉涌接天河，一派流源万顷波。"这是说，温泉泉水不断涌出，从源头汩汩流动，最后汇入浊漳河，浩浩荡荡奔涌而去。徐元祉一语双关，表面写村庄的温泉，也有赞扬申朝用才华之意。尾联接颈联，有了这股泉水，正好可以灌溉家里的田地；申家人如今所做的一切，如泉水一样把福泽留给了子孙。

这首诗赞扬了申朝用读书勤奋和其一家和美的景象，不用说，也赞美了当时乐头村温泉四周的美妙景观。

其实，从诗的题目即可知道，这首诗并非写人，而是写物状物的，就如北宋大诗人苏轼的《题西林壁》、南宋诗人林升《题临安邸》。你可曾见过"题某人"的诗歌题目？再看徐元祉写给申洪的诗，题目明明白白为《赠蓬莱仙翁》，"赠"给某人某物某文，可通文理。

上级官员为下级官员写诗，这样的情况不是没有，但较罕见。封建社会等级森严，五品的徐元祉为从七品的申朝用写诗，一度让我百思不得其解。当我看到康熙版《平顺县志》所记载的"温泉"时，我豁然开朗：徐元祉哪里是简单地为申朝用个人写诗啊，分明是写当时"乐头"村的温泉，同时对乐头村申家这个大家族进行赞美而已。

当年，申家座上客、这位大明五品官徐元祉大约到申家不止一两次。是不是这股温泉吸引了他呢？至少，他对这股温润的水流是喜欢的，否则，他不会留下这样一首诗。

5

　徐元祉喜欢乐头村的温泉，申家人应该更喜欢村庄的温泉。否则，申朝用不会选择用"温泉"作为自己的号。

　申家家谱记载，申朝用生于正德五年（1515年）九月，隆庆三年（1569）岁进士，由太学生任广平府（治所在今河北省邯郸市永年区广府镇）经历，升任真定府（河北正定县）经历，后又升为辽东前屯广宁卫经历，浩封徵仕郎（文官从七品）。家谱说他性直心慈，行端言信，文武训子，忠爱正官。卒于万历九年（1581年）。

　与流传青史的很多封疆大吏、一品大员相比，申朝用的职务并不高。但职务不高的申朝用一家，却给平顺历史留下了浓墨重彩的一笔。申朝用共有十子，其中二子申锐为万历乙酉年武举，三子申以祥为万历癸未年进士，封为宣威将军；四子申铎为万历二十九年贡生，六子申以赞为万历癸卯年武举，其孙申武功为万历庚子年武举，申武韬为崇祯九年岁进士……

　申朝用为什么要用"温泉"为号？号代表着什么？

　现代人大多有"名"无"字"，通用的只有姓名。但在古代，多数人，尤其是做官的和知识分子却是既有"名"又有"字"，有的还有"号"。在古代，"名"是社会上个人的特称，即个人在社会上所使用的符号。"字"往往是名的解释和补充，是与"名"相表里的，所以又称"表字"。名是幼时起的，供长辈呼唤。男子到了二十岁成人，要举行冠礼，这标志着本人要出仕，进入社会，这时候就要取"字"；女子未许嫁的叫"未字"，也叫"待字"，这就是女子"待字闺中"的来历。女子十五岁举行笄礼后，也要取字，供朋友呼唤。

　起号之风源于何时无从查起，至少春秋战国时就有了，如"老聃""鬼谷子"等，可视为我国最早的别号。东晋时陶渊明自号"五柳先生"，是因为他的居所外有五株柳树。南北朝时起号之风渐浓，唐宋时形成普遍风气，元明清达到鼎盛，不但人人有号，而且一个人可以起许多号。如齐磺号"白石"；何香凝号"双清楼主"。现在，很多文人的号逐渐被笔名所代替。

封建社会的中上层人物，尤其文人雅士，大多有号。因为"号"是自己起的，所以它不像姓名、表字那样要受家族、宗法、礼仪以及行辈的限制，而是可以自由地抒发和标榜使用者的志向和情趣，因此出现了各式各样的别号。唐宋时期，因佛教在我国盛行，中上层知识分子很多便以"居士"为号：李白号"青莲居士"，白居易自称"香山居士"，苏轼号"东坡居士"，范成大自号"石湖居士"，李清照自号"易安居士"。元代崇尚道教，文人以"道人"为号者多，像冯子振号"怪怪道人"，乔吉号"惺惺道人"，任仁发号"明山道人"，吴镇号"梅花道人"等。

纵观这些名人的号，可以发现一个共同的特点：很多是以地域名称或者地域特征为号。比如李白号青莲居士，是因李白小时候住在四川江油县青莲乡，李白对那里很有感情；白居易，号香山居士，是因晚年他笃信佛教，曾常住洛阳香山寺内；苏轼号东坡居士，是因苏轼在被贬谪黄州后，曾在黄州城东耕种过一片荒地。苏轼很喜欢这片土地，把这片"位于城东的小坡地"也称之为"东坡"，他在这片土地上种粮食种菜，还写了两首诗《东坡种花》《步东坡》，后来就有了"东坡居士"这个号。

由此可知，申朝用的号"温泉"，恰好说明，他的身边有"温泉"。申朝用堂弟申朝聘，他的号为"近泉"，大意即为靠近温泉。兄弟俩都用到了"泉"，也显示了他们的宗族兄弟关系。

翻阅《申家家谱》，申家子孙的号大多与申家里地处的方位、地理地势或者附近的事物有关。申家第七代申文表（申朝聘之父）的号为东溪，申文渊（申朝用之父）的号为东林。申朝用三子申以详，号为南坪；四子申铎，号为南坡；六子申以赞，号为南山；九子申以谦，号为南岗。"溪""林""坪""山""岗"，都是代表申家所处环境的名词。

如今，申家人的号已经演变为安乐村的一些地方名字，比如南坪、南山等。

申朝用用自己的名号让一股温热之水穿越历史而来，遗憾的是，我们只是瞥了一眼，没有意识到申朝用的"良苦用心"。

6

在我走访的古村落中，安乐村是一个特殊的村落。不仅仅因为文治武功的申家，还因为河南晋阳古官道，在这个村庄非常特别地分出了官道和民道；此外，安乐村还有盐市，有集市。

安乐村位于河南晋阳古官道上，但并不属于候壁村那样的"枢纽"，有集市，让人感觉很奇怪。这个村庄因为什么可以有那么高的人气？为什么这个地方的道路会分出官道、民道？申家的威望真的大到可以让这条官道上的官员络绎不绝？这里昔日的温泉，会不会是其中原因？

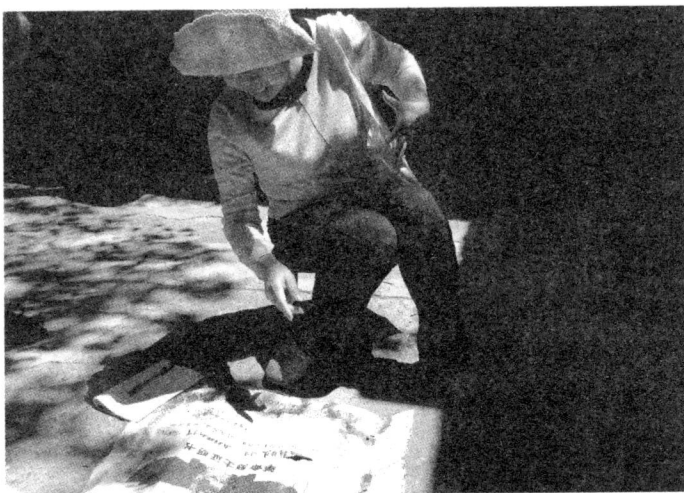

笔者在窑上村走访

遥想当年，一顶顶官轿、一匹匹骏马，向往的，也许正是那股温暖而清澈的泉水。平顺自古缺水，为建平顺县城，潞安知府周昊不得不亲自督工开挖井泉；清康熙年间，平顺知县吴琯欲修破败的明伦堂，不得不先挖三口大水池蓄积雨水，以备工程之用。安乐有一股咕咕不绝的温泉，怎能不令到平顺任职的官员及一些有钱人家的学子蠢蠢欲动！

康熙三十二年编撰《平顺县志》时，想来温泉还在。这股温泉又是何时消失不见的?

在写这篇文章之初,我曾询问安乐村村委申副主任,村里人可否知道这股温泉。他说,只听妇女们讲,冬天在河里洗衣服,这里的水不冷。这篇文章结束那日,他再次发来信息,告诉我,他问过村里的一些老人,说安乐村确实有温泉,在大海湾,但那里经过填埋,地势比原来高多了,原来的泉眼水势很小,不似济南趵突泉那般"万斛珠玑尽倒飞"。

我长吁一口气。如果这里的地理结构没有改变,相信,那股温泉,至今犹存。

一眼清泉映古今

1

粉雕玉砌的山桃，仿佛一夜间，哗啦啦开放了。彩凤公园的清晨，在花香中醒来，在曼妙的音乐中醒来。汉白玉的亭台楼阁、碧水环绕的小桥流水，倚着色彩斑斓的彩凤山，一日一日，成为平顺人眼里熟悉的一道风景。每至清晨，有人持剑，有人拿扇，在这里翩翩起舞。

那三眼古井，如今人们知道的，只存两眼了。一眼沉默于彩凤山脚下一株244年向北扑去的老柳一侧，一眼在井东八卦小广场的长廊前。我专门去寻找过第三眼古井，保洁员说只知道公园有两眼古井，至于第三眼，没有听说过。它最终落入了历史的洪荒。

为写平顺导游词，我几次到彩凤公园。一开始，公园管理人员人告诉我，这是两眼老井，还说这两眼老井可通东海，是东海之眼。我问它到底多"古老"，管理员摇摇头。

大约知道它们古老，它们幸运地在公园建设中被保留了下来。雕花的青石围栏一米见方，高七八十厘米。探头看去，它们被厚厚的水泥板覆盖着。

走走乡下，这样的古井太多。古人逐水而居，没水的地方，人们就会把求水的目光探索着投向地下。它原本没什么稀奇，就像蓝天会飘过云彩，抬头，就可看到。

老井多深，我不知道。石栏杆、厚石板，已经将一段历史隔绝了。不过，有时，公园的工人会从里面汲水，浇灌年年返青、葳蕤的绿草红花。人们在彩凤公园散步、起舞，几乎没有人关注它们。在绿柳轻拂的春光中，它们总是不为人注意地被高高在上、匆匆忙忙的目光忽略。我们已经走过了扁担挑起两只水桶的时代，如今的它们，似乎只是留存记忆中的一个词了。

我也没想到，这两眼古井，可以洞见平顺近五百年前一段历史，堪称穿越平顺历史的隧道。我也只是向《平顺县志》多看了一眼，忽然看到了它的名字，看到了它穿越烟火岁月、滋润过红尘往事的近五百年冷寂而孤独的沧桑。

古井周公泉

我吃惊了，这两眼古井，竟然493岁了！它们如被压五指山下的孙悟空，在这清明盛世中，是不是该抖落风尘，出来映照今天的天空？至少，拂去清凉的一汪水上的浮尘，我们应该知道，它映照过怎样的历史往事。

2

大明嘉靖七年，即公元1528年农历十二月十二日，寒风凛冽的潞城县青羊里迎来一位四十多岁、美须飘飘的钦差大臣。这位生性耿直的大臣，沿路看到了连崖叠巘、亘如长虹、如剑劈然的"玉峡关"，看到了悬崖立壁、崭巇如削、石蹬齿齿、盘廻霄汉的"洪梯"，还看到了大乱之后这片山地生灵涂炭、百姓流离失所的满目疮痍。他在《入青羊山抚谕相度开设大略疏》中写到了他眼中的山地印象："其山川阨塞，道路险夷，村墟井落，攀缘上下，一一皆经心注目。"

满怀修身治国平天下的儒生夏言，一方面为拱卫大明江山社稷计，一方面也为一方百姓勉强生活计，他想到了立县而治。

关于建立平顺县，夏言在京城获悉"潞州青羊山盗贼已平"之后，给皇帝写了一道奏折《请查勘青羊山功次及处置地方疏》，其中说到了如何处理"暴乱"之后百姓的问题。大凡盗贼称乱，常恃地险，以为巢穴。现在青羊山贼首被擒，明正典刑即可，但胁从计二千余人怎么处理？迁到平原，没他们赖以为生的土地；官府救济，不是长久之策；如让他们与以前一样在旧地生存，那么，有险可依，只怕还会有暴乱发生。所以，不如他亲自走一趟，会同地方官员，修通道路，建立县治，削险为夷，使道路纵横，人马可以通往，让那些收降之人，仍旧回家耕种纳粮当差；同时设立二三巡检司，控扼要害，长年戍守，以保江山稳固。

因为有此想法，且朝廷已恩准把他的想法"通知"给了地方官员，所以，在夏言到青羊里前，地方官员都御史王应鹏、御史穆相等已先期到青羊暴动之地进行了县治选址勘验。

那么，选定青羊里作为县治之地，到底是谁的主意？因为夏言把在青羊里立县治之所写进了奏折，而大明朝廷最终也恩准的是夏言的建议，所以很多年

周公泉旁边古柳树

来，大多人认为是夏言。

其实，夏言到一个陌生的地方，若没有熟悉情况的地方官员陪同，他等于两眼一抹黑。夏言在《入青羊山抚谕相度开设大略疏》写道："及询参政李际可，则知都御史王应鹏、御史穆相，于贼平之后，臣未至之先，亦已到山相度，与臣所拟相同。"意思是，夏言没来之前，都御史王应鹏和御史穆相已经先期到这里进行了选址，而他们选的地方与夏言所选的地方相同。

青羊里作为县治之所，真的是都御史王应鹏和御史穆相选的地址吗？一则，他们办公地方在太原府，往来需要时日；二来，此类事宜，通常地方官会先做好，省级官员过来验收即可，地方官怎么可能让上级领导鞍马劳顿亲自做这种事？何况，对于王应鹏和穆相而言，"青羊里"也是一个陌生的所在。所以，事实上做这件事情的，应该是潞州知州，因为他是这里的地方最高官员。

夏言在《入青羊山抚谕相度开设大略疏》写到了他的行程：十二日青羊村，十三日出山到潞城县。也就是说，他在青羊村待了不过一天多时间，一天多时间，冬天白日还非常短，怎么可能真如他疏文中所说，"凡县治、学宫、文庙、城隍及各项大小公廨、街渠、门巷、城垣道路，画定规模，建以标准"？

但夏言在这篇疏文中提到了一个人——潞州知州周昊："具各都督同知州周昊划定规模、建以标准。"这句话的意思是什么？稍加推敲即可知，事实上，夏言来之前，或在王应鹏他们来之前，潞州知州已经把"凡县治、学宫、文庙、城隍及各项大小公廨、街渠、门巷、城垣道路，画定规模，建以标准"等事都做了，只等这位"尝读堪舆家书"、懂得风水的钦差大臣来验收工程即可。当然，夏言来到青羊村后，也一定在潞州知州、都御史王应鹏等官员的引导下，用随身带的罗盘定了一下方向，然后听了听把县治、学宫、文庙、城隍及各项大小公廨、街渠、门巷、城垣道路的选址意见。

这位潞州知州周昊做这件事无疑也是极其慎重的。选定青羊村作为新县县治之所，夏言尚知事关重大，"臣犹恐人一聪明有限，况事关重大久远，心须博谋慎处，复案行两省参政等官邵锡等，再加从长议勘去后"，所以，周昊召集了"太原府通判宋邦熙，石州知州张经，泽州知州王朝雍，汾州知州郭铿，高平县知县管律，长子县知县王密，芮城县知县张效仁，闻喜县知县李朝纲，潞城县知县王维垣，壶关县知县江东，黎城县知县王钦"等一众人"勘报会呈"。

　　嘉靖八年正月二十八日，夏言在蜡烛飘摇的光芒中写了他此次到青羊村勘察的结果："臣看得青羊村东抵林县界八十五里，南抵壶关界六十里，西抵潞州界四十里，东南抵花园村并林县界一百三十里，西北抵潞城县界四十里，东西相距一百里，南北延袤一百余里，居民一百余村……惟是青羊村风气开豁，山溪萦带，盖太山之脚，随水东出，去而复回，顺势成逆，结成堂局。水从右而左，缠玄武者二十余里。案山列如屏障，兼主山秀，特蜿蜒顿伏，藏风聚气，可以扦立县治，生养民物。东达林县，西直潞州，南可以控制谷堆底、虎窑、西湾之要害，北可以通黎城、壶关之通衢，得形势之便利，据险害之腹心，四达之道，里适均经商之往来称便……"夏言对于在青羊村设立县治非常慎重，他不仅在奏折中汇报了青羊村的地理位置、交通等情况，还把在哪里设立县衙、哪里设立学府，以及哪里设立巡司、关隘等情况绘成图纸，一并呈送朝廷。这一纸《开设县治巡司关堡抚恤降民事宜》奏折，很快出现在年轻皇帝嘉靖的案头。

　　平顺人不能忘记这位大明股肱大臣夏言，是他开启了太行深处青羊里新的历史；而平顺县，至此也成为夏言政治生命中一块不能忘却的碑记。

　　平顺人还应该知道，正是在这位潞州知州周昊主持下，选定的青羊里作为县治之所。

　　平顺在青羊里设立县城，成为这三眼古井诞生的前提条件。也就是说，没有平顺县城，也就不会有此三眼古井，古井也就不会成为今天平顺彩凤公园的一道景观。

3

康熙版《平顺县志·山川》记载了这三眼古老的清泉的位置："周公泉，在县南山下。"平顺县建立之初，平顺古八景尚未"出世"，今天的彩凤山，即为南山。查阅《平顺县志》县域图清楚可知，在明代，这里是平顺县城南门之外，即今天彩凤公园的位置。到康熙年间编辑《平顺县志》时，这里已被叫成"彩凤朝阳"。

那么，这三眼古井为什么叫周公泉？这位周公是谁？

按照《平顺县志·山川》记载："建县之初，潞州守周公讳昊督工。"也就是说，此人正是曾勘定青羊村为新建平顺县治之所的潞州知州周昊！

明万历版《潞安府志》记载，周昊是云南大理人。这位来自南方的进士何时来到潞州、何时离开潞州的，无论万历版，还是乾隆版《潞安府志》，均没有明确记录。

夏言在嘉靖八年二月二十六日写的《奉敕查勘青羊山平贼功次疏》中写到一个时间，嘉靖六年（1527年）六月，"坐委潞州知州宋琏，选带公正属官亲诣抚谕"，也就是说，嘉靖六年六月，潞州知州还是宋琏。这位知州曾亲自到青羊里抚谕过青羊"盗贼"。

夏言在记录他行程的《入青羊山抚谕相度开设大略疏》中提到，他到青羊村时，作为未来的县治，周昊已经划定了学宫、道路等规模，并建以标准，可知，到嘉靖七年（1528年）十二月，周昊已经上任。夏言在他的《改建潞州府治及添设兵备宪臣疏》中还写道："近日新调知州周昊，老成练达，深识事机……"由此可知，周昊调任潞州的时间，大约就是朝廷出兵平息"青羊之乱"前夕。

周昊的职务是知州。夏言写下《改建潞州府治及添设兵备宪臣疏》是嘉靖八年正月，朝廷批复潞州改为潞安府、建立平顺县的时间即为这年春天。由此可知，周昊在潞州任职的时间很短暂。

但就是这位任期如此短暂的潞州知州，在潞安府的志书中却留下了浓墨重彩的一笔。明万历《潞安府志》"郡县"一栏记录的潞州父母官中，比较而言，周昊远去的背影上，留下的文字是较多的一位。《潞安府志》说他"明敏该博，有干济才。包筑郡城，克期而就，民不知其劳。其他善政，不能尽述。人至今称之，马公（明弘治年间以进士知潞州的马暾，弘治八年付梓的《潞州志》即为他纂修。在任九年，上党人谓之建州以来所未有云）之后，一人而已。"

清顺治·乾隆版《潞安府志》对周昊记载几乎沿袭旧志，只是隐去了"其他善政，不能尽述"。想来，大约这时候，周昊为潞州百姓（官员）所念叨的、所做的贡献，已不仅仅是筑城一件事了。无论明万历还是清顺治·乾隆版《潞安府志》，都对这位潞州知州给予了很高评价。透过志书简短的文字，我们看到一位智慧、机敏、重才、能干、任劳任怨的知州，还看到了他为建设潞州而奔走的身影。

那么，被《潞安府志》记录的"筑城"是指什么事呢？查阅《潞安府志》可知，明嘉靖年间的潞州城墙，也就是长治古城区的城墙，即为周昊担任潞州时所建。

夏言在《改建潞州府治及添设兵备宪臣疏》中记录了明嘉靖八年之前的潞州城墙："周回一十九里，广三丈，高三丈五尺，代更岁久，无人以时修葺。砖土剥落，间有阙陷。中穿之处，遂成径窦，人畜可通往来，晨夜无所防禁"。乾隆版《潞安府志·城池》对周昊所建潞安府城墙这样记载："嘉靖七年，知州周昊请发公帑，瓮以砖石，四面兴役，三时告成。计周二十四里，高三丈五尺，厚二丈，增修城楼，置敌台三十七，窝铺一百二十一。"从城墙的周长看得出，潞州城改潞安府后，城市面积扩大了，同时，城墙上还增加了不少防御功能。

尽管之后潞安府（明嘉靖八年二月之后改称）城墙又经几次重修（新中国成立后拆毁），但周昊却在古上党地标建筑上党门上永远留下了他的手笔——现存的郡署大门就是经周昊之手翻修后留下的遗迹。

潞州改潞安府，夏言功不可没。但潞州知州周昊在其中所起的作用不容小觑。能让夏言在勘验"青羊暴乱"战功之际看到潞州改潞安府的必要和急迫，不用说，这是周昊为官的"高超艺术"。

重建一座城的城墙难不难？现在说来，不难；但在没有机械化帮忙的明代，却非易事。但周昊面对巨大工程，在规定的时间内，在没有出现劳民伤财之事的情况下，似乎轻轻巧巧完成了城墙重建工程。"包筑郡城，克期而就，民不知其劳"，也许这简短的十多个字，有官府或者撰写志书者夸大的成分，但可以肯定，对于大明朝廷来说，周昊，无疑是一个能干的官员。他应该还有很多政绩，只不过筑城（背后是潞州升潞安府）的光辉遮掩了他"其他善政"，使他的其他事迹反倒暗淡了。

"老成练达、深识事机"的周昊，在夏言在勘验完青羊暴动各位官员的功次后，从潞州大局出发，协助夏言完成了建议朝廷改潞州为潞安府的历史功绩，使潞安府成了太原、平阳、大同三府并列而为四，也难怪尽管他在潞州时间虽短暂，但府志却把他列为"马公之后，一人而已"的功臣。

4

为什么这三眼古井要叫周公泉？

康熙版《平顺县志》记载了古井的挖凿原因和用途："建县之初，潞州守周公讳昊督工，见地方缺水，步相于此，凿井三眼，故名。今本县各官取用，永利赖焉。"

你一定会疑惑，一口井而已，怎会兴师动众，让堂堂潞州知州牵挂劳神，并不顾山路崎岖来到平顺亲自"督工"挖凿？

是的，放在平原上地平水浅的地方，不过几个劳力几天的事儿，实在算不得什么工程。但就是这三眼古井，被写进了《平顺县志》，写进了平顺历史！

平顺缺水。平顺缺水的严重性是钦差大臣夏言短暂留住青羊里所没有感受到的。他只是看好了青羊里的风水、地理位置、交通条件，却没有关注到百姓生存首要条件是必须逐水而居。人类休养生息离不开生命之源——

水。平顺县城虽比邻百里滩，但百里滩是一条季节性河流，平时是没有水的。

1529 年春，大明朝廷圣旨下达，对夏言提议建立平顺县城的奏折予以应允。兵马未动，粮草先行，一个迫切需要解决的问题摆在了潞州知州周昊的面前：青羊村没有水源！

水，比较粮草而言更为重要，更为关键。没有水源，一切无从谈起。夏言勘察建县之地时，大约他也没想到，水会成为建县的桎梏。新中国前的青羊村百姓依靠挖掘旱井，夏季储雨，冬季存雪，勉强支应生活，哪里有多余的用做建县工程的水源？如今朝廷下旨同意在青羊里建县，周昊能因青羊里无水源可用而上奏朝廷放弃在此建县另择地方？如若那样做，等于是说夏言勘验地方不负责任，等于打了夏言的脸！所以，再大的困难唯有克服。

按照夏言从嘉靖七年腊月十四日到潞州处理"青羊暴动"后期事宜开始算起，到他二月二十六写完《奉敕查勘青羊山平贼功次疏》，他居住在潞州长达两个半月（或者时间更长）。在与周昊朝夕相处的日子里，他们之间应该建立了超越官场的友谊。至少，夏言对于周昊是非常欣赏的，否则他不会在他给皇帝的《恳祈天恩申明屡降敕旨抚谕兵后残民以安地方疏》中对周知州给予："近日新调知州周昊，老成练达，深识事机……"这样高的评价。

夏言为潞州人所做的事情，夏言对周昊的赏识，让忙碌的周昊（当时他正在修建潞安府城墙、建立长治县等）义无反顾再次来到了青羊里。他必须做好夏言要做的事情。夏言既然上奏朝廷在这里建立县治，他就是在青羊里掘地万丈，也得挖出建县需要的水源来。

可以想象，当时的周昊，看着连绵起伏的群山，一时也是迷茫的。清凌凌的水啊，你在哪里？

哪里水位最浅、哪里适合凿井？这位雷厉风行的潞州知州请来"水利专家"对青羊里进行了勘测。史书中仅给我们留下了四个字"步相于此"。"步"为丈量，"相"为观测。但我相信，这是一个不知经过多少测量，甚至经过多次尝试挖掘后的词语！

　　建立平顺县为青羊里开天辟地的大事，开挖水井，同样是青羊里开天辟地的大事。

　　看过张艺谋的电影《老井》，能了解几分大山中凿井的艰辛。我写过平顺县留村党支部书记《桑林虎传》，知道凿井对于太行山民的艰难。留村结束靠天"吃水"，终于迎来"活水"是1982年秋天、当机井技术刚刚走进乡村之后。机井技术没有普及时，在大山里挖一眼井，难如登天。桑林虎为改变留村缺水现状，为打一口井，从六十年代淘挖旱井摔断腰后就开始奔走，一直到1982年，才从机井技术员也没有见过的402米的深度中、从太行山坚如磐石的地下岩层里凿出一股滋养生命的清泉来。

　　若非艰难，若非"举足轻重"，周昊怎会亲自不远山路崎岖到青羊里亲自"督工"？

　　如今来看，周昊选择的凿井的位置是科学的。此地地处南山（今彩凤山）之下，地势最低；大山下方，多有"困山水"（大雨后大山的渗水），在此地挖掘，胜算最大。

　　杨柳依依的彩凤公园内，我无法想象，当年，有多少人在这里挥汗如雨，将彩凤山地底下的石头一块一块凿下来，一箩筐一箩筐地运到沟渠里。每一个进深的尺度都牵涉着周昊的心，哪怕一片湿漉漉的石头，都会引起人群的兴奋！

　　苍天不负，终于，在某一天，在某个深度，当几块石头砸落，当凿井匠人的双手终于触摸到一把湿漉漉的泥土（或石块）时，我似乎听到了挖井人群的激动和欢呼——青羊村，自此有了来自地脉岩层下送来的活水！

　　为了一眼井水，周昊奔忙辛苦，不料在青羊村南山脚下偶得。看着一股清泉喷涌，周知州百感交集。他没想到，这深厚的山石下会有泉水。想到以后青羊村百姓可以濯缨洗恶，他甚至觉得这是上天感动于朝廷恩准建县的圣功，于是将江海之水通过"灵窦"之渠送来的。无论如何，他如释重负了。他把他无与伦比的兴奋、多日的劳碌和渴望都写在了一首叫《题南山井泉》诗里。这首诗永留在了康熙版《平顺县志》中，也成了周昊留在潞州的唯一一首诗：

澄澄一碧沁山隈，老我经营亦偶哉。

石底混混原有本，源头活活岂知来。

濯缨敢谓清风起，洗恶还令俗染回。

自是圣功通海渎，故教灵窦应时开。

一县之民，一眼井哪里够用？他嘱咐，既出了水，即日起再凿井两眼！于是，今天的彩凤公园，才有了错落的三眼古井（还有一口古井在今王庄村）。

《平顺县志》留给后人的只有几个字"今本县各官取用，永利赖焉"。毋庸置疑，三眼井，成为哺育一个新生县城的源泉之一；三眼井，哺育了一方百姓的生活；三眼井，也哺育了平顺近五百年历史。井水汩汩，不绝至今，古井成了平顺人民近五百年来的饮用之源之一，直到新世纪平顺通上自来水。

因为井水几百年枯不竭，当地百姓以为神泉。于是百姓传说，此古井可通东海，为东海之眼。多么美好的传说啊！只是，如今平顺的百姓早已忘记，这三眼古井，其实有一个不能忘却的名字——周公泉。吃水不忘挖井人，这三眼与平顺历史捆绑在一起的泉水，平顺人真不能忘却！

彩凤公园现存的两眼古井，如今上覆厚重的石板，沉默而落寞地守望今朝岁月。它们退出了水井的功能（但到现在，古井依旧水质清冽），但它们依旧是平顺的功臣，是大明青羊历史的一块活生生碑刻。

当年的潞州知州周昊，在潞州升为潞安府不久后，在完成他的使命后升任长沙府同知而去。他上任的马蹄声渐渐远去，但他却留给当地史书、当地百姓两句让人回味无穷、世代称颂的词语——马公之后，一人而已！

看，平顺县历史上的第一任知县高崇武来了；平顺的县城建起来了！

2021 年 3 月 25 日

老道岩：留给大山的传说

1

老道岩不是一块石头，而是一座山。山叫烜峰岩，只是因为"老道岩"名气大，后人将此山称为了"老道岩"。

老道岩位于平顺县虹梯关乡龙柏庵村。

我去老道岩时是八月，正是青草疯狂恣意的时候。那些不知天高地厚的青草，任他帝王将相，都能把他们化作给予它们生长力量的养料。年年岁岁，青草引来羊群，羊群在山路留下它们的蹄印，还留下遍野的充满生机的羊粪蛋儿。

我的向导、龙柏庵村的耿村长指着远方大山的两个山洞说，那就是老道岩。两个山洞位于大山半山腰，比邻而空，远远看去，仿佛大山的两个鼻孔。有此鼻孔，

老道岩·道观

大山仿佛在呼吸生长，有了灵性。

那刻，我站在乡间公路上。我问，到老道岩有多远？向导说，大概 2
里地吧，不过是山路，需要半小时。我此行的职责让我对老道岩充满了兴趣，
我决定去探访。单位同事、也是我此行的司机路彦刚也决定去看看

开始的山路有一米来宽。我踩着骡马的蹄印，虽然有些气喘吁吁，但
没有丝毫恐惧。向导在前，我在中间，彦刚在后，这是一个对女性关照有
加的顺序。距离"两个鼻孔"越近，路越陡。陡是小事，路越来越窄，让
我不得不小心翼翼。骡马的蹄印消失了，细细的山路拒绝了那些高大牲口
的造访。

前往老道岩的路，向导在荒草中开路

那是一条缠在山崖峭壁上的小路，大多地方不过尺余。我发现我的腿
开始发软。一米多高的草、有一点黄土就生长的青草，它们手手相牵，脚

脚缠绕，完全淹没了悬崖上昔日脚步踏出的山路。而且，山路还不在水平线上，有的地方有一米多高的岸坎儿，需要蹲下身体，小心地把脚踏在坎岸下的石块上，再放下另一只脚，确定自己踩稳了，再把身体放下去。我瞬间恐惧起来。这是长虫的地界，我的入侵会不会惊动正在安逸打盹的它们？无知无畏，而长虫带给我的记忆却是根深蒂固。

少年时，我曾两次遇到长虫。一次到山野间采摘酸枣，一次与伙伴打猪草。第一次见到的是一条小孩胳膊粗的绿色身体上布满花纹的长虫，在我手伸向酸枣时"唰"地出现在酸枣枝下，绕行一圈迅速离开。它带给我的后果是，从此，我再也不敢到草荒坡摘酸枣。第二次在老家的东垴上。那是一条土黄色的长虫，几乎拳头粗，盘起来有草帽大。它鲜艳的色彩和所盘形状，真如某位老农把草帽落到了草地上。就在我靠近它几乎一米的距离时，我看到了它高高昂起的头，还有伸吐的红红的舌头。我的腿瞬间就软了，随之"呀"得惨绝人寰得喊了一声，掉头就跑，一口气跑回了家。幸运的是，我似乎没有打扰它的清梦，它也没有怒而追击。尽管母亲多次安慰，人如果不冒犯"老阴家"，它也不会贸然冒犯你，但那一刻还是如噩梦，刻骨铭心地刀砍斧凿一般长在我的记忆里。它们让我懂得了"敬畏"自然，也懂得了对自然的恐惧。从此，我每到野外，最怕的就是与它们遭遇。

我的脑海瞬间野草丛生，乱成了一团。

彦刚意识到了山路的危险，他断然停住脚步，要往回返。我无奈望着他离去的背影，心里也升起一丝放弃返回去的念头。但犹豫只是片刻的，对老道岩了解的渴望最终超越了我的恐惧。

我跟向导说出我的顾虑。向导的眼睛在荒草丛寻觅，一会儿折了一截枯枝，他的大手砂纸一样几下打掉枯枝上的小枝条，把枯枝递给我，说了一句，这里小心些。

我用枯枝探路，每走一步，枯枝先行。向导是走过山路的人，加上他熟悉这条路，他走得很快，但与我一直保持三米多的距离。这样的距离，如果我"点背"，长虫从我们之间从容穿过，不是没有可能。

我小心翼翼地把脚步落在拨开荒草后的山路上，身上忽然冒出了一阵冷汗——荒草竟然起了障眼法的作用，让我走得糊里糊涂。事实上，我行走的山路，有的地方只有一尺宽，脚步稍微往左偏一脚，也就是五六十厘米的距离，我可能就在老道岩所在的烜峰岩的山崖下了，呈粉身碎骨的状态。我这才意识到，自己身体左侧是直上直下陡峭的万丈悬崖。好在，这样惊险的路途不长，靠近"两个鼻孔"的路又有了一尺半宽。

跋山涉水

继续前行，但见路边一株树上，长满了树蘑菇。那蘑菇洁白如玉，大的若盘，小的若碟，格外引人瞩目。大山深处，果真到处都是宝贝。

不用说，我脚下的山路即为当年老道所凿。在这交通不便的大山中修行，还真是与世隔绝。

我终于走进了"两个鼻孔"。两个鼻孔深不超过十米，一个宽约二十米，一个宽十多米。"鼻孔"前，有三米多的距离。这完全是两个向着苍茫群山敞开怀抱的岩洞，洞顶层层叠叠的红色岩石，布满一条条溪流一般绚丽的花纹。岩洞显然有人工开凿的痕迹，一角还留着老道昔日取暖或做饭留下的烟熏火燎的温度。岩洞原是天然的，后来我从碑文中也看到了"旧有古岩，年深倾废"的记载。洞内尚存一只半米多高的石缸，石缸内还有水。还有一个用来捣粮食的"对臼"（在一块石头上挖出洞，放入粮食，可用木棒上下捣碎）之类的物件。大约此类石构件在大山中不足为奇，它们反而留了下来。这些物件，以及洞顶岩石上历经几百年未曾褪去的烟熏火燎的痕迹，成为他们并非神仙、而为饮食男女的凭证。

岩洞内的地面布满浮层，浮层上布满羊蹄印，羊蹄印上密布羊粪蛋儿。如今，这里成了羊们的遮风挡雨之处。

洞口一通断成两截的苍凉寂寞的石碑，述说着老道岩真实的存在。我蹲下身，依稀认出碑文中"潞城□郭守仙"字眼，又从末尾落款出找到了"修行住持道士郭守仙、李守洞""皇明嘉靖辛亥年十年仲秋九月十三日立"等字眼。这两孔山洞的主人，是道士郭守仙、李守洞。

当年的道观当然不是如今的样子，至少洞口一面应该有一道木门，或者还是六抹头隔扇门之类。碑文所记，两位道士经过多方叩化，"岩内筑门"，有门才算为室。当然，洞内也并非如今这般嶙岩裸露，怪石嵯峨，而是塑有满堂金身三清圣像的。

关于这位郭道士，向导给我讲了一个故事。明嘉靖年间，山西潞城人郭守仙曾担任朝廷大臣，因不满朝廷腐败，于是弃功名出家。他们在这里修行几年后，因晋豫古道修通，清修环境遭到破坏，后迁至河南王相岩某处。

关于这位老道士的结局，当地传说并非迁移而离开。传说中的老道士在大山中修筑道观，每日下山到河里提水捡石，煮石为食。一天晚上，老道梦到一个浓妆艳抹的女子袅娜而至："山中有女，甚感寂寞，每日啼哭，你去救她一下吧。给你一条红线，你可顺红线寻去。"说完，小女子不见了。天亮以后，老道还真是看到一条红线从床榻边一直拖到门外。他顺着红线找去，发现竟是一颗千年人参，长得非常精神。他随即采来，要徒儿为他蒸熟，并安顿说："我出去办事，你且看着蒸；我不回来，你万万不可动。"

老道士下山，小道士看火。蒸到七八个时辰，人参随着喷吐的热气散发出诱人的香味。终年闭关修行于大山中的小道士，实在经不起人参美妙滋味的诱惑，不由掀起笼盖，想掰一小块尝尝。这一尝不要紧，三口两口，小道士竟把一颗蒸熟的人参吃光了。

老道士回来一看,徒弟竟将他的人参吃光,怒不可遏,开始追打小道士。孰料吃完人参的小道士身轻如燕,行走如飞。小道士前面跑,老道士后面追,追到车佛沟一处悬崖边上,小道士看四周无路可寻,跳下了悬崖。但小道士因食人参,精气所致,功力得到提升,他"嗖"地飞到一棵大树上,并没有摔下悬崖。老道士去扑小道士,却跌下悬崖摔死了。从此,跌下老道士的那个沟,当地百姓就叫成了"跌老道沟"。

传说毕竟是传说,两位道士毕竟是肉身凡胎,怎么可能煮石而食?即便是天上的神仙,也需要"蟠桃""美酒"等人类食物。至于生活中真有"食玻璃""食泥土"者,科学最后的推断,都是病,并非生存常态。

断碑上的八个字还原了传说之外他们真实的修行生活:"收打野田,淡泊度日"。"野田",或者是他们在山野边自己开垦的无主的土地,也或者是百姓收获之后,他们捡拾一些粮食用来度日。遗留洞内的"对臼",是他们与我们一样生而为人、赖粮而存的活态证据。

2

道士通常识风水,修道之人最在意的就是修行之所建在哪里。

郭守仙把道观建于半山之腰,想必也颇费了一番心血,否则,他们是不会发现深山中的这两个岩洞的。断碑说,因为"视其峰峦□麓,古迹清幽,今观四至,东有滴水寒岩,洞水水潺潺;西连龙王古洞,霞雾时常笼罩;南近绝壁高山,乃土民避兵之所;北靠漳河滔滔水,云则霖雨滂沱。古成圣地,□□奇方花红,果木山禽异鸟□奇,道众留心,叩化十方功德……"于是,在嘉靖二十七年,他们在当地施主的帮助下,经过三年建设,终于依山就势,筑洞为观,在这里开始了自己的修炼时光。

关于老道岩的郭守仙,我寻找了好久。但隔了近五百年岁月,纸张之上如《潞城县志》《平顺县志》,都没有留下他一泥半爪的信息。

郭道士到底是谁?他显然不叫"郭守仙",郭守仙只是一个法号,或叫道号。在道教中，师父会根据自己门派传承字辈给弟子们取名字，做法是，保留原姓，中间的字为派系传承用字，后面的字可以随心取。联系与郭守仙一起建立道观的道士"李守洞"，他们都属于"守"字派的。一个"仙"，一个"洞"，可见当年他们对大山中这两孔道观的喜欢。这里分明寄托了他们的希望，为他们的"成仙之洞"。

郭守仙真是朝廷命官吗？我在有限的资料中，并没有找到这位郭姓臣子。如果他是大明要臣，怎么会出家为道？

但洞口断碑上的一个时间不仅让我浮想联翩。此道观落成于明嘉靖二十七年（1548年）到三十年。这个时间我是敏感的，我脑海里忽然闪过明嘉靖年间的首辅大臣夏言。夏言被杀就在明嘉靖二十七年。

提到夏言，略通平顺历史的人都知道这个名字。明嘉靖七年，陈卿起义被镇压后，是夏言来善后并向皇帝上书建立了平顺县、长治县，升潞州为潞安府。此后夏言仿佛坐上过山车，官运亨通，却也三起三落，最终落得弃市斩首的下场。

嘉靖二十七年，夏言经岳父苏纲推荐，结识陕西总督曾铣。明嘉靖年间，俺答不时入侵骚扰，继嘉靖九年（1530）五月率兵入宁夏之后，又犯宣府。嘉靖十年三月入大同寨，九月犯陕西，十月复犯大同，旋出松潘，侵西川西境。自此之后，年年入侵，杀掠军民人畜以亿万计，构成最大的边患。曾铣想收复河套，实为大明江山社稷计。然而对此提议，严嵩猜度圣意，却说河套不可能收复。最终严嵩勾结京山侯崔元、锦衣都督陆炳这两位夏言的仇家，先以勾结皇帝身边侍卫人员罪名将曾铣斩首，接着流放夏言岳父苏纲，嘉靖二十七年（1548年）十月，夏言被冤杀。

夏言被杀的时间与郭道士在大山中建立道观的时间一致，会是巧合吗？如果民间传说是真，会不会这位郭道士在朝堂之上曾与夏言交好，夏言被杀之日，恰是他归隐之时？他选来选去，认为平顺大山实为极好的避难之所，况且，平顺乃因夏言而立县，于是到此大山归隐，成为一名岩穴之士？

这毕竟只是联想。

郭道士的姓应该是他俗家的姓。别说宰辅，即使他是朝廷大臣，那么，作为潞城人，他必然是得过功名方能走入朝廷。潞城若出了这样的大臣，志书人物当有他的名字。但万历版《潞城县志》中，别说嘉靖年间，连上隆庆、万历年间的进士、举人，都没能找到一个姓郭的名字。

还有那位李守洞，他又是何人？

一截断碑，留下他们的名字，却藏起了我需要的更多的细节，让他们的远去的身影更加扑朔迷离。

3

中国有三大宗教教派：儒、释、道。现存很多庙宇中，儒释道三教共存。儒指孔子开创的学派，也称儒教，曾长期作为中国官方意识形态存在，居于主流思想体系地位；释是古印度（今尼泊尔境内）乔达摩·悉达多创立的佛教，其实大多为释迦牟尼佛，故又称释教，为世界三大宗教之一。佛教是外来宗教。道教指东周时期黄老道神仙家依据《道德经》（即《老子》）《南华经》（即《庄子》）而长期演变创立的宗教，是中国本土宗教。道教的创始人是被称为张天师的张陵，他将《老子》一书改名为《道德真经》，作为宗教的主要经典。从《列仙传》开始，老子成为"神仙"；东汉时期，成都人王阜撰《老子圣母碑》，把老子和道合而为一，视老子为化生天地的神灵，成了道教创世说的雏形。到东汉，汉桓帝亲自祭祀老子，把老子作为仙道之祖。唐代皇帝曾尊封老子为太上玄元皇帝，宋代加封号称太上老君混元上德皇帝，其道教尊称名称为"太上老君"，亦被尊称为"混元皇帝"，也是道教三清道祖中的道德天尊。在道教神仙体系里，老子就是太上老君。后随着道教上清派和灵宝派的产生和发展，南朝梁朝高道陶弘景（著名的"山中宰相"）给神仙们来了个大排名，这就是"真灵位业图"。至高尊神从而成为三个，即"三清"：玉清元始天尊（盘古大神），上清灵宝天尊，太清道德天尊（太上老君）。

老子是中国伟大的哲学家和思想家之一，道家学派（道家学说）创始人，被道教尊为教祖。道教理念中"上善若水""治大国若烹小鲜""小国寡民""民不畏死，奈何以死惧之""自然无为、道法自然"等思想虽也为历代一些统治者所倚重，但与道家的养生思想相比，统治者比如秦始皇、汉武帝、明嘉靖皇帝，他们更喜欢、更愿意继承并发扬光大的是长生不老术。他们在这条路上走得义无反顾。

中国民间百姓，很多信佛，也不自觉信道。所以很多民间庙宇，百姓也傻傻地分不清，到底是佛教高堂还是道家道场。中国古代两千多年封建官场，五十多个王朝，原本是儒家的天下。儒、释、道三教中，因为官方主导，所以儒家一直被尊为主流，而中华读书人也甘愿称自己为"儒生"；中国的文庙，普遍供奉孔子。

不得不说，明代朝廷，其实就是最大的道场。朱元璋虽做过和尚，但他相信"玄武佑明"；明成祖朱棣因做燕王镇守北方，而道教真武大帝恰也负责镇守北方，所以他认为自己是得道教大神真武大帝帮助而登上帝位，因此登基后即敕封真武大帝为"北极镇天真武玄天上帝"。与这两位前辈相比，嘉靖皇帝对于道教的痴迷，那是青出于蓝而胜于蓝。他继承了父亲朱祐杬的传统，对道教极度迷恋，因此即位之后，在半个紫禁城广设道场，每天斋醮不停，致使紫禁城内每天仙气袅袅、缭绕不绝。当然，身为臣子的文武官员，对于皇上赏赐的以表对道教恭敬的行头还颇为得意：头上束香叶巾，脚上穿皮棉鞋。更为荒唐的是，历史上绝无仅有的一次宫女起义"壬寅宫变"也因嘉靖修道而发生。为了修道，嘉靖帝大量征召十三四岁的宫女，采补她们的处女经血，炼制丹药。为保宫女们的洁净，经期时她们不能进食，只能吃桑叶、喝点露水。饱受折磨的宫女们于是决定刺杀皇帝。但因忙乱中绳子结成死结，嘉靖逃过一死。两位皇妃与16位青春美少女最后被一刀一刀凌迟。修道的嘉靖、作为统治者的嘉靖，他自然不会意识到，无论佛还是道，其核心要义是"善"。说到底，嘉靖皇帝的修炼，不过是不择手段追求"长生不老"！

再来看一下嘉靖皇帝对自己的"封诰"：灵霄上清统雷元阳妙一飞玄真

君、九天弘教普济生灵掌阴阳功过大道思仁紫极仙翁一阳真人元虚玄应开化伏魔忠孝帝君、太上大罗天仙紫极长生圣智昭灵统元证应玉虚总掌五雷大真人玄都境万寿帝君……一大串常人难以读顺当的字，一大串溢美的措辞，都是道教至高词汇。如此封诰自己的嘉靖，大概以为自己不仅是人间"领袖"，也成了神仙之首，真可以长生不老了！

中国历史上非常奇特的"青词宰相"就出现在这时。青词又称青辞，是道教斋醮时献给上天的奏章祝文。这些文章用朱笔写在青藤纸上，谓之"青词"。嘉靖皇帝信奉道教，好长生术，宫中每有斋醮，就命词臣起草祭祀文章。李春芳、严讷、郭朴、袁炜、顾鼎臣、严嵩等词臣均以"青词"之"功"官居宰相（大学士）。就连耿直之臣夏言，也是一位著青词的高手。《明史·宰辅年表》统计显示，嘉靖十七年后，内阁 14 个辅臣中，有 9 人是通过撰写青词起家的。

嘉靖皇帝不仅重用"青词宰相"，对道士的宠幸也是旷世罕见：封道士邵元节为真人，总领道教，赐他金、玉、银、象牙印各一方，为他建真人府，还加封他为礼部尚书，包括邵元节的父、母、孙、曾孙，都受到封赐、俸禄，真正是"一人得道，鸡犬升天"。邵元节死后，追赠少师（"三孤"之一，一种荣誉很高的加衔），用伯爵之礼下葬，可以说倍极哀荣。应邵元节之请，到宫里捉鬼的道士陶仲文，也被封为礼部尚书，加少保衔，之后又加少师，少傅衔，给一品官俸禄待遇。少师、少傅、少保合称"三孤"，在明朝 280 年的历史中，同时领有三孤之位的，唯陶仲文一人。《明史》记载，仅嘉靖二十六年（1547）七月二十三日，从秉一真人陶仲文之请，度天下道士二万四千人。这年八月，嘉靖还授陶仲文特进光禄大夫柱国，兼大学士俸，荫子尚宝司丞。

这是怎样一个数字？一天之中，24000 名道士黑压压遍布全国，难怪有明一代，道观遍地，道众遍野。

嘉靖皇帝还把道教奉为了"国教"。嘉靖十五年（1536 年），嘉靖皇帝想废弃宫中的大善佛殿。夏言请求把里面的佛像及佛骨、佛头、佛牙在郊外填埋，以杜绝百姓迷信佛教的现象。皇帝认为仅填埋还不足以打压佛教，于是夏言又提议把这些佛骨佛照全部烧毁。于是，在夏言的主持下，一百六十九座金银佛像，以及一万三千余斤金函、银函中贮藏的佛头、佛牙等在大街上全部被焚毁。

重道抑佛的大明嘉靖皇帝，给予了大明道士空前的荣耀。这份荣耀无法不让普天之下的道士欢欣鼓舞、跃跃欲试。不想当将军的士兵不是好士兵，哪位道士不想通过自己的道法获得朝廷重任呢？退一步，他们深信，皇帝都信、都痴迷的"长生不老"，怎么会是假的？

如此的社会环境之下，遍地应运而生追求"成仙得道"的郭守仙、李守洞，也就不难理解了——郭守仙、李守洞，或只是两个普通的道士！

印证我想法的是断碑的书丹人。撰写碑文的叫刘真福，此人有没有功名不得而知，但他留下的碑文却颇具文采。书丹碑文的是长子县庠生李尚志，这让我想到，如果郭、李二人真是朝廷大臣，那么，他们的文采一定很了得，又何必延请别人来撰写、书丹碑文？是因为"医不自治"，自己不能为自己题写碑文？

4

郭守仙（也或李守洞）是朝廷宰相的传说自然不会是空穴来风，那么，这个传说到底来自哪里？

细品断碑碑文，或者此说法来自碑文中的这句话："当考大周汔录，普天下名山，历为古刹。然后□敬信大臣宰辅，放弃功名而降道贵长官者，舍家缘修行，不恋荣华，尚且古人归山降道，何况今人者乎？"这句话大意是说，从周朝记录以来，普天之下的名山多有道教名刹；而被皇帝宠幸的大臣，很多都是放弃功名、抛家舍业不恋荣华富贵而开始修道的，古人如此，何况今人呢？

会不会当地百姓断章取义，认为到此修道之人，即为朝廷敬信大臣、抑或宰辅？

被尊为道教教主的老子，曾担任周朝"守藏室之官"（管理藏书的官员）；正一道创始人张天师张道陵为西汉刘邦功臣张良十一代孙，他们的光芒的确照耀了道教教义广开之道路。但真正将道教发扬光大的一定是帝王。自称"三天法师正一真人"的汉顺帝，尊老子为"圣祖"。唐高祖也推崇道教，后期唐太宗接受佛法，不过是政治上的一种谋略，他需要佛教来教化人心，为自己的政权服务。

郭守仙、李守洞到底在烜峰岩修炼了多久，没人知道，碑文也没说。他们筑道观、打野田、在悬崖下凿水井，想来一定是想在此成就修炼事业的。

看李泰山老师《虹霓河行走》，说烜峰岩下的晋豫大道影响了他们的清修，于是有一天，他们背着宝剑、手持拂尘飘然而去，搬到了桃花山的车佛沟崖。我对这个说法有些疑惑，因为，虹梯古道早在夏言来平顺时已经存在，夏言到平顺还曾从古道走过，并建议朝廷在虹梯上设立虹梯关，所以，当为先有虹梯关，后有老道岩。他们离去的原因与其说是清修环境被破坏，不如说这里的确生存艰难，难以维系。

今天，老井还在，古道沧桑。

老道今何在，云深不知处。

我站在老道岩中，望着夕阳下对面的汉王寨（也是一座高峻的山峰），想象着是什么让这位郭道士可以放弃热闹的红尘，来到深山之中，居于峭壁之上，一天一天，一年一年。

无论是谁，久了，远了，都是传说。

2021 年 3 月 23 日

徐元道：开启平顺教育第一人

1

嘉靖十二年，也许是一个黄昏，崎岖的山路上走来一顶轿子。弹丸之地的小城，没有多少人知道这顶轿子里所乘何人。他掀起轿帘，眼前的大山连绵不绝，几乎与他的家乡相同。不同的是，这里的植被要比他的家乡好很多。苍茫暮色中，他终于看到一座野村，村庄的上空，没有几缕炊烟，只有仓皇的乌鸦穿空而过，丢下几声令人心悸的叫声。这，便是明嘉靖八年夏言所创建的县城平顺了。他放下轿帘，轻轻叹了一口气。

这顶轿子中坐的是被委派到平顺县的第三任县令徐元道。

平顺第一任县令高崇武来自河北井陉，岁贡生。高崇武初到平顺时，并没有对夏言等官员所选定的这个山野孤村失望。在他"学而优则仕"的人生理想中，这是他仕途的又一站，所以当年高崇武临政平顺时，心情应该是春风得意的。这从他留在三晋第一碑上的那首诗可以看得出来。

当高崇武铺开大明国刚建立的平顺县的建设蓝图时，他甚至没有忘记邀约好友井陉庠生毕光远、真定武举生张金、儿子高第等，一同到陈卿起义的"老巢"寺头村谷堆地，登临五龙垴观瞻山崖上的无字巨碑。这是嘉靖九年（1530）四月二十日的事情。一路游玩后，他并留下了："万紫千红远绣复，山人迎我入山磴。登临愈望工愈巧，三晋属中第一碑"这首诗。高崇武的诗情并不出类拔萃，但却透着一股豪迈之气。这成为他留给平顺的一道遗迹，也成为三晋第一碑得名的原因之一。

嘉靖十一年，朝廷派来平顺第二任知县路中。路知县到平顺的任务是再接再厉，继续兴修县城各项工程。不幸的是，不到一年，路知县去世于任上。于是，嘉靖十二年，朝廷派来平顺县第三任知县徐元道。

徐元道是陕西秦州人。秦州其实不属于陕西，而属于今天甘肃天水。徐元道来到平顺的任务，依旧是再接再厉，继续兴建县城各项工程。

2

徐元道是一位"沉默"的县令。整部《平顺县志》中，他没有留下一个字。但他却是进入康熙版《平顺县志·官师志·名宦》的第一位平顺县令。

地处潞城、黎城和壶关三县边缘，平顺是一块"三不管"地带。加上群山陡峭，教令不及，这里成为千百年来"藏污纳垢"、土匪云集、呼啸劫掠之地。陈卿义军可以藏匿山中，朝廷八年才平息，是密集山林为他们提供了环境的方便。正如光禄寺大夫、太子太保、礼部尚书顾鼎臣撰写的《创建平顺县记》所写的："潞安府之青羊山，蟠居衍迤几二百里，岩岫巉巇，壑谷深窈，廻峦叠嶂，长林丛薄，屏翳阨塞，四方亡命往往窜匿其中，且木土湍悍而风气陲郁，生人多凶顽犷戾，兼之隔离官府，无有持尺箠，挟寸刃，凭陵而谁何者？"勘察过平顺这块"战地"的兵科给事中夏言也忍不住感慨："贼之弗戢，形势使然。非建县设命吏以弹压之，难免后虞。"

上任之初，徐元道一定拜访过当地名流。但原处三县交界的平顺县，委实没有多少名流。翻开今天的康熙版《平顺县志·选举》卷，当时的进士只有两人，一位宋建中靖国元年的张孝先，一位金代项安世榜进士王大用。两位进士一位因撰九天圣母庙碑记得以留名，一位因撰龙祥观碑记而被后世记载。贡生只有一位，青羊里的申鎬，中弘治壬子科举，曾任知县。

至于贡生，也只有六七位。以至于康熙版《平顺县志》撰写者感慨："平邑人为地限，虽科目寥寥无几，间有一二……"

一穷二白的平顺县，正如夏言建县的奏折所讲的，急需开启教化之风！

既建县，必有儒学。儒学规划，在建县之初，夏言早已未雨绸缪。夏言在其《入青羊山抚谕相度开设大略疏》中提道："惟青羊一村，人民颇众，山水环合，风气翕聚，土地沃衍，所宜开设县治，堪以居养人民。臣尝读堪舆家书，亦略领其意义，随以罗经立定方向，凡县治、学宫、文庙、城隍及各项大小公廨、街渠、门巷、城垣道路，具各督同知州周昊画定规模，建以标准。"高崇武自然也把儒学作为了计划内的工程。太子太保、礼部尚书顾鼎臣在《创建平顺县记》中，关于高崇武建立儒学，带了一笔："其他若儒学、僧道、会司、仓廪、铺舍……准旧归，备今制，咸极一时之观。"但根据后世碑文可知，高崇武忙于县城基建，并没有真正拉开平顺教育大幕。

顾鼎臣《创建平顺县记》中说，平顺县城"始建于嘉靖八年九月望日，告成于嘉靖十二年二月朔日"。其实，平顺县城当时建到什么程度，京官一品大员顾鼎臣并没有到平顺，他不过是应江西布政使李崧祥（曾任山西按察使副使）之请写了《创建平顺县记》而已，并不了解情况。

那么，平顺的儒学是谁建立的呢？是徐元道。

徐元道的哥哥户部郎中徐元祉为平顺留下了一道《创建平顺县儒学碑记》。注意，徐元祉写的是"创建"。碑记中记载："其他事之颠末，道之兴废，议之优劣，绩之巨细，人之安危，治之隆替，逐详于李顾（指李崧祥、顾鼎臣《创建平顺县记》）一太史之笔，不复出也。繄斯县造，则斯学造矣。尾之者谁？舍弟梅亭元道。"

徐元道才是平顺教育的启幕人。

3

徐元道在平顺一共待了多少年？

康熙版《平顺县志·官师志》所记，徐元道嘉靖十二年任，之后是张楠；

嘉靖十六年，河南伊府人吴希同由监生而任平顺县令。不说中间还隔一个张楠县令，就是满打满算到嘉靖十六年，徐元道也不过在平顺待了四年左右的时间。

后来民国版《平顺县志》的编撰者显然意识到这个时间的不确切性甚至是错误的，所以，民国版《平顺县志》干脆省去了吴希同何时到平顺任职。

徐元道在平顺的时间，泽州散人唐济所写的《徐公去思碑记》中两次提到。第一次"方今九载考绩，急流勇退，思归故里"，第二次在最后的歌颂中说："于兹九载，民堵物丰。"这说明徐元道在平顺时间不止四年，而是九载。还有，徐元道的哥哥徐元祉在《创建平顺县儒学碑记》中写道："修建儒学拜令之五纪"，也就是说，徐元道创修平顺县儒学，是在他担任平顺县令第五年的时候。

徐元祉是到过平顺县的，他笔下的当年平顺儒学规模应该是客观的："齿创为先师殿、明伦堂各五楹，两庑各七楹，两斋、启圣、乡贤、宰牲、射圃、学仓、神库、神厨各三楹，号房共二十楹，教谕、训导宅共三十楹，先师等门、等龛、等碑各八座，敬一等亭、太平等坊各二座，置造柙板、爵、灯、铡、簠、簋、笾笠、樽、筐、卓、炉、盘、台等祭器共七百一件。置买经、史、律、诰、典、考、鉴、要、录、记、礼、志等书籍共四百一十六册。"户部清吏司主事、郡人李汝松撰写的《平顺县改建儒学碑记》中有这样一段话："地建于县治东北，坐北向南。知县梅亭徐元道、主簿李鸾，典史王大同，教官李天民、杨子隆同建，规制俱全。"

从两个碑记可知，当年，徐元道修建的平顺儒学共有三十多间。此外，还购置了各种利器及典籍 416 册，当时的教官为李天民、杨子隆。

历经千年，平顺这块大山中千年鸿蒙未开的土地，真正拉开了教育的帷幕。尽管，这一幕来得太迟，拉开得又那么沉重。不管怎么说，从此，平顺这块土地上，才有了大量贡士、例公、例监等，莘莘学子终于有了一条走向仕途的路。

万历版《潞安府志》"人物篇"记载，平顺"当创学时实以各州县诸生，故贡多外籍。"意思是说，平顺刚建儒学时，因本县没有参加省考的生员，所以很多外籍秀才占用了平顺县考取贡生的"指标"。这个在《平顺县志》中也能看出来。比如王藩，为蒲州籍，为嘉靖八年平顺县建县第一位贡生；王良臣，蒲州籍，嘉靖十年贡生等。此前的平顺县，"科目寥寥无几"，只是"间有一二"。

从嘉靖八年平顺建县到康熙三十二年《平顺县志》编撰期间，明代，平顺出了 1 位进士、1 位文举，5 位武举，65 位贡生，8 位例监；清代（到康熙三十二年），平顺出了 30 位文举人、2 位武举，4 位例贡，3 位例监。这个数字与明嘉靖八年之前的数字相比，是一个巨大的飞跃。

历经血与火的洗礼，平顺这片土地上的人民终于翻开了文化教化的一页。正如唐济在《徐公去思碑记》中所写的，面对未开教育之风的平顺县，面对"刬人心、土俗涣散者，不定习成者，难齐艰于一，亦艰于治，求其善治得民心者，尤艰也"的局面，徐元道建起平顺儒学，"行仁政、持经史之业"，这是他对平顺最大的贡献。

4

徐元道默默无闻于平顺县令之职，一干就是 9 年。仅这一点，就值得平顺人民怀想。要知道，当年的平顺县城极小，生活条件极苦。康熙十六（1678）年由赐进士出身任平顺县知县的刘徵曾经写过《绘愁吟》八首诗。他在诗的前言里写道："三里之城原少于二，十室之邑幸多其四。举目皆可怜之色，乏泉无生聚之由。自愧素不能诗，然而情生于中，感物而动，刬所见所闻，朝夕于斯，犹之寒虫之吟，不自觉其鄙俚尔。"

刘徵眼里的平顺是什么样子的？

他在《城郭》中写道："垒石依山作县城，一梭半月好描形。晨兴烟突飘疏影，漏尽鸡鸣只数声。败舍颓垣闲扃户，荒郊旧穴破零星。舒眸寥落行踪少，前后高蜂自送迎。"这首诗描绘了平顺的地形和县城的规模。县城基本是石头垒砌的，县城的地势仿佛半个月亮（所以平顺有"青羊卧月"

之景），零零星星的房舍都是破败不堪，目光所及，行人寥寥，只有高大的山峰陪伴着他孤单的身影。

他在《人民》中写道："普天之下莫非民，此地投生苦更贫。山瘠菑畬无厚获，水穷播种枉工辛。鹑衣百结垂丝絮，藿食连餐杂柳蓁。正赋输将如析骨，难图鸠鹄达枫宸。"这首诗的意思是，都说百姓苦，生活在这里的百姓更苦。土地贫瘠无法获得丰收，播种粮食没有雨水，辛劳全部白费。百姓衣服破烂不堪，吃的是粗食野菜。如此贫苦荒凉，百姓怎么能有好的前程？

他在《衙舍》中写道："萧萧官署冷如冰，哑哑枝头鸟自鸣。欲卧衹缘心未静，资生常叹口无腥。闲窥胥役搔虮虱，渴待新泉啜苦茗。入座须臾席不暖，几人有事到公庭？"意思是，衙门清冷，只有枝头的鸟儿孤独鸣叫；别说百姓，就是他这县令穷得多日连肉也吃不到；喝口茶吧，这里的水泡出的茶是苦的；想坐下来，半天暖不热席子；抬眼一看，衙役们闲得无事在屋檐下捉虮虱。这首诗描述的刘徽的县衙生活是多么悲凉。衙门都如此冷清，何况平顺街头？县令生活如此恓惶，遑论百姓！

刘徽担任平顺县令要比徐元道要晚125年。在历史的长河中，125年时间不长，但比徐元道当年一穷二白的山野村庄至少应该前进了吧？他如此切肤之痛地感受着这里的生灵之苦、生存之苦，那么，当年徐元道的生活应该更苦。

当然，这位来自江西南昌的才子慈祥仁恕，宽厚廉明，莅任六载，虎不为害，也是一位好官。他看到平顺土地贫瘠，百姓身无完衣，便劝课农桑，督励纺织；看到平顺百姓贫苦，他尽量减少各种摊派，从不暴力催科，狱治也一片清明。他也是《平顺县志·名宦录》中的一员。

刘徽留下了八首诗，而徐元道，这个默默无闻于平顺县令之职的官员，在平顺干了9年，却没有给平顺留下一行书法和文字。关于他的记载，只能在别人的文章和碑记中略窥一二。那么，是徐元道没有文采吗？

稍微懂一点古代科举考试知识的人都知道，在古代，考取一个贡生有多难。从童试开始，经历岁考、府考、院考，合格者才可成为秀才，才有可能挨得上被作为人才推荐给朝廷。经历了一次次考试的徐元道，按理说他的文采应该不浅才对，为什么他却没有给平顺留下只言片语？

相反，他的哥哥徐元祉却活跃得很，康熙版《平顺县志》中，统共136篇艺文，徐元祉独占了25篇，其中有碑记2篇，诗歌23首。

会不会是当年徐元道离开时，故意抹去了自己留在这片土地的行踪？

5

徐元道担任平顺县令还做了一件事，请平顺名流歌颂平顺建县。这片浴火而生的土地，多少人曾被战火涂炭过不得而知，当地百姓一定战战兢兢、卑微低贱。当年陈卿起义，轰轰烈烈，三晋皆知使外人以为，此地民风彪悍，别无所长。扭转人们对这片土地的认识，唯文化和宣传。

康熙版《平顺县志》留下长安人孟奇的一首《题平顺》。想来徐元祉是应弟弟邀约而来，然后召集安乐村申家子第申朝聘、申锐、申以赞、申以详等，一起为平顺历史题写下了一组《和前韵》。

平顺古八景的横空出世，推测应出自徐元道当政时。徐元祉在《和前韵》中有这样两句诗："彩凤存黔首，青羊扫赤眉。"此外，徐元祉还写下了古八景之三，其中两首为《彩凤仪春》《青羊卧月》。由此可知，在徐元道当政时，"彩凤""青羊"之名已然存在，也或者，为古八景取名者，正是徐元道兄弟等人。

我曾写过一篇《平顺古八景来历》。徐元道创立平顺古八景，一方面有为自己前途考虑的政治因素，另一方面，他的内心一定也是为了宣传平顺、推介平顺，想通过诗词的力量，让平顺这块蒙昧初开的土地与其他县域一样，站在同一道起跑线上，广开教育风气，让平顺人民看到文化教化力量。

平顺古八景那几首诗，说不定曾作为歌词而存在过。本来，《诗经》诞生之初，就是用来"歌唱"的"词"。唐诗宋词那么美，大多并非因"功名"载体而存在，而是以"歌词"而存在、存世的。我们吟咏的古诗，曾经是当时社会的流行元素,是社交场合的一种交流方式。听过一个故事,王之涣、高适和王昌龄去歌台舞榭听歌女唱他们的诗,几轮下来,独独听不到王之涣的诗。王之涣指着歌女中最美的一个对在座的人说,如果她唱的不是我的诗,从此自己就不写诗了。孰料那个最美的歌女出场,唱的果然是王之涣的《凉州词》"黄河远上"那一首。

北宋婉约派词人柳永,年轻时曾与歌女虫娘相伴多年,一个写,一个唱。凡有井水处,皆能歌柳词,可见,柳永的词能走得远,与他身边有歌女随时歌咏密切相关。

无论如何,平顺古八景流传了下来。直到今天,依然被人吟咏。

6

徐元道对平顺有很多功绩,唐济在《徐公去思碑记》中写道:"公来司是邑,凡为民者公罔不尽厥心。"

因为平顺缺水,徐元道带领百姓挖井储水,造福百姓,但他自己却舍不得多用一点水;衙门里的事情,不论大小,都要与众人商量;行赏用罚,也都竭力公允。在平顺9年,即使生活无比清苦,他从来不肯让百姓请他吃饭;无论大小贵贱,也从来不私拿百姓东西。知道平顺百姓贫苦,他尽量减少对百姓的摊派。以至于当地百姓称他为"父母",而他也堪称这方土地的"父母官"。

徐元道在平顺的艰难,徐元祉在《创建平顺县儒学碑记》中这样写道:"(徐元道)经营之艰难,绸缪之历履,鼓舞多方,劝惩惟则。始有者少有之,少有者富有之。于是撤朽剗蚀,植颓筑虚,锻砖垩木,凸凹完献。造于某日,考于某日,财不专帑力不妨耕,故人不厌而不觉其有是也。"

7

徐元道在平顺的9年,还创建了夏公(夏言)生祠。明少傅华盖殿大学士李时在他撰写的《夏公生祠记》中写道,祠之制,内外为门各三楹,翼两边的厢房各六楹，中为高大的生祠殿堂，也为三间。在刚刚建立的平顺县，贫瘠如斯的平顺县，这样的规模也算不小了。

建立夏公祠堂是不是徐元道的主意？

延请李时写生祠记的是山西按察副使李崧祥。李时在《夏公生祠记》中写道："山西按察副使李君崧祥亦有事于建治者也，知公之伟绩为详，因请记于余。"是徐元道请李崧祥帮忙，延请李时写记的《夏公生祠记》，还是李崧祥主张徐元道建立夏公生祠，而自己主动到京城去找李时写记的，不得而知。总之，当时徐元道一定与夏言有联系。

在平顺工作9年的徐元道是不是想过改变命运？升迁或者调离？水往低处流，人往高处走，即使有这样的想法，对于一位封建官员也正常。然而，在平顺辛苦奉献的徐元道并没有等来升迁或调离，而是在他在平顺的第九年、也就是嘉靖二十一年（1542），理智地选择了急流勇退，回归故乡。

他的做法让后人百思不得其解。

无论建立夏公生祠，还是创立平顺古八景，其实，徐元道哥哥徐元祉都是不遗余力在帮助弟弟打通一条"鸠鹄达枫宸"的路，那么，为什么徐元道要执意辞归故里？换句话说，嘉靖二十一年（1542）发生了与徐元道息息相关的什么事？

联系夏公生祠、平顺古八景中徐元祉写下的八景之二"虹梯接汉""玉峡通天"，也许我们可以窥出一丝当年政治旋涡而引起的徐元道内心的涟漪。

嘉靖二十一年（1542年），缔造平顺县的上柱国夏言担任一品官员正好9年。夏言一生三起三落。

嘉靖十八年，夏言曾经经历了他人生的第一次"落"。到嘉靖十九年，随着顾鼎臣、霍韬相继去世，嘉靖皇帝虽恢复了夏言少傅、太子太师、礼部尚书、武英殿大学士的官职，但对夏言的宠信已经不如当初。

当某人看你不顺眼时，无论你做什么都是错的。夏言当时就是这种状态。比如，慈庆、慈宁两宫夫人去世后，郭勋曾经请求把其中一个宫殿给太子居住，夏言认为不合适，与嘉靖皇帝的意思一致。但不知为什么，后来夏言又改变了主意,这令皇帝很不高兴。大臣郭勋下狱后,皇帝曾下令释放他,夏言违抗了皇帝的命令,致使皇帝怀疑之前言官弹劾郭勋也是受到夏言的指使。夏言与宦官高忠交好,高忠还曾代夏言进玉器给皇帝祝寿。有一天,夏言将皇帝关于兴建大享殿不需要写敕令文稿的话泄露给了高忠。这两件事让皇帝认定他们互相勾结。五月的一天,夏言在西苑乘轿而行,这在大明王朝是一种僭越,又一次让皇帝非常不快。第二天,皇帝让到西苑值班的大臣用香叶巾束发,用皮棉做鞋子,夏言认为这不是礼制规定的大臣服装,又一次违逆了皇帝的旨意。再加上皇帝不上朝时,夏言便不去内阁,而是在家办公等等,这些都使皇帝对他的积怨爆发,最终使严嵩得到了排挤他的机会。严嵩借机向皇帝哭诉夏言凌辱他,并揭发夏言过错,彻底激怒了皇帝。嘉靖二十一年(1542年)六月,皇帝写敕书给礼部,历数夏言的罪过;七月初一那天发生日食,皇帝认为这是下级欺慢上级的征兆,于是下令将夏言革职。当天,御史乔佑、给事中沈良才等人上书弹劾夏言,请求将自己罢职,于是皇帝贬谪、降职了十三个言官,其中高时被重贬到遥远的边地。嘉靖二十一年(1542年)八月,严嵩终于取代夏言步入内阁……

这是夏言经历的第二次"落"。伴君如伴虎,夏言政治生涯的起起落落,也许让小心谨慎的徐元道感觉到了升迁的无望和身陷政治旋涡的重重危机。其实,读读《明史》就可知道,嘉靖皇帝在位期间,虐杀了多少大臣。也许,徐元道认为,夏言此次被贬,再不会有复出的一天,而自己9年辛苦也没有换来升迁机会,保官不如保命,所以选择了辞官归乡。

这一切,徐元道自然不会告诉平顺百姓。

得知徐要离去,尽管平顺百姓"去而民弗舍也",千般挽留,最终没能打动这位父母官决然而去的决心。

徐元道离开了。对于他的离开,《徐公去思碑记》中这样评价:"孔子谓节用而爱人,公亦有之也。匪直此,凡得于民心,出于民口者,不可胜颂也。吁,若公可谓忠于国,而爱于民者欤宜乎!"意思是,徐元道不仅是一个节俭的好县令,还非常爱惜人才。他对平顺的功绩,深得百姓之心,很多事迹在平顺百姓中口口相传。

来时一顶轿子，没有人认识他，他孤寂地走进了这个小小的县城；去时依旧是一顶轿子，他的身边是围满了的挥泪如雨的平顺百姓。

宦海难测，但平顺百姓的心却是一片清澈。他们对徐元道的感恩不带一丝世俗之意，是发自内心的一种感恩。正如唐济所写，这是与他们朝夕相处了9年的父母官离去时而撰写的一块碑，此碑只是为了让平顺后世记住，曾经有这样一位县令，在平顺尽心竭力工作9年，为平顺这块土地谋福祉，为平顺百姓谋福利，他的离去，对平顺是损失。平顺百姓"闻公启行"，他们走出家门，扶老携幼无声地送别，人群中"民泪如倾"，他们只能默默祝福："祖道恭陈，捶护我公！"

今天，当一个个天真快乐的少年走向学校，诵读孔子的文章时，你们可曾想过，是不是除了伟大教育家孔子外，还应记住这个名字：徐元道！因为是他，奠基了平顺的教育！

写于 2021 年 1 月 26 日

陈卿起义与潞州知州周昊

1

恕我孤陋寡闻，也恕我对本土历史研究的欠缺，许多年，我对潞州历史的了解仅仅停留在：秦为上党郡，宋元为隆德府，明洪武改潞州，明嘉靖八年改潞安府等众所周知的信息上。至于潞州到底来来去去了多少官员，我几乎是可怜的"一穷二白"。

我对大明潞州知州周昊的关注，是因为我写平顺导游词；我写平顺导游词时，留意到彩凤公园三眼古井（如今仅剩两眼）的督工者是潞州知州周昊。

堂堂潞州知州，亲自督工挖井，这的确有些抬举了两眼古井。这两眼古井特别，不仅因为他们的古老，还因为它们是平顺建县的见证。

周昊，是我关注到的第一位潞州地方长官。

为写周公泉的故事，我查阅《潞安府志》，这位周知州令我震撼地完全颠覆了我先入为主对他的印象。明万历《潞安府志》"郡县"这样记录他："大理人，明敏该博，有干济才。包筑郡城，克期而就，民不知其劳。其他善政，不能尽述。升长沙府同知。人至今称之，马公（明弘治年间以进士知潞州的马暾，弘治八年付梓的《潞州志》即为他纂修。在任九年，上党人谓之建州以来所未有云）之后，一人而已。"

潞州知州马暾为建州以来最好的官员，周昊与其相提并论，也是建州以来数一数二的好官，这是多高的赞誉和肯定！潞州从隋唐建州，到明嘉靖，一千多年时间，这个来自云南大理的进士，凭什么能得到如此高的赞誉？

清顺治·乾隆版《潞安府志·政绩》中，周昊的名字排在夏言之下。夏言原不是潞州或者潞安府的官员，但因他为潞州升潞安府的"始作俑"者，顺治时期的撰志人就把他作为"自己人"，列入了《潞安府志》的官宦中。

清顺治·乾隆版《潞安府志·政绩》这样记录："周昊，大理人，嘉靖时知潞州，旧《志》载明敏该博，有干济才。包筑郡城，克期而就，民不知其劳。升湖广、长沙府同知。人至今称之，马公之后，一人而已。"只是，清代的志书隐去了一句话："其他善政，不能尽述。"

也就是说，至少从明嘉靖初年到乾隆四十年《潞安府志》编撰之时的二百多年，周昊的事迹，始终被后来的潞安府百姓所称道。

我一度认为，历史上的农民起义都是"官逼民反"，这位潞州知州，一定也是舞台上画了白脸的"奸臣"。

那么，周昊，他到底是怎样一个官员？在那场震惊朝廷的"青羊暴动"中，他扮演了怎样的角色？

想要搞清周昊在"青羊暴动"中是否是"推波助澜""助纣为虐"的元凶之一，需要知道周昊何时到潞州上任的，还要搞清"青羊之乱"到底始于何时。

工作在平顺，少有人不了解平顺县建县的来历。陈卿，一个小小的县衙小吏，因"欺官舞弊，被革不悛"而掀起一场长达二十多年令朝廷震动的农民起义，换来了朝廷对平顺这块山大沟深、"三不管""三难管"之地的关注，最终建立平顺县，这在中国历史上，并不多见。这样的结局，呼啸山岭、快意恩仇的陈卿只怕也是没有想到的。无论是农民起义还是"青羊之乱"，对于平顺这块土地的百姓而言，从此这里通道路、行教化，开风气，都是开天辟地的好事。

一直以来，史书教给我们判断农民起义的原因，其中有一条：官逼民反。这个"官"可能是朝廷政策，也可能是地方贪官污吏多行不义。那么，陈卿起义时，潞州的地方官是谁？

很多史书说，陈卿起义时间前后大约八年，就连《中国通史》第9卷也认为："嘉靖七年二月，山西潞城县陈卿起兵，屡败明军进剿，累获战捷，'千里内如暴风卷浪'。十月，明廷调集山西、河南、山东、北直隶四省官军镇压，起义失败。"事实上，陈卿起义的时间不只八年，而是二十多年。

光绪版《山西通志》记载："牛耕，陵川人。正德六年，流寇陈卿率众突入太行，至平城镇，执耕问曰：陵川与壶关孰远近？耕绐曰：壶关近且平，陵川远且险。至壶关界，问众，尚远。贼以诳己，遂刃耕于西火镇，而二邑胥免难。"这段话是说，正德六年，陵川人牛耕为陈卿队伍带路，牛耕故意带路南辕北辙，遭到陈卿等"流寇"的杀害，牛耕以自己一命救了两县人民。由此可知，至少在明正德年间，陈卿等"流寇"已经开始"到处劫掠"。

这说明，如果有"官逼民反"的因素在，那么造成陈卿起义的始作俑者并非潞州知州周昊，而是明正德年间的潞州知州"田中、申纶、张萱、曹进善、邵经"等历任知州中的某位或者某几位。

但周昊无疑是陈卿起义时的潞州官员。夏言在《奉敕查勘青羊山平贼功次疏》中提到了两位潞州知州，一位是嘉靖六年九月调任潞州的宋琏，一位是嘉靖七年调任潞州的周昊。两位知州在潞州的任职时间都不长。

宋琏被记载，是因为他到潞州时，恰是青羊之乱"如火如荼"时，所以他这个潞州地方最高长官不得不在嘉靖六年九月"选带公正属官亲诣抚谕""青羊之匪"。《平顺县志》还记载，嘉靖七年正月初三，陈卿手下李景才因下山"约会王氏并伯母张氏"被官府抓获，宋琏曾经亲自审问了李景才。

周昊调任潞州，正是朝廷对陈卿部展开大"围剿"时。大明朝廷以山西、河南、山东五路人马开始进剿陈卿，时间在嘉靖七年十月初五。到十月二十三，夏言在《奉敕查勘青羊山平贼功次疏》中首次提到了周昊，"又蒙陈佥事行委本州知州周昊、指挥沈清会审得卿与父陈琦斌弟陈相、陈奉俱在石埠头、谷堆地、西湾庄居住……"可见，宋知州到任潞州不足一年，而周知州大约是来"救急救火"继任宋琏的官员。

撇开沈王府庞大的开销造成农民负累导致青羊暴动这个原因外，至少，陈卿起义所谓"官逼民反"所说的官员，不是周昊。

2

周昊在潞州任上主要做了三件大事。第一件便是"陈卿起义"的善后工作。

周昊到潞州，正是朝廷对陈卿起义大围剿之际。陈卿起义的"结局"，与周昊这位地方官员的"态度"有极大关系。周昊是从人性出发，从百姓生命大于天的角度出发，颇得人心地处理青羊之乱"人"善后工作的。

夏言在《恳祈天恩申明屡降敕旨抚谕兵后残民以安地方疏》中写到了周昊对于起义义军队伍的处理："近日新调知州周昊，老成练达，深识事机。到任以来，加意抚处，极力招谕，续收到前项自来不曾投首被胁余党李锦等四十余名到官。及臣抵潞州，出给告示，多方晓谕。之后又投首到陈伦等二十一名，前后六十余名。"

周昊上任之后，对于"青羊之乱"盲目的参与者或者被胁迫者，并没有赶尽杀绝，而是采取了招安手段。周昊招谕的六十多人对于平定民心的作用很大，所以夏言在此疏中写道："自此六十余人投首之后，山中人心始安。"周昊不仅挽救了六十多人的生命，最主要的是让很多忐忑不安的参与过"青羊之乱"的山民看到了朝廷招抚的诚意。

周昊恰好遇到了夏言，夏言也恰好遇到了周昊。一位钦差，一位地方官，他们"怜惜民生艰难"的观念不谋而合，情意相投，于是才有了夏言在处理那些被俘虏的"匪徒"时——认真甄别，没有一律屠戮，而是准其投首，面加训谕，"宣示朝廷德威，皇上仁圣，俱各举手加额，感激流涕，誓死不敢为恶，颇有革心向化之诚"，给这些胁从者被宽大处理的机会，让他们感谢皇恩，不再为恶（做匪徒）。

夏言处理"青羊之乱"后事时，就居住在潞州城，甚或就居住周昊的知州州衙。夏言奏折中宽宥"罪行较轻"山民的意见，一定是与周昊沟通过的，所以夏言的奏折中才会希望皇帝有"残民皆仰知陛下如天好生之德，泣辜解网之仁"，有"伏望陛下天度兼容，大施恩宥……仍乞特降玉音，除首恶陈卿等情真强贼王英、王仲兴等三十余名不赦外，其余安插已定，与近日投首到官李锦等并一应簿中有名无名、已首未首之人一体通行赦宥"的宽大处理政策。

也正因"青羊之乱"的善后工作遇到了夏言这样的钦差、周昊这样的知州，"陈卿起义"的结局似乎走向了"花好月圆"——大明朝廷并没有对投降山民一网打尽，反而"屡降敕旨，誊写黄榜入山，张挂晓谕，使山间幸免锋镝，苟全性命"，朝廷多次张贴告示，告知赦免了他们的罪行，并保全他们的性命，还给与他们土地，让他们照旧纳粮当差。

百姓如陌上野草，野火烧不尽，一茬一茬，春风吹又生。百姓暴乱如潮水，历来宜疏不易堵。敬畏生命，怜惜百姓，作为封建王朝的臣子，夏言和周昊有如此认识，可谓难能可贵。

3

周昊在潞州任上所做的第二件大事，是升潞州为潞安府。

可以说，如果不是周昊任潞州知州，朝廷会不会升潞州为潞安府，还未可知。

周昊是云南大理人，史料留给我们的东西很少，我们对他的生平了解寥寥无几。周昊成长过程中经历过什么，我们也不得而知。但周昊的聪明在于，尽管他到潞州时间短暂，但他对陈卿起义根源事件的很快得出一个较为清醒的认识。

陈卿起义是明朝中期一场较大规模的饥民造反事件。夏言站在统治者立场上，将陈卿一家和参与暴动的农民通通称作为"匪"，认为陈卿父子打劫抢夺、奸占民女、杀人放火、无恶不作。史书认为，只要反对封建王朝的，就是"官逼民反"，农民"造反有理"，其实也美化了这伙草莽英雄。

周昊很冷静地分析了陈卿起义的原因，并且大胆把这个原因告诉了夏言。诚然，夏言经过了实地勘验，但很多情况必须有当地官员具体呈报，这位来自京城的京官才能很快了解当地实际情况。夏言在《改建潞州府治及添设兵备宪臣疏》中大胆写到的："兼以宗室繁衍，每生事端，军卫杂处，甚难治取。知州品位颇卑……是以连年多事，居民称扰"，"奈何近年以来，宗藩强大，生齿浩繁"，"且泽、潞等州，皆宗室封藩之地，恪守祖训而深居不出者固有，好生事端而轹轹有司者甚多。加以军卫杂处，颉颃难制。小则媒孽州官之短，大则挫抑州官之威。政令不行，率多坐此。"这段话与其说是夏言之言，不如说是周昊等地方官员之言。

宗藩强大，生齿浩繁。大明特权阶级的奢靡浪费，给百姓带来的是灾难。《潞安府志》记载："民赋如故，而岁禄日增，全给者本折各半矣。本折各半者，又不能卒备，而挨支十余年始得矣。"意思是说，老百姓交的赋税还是那么多，但沈府的岁禄需要却是与日俱增，以至于当时的潞州府只能勉强给足应给的一半。加上当时原由平阳府承担沈府的禄米也改到潞安府就近收取，更加重了潞州百姓的负担。夏言虽在奏折中没有明说，但却也委婉说明，沈王府的巨大开销，是造成陈卿造反的原因之一。封建臣子能如此客观评价皇帝的亲属、大明贵族的耗费无度，这不仅仅是大胆，更是难能可贵的见识。

其次，这些宗藩子弟，他们不仅仅需要大量的钱财以供他们挥霍，更为棘手的是，因为知州官位品级卑微，他们根本不把地方官放在眼里，以至于宗室子弟连年肇事，"好生事端而轹轹有司者甚多"，"颉颃难制"。

当然，这一点夏言说得依旧很委婉。他在疏文中先是说，升潞州为潞安府，是地方有名望的儒学生员孙濡、江相等，并致仕官李玹等，宣化等坊都里老郭琦等连名具呈的主意；其次又说，潞州本来以前就是军州、府路；第三个原因，也是朝廷官员左右参政等官，邵锡、李际可、汾州知州郭铿、太原府通判宋邦熙、潞州知州周昊、高平等县知县管律等勘验后的结果，这里"地方广阔，城郭宏壮，民俗强悍，人多好讼"，陈卿之所以造反，即与此有关。紧接着，他才非常中肯地分析起了当地宗室之大造成的地方之乱。

即使如此，这样的奏折放到今天，我们也不禁会为夏言捏一把冷汗。他上奏皇帝，如此分析皇帝的宗亲，无疑是"以下犯上"。但夏言冒着也许"掉脑袋"的风险还是实话实说了。好在当时的嘉靖还年轻，尚有"励精图治"的理想，他没有责怪夏言的"以下犯上"，反而允了他的建议，最后果真升潞州为潞安府。

夏言之疏，代表着夏言在潞州的耳闻目见。无论耳闻还是目见，无疑都有"周昊"这位地方官的陪同指引。两人"英雄所见略同"的相知，才会让夏言不由自主在《恳祈天恩申明屡降敕旨抚谕兵后残民以安地方疏》中对周知州给予很高评价："近日新调知州周昊，老成练达，深识事机。"并对他的抚谕作为上报朝廷，给予了很大肯定并详细汇报给朝廷周昊能为："到任以来，加意抚处，极力招谕，续收到前项自来不曾投首被胁余党李锦等四十余名到官。及臣抵潞州，出给告示，多方晓谕。之后又投首到陈伦等二十一名，前后六十余名。"

无论是潞州升潞安府，还是建立平顺县、长治县，这里面，不用说，都有周昊之功。

4

无论明万历年间的《潞安府志》，还是顺治、乾隆版《潞安府志》，都对周昊"包筑郡城"浓墨重彩进行了记载。

夏言在潞州勘验"青羊之乱"，正是潞州一年中最冷的时节。某一日，也许是黄昏，夏言在周昊陪同下视察了凋败的潞州城墙。夏言在《改建潞州府治及添设兵备宪臣疏》中记录了他看到的明嘉靖八年之前的潞州城墙：

"周回一十九里，广三丈，高三丈五尺，代更岁久，无人以时修葺。砖土剥落，间有阙陷。中穿之处，遂成径窦，人畜可通往来，晨夜无所防禁"。此时潞州城墙牛羊可通，怎能禁行？城墙如同虚设，以至于"譬之巨富之家，金帛盈积，乃独居旷野，无垣墙扃匙之固，无子弟奴仆之强，无挺刃器械之防，而主人又复孱弱不振，如此而不为盗贼所窥者，未之有也。昨当山贼猖獗之时，城中宗室大家，俱仓召募乡夫、乡道、人役，凡为官府出力以捕贼者，往往与山贼构为仇恨，衅连祸结，纷纭缠纠，莫可究诘。"意思是，没有城墙的保护，城里有钱人家如居野外，不得不请家丁保护家里安全，以至于与山贼结下仇恨，造成更大的祸端。所以夏言提出潞州城需"整饬戎务，修理城池"。

潞州升潞安府，为重修潞州城墙提供了契机。

乾隆版《潞安府志·城池》记载："嘉靖七年，知州周昊请发公帑，瓮以砖石，四面兴役，三时告成。计周二十四里，高三丈五尺，厚二丈，增修城楼，置敌台三十七，窝铺一百二十一。"

潞州重修城墙的时间两部志书稍有出入。按照《潞安府志》所载，周昊筑城时间为嘉靖七年，但夏言《改建潞州府治及添设兵备宪臣疏》写于嘉靖八年正月二十八日，按照夏言记录，他是看到过潞州的旧城墙的，所以他才会建议在升潞州为潞安府后，重修城墙。如果夏言所见旧城墙为真，这道疏文上报朝廷，经朝廷应允之后，潞州方才能由州升府，那么，周昊修筑潞州城墙的时间应该是嘉靖八年春夏之交的三个月。

5

周昊在潞州担任知州，还有一件大的功绩，那就是选定青羊村作为平顺县县治之所。

夏言在《入青羊山抚谕相度开设大略疏》中写到了自己的行踪：十二月初三离开京城，十一日到真定府（今河北正定县），二十二日到河南彰德府（今河南安阳），在彰德府"插收降人口，分投赈恤"半个多月、事情就绪后，夏言于这年的闰十二月初六日，从彰德府取林县路入山，初九日抵花园口，初十日进山至王陡崖，十一日至谷堆底，十二日至青羊村，十三日出山至潞城县，十四日至潞州。夏言在大山中陈卿起义的旧地一共查验了五天四夜，行程还是非常紧张的。

选定青羊村作为新建平顺县县治之所，肯定不是如此行色匆匆的钦差大臣的举动，而是地方官提前调研后选定的。夏言在他的疏文中写到他的感受和他最后在地方官周昊的陪同下（甚至是引领下），用罗盘确定县治各机构的位置："其山川阨塞，道路险夷，村墟井落，攀缘上下，一一皆经心注目。惟青羊一村，人民颇众，山水环合，风气禽聚，土地沃衍，所宜开设县治，堪以居养人民。臣尝读堪舆家书，亦略领其意义，随以罗经立定方向，凡县治、学宫、文庙、城隍及各项大小公廨、街渠、门巷、城垣道路，具各督同知州周昊画定规模，建以标准。"由此可知，选定平顺县治的人，为潞州知州周昊。

当然，夏言在这道疏文中还提到，"参政李际可，则知都御史王应鹏、御史穆相，于贼平之后，臣未至之先，亦已到山相度，与臣所拟相同。"意思是，这些周昊的上级官员也来过大山里选址，最后结果选定了青羊村，与他所推荐的地方一样。作为周昊上级的都御史王应鹏、御史穆相，无疑也是在周昊的陪同、引领下到青羊村的。

这也就解释了为什么周昊会为打一眼井（周公泉）而不远百里山路到青羊村督工。他自己选择了青羊村作为县治之所，怎么能再说这里没有滋养百姓生存的水源呢？所以就是踏破铁鞋，掘地三尺，也得为这块地方找出水源来。

周昊亲自建了潞州城墙，对陈卿起义进行了善后，这些大事，周昊均没有欢欣鼓舞，没有留下一诗一墨，唯独在青羊村南山下挖出周公泉时，他兴奋地挥笔写了一首诗《题南山井泉》。这成为他留给潞州的唯一诗篇。这首诗承载了他对平顺这个新治县城的希望，也承载了当时他找到水源的欣喜。

潞州升潞安府为明嘉靖八年。具体为几月，潞州换成了潞安府大印，史书记载很模糊。总之，潞安府第一任知府宋圭来了。他接过了周昊建设潞安府的接力棒，翻开了潞安府新的一页。《潞安府志》记载，宋圭"设府之始，凡所经画，比协人情，合理俗，上下宜之。"也就是说，宋知府开始按照当地风俗等筹划设立潞州府的事务了。

而周昊在完成了"陈卿造反"善后事宜后，一骑红尘远去，赴任长沙府同知去了。

2021 年 4 月 21 日

靳会昌：风吹不走的那缕温暖

1. 潞城还是平顺

风拂夕阳，晚霞映照书页，一个影子踏着一个名字而来。

靳会昌，那个晚清的士子，他的名字盘根错节地长在《潞安府志》里、《平顺县志》里，更清晰地长在平顺远去的故事里。悠然的黄昏中，他的故事若旧画中的墨菊，悄然绽放。一缕风带不走的温暖，如幽菊之香，轻轻地，荡漾岁月中。

平顺人认为，靳会昌是平顺清泽口人（今潞城区清口村）。潞城人认为，靳会昌是潞城人。对于这样的士子，人们用崇敬的心"抢夺"着他散发出的独有光辉。他是一张地方历史名片。

这条脉络不难厘清。明嘉靖八年（1529 年）朝廷灭陈卿起义后，兵部给事中夏言建议在此地置县，嘉靖准奏，析黎城县五里、潞城县十六里、壶关县十里，以"剿平逆贼，地方驯顺"之意赐名建平顺县。至此，清泽口随着原属潞城县的十六里开始隶属平顺县。乾隆二十九年，平顺撤县为乡，清泽口并没有归还潞城县，而是隶属平顺乡。一直到 1961 年 9 月，黄池、黄牛梯、下黄等村划回潞城县，清泽口随此次变更方归潞城。靳会昌生活在清嘉庆、道光年间，其时，清泽口村归平顺乡辖治，难怪平顺百姓视之同乡。

2. 上党天下脊

九百多前的一个冬天，那一日大雪纷飞，天寒地冻。书案上的酒凉了又热，热了又凉，面对朋友梅庭老的叹息，大文豪苏轼以酒当墨，填下一阕词《浣溪沙》："门外东风雪洒裾，山头回首望三吴。不应弹铗为无鱼，上党从来天下脊。先生元是古之儒，时平不用鲁连书。"

13 岁入县学，24 岁中举，25 岁中进士，饱读诗书的靳会昌不会没有读过这首词。那日殿试，面对一旁严肃监督的皇帝，这个来自山村的士子深吸一口气。他的脑海里一定闪过了他的故土家园，闪过了一生豁达的苏东坡。他拿起笔来，洋洋洒洒写下一篇当时名动朝野的《上党天下之脊赋》。这篇赋写得磅礴大气，若滔滔江水一泻千里，堪称绝世之作。那一刻，太行山的雄壮之美、厚重的人文历史、他内心所涌动的对故乡深厚的爱，一起倾落笔端："近日月以为居，图山川而布利。天台无影，山腰之烟火齐辉；瑞阁余馨，地脊之城郭标异。联秦晋为指臂，气涵瑶界三千；跨燕赵为腰肢，形似碧城十二。尔其泰华作屏，黄河为带，面日下之长安，指云间之吴会。""地临上界，唐明皇月窟来游；人解真修，文中子石崖高处。快目中之尘净，群依碧落而为家；讶足底之云生，直以太清而为舆，则见金汤百二，气象万千。"

这样的才华，这样的气魄，皇帝喜欢。25 岁的靳会昌一举入仕。

上党人至今以"上党从来天下脊"而骄傲。吟咏苏轼的《浣溪沙》时，靳会昌这个名字会在心头一颤。他笔下的上党，更美，更具象，更熟悉。

3. 帝王之师乎

坊间关于靳会昌的传说很多，其中之一，他是嘉庆皇帝之师。这会是真的吗？

要搞清靳会昌是不是嘉庆之师，首先需要知道他的生卒年月《平顺县志》并无记载靳会昌生卒年月，但他在嘉庆癸酉年（1814 年）中举，"明年成进士，选庶常吉士，始二十有五。""道光壬辰夏（1832年）归养，即于是年九月卒于籍，春秋四旬有二。"可推知他大约生于1790年。很多文章说靳会昌生于1792年，卒于1833年。这个生卒年月估计也是推算出来的。首先1833年靳会昌去世与县志有出入，如按1792年计算，到1833年，他是四十一周岁。

嘉庆皇帝生于乾隆二十五（1760年）年，1796年继位登基。也就是说，嘉庆登基时已36岁。如按照靳会昌1790年出生算，嘉庆皇帝年长靳会昌30岁，无论靳会昌怎样聪慧，断然不会成为帝王之师。

网络搜索嘉庆皇帝之师，在一篇《嘉庆皇帝的老师们》中找到的嘉庆皇帝的老师有朱珪、潘廷楷、彭翔兹、范锡篆等名字，并无靳会昌。纵然嘉庆皇帝再谦逊，会拜一个比自己小30岁的人为师吗？

那么，会不会靳会昌是嘉庆之子道光皇帝之师呢？道光皇帝生于公元1782年，比靳会昌大近10岁，而靳会昌25岁中进士后方有可能在京城见到尚未登基的道光皇帝。此时储帝道光35岁，当早已完成学业，25岁的靳会昌可能给35岁的道光帝当老师吗？

正如城区报社王潞军先生推测，如果说嘉庆皇帝赏识靳会昌之才，让靳会昌给儿子道光讲讲治世之略或聘其为"学术顾问"，或有可能；靳会昌后因其才华卓越，政绩突出，与道光皇帝走得近，为皇帝所推崇，也有可能。但若作为帝师，当为后人误传。

《平顺县志》记载：靳会昌登进士后，从25岁到39岁，"寻补刑部陕西司主事，充国史馆纂修、实录馆校官……""历转广西司员外郎、福建司郎中、总办秋审处……"职务从六品升为五品。道光己丑（1829年）年，"（其业绩）京察一等，简放山东济东道，"靳会昌洁己奉公，以察吏安民为任，三年时间，很快升任三品山东按察使、都转盐运使等职。应该说，这三年时间，他深得道光帝赏识。

4. 史书参御状

《史书参御状》是一个真实的故事。这个故事牵涉平顺三个村落。今天，无论走进东庄、豆口还是青草凹村，村民都会绘声绘色把一百多年前这个惊动帝王圣驾的故事讲给你听。

故事的大致经过是这样的：豆口村富裕之家的张公子迎娶了东庄村王秀才家的小姐。王小姐回门时，张家给王小姐带回一些没有印染的白布。王家认为张家这样做是欺人行为，随即给小姐做了一身白衣，让她穿在身上回婆家。王小姐一身重孝回到豆口村惹得村里人笑话，张公子情急之下打了王小姐。想来王小姐也是觉得两头受气，万念俱灰之下跳了悬崖。这下捅了马蜂窝，王家不依不饶，打砸张家一败涂地不算，尽管张公子之父惶恐之下已跳了茅厕，王家还是让官府抓走了张家老小十多口人。

就在张家走投无路时，史书站了出来。他原本是青草凹村一介秀才，在豆口村私塾教学。得知张家冤屈，他奋不顾身为张家写了状纸。清代秀才不得参与民间诉讼，史书偏偏蹚了这摊浑水。之后，顺理成章的，他被官府打掉功名，关进大狱。聪慧而倔强的史书知道，如果此刻他沉沦下去，不仅他无法活命，张家一家老小也无法活命。于是他设法逃出大狱，直奔京城而去。在京城，他辗转找到了昔日同窗靳会昌。

舞台下看戏，每逢看到故事陷入绝境、人心绝望时，每个观者都渴望此时赶紧出现一个"大官"，要么八府巡按，要么钦差大臣，总之这位大官可以手眼通天、力挽狂澜，救民水火，扭转局面，否则，戏唱不下去是小事，那种有冤不能伸的结果，实在不符合中国人心理。平日看惯了憋屈，受够了憋屈，如果戏剧中也没有光明，他们何必要赶庙会，敬奉神灵？生活的光芒、理想的光芒从哪里透射？

靳会昌出场了。不知道戏剧中是不是会把他塑造成威风凛凛的"八府巡按"，鸣锣开道，前呼后拥，现实中的靳会昌一定不会如此出场。

靳会昌是嘉庆之师的传说大概来源于此。民间百姓觉得，如果靳会昌不是皇帝老师，以他当时职务，一个小小的国史馆纂修，怎么敢把史书带进紫禁城面见皇帝？

靳会昌无疑是民间百姓心中神一样的存在。所以，民间会传说他是八府巡按，是皇帝老师——这样的人物，有一种自然而然的高大和神通。

或者现实中靳会昌为此事颇费了脑筋。别说古时官场，就是现在，见大一些官员都很难，何况在等级森严的封建社会？

在靳会昌的帮助下，史书终于把御状递到了皇帝手里。有意思的是，史书的博学多才、能言善辩竟让皇帝忍不住赞叹了一句："真乃天官之才。"

也许这只是早期戏剧编剧为这个悲情故事增添的一抹欢乐。但这抹欢乐让观众很享受，很喜欢，舍生取义的史书应该有这样的结果才合情合理啊！于是这个情节被一代代传了下来。

遗憾的是精明绝顶的史书偏偏那刻愚钝了一下，尽管一旁的靳会昌急得抓耳挠腮，恨不得踹他两脚，他还是没能接住皇帝"钦封"的金口玉言叩头谢主隆恩，把官位领下。客观地说，此话不过皇帝一句玩笑而已。紧接着，皇帝决定按照大清律例，民告官如子杀父，先坐笞五十，虽胜亦判徙二千里，于是史书被发配云南。

张王两家官司尘埃落定。两家官司牵扯出的上党一府八县私卖秀才之事被追究，六十余名官员受到惩处。可见，史书当年所参御状，不见得比浙江杨乃武与小白菜之案动静小、影响小。

而张家官司虽胜，但历时数载，被拘捕之人犯死于狱中6人，连同事发惊惧死亡者共9人，所以人称"九头案"。官司久拖不决，王小姐灵柩数载停放张家，后有蜜蜂于棺上结大如斗蜂窝，人不敢近。后人不解，各种流言四起，后来有人将此案编为鼓书《蜜蜂记》，广为传唱。

史书参倒那么多官员，他还能活命吗？上党民间传说里，史书当然不会死去，而是有更多后续传说，让这个故事充满人性温暖。

人们记住了史书参御状这个传奇故事，也感念着靳会昌的侠肝义胆。没有靳会昌，张家之冤，只怕永无天日。

5. 王玉行之死

我站在一个叫上马的村庄的时空里。这是一个鸡鸣三省的小山村，河南、河北、山西三省的分界线在此划过。如此僻远的山村，盛产着诸如王莽赶刘秀等流传颇广的传说。

行走在上马村，靳会昌这个名字，再一次扑面而来。

王家大院是上马村保存最完好的民宅。两座四合院，每座一进两院。一院坐西朝东，一院坐南朝北。两座院子不仅占地面积大，而且用料精良、装饰精美。西边还有一院，有地基，却没有完工。

我站在王家大院门口。时光徐徐，悄然走过二百多年，大门上的青竹垂花柱、悠然绽放的莲花雀替，以及阑额上门楣两端乖巧可爱的"狮舞太平"，依旧守着山中幽静的岁月。地处太行山巅的上马村，其先民祖辈务农，何以有如此丰足的钱粮修建这样的深宅大院？

王家大院的主人叫王玉行，清嘉庆年间人。他自小聪明过人，长大后没有像先辈一样守着"三亩地两头牛，老婆孩子热炕头"，而是独具眼光，廉价收购黄栌，邀村庄巧手打磨雕凿，将一根根形如精美艺术品一般的烟袋杆销往四周庄乡。上马村连翘因气候适宜，生长期长，色泽、质地、味道均属上乘，加上造型、价位优越，上马烟杆一时供不应求。黄栌烟杆让王玉行的生意走出山西，在周边晋冀豫颇有声望。后来王玉行把生意做到了山东。清朝末年，无论城乡，吸烟者甚众，本来王玉行的生意风生水起，不料却被当地商行妒忌，联合排挤，生意陷入困境。

山重水尽时，王玉行正好遇到了山东按察使靳会昌访察民情。王玉行意外得知靳会昌是平顺老乡，他兴奋不已，顾不得自己为一介草民，贸然跑到按察使府上，任门役刁难，愣是找到了靳会昌。老乡与老乡，靳会昌并没有因王玉行是一介布衣而嫌弃他。当王玉行诉说完自己在济南的遭遇后，靳会昌不慌不忙，微微一笑："你先回去。明天我去找你，不管谁去通禀，你只说两个字：免见！"王玉行先是一愣，随即明白过来。第二天，王玉行商行门口果然有差役前呼后拥而来，王玉行依照靳会昌之计，只说了一句"免见。"便不再理会。八抬大轿却不愠不躁，打道回府。这下，整个济南炸开了锅。这王掌柜是何来头，竟然敢不理按察使靳大人？更奇怪的是，靳大人还不愠不怒，乖乖打道回府？各种传言下，王玉行有强大的背景之说在济南街头流行。之前与王玉行作对的商家、地痞纷纷服软。就在王玉行咸鱼大翻身时，道光壬辰年夏，靳会昌急流勇退，陈情回乡照料生病的母亲。谁料天有不测风云，42岁的靳会昌送别母亲不久，竟也于同年九月卒归。

有靳会昌的照顾，王玉行的生意顺风顺水。挣了钱的山西商人，无不希望光宗耀祖、光大门楣。春风得意的王玉行回到家乡平顺上马村，召集能工巧匠，仿江南园林样式，决定建三个二进院落。孰料后院修到一半，靳会昌不幸去世的噩耗传来。念及靳会昌的恩情，王玉行悲痛欲绝，一口鲜血吐出老远。不久之后，王玉行身亡。这座永远没有建起来的院子，用一个未完的地基追忆着远去的故事。从此，上马村留下了"清口死了靳会昌，上马气死王玉行"的传说。

6. 至孝为善

不得不说，靳会昌是典型的山西人，上党人。他历任陕西、京城、广西、福建、山东等地官职，无论怎样的锦衣玉食，都难以改变他胃里的故乡。

靳会昌尽管身在仕途，但他对故土家乡却情有独钟。乡间相传，漳河岸上有一道饭食之名的来历也与靳会昌有关。

千百年来，太行山缺粮。浊漳河岸边的人家不仅发明了可存放数十年的"柿糠炒面"，还发明了一种豆皮稠饭，即将黄豆脱下的外皮和小米一起煮，做成稀稠相半的米饭。因豆皮体轻，且脱皮后呈凹状，靳会昌便给这道饭食取名"隔沟飞"。

靳会昌是孝子，他出外为官，总把母亲带在身边，便于孝敬。忽一日，老人家想起家乡豆皮稠饭，就想食用，可府上厨师怎么也弄不懂豆皮稠饭是何种佳肴，又不便询问，只好悄悄请教书童。书童也很茫然，只得硬着头皮来请教靳会昌。靳会昌一听，知道母亲是想家了。

忘记是看谁的一篇文章了，写到靳会昌为什么好好的要"陈情归养"的问题，说他那么大的官，仆役众多，完全可以把母亲带在身边照顾，为何要回家乡！

也许问题就出在这里了。一碗"隔沟飞"让靳会昌意识到，他带母亲四处为官，奔走仕途，对于母亲而言，并非孝顺行为，而是一种折磨。诚如今天，我们的老人不愿意跟随忙碌的我们一起居住一样。

靳会昌不得不送母亲还乡。

而后他继续忙于公务。就在他于山东任上青云直上，仕途顺风顺水之际，获悉母亲沉疴在床的消息。

忠孝之间，如何选择？如果是你，如何决断？舍母，还是舍官？与卧冰求鲤、割股奉亲相比，舍弃仕途，是不是更难？

大丈夫修身齐家治国平天下，齐家是第二选择。报国奉孝，是一个封建士子的立身准则。母染沉疴，年寿有日，尽管自己正当英年，但事亲日短，报国时长，两两相权，靳会昌做出了自己的选择——弃官回乡。他不是野心家，天道人伦在他内心永远是最柔软的地方。也因此，他留给后世的怀想，一缕一缕散发着人性的幽幽馨香。

他最终没有遗憾，守孝床前，三拜九叩送别了母亲。但他给后人留下了几多遗憾啊：就在他送别母亲不久，他竟然染病家乡，42 岁，英年早逝，终老故地。

他给后人留下了几多感慨啊：天若假年，以靳公之才学，或不输于同样从上党走出去的吴琠吴阁老和康熙重臣陈廷敬、或会有大功于国家社稷和黎民百姓！

他又留给后人几多猜测啊：或瘟疫、或悲伤、或暴疾？缘何他走得那么匆忙，忙得没来得及留下一声叹息，一句嘱托！？

他的身后，中华大地狼烟四起。第一次鸦片战争开始、丧权辱国的《南京条约》签订……但这一切都与他无关了！

他化作了一盏灯，悬挂在太行山，辉耀着浊漳河。

2020 年 5 月 24 日

芊禅师: 曳虎而行的传奇

虎，掠食性肉食动物，凶猛异常，被誉为"百兽之王"。

佛教，教化人从善，最终成佛。佛教认为，人人成佛，则世界太平。

偏偏，佛教把修行者与虎联系了起来，把至善与至凶联系了起来。

我从身边的一个传说说起吧。平顺有座金灯寺，金灯寺的创始人，据说是北周芊禅师，也叫芊上人。

芊禅师是彰德府（今河南安阳）曹马村人，最初在山西兴国寺为僧，法名静真，拜名师清果为师。后他到山西悬山寺修行，食菜三年，食糠三年，食麸三年，又到陕西两当庵中，食枣与水两月，食净水一月，以成正果。

会有人奇怪，既然芊禅师有法名，为什么人们不肯称呼其法名？而呼其"芊禅师"？带着俗家姓，又带着出家之称，似乎有些不伦不类。如果他是得道高僧，他当与龙门寺一些住持一样，被称为"静真大师"。

其实，出家比丘分经师、律师、论师、法师、禅师五类。长于诵经的为经师，长于持律的为律师，长于论义的为论师，长于说法的为法师，长于修禅的为禅师。长于律、论、说法三藏者称三藏法师，如唐代玄奘，便有唐三藏之称。

禅师本来是指修禅的比丘，所以，三德指归卷一说："修心静虑曰禅师"。

但在中国有两种用法，一是君王对比丘的褒赏，比如陈宣帝大建元年，尊崇南岳慧思和尚为大禅师；唐中宗神龙二年，赐神秀和尚为大通禅师之号。还有一种是后来的禅僧把前辈称为禅师。到后来，凡是禅门的比丘，只要略具名气，均被称为禅师。

如果说"修心静虑曰禅师"，会不会芊禅师修行艰辛，因此而得名？

修炼 9 年之后，芊禅师开始云游。有一天，他遇到了一只饥饿的老虎。芊禅师没有像佛祖释迦牟尼一样，以身饲虎，而是喂了老虎一些斋饭。一连数日后，老虎慢慢恢复元气，遂跟他云游天下。

这只老虎使芊禅师的故事成了一个传奇。

据说，那只老虎非常神奇。每逢芊禅师化缘时，倘若施主有钱不施舍，老虎便虎视眈眈，低声咆哮不肯离开。被这样一双虎视眈眈的眼睛直勾勾盯着，即使原本不想施舍的施主，大约也会胆战心惊吧。就当破财消灾吧。芊禅师有了老虎相伴，如有神助，钱财自然来源滚滚。这些钱财，芊禅师也不随身携带，古代银子比现在的钞票重得太多，于是芊禅师把化缘得来的钱见河投河，见井投井。

芊禅师最后来到了隆滤山的巨崖峭壁，建起金灯寺，修了水陆殿，并摩崖雕造了水陆殿内精美的佛教人物，成了金灯寺的开山鼻祖。

金灯寺塔林

金灯寺水陆殿有一个泉眼。正是因为这千年不竭的泉眼，水陆殿的水千年澄澈。传说，在修金灯寺时，芊禅师以前所募化的钱财，随着这眼泉眼的水流滚滚流出。

这当然只能是一个传说。那老虎，在我看来，或者是一只中原人少见的藏獒之类的犬类动物。佛教故事将其神话为虎，表明佛教与虎背很深的渊源。

施以斋饭，挽救、感化老虎，让其最终成为修行伴侣，倒也符合佛家教义，符合人类自负的"人定胜天"的精神胜利法。

芊禅师最终还是芊禅师，成不了佛祖，大概与他的修行境界有关。他没有像佛祖一样舍得"以身饲虎"；不过，芊禅师曳虎而行，则成了金灯寺传说的一道奇观。

我想，把至善与至凶联系在一起，大概是佛教为了烘托自己教义的魅力、教义的深远、教义的感化深度。佛教想说明，没有什么是佛教不能改变的。

老虎最终能被感化，成为人的伴侣，也为神奇。神奇的传说，如何传都可以。可信，也可听听，一笑而过。

芊禅师曳虎而行的故事其实来源于佛祖"以身饲虎"的故事。而"以身饲虎"却没有芊禅师曳虎上太行这么风轻云淡。

佛教有"三世"：过去世、现代世和未来世。"以身饲虎"的故事发生在过去世。

选择这样一个时间，可能会使我们的心情好受一点，稍微能接受一点。因为，奉献也罢，灾难也罢，已经过去了。过去了，时间久了，就可以不痛了。

过去世里，有一位名叫摩诃罗陀的国王，国王有三个儿子，个个相貌端正，轩昂不凡。大王子名叫摩诃波那罗，二王子名叫摩诃提婆，小王子名叫摩诃萨埵。有一天，三位王子去打猎，突然看到一只母虎身边有七只小虎围绕，都十分饥饿，将要丧命。

人们常说一句话，虎毒不食子。事实上，老虎饥饿而无选择时血盆大口甚至会对着自己孩子的。野兽毕竟是野兽。

此时此刻，即使赶紧找食物，怕也来不及了。

看着七只小老虎即将丧命，小王子决定舍身救虎。

大王子说："一切难舍之中，自己的身体最难舍弃。"二王子说："我们今日因为爱惜自己身体的缘故而不能舍身救虎，因为智慧浅薄而遇事心生恐怖。如果是有慈悲之心的大士，为了利益众生，要舍身弃命自然是不难办到的。"

道理都懂，但大王子、二王子比小王子多食几年人间烟火，对红尘自然多一些眷恋，最终都没有舍得以身饲虎。

小王子想到了舍身。为了不让两位兄长惊恐忧虑，他让大王子和二王子先回去。

大王子、二王子当然明白，傻弟弟留下来要做什么。眼睁睁看着弟弟如此做，总感觉这两位聪明兄长有些"谋杀"弟弟的成分。

老虎只吃新鲜肉食。小王子为了吸引老虎，找来干竹枝刺破自己的脖子，并从高崖跃下，故意掉到老虎面前。

传说，小王子临死之前是发下誓愿的："我今日为了利益众生，证得无上之道，大悲不动，难舍能舍，为求菩提之智，欲度苦海众生，灭除生死烦恼。"这誓愿只有老虎听到了。只是不知，过去世里需要食肉为生的老虎能否听得懂。

别怪我责备佛祖：你救一只老虎，就是为了利益众生？一只老虎能代表众生？如果小王子活着，救助一些难过之人，不好吗？

我想，高崖跃下，小王子是昏过去了。人的恐惧之心当与生俱来，面对虎口的獠牙巨口并最终成为老虎的一盘菜，昏过去无知无觉，至少可避开心理恐怖。

老虎啖食小王子的肉体，自然与饕餮一只鸡、一头猪、一头牛没有差别。在比人更高的食物链面前，人与其他动物一样，都是果腹的食物而已。

佛教故事里对老虎吃人却另有一番描写：霎时间大地产生六种震动，太阳变得黯淡无光，天空降下如雨一般的鲜花，散发着微妙的香气。虚空中有众多天人赞叹："善哉！善哉！大士！你是真正做到大悲之人，为了利益众生，难舍能舍，在众多修行者中最为勇猛刚健。你已经得到诸佛的称赞，常住胜妙乐处，不久将证得无有热恼的清凉涅槃境界。"

如此形容这样的惨烈情景，不过是为了安慰读故事的我们：这样的死死得其所，死得伟大！

不管佛祖怎么说如此饲虎多么伟大，对于如此血腥的佛祖教义，我始终持怀疑态度。

国王和王妃得知小王子舍身饲虎之后，悲痛不已，号啕大哭，与众人一道收起小王子被老虎吃干净血肉的骨头，建起一座七宝塔供奉小王子。

国王和王妃是父亲、母亲，痛失骨肉，痛哭是人之常情，不痛哭才怪。

佛教中有很多自相矛盾的东西。比如，小王子后来成为过去世的佛祖，怎么在佛祖之前就会有天人？

从孝行上讲，小王子一心想着救小老虎的生命，不知是否想到，身为儿臣，他的死，会给他的父亲、母亲留下多么深重的痛！为自己追求的教义而把痛苦建立在别人身上，尤其是亲人身上，不知道，是不是佛教该提倡的？

佛教叫人爱护众生，普度众生，唯独不爱自己，这与儒家"身体发肤受之父母""穷则独善其身"，正好相反。莫非，这就是舍生取义？从人性角度讲，我不知道这样的舍生取义，到底值不值得提倡？但佛教提倡了，还把这个故事安在了佛祖身上。

为了圆上这个传说，还有无人见到却盛传下来的一幕：小王子临舍身命时发下誓愿："愿我的舍利，在未来世无数劫中，常为众生而作佛事。"

佛教说，佛祖舍身饲虎的故事生动地诠释了佛陀为利益众生而不惜捐身舍命的大慈大悲精神。原本，人本人，兽本兽，兽以人为食，而且还是人主动送上去的，大自然物竞天择、适者生存的道理，在这个故事里行不通。因为行不通，于是佛教谓之"大慈大悲"精神。

为了安慰人们的心理，佛教给了小王子莫大的荣誉。他们是这样解释的：

故事中的小王子就是后来的释迦牟尼佛。国王是净饭王，王妃是摩耶夫人，大王子是弥勒，二王子是提婆达多，母虎是瞿夷，七只小虎是五比丘以及舍利弗和目犍连。

佛教不讲轮回，却有过去世、现代世、未来世。三世之说，不知道算不算轮回？

还有一个佛教与老虎的故事，这个故事来源于典故"斑斑谁跨丰干虎"。

闾丘胤是唐朝的朝议大夫，受唐太宗的诏命，去做台州（浙江临海县境）刺史，将要起程的那天，忽然头痛如绞，苦不可耐。命医诊治，竟越诊越痛。就在这时，忽然来了一位僧人，自称为丰干禅师，说是从天台山国清寺而来，过此相访。闾刺史因头痛甚剧，医治无效，便咨询其有无良方。

丰干禅师胸有成竹地说："身居四大（地、火、水、风），病从幻生，若欲除之，应须净水。"

家人取净水与丰干。丰干持在手里，诵咒一时，吸了一大口，对准闾丘胤一口喷去。闾刺史满脸满头水珠，全身尽成淋漓。奇怪的是不到一刻工夫，头部剧痛豁然而愈。

闾丘胤由惊奇而敬佩，正待深谢，丰干禅师说："台州地属海岛，山岚毒风慎重，到日必须擅自摄护。"

闾丘胤便问："不知当地有无贤士，确是值得敬仰的人物？"

丰干禅师巧妙而含蓄地回答说："见之不识，识之不见；若欲见之，不得取相，乃可得见。"

闾丘胤说："那是自然，绝对不可以貌取人，所谓'以貌取人，失之交臂'。你说，那是一位什么样的人物？"

"这人的来头可大了。他叫寒山子，是文殊菩萨降世，遁迹在国清寺里。还有一位拾得，是普贤菩萨的化身，他们变成一副贫苦穷相，而且还有一点疯狂情态，或去或来，就在国清寺的库房里，或者就在厨房内掌火呢。"

丰干禅师说了这番话后告辞而去，闾丘胤启程到台州上任而去。上任不久，闾丘胤微服到国清寺，寻找丰干禅师。方丈说："人是有，只是现在到外面游方去了。"闾丘胤又问寒山子与拾得，方丈略加思索说："是住在唐兴县（浙江省天台县境）寒岩里寒山子以及住在本寺库院中的拾得了！"

闾丘胤很快接到唐兴县县令之报："当县界西 70 里内，有一寒岩，岩中有贫士一名，频往国清寺；止宿库中，有一行者名曰拾得。"

闾丘胤用台州刺史的全部仪仗，朝衣朝冠前往礼拜。他刚抵国清寺，已经惊动了全体寺众。大家恭敬地迎接这位当地最高行政官员。他问寺众说："你们国清寺里，以前可有一位丰干禅师，他的住院在哪儿？还有拾得和寒山子两人，现在何处？"

一位名叫道翘的寺僧回答说："丰干禅师的住院，就在经藏的背后，现在并没有人居住，只有一只老虎，时常来此吼叫一阵而去。"宝德和尚年龄八十多岁，是国清寺里的长老。他告诉闾丘胤说，当他住进国清寺时，丰干早已在那了。不知哪天，丰干带进一个十岁的小孩，住了一段时期，这小孩便管起食堂的香灯来了。大家才知道这小孩名叫拾得。因为这个小孩，宝德才开始注意这位丰干禅师。宝德说："丰干总是独来独往的，他来了我们固然不知；他去了，我们也会不晓。不过，这次离去，却有一些奇特了。"

"什么奇特？"闾丘胤迫不及待地追问。

"这次离去后，便时常有只猛虎，于深更半夜时，跑到禅院四周，吼叫一阵始去。"宝德回答。

道翘说："我们国清寺的老禅师们，曾传下一种说法，说丰干初来国清寺时，是骑在一只老虎背上来的。等他骑着进到了'松门'（山门），大家便慌张起来了。可他并不进入大殿，只是骑着老虎径直向'丰干禅院'的禅房而去。到了前院，他跳下虎背，把那只老虎安置在另外的房间里，然后，他盥洗清净，到大殿礼过佛后，回到院里，对原来住在里面的同道们说：'不要紧，不要紧的！大家都要相安无事。'那些原来住在里面的寺众，早已骇得人去屋空了。"

闾丘胤于是去察看丰干禅师住过的禅院。小和尚把院门打开，只见院内虎迹斑斑，非常清晰。

　　闾丘胤又问道翘和尚："丰干禅师住在本院的时候，所作何事？"

　　道翘回答："日间只是舂米，以供养寺众，一到夜里，就唱歌自乐。"

　　"寒山子和拾得现在何处？"闾丘胤追问说。

　　"此刻正在厨房里面。"于是，闾丘胤就到厨房看望寒山和拾得。他一踏进厨屋，便听到里面有两个人在笑。闾丘胤驻足而听。道翘轻轻说："正是寒山和拾得两人在狂笑啊！"

　　闾丘胤径直进去，跪在他俩面前，向他俩顶礼膜拜。寒山和拾得两人叫喊着说："丰干饶舌！丰干饶舌！"

　　寒山拉着闾丘胤的手，摇了几摇，说道："你自己遇弥陀而不识，向我们顶礼做什么！？"从两人的口中，闾丘胤才知，所谓丰干禅师，原来是阿弥陀佛的化身。

　　见朝廷命官向两个贫士顶礼膜拜，寺院一片惊奇混乱。寒山和拾得借此机会出了厨房，飞奔而去。

　　闾丘胤回衙门后，日夜筹谋，希望结交这两位世外高人。他缝制了两套僧服、僧帽，以及其他一些供佛、供僧的物品，派人送至国清寺里。遗憾的是，寒山与拾得自那日走后，再也没有回寺。他派人把衣物送到寒岩。衙役刚到寒岩，便见寒山子坐在岩洞洞口，看到他们，返身进入岩洞，大声喊道："贼，贼贼！贼来了！"待众人走近，寒山已经入得更深了。里面传出一声嘱咐："报你诸人，各自努力！"话音刚落，寒岩岩穴的石块自然合上，不可复入。

　　后来，闾丘胤以台州刺史名义，搜集寒山、拾得昔日的行状，申报存案。他们把寒岩附近，从寒岩通往国清寺的山路上、沿途村落人家墙壁间，疯僧寒山子所写下的诗句全部抄录下来，一共抄得三百多首。道翘和尚编辑了《寒山子诗集》，序言为闾丘胤所作，讲述了这个故事。《全唐诗》收录了寒山子和拾得的诗，谓之为诗人。

　　这个与老虎联系在一起的故事，建立在三个历史人物身上，又把这三个历史人物进行了幻化：丰干即佛祖释迦牟尼佛，寒山子为文殊菩萨，拾得为普贤菩萨。

佛教用中国智慧让一只老虎作为了佛祖化身的丰干之坐骑，对佛祖"以身饲虎"的悲壮之行多了几分轮回的回报与宽慰。

至于寒山子和拾得，后世誉之为唐代隐士，为中国历史上为数不多的极具神秘色彩的人物。道翘和尚在《寒山子诗集》中曰："寒山子，不知何许人。居天台唐兴县寒岩，时往还国清寺。以桦皮为冠，布裘弊履。或长廊唱咏，或村墅歌啸，人莫识之。"

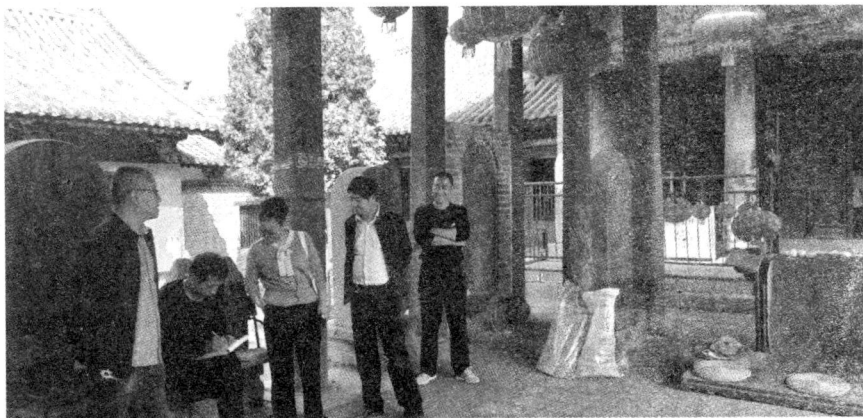

笔者在九天圣母院走访

不管寒山子、拾得是人是佛，现实中，他们倒真是修行之人，所以才有知音找上门来也避而不见这样的故事。如果见了，他们或者就成了李白、杜甫。

平顺古八景来历

1. 八景之源

"八景"是我国独有的一种文化现象，是某一地约定俗成的八处景观的总称，包括自然景观和人文景观。

为什么一般都要用"八"来命名呢？有人说，"八景"之称源于道教，是道家术语，是受八卦、八仙、八大神咒等道教文化的影响。《文昌大洞仙经》记载："八景八门者，身中所具之门户，为神气之所出入。"这里的"八景"是指人的眼、耳、口、鼻、舌等八个主要器官，另一方面也指八个最佳行道修仙时间的气色景象，体现了道教天人合一的追求。这八个时间点分别是立春、春分、立夏、夏至、立秋、秋分、立冬、冬至。

宋代，"八景"概念慢慢发生改变，由最开始的道教用语变成了景观类用语。最早将"八景"一词用于指代地域性景观的是北宋画家宋迪绘的《潇湘八景图》，著名书画家米芾还为其题诗作序。沈括在《梦溪笔谈·书画》中写道："度支员外郎宋迪工画，尤善为平远山水。其得意者有平沙落雁、远浦帆归、山市晴岚、江天暮雪、洞庭秋月、潇湘夜雨、烟寺晚钟、渔村落照，谓之八景，好事者多传之。"这是现存"八景"一词最早脱离道教教义，明确指代景观的文献。《辞源》和《辞海》两书中均认为"八景"起源于宋迪。之后，"八景"现象轰动天下。

到明清，"八景"进入鼎盛时期，朝廷甚至以行政命令要求各州县必须上报当地八景。凡名胜往往凑足八景以资点缀，如燕京八景、蓬莱八景等。之后，地方官员纷纷而起，开始选择作为代表性的八处景物、胜地、奇怪的现象，或者历史和人文的重要反映和象征，形成本地的十景或八景。清初赵吉曾如此评价这种八景泛滥的现象："十室之邑，三里之城，五亩之园，以及琳宫梵宇，糜不有八景十景诗。"随着八景文化的繁荣发展，景观数目也不再仅仅限制于八个，相继出现了十景、十二景、十六景、二十四景，但人们仍是习惯用"八景"来统称。并且八景名称也突破了四字短语，有两字、三字短语，不过仍以四字短语命名的居多。鲁迅先生曾对此现象如此评说：中国的许多人，大抵患有一种"十景病"，至少是"八景病"，凡看一部县志，这一县往往有十景或八景，如"远村明月""萧寺清钟""古池好水"之类。

长治的前身潞安府、潞州都有八景记录。弘治年间马暾编撰的《潞州志》记载，当时的上党八景为：五龙苍霭、百谷寒泉、壶口祥云、龙潭皎月、雄山叠翠、漳水拖蓝、瑞阁余声和慈林残照。

彼时，潞州各县也有八景，如，古黎（即黎城）八景为：漳河落涧、玉泉漱石、壶口故关、黎侯古廓、岚山夜雨、萧寺晨钟、白岩晓烟和龙门冬雪；壶关八景有紫团青嶂、麦积重峰、靖林奔瀑、云壁仙梯、风穴秋音、乌泉夕照、翠微仙洞和壶口旧关；潞城八景为：婴城重瑞、葛井寒泉、垂山叠翠、西流晚渡、天冢鸣凤、伏山卧牛、微子清风和申仙异迹。这些八景始于何时，不得而知。

有意思的是，明清时代，各地不仅仅设立"八景""十景"，伴随"八景""十景"的产生，往往还会邀请文人墨客对"八景""十景"题咏描绘。在中国诗歌史上，写景咏物之诗源远流长，但以八首作为组诗出现，且统一以"八景"命名并得以传播，说明这种"八景诗"不是偶然。

"八景诗"始于何人,始于何时,我无意探讨。翻阅《平顺县志》,一组"题八景"的诗歌吸引了我的注意。

既然有"八景"诗,那么,平顺"八景"源于何时? 为何人所设?

2. 平顺八景诞生于何时

因平顺建县晚,"平顺古八景"自然比其他县的古八景创设要晚。

不用说,平顺建县成为平顺八景创设的前提。

平顺虽地处太行深处,但并非一个无名小县。平顺建县源于嘉靖八年,山西历史上最大的一次农民暴动——陈卿起义。起义被平息后,嘉靖皇帝派钦差大臣夏言来处理后事,夏言建议在"青羊之乱"巢穴处设县。于是,嘉靖八年,朝廷划析黎城县五里、潞城县十六里、壶关县十里共三十一里设立平顺县,同时建立附阔县长治县,升潞州为潞安府。陈卿用"舍得一身剐"换来了平顺后世子孙普遍接受文化教化的机会。"平顺"为明朝嘉靖皇帝亲自赐下,取"剿平逆贼,地方驯顺"之意而命名。

既然平顺建县为明嘉靖八年,那么,平顺八景的诞生,自然在平顺建县之后。当然,平顺建县时间短,并不代表平顺这块地方没有秀美的风光。比如,黎城古八景之一"龙门冬雪",说的是今天属于平顺县的六朝古建、八宝龙门寺风光。

平顺建县后的第一任知县为高崇武。高崇武是河北井陉人,井陉也属太行山区。夏言在《开设县治巡司关堡抚恤降民事宜》末提议:"议设新县,宜作裁减衙门,其知县必得本处旁近州县官,历任年深练达民情事宜者改用"。夏言还真为平顺这个新建县操碎了心,就连应该派来一个什么官员也向皇帝提出了建议。这块土地再也经不起折腾了。这时的嘉靖皇帝还能听得进意见,于是派来了同样生长于太行山中的高崇武。高知县熟悉大山,了解大山,可以接受大山内的生活,也了解山民生活的艰难。

高崇武是个喜欢游山玩水的县令,这从他在三晋第一碑上留下的那首诗可以看出来。高知县在平顺期间的主要工作是建造平顺县城。一穷二白的山村变成县城，至少需要有个城墙什么的。尽管他喜欢山水，但城建工程使他来不及考虑所谓的古景。三年后，高崇武离任。

嘉靖十一年，平顺第二任知县路中到任。路知县到平顺后再接再厉，继续兴修县城各项工程。不幸的是，不到一年，他便去世于任上。

嘉靖十二年，朝廷派来平顺县第三任知县徐元道。徐元道是陕西秦州人。秦州其实不属于陕西，而属于今天甘肃天水。甘肃天水，也属于"穷山瘦水"之地，所以，在家乡生活生长过的徐元道对平顺的大山并不算陌生，至少，他能接受这种大山闭塞生活。

徐元道是一位非常务实的县令。他不仅深谙为官之道，也深知百姓渴望什么，需要什么。上任之后，他接过继续建设县城的接力棒，同主簿李鸾一起，继续修城池、学校、衙门、桥梁等，同时把注意力转移到了文化教育上。

徐元道的哥哥徐元祉写过一篇《创建平顺县儒学碑记》，写了弟弟创建平顺儒学的过程。徐元道给平顺留下在最大功绩，在我看来，就是他真正把钦差夏言的行教化之风之嘱咐落到实处，兴修了儒学。他对文化的重视，透过一些历史遗存资料，可窥一斑。

民国版《平顺县志·营建考》记载有一篇不知作者姓名的《城郭记》，记录了高崇武所修的城门："明嘉靖八年，初建县治，知县高崇武、主簿李鸾来任，督工筑土城一座，高二丈，周围二百五十丈，开南门，砖砌门台，上建楼三间，窝铺六间，竖旗帜，题额曰'太行一障'，门设而未裹，楼成而未饰。"

嘉靖十二年徐元道到任后，他同李鸾一起，"装修"了"太行一障"这道城门，并用砖垒砌东门，上面还建楼3间。工程完成，上面题写了"旸谷重熏"的匾额。南城楼也写了两块匾，南面匾额为"迎熏楼"，下面对联为"南向平山叠嶂群峰惟拱北，西来顺水汪洋众派总朝东"；北面匾额为"民物解愠"，对联为"国泰民安上沐虞弦之化，地灵人杰新沾孔铎之音"；东城楼亦制作了两块匾，向东一面匾额上写"对育楼"，对联为"阴修潜消惟有春风来户宇，阳明焕发自无岚气染城池"；西面匾额为"草木易春"，对联为"明月照临万里尘清天地晓，德风鼓舞一方草偃士民新"。这副对联中的"德风""草偃"出自《论语·颜渊》，意思是"君子之德风，小人之德草，草上之风，必偃"。这副对联的大意是，从此，这里风清气正，明月万里，道德文教将感化学子、百姓，这里将出现崭新的面貌。

这些匾额、对联出自谁手不得而知，但无疑是徐元道希望利用文化教化这片土地的学子、百姓的誓言。

徐元道并非康熙版《平顺县志·官师志》所说，在平顺供职不足四年。根据泽州散人唐济《徐公去思碑记》"方今九载考绩，急流勇退""于兹九载，民堵物丰"记录，徐元道在平顺供职9年。9年时间，足以让徐元道在青羊大地大展身手。

这时候，平顺大的城建工程基本完成，所以，在我看来，此时的徐元道有时间和精力来做一些文化的事。会不会是徐知县也想如别的县，把这个太行深处刚建立的小县推出去，就是现在常说的宣传推介一下，于是，平顺八景横空出世？

我想，平顺八景诞生于此时的首要原因，是平顺县城"南山"之名的改变。平顺县城所在地青羊村，南为"南山"，北为"青羊山"。嘉靖八年平顺建县之初，潞州知州周昊曾在青羊村南山脚下开掘过三眼井，周昊还留下了一首律诗《题南山井泉》。到嘉靖十二年徐元道任平顺县令后，其兄徐元祉为平顺留下的诗中有一首五言律诗《题平顺》，其中这样写道"地挠三晋化，天动六师移。彩凤存黔首，青羊扫赤眉。"《平顺旧志集成》编校者注释说，这首诗为徐元祉到平顺探视弟弟徐元道时所作。诗中青羊村的"南山"已经被称为了"彩凤山"。有人说，这是因为南山秋来色彩斑斓，这是事实，但是什么机缘巧合让徐元祉为南山更名？

第二，徐元祉为朝廷五品命官，平顺旧志说他两次到平顺看望弟弟徐元道。徐元祉看望弟弟是人之常情，但作为官员，在山高路陡、交通极其不便的明代，徐元祉怎会有那么多时间那么高的兴致游山玩水？更重要的是,游览之余,他还写了一组八首四字标题的《题古迹》如《错凿遗渠》《穿窑避兵》等?

这组《题古迹》让我再次想到了平顺古八景。

3. 平顺八景诞生的背景

让徐元道想到创设八景,推测还有一个重要的原因——修志。

《中国地方志》收录有一篇上海复旦大学历史系教授巴兆祥著的《论明代方志的数量与修志制度》。巴教授研究,"由官府统一制定志书体例始于明朝。永乐十年(1412),朝廷为修《一统志》而颁降《修志凡例》16则,这是迄今发现最早由朝廷颁布的修志细则。之后6年,朝廷再次诏天下郡县卫修志,对原颁《凡例》稍事修订,调整门类,重新颁布,令各地遵行。这两个修志细则的颁布,目的在于控制地方志编纂,改变洪武年间志书杂乱之弊,划一各地志书的体例。自此诸府、州、县志书'悉依今降条例书之',或略作变通。"

明代修志有很多是朝廷或上级地方官府下令实施,当然,也有一些是地方官员根据情况需要而进行的。

有人粗略统计,明代方志有3470种。这个数字足见明代是一个重视志书的朝代。

如果潞州各县有志,在朝廷非常重视志书编纂的明代,平顺县在"览山川之自胜也,民物之渐蕃、政教之渐兴也,贡赋渐裕而弦诵渐盛也,独文献不足,后将何观?"(语出周一梧《平顺县志》旧序)的情形下,会不会后来赶上,编纂志书?

平顺有史可查的最早县志是平顺县令赵完璧组织编撰的。万历三十二年(1604),山东肥城选贡赵完璧来知平顺县。赵知县在万历版《平顺县志》的自序中所说:"余甲辰(1604)夏奉命承乏兹土,复缘按部者索观,即构遗书检阅。"赵完璧是重视志书编纂的明代官员,加上赵知县对文化建设的重视,使得他上任后,决定重新编辑新的县志。

赵完璧组织编撰万历版《平顺县志》时，曾邀请当时长治县一位学富才雄的学子周一梧写序。无论赵完璧的自序，还是周一梧的序言，都提到了一件事——早在赵完璧编撰万历版《平顺县志》时，平顺县已有了志书。赵完璧是这样说的："自建邑以来，志已有著，缘为掌籍者所遗，致有残缺者。夫次者，久不足以备观风者之采。"意思是，自从建县以来，平顺已有县志。但这部志书残缺，不能让后来考察民情的人尽情使用，所以他才想到了重新编纂新的县志。

周一梧是长治人，壬辰年进士。曾任常州知府、苏州知府、陕西河西副使。晚年闭门修郡志，秉笔直书，号称信史。赵完璧邀请周一梧写序，周在序言中也写到了那部早已失传的旧志的情况："平顺，潞邑也，创自嘉靖之初年，先是叙述有志，久而散失。"

从嘉靖八年平顺建县到万历三十二年，76年时光中，平顺经历了20多任县令，那部最早的《平顺县志》会出自哪任县令？

我的直觉是徐元道。尽管他当政平顺时，平顺县建县不过十多年，但康熙版《平顺县志》中，他当政平顺的九年时间里，为平顺留下了不少文化的、需要记载的东西，比如夏言的《虹梯关碑铭》《玉峡关碑铭》、顾鼎臣和李时的碑记，他哥哥徐元祉的大量诗篇等。

正如赵完璧在他的《〈平顺县志〉序》中说："我朝列圣相承，纂修大备，典籍所著，视古加详，故疆域所有，按籍可考，如列眉指掌然。以一统志与郡县相表里，采集备，故纪载详也。"赵完璧在重视志书修撰的明代，能意识到志书的重要，作为平顺儒学的创立者徐元道，会没有修志的意识？

如果徐元道曾编纂志书，平顺八景的创设便会顺理成章。

4. 平顺八景由谁题咏

遥想当年，当"八景"如同今天的 4A 级景区，你方唱罢我等场，潞安府别的县都有了八景十景时，新建的平顺县难免有补上这一课的想法。况且，平原上的县域且有八景，平顺地处太行深处，怎能没有八景或十景？今天的平顺风光秀美险峻，明代的平顺，其古朴原始想来应比今天更美。来自甘肃穷山瘦水天水之乡的徐元道，内心也定然被平顺的山川风光所折服过。何况，"八景"对推介平顺有利，徐元道当然有兴趣而为。

当徐元道打定主意要创设平顺八景时，他要解决的第一个问题就是，由谁来寻觅、选定、采写平顺八景？八景不仅仅是一个空间选定的问题，还必须有相关诗词为其扬名。流传广了，才能叫响，最后才能约定俗成。

一篇题为《论明代八景诗的特性及八景诗的圈层影响机制——以曾启八景诗为例》的文章说到了八景诗的圈层影响。文中说，八景诗作者个体性介入越强，八景诗的影响力越大。这个不难理解。题写八景诗的诗人影响力越大，那么，自带流量的诗人，所写八景诗的影响力自然就大。大唐天宝十二年进士张继的一首《枫桥夜泊》，不仅使张继名留千古，也使寒山寺成了千百年来远近驰名的游览胜地。今天，很多地方会邀请著名作家对当地风光、文化或经济进行讴歌，演绎某部电影，导演会选择自带流量的明星，皆同此理。

参照黎城县古八景的讴歌者来看。《黎城县志·康熙版·地理志》中记载的题咏黎城古八景的作者是李濂。《明史》记载，李濂，生于明孝宗弘治元年，卒于世宗嘉靖四十五年，字川父，祥符（今河南开封）人，曾中进士而授沔阳知州，后迁宁波同知、山西佥事，后罢归。有文才，罢归后他更努力研学，居里中四十余年，著有《医史》十卷、《嵩渚集》一百卷，《观政集》一卷等。《艺文志》中还有一位题咏黎城古八景的官员叫李芳黄。李芳黄做过济南通判，正六品官员。他死后，来自沁州的良相吴阁老吴琠亲自为其撰写了墓碑。

再看《潞城县志·万历版》所记录的潞城古八景。写下潞城古八景八首诗词的作者是冯惟贤。冯惟贤被列入《潞城县志》"官师志"，史志这样介绍："冯惟贤，陕西西安人。举人，展拓学官，纂辑县志，倡礼教而化俗，宽惠以御民，政清治平，民怀士感。"冯惟贤虽然职务不高，但《潞城县志》万历本，他是作者之一。此外，潞城古八景的"发掘"者，还有一个是王溥。

通过黎城、潞城这两县可知，当时选定两县八景、书写古八景的，都是官员。古代官员的文采不容小觑，而且，官员为诗，其圈层影响，是普通秀才无可比拟的。

按理说，古代通过科举考试的士子都是文章出彩之人，但纵观《平顺县志·康熙看》艺文志，徐元道当政平顺9年，却没有给平顺留下一行诗词，倒是他哥哥徐元祉，今天《平顺县志》的"艺文志"中收录了他的兄长徐元祉二十多首（篇）诗和碑文。比如《新建平顺题名碑记》《创建平顺县儒学碑记》，皆出自徐元祉之手。

《平顺县志旧志集成》中说，志书底本中，徐元祉两次到平顺探视过弟弟。在《创建平顺县儒学碑记》文末，徐元祉说："弟情恳莫辞，又不忍以同气之避"，可见，徐元祉到平顺，是弟弟徐元道邀请而来，徐元祉到平顺也属于"内举不避亲，外举不避仇"的赴邀。

那么，徐元祉是不是即是徐元道请来的拟定平顺八景之人？如果是，那么，当时的徐元祉是什么身份？

《新建平顺题名碑记》上写着："户部清吏司郎中·秦州·徐元祉撰"等字眼，这说明，徐元祉来到平顺时，有职务在身，符合古八景需要有名望有功名之人的撰写"潜规则"，符合八景诗的圈层影响机制。

在《明史》中，徐元祉占有一席之地。《明史·杂谭》记录了《徐元祉奏陈治河》一事。嘉靖十一年(1532)七月二十五日，户部郎中徐元祉奉命赈保定、河间时，他上了一道奏陈治河之策，提出先浚本河，使河深宽邃。他能写下这道奏折，必然对山西、河北两省河道是熟悉的，或对河道做过考察。面对这道文采斐然涉及山西、河北两省河流改道、工程巨大的奏折，嘉靖皇帝没有犹豫，欣然下诏应允，付诸实施。可见，对于嘉靖皇帝，徐元祉这个名字不陌生。

徐元道就任平顺县知县前一年，哥哥徐元祉正在河北赈灾。徐元道当然知道哥哥好文笔，是一位饱读诗书的诗家，于是他决定把选定、书写平顺古八景的任务交给兄长。徐元祉职务虽然比弟弟高，但毕竟血浓于水，他也乐得帮弟弟这个忙。

明代户部事繁,按地域分为山西、四川、广东、广西、云南等十三清吏司,置郎中、员外郎、主事等官,各掌其分省之包括禄俸,边镇粮饷,并各仓场、盐课、钞关等事。担任户部清吏司郎中的徐元祉会不会正好任的是山西清吏司?《平顺县志》没有记载。但从徐元祉留下二十多首与当地"名胜"有关的律诗《御史台》《养济院》《明伦堂》《鲤鱼亭》等看,他在平顺的时间不短,几乎走遍了平顺的山山水水。

身任朝廷户部郎中的徐元祉真有时间有闲情逸致游山玩水?那时候的平顺山高峰陡,山路难行,每至一处,都需要大半天甚至更长时间。所以,这些诗歌的写成,在我看来,并非他游玩所写,而是在有意寻找平顺八景过程中写下的。

于是,今天的康熙版《平顺县志》中就有了一组《题古迹》的七言律诗:《错凿遗渠》《穿窑避兵》《筑城聚米》《祷旱灵湫》《琳宫仙笔》等。这几首诗,每首都与一道景观或者一个古老的故事有关。《错凿遗渠》说的是平顺县奥治村大禹父亲鲧治水的故事;《穿窑避兵》讲的是三国马超挖掘今天藏兵洞的故事;《筑城聚米》讲的是石勒曾经在今天石城屯兵贮藏粮食的故事;《祷旱灵湫》讲的是新兴二里(今黑虎村、花园村、王陡崖等地)一个苍龙洞的故事,据说这里祈雨非常灵验,所以这个苍龙洞被称为"祷旱灵湫"。《琳宫仙笔》所讲的"琳宫仙笔",原为壶关古八景之一,讲述的是位于安善里(今平顺县青羊镇大渠村)的元至元二十二年(1285年)道人牛志信建(或当重修)的灵显观。万历版《潞安府志·寺观》记载,吕洞宾曾经游览此地,并写下了一首诗《吕纯阳题诗》。灵显观因诗而名。再加上徐元祉写下的《虹梯接汉》和《玉峡通天》,会不会,这便是平顺最初的八景之七。

徐元祉不是平顺人,无论是《穿窑避兵》讲的三国马超挖掘的藏兵洞,还是《错凿遗渠》说到的平顺县奥治村,他必须找到当地相关向导,这样才能在当时交通不发达的大山里不至于盲人摸象,误入歧途,才能在短时间内找到与古诗有关的最美的风景。

徐元祉在《创建平顺县儒学碑记》中写道："迨今风气渐开，人文渐着，拔之乡而登之太者多。且务本攸宜，幽风载咏，一或剑而不犊者，望风解也。司教李子天民、杨子隆，集贤乡牛镇上舍（监生的别称）申朝用、王仲铭、王济美、茂才、王茞臣、李镕、王廷瑞诸豪杰，咸有风乎舞雩之志。丐予一言，以垂不朽。"从这段碑文可以看出，当时，徐元祉不仅认识平顺这些"咸有风乎舞雩之志"的监生，而且，他们关系还很好，所以，这些监生才会请徐元祉写创建平顺儒学碑记。这些乡贤也许陪同徐元祉在平顺的大山里行走过，寻觅过八景。

你一定会疑惑，既然那时候人们喜欢设八景或十景，徐元祉怎能只选设七景？

是的，我也很疑惑。尽管徐元祉的《题古迹》为八首诗，但从《憩龙祥观》这首诗的标题结构看，并不符合八景诗的题目。如果《憩龙祥观》不属于八景诗，那么，面对不缺风景的平顺，为什么徐元祉只写七首《题古迹》作为八景诗？

康熙《平顺县志》中，收录有一首元顺宗正元间黎城县尹马复的四言绝句《赤壁悬流》，还收录有明代安阳举人孙德茂写的一首七言律诗《赤壁悬流》。

赤壁悬流为流传至今的平顺八景之一。不论孙德茂的《赤壁悬流》写于明嘉靖年间前还是之后，至少，在徐元道担任平顺县令时，马复的《赤壁悬流》已经存在。也许，这是两徐顺手拿来的平顺八景之一？

5.虹梯接汉与玉峡通天

众所周知，今天，流传下来的平顺古八景并非全是徐元祉题吟过的八景。今天的平顺八景为青羊卧月、彩凤仪春、赤壁悬流、龙门奋蛰、虹梯接汉、玉峡通天、梵宇神灯和琳宫仙笔。拿康熙版《平顺县志》记载的平顺古八景与徐元祉题写过的"疑似八景"比较，只有虹梯接汉、玉峡通天和琳宫仙笔是重合的。而这三首律诗皆出自徐元祉之手。

光绪版《平顺乡志·山水记》说："旧八景中惟青羊卧月、彩凤仪春、虹梯接汉属县。余之玉峡通天、梵宇神灯、琳宫仙笔属壶关；赤壁悬流、龙门奋蛰属黎城。"这段话的意思是，平顺八景，只有青羊卧月、彩凤仪春和虹梯接汉是平顺创设，玉峡通天、梵宇神灯、琳宫仙笔、赤壁悬流、龙门奋蛰都是原壶关和黎城创设。

弘治年间《潞州志》中，古黎（即黎城）八景为漳河落涧、玉泉漱石、壶口故关、黎侯古廊、岚山夜雨、萧寺晨钟、白岩晓烟和龙门冬雪，其中并没有赤壁悬流、龙门奋蛰。康熙版《黎城县志》八景为玉泉漱石、壶口故关、黎侯古廊、岚山夜雨、萧寺晨钟、白岩晓烟，田溪洌水和金牙晚照。没有了漳河落涧、龙门冬雪，增加了田溪洌水、金牙晚照。其中，也没有赤壁悬流、龙门奋蛰。这是不是说，赤壁悬流、龙门奋蛰并非黎城创设，而是作为平顺八景而出世的？

弘治版《潞州志》中壶关八景为紫团青嶂、麦积重峰、靖林奔瀑、云壁仙梯、风穴秋音、乌泉夕照、翠微仙洞和壶口旧关。康熙版《壶关县志》中收录的壶关八景为：团峰倚秀、佛耳摩云、濯缨清溪、壶口旧关、翠微仙洞、乌泉夕照、北极灵迹和风雪秋音，其中没有玉峡通天、梵宇神灯和琳宫仙笔。新版《壶关县志》壶关古八景有"琳宫仙笔"，但此景指壶关县神郊村真泽宫，而非平顺八景中"琳宫仙笔"所指的吕洞宾来过的灵显观。徐元祉为什么会选择一座道观呢？一则，《琳宫仙笔》留有吕洞宾亲手写的一首诗，可想当年此道观在平顺是非常有名气的；二则，吕洞宾的诗里也讲到，唐玄宗李隆基"龙潜上党"时到过此道观。这是一座与帝王有关的道观。

至于"梵宇神灯"所指的金灯寺，在弘治版《潞州志》寺观一栏中，我没有找到金灯寺或者宝岩寺的记录，乾隆版《壶关县志》方有宝岩寺的叙述。

这是否说明，玉峡通天、梵宇神灯和琳宫仙笔，并非壶关创设的壶关八景之三，"玉峡通天""梵宇神灯""琳宫仙笔"三个名字的出现，是伴随平顺八景的诞生而出现的？

徐元祉写的"疑是平顺八景"中只有虹梯接汉、玉峡通天和琳宫仙笔与今天流传下来的平顺八景一致。而虹梯接汉、玉峡通天一度让我想到平顺八景诞生的第四个原因:设立平顺八景,不止是对平顺文化的宣传,还有政治的需要,或者说平顺八景是一种趋炎附势的产物。也许,这项工作一开始即由徐元祉倡议。在朝为官,背靠大树好乘凉,他们需要通过多种方式接近正如日中天、炙手可热的权臣——夏言。

我这样设想的原因源于平顺八景中的两道景观——虹梯接汉和玉峡通天。这两道景观都与嘉靖七年岁末勘验"青羊之乱"的兵科给事中夏言有关。夏言建议朝廷设平顺县、长治县,同时升潞州为潞安府,在平顺设巡检司三处,关门二处、军堡三处,同时开设道路八处。同时,他还为设立的两处关门写下两篇铭文《虹梯关铭》和《玉峡关铭》。他在《虹梯关铭》题记中写道:"……故号洪梯,予易以今名";在《玉峡关铭》中写道:"玉峡关者,夏子创焉。"虹梯关与玉峡关,的确千峰壁立,为奇绝风景,但让人无法不想到夏言此人,想到把两条古道设立为八景的政治目的。

而且,偏偏,今天流传的平顺古八景中,也只有这两景的题咏作者为徐元祉。

徐元道当政平顺时,正是夏言青云直上、如日中天时。他不仅担任礼部尚书、武英殿大学士,入内阁参与机务,还在嘉靖十八年(1539年)正月,因进献祭祀皇天上帝的册表,被晋封为少师、特进光禄大夫、上柱国。

徐元祉、徐元道兄弟当然知道平顺县是怎么建立的。不仅他知道,大明朝廷应该没有人不知道平顺县的来历。比如光禄寺大夫、太子太保、礼部尚书顾鼎臣,曾经写下了《创建平顺县记》,少傅华盖殿大学士李时写下《夏公生祠记》,他们的目的,无非都是项庄舞剑意在夏言这个"沛公"而已。

夏言生祠就是此时建立的。写下《夏公生祠记》的李时在嘉靖十七年去世,《夏公生祠记》中夏言的职务"少傅大学士",夏言任少傅大学士的时间为嘉靖十五年闰十二月,由此推知,《夏公生祠记》应当写于嘉靖十五年到十七年之间。也就是说，平顺县为夏言建立生祠，就在这个时间段中。而这个时间段，平顺县的知县正是徐元道！

朝廷有这样一位位高权重且与平顺有关联的权臣，无论徐元道还是徐元祉，难免有设法接近夏言的想法。

徐元祉是官员、诗人，更是政治家。他的《新建平顺题名碑记》大约就写于此时："往年盗劫作乱，天讨甫平。上命都给事中今拜为武英殿大学士桂洲夏公，综核厥事。公以削平之后，余孽尚蔓，建邑以顺民心。"他在《平顺县创建儒学碑记》中写道："赖今贤相桂洲夏公都谏时之力，采风披赤，疏上允下，厥县建焉。独持风裁，可谓善继大君之志矣。"这等赞歌，可谓三伏天喝凉水，夏言看到，怎么能不舒服！

按照《新建平顺题名碑记》所记夏言职务，这篇记应该写于嘉靖十五年之后，在嘉靖十五年闰十二月，夏言才担任武英殿大学士。

既然是夏言上奏建立的平顺县，夏言也不可能一点也不关心这个他提议建立的县城。换句话说，平顺县，是夏言一道人生丰碑。这一点，顾鼎臣看到了，李时看到了，李崧祥看到了，徐元祉也看到了，所以，徐元祉亲自操刀写了一篇《创建平顺题名碑记》。当然他在碑记中没有说是主动为弟弟徐元道要写这篇碑记，而是弟弟徐元道差人来请哥哥写碑记的。碑记开头一句即为："予弟平顺尹梅亭元道介使持状请予竹亭子"。竹亭，为徐元祉的号。

虹梯关、玉峡关，此两关为夏言所建，有兵驻守，有梯路可通。但虹梯之险，历来有记录。徐元祉把这两处作为两处古景题咏，肯定亲自去过这两个地方。两首诗恰如描述夏言的仕途，从平顺办差回去，青云直上，一直到走上一人之下万人之上的首辅之位。而"虹梯接汉"和"玉峡通天"自然也包含了徐元祉的内心需求，或者通过此两道古景的选择、题咏，可以走近朝廷的权臣，从而实现自己的"理想"。

无论建立夏言生祠，还是讴歌夏言设立的虹梯关和玉峡关，都是在做让夏言在平顺流传千古，令夏言赏心悦目的事。何况，虹梯关和玉峡关承载着平顺建县这样的历史往事！

借创设平顺古八景，一来可以不动声色，顺理成章赞美夏言；二来，正如《创建平顺题名碑记》中徐元祉所记录的弟弟徐元道之言"记录自有当道"，创设平顺八景，对平顺而言，也是一件功在千秋的事。

徐元祉帮助弟弟徐元道选择此两地作为平顺古景题颂，无论对他，还是对于弟弟徐元道，至少没有坏处。于是，就有了徐元祉笔下的两首七言律诗：《虹梯接汉》和《玉峡通天》。

6. 申家与平顺八景

我最初与平顺古八景相逢，一度认为，平顺古八景的创设者、组织者是徐元道、徐元祉，而选定和咏唱者是今天平顺县安乐村的申家。因为，今天流传下来的平顺八景中有很多申家士子的身影：青羊卧月、彩凤仪春两道景观的歌咏者是申朝用的堂弟申朝聘（申朝聘父亲为申文表，申朝用父亲为申文渊）和申朝用的六子申以赞；赤壁悬流的歌咏者为申朝用二子申锐和申朝用的六子申以赞；龙门奋蛰歌咏者是申朝用的二子申锐和三子申以详；梵宇神灯的歌咏者为申朝用的二子申锐。

申家子弟如此齐整地参与一件事，大规模歌咏平顺八景，那么巧合地写下这些四字为题目的诗词，推测不是兴趣所致，而是有组织的行为，甚至是官方行为。

徐元祉与申朝用交善，这有徐元祉写下的《题温泉》和《赠蓬莱仙翁》两首七言律诗为证。《题温泉》有一个题注：申公讳朝用，号温泉，与元祉交善。喜其祖孙父子一堂晚翠，故赠以二绝云。由此可见，当时平顺安乐村申家家族在当地颇有影响力。

徐元祉多次到过安乐村申家，熟悉申家的一大家学子。所以，一开始我认为，平顺古八景的创设，徐元祉只写了虹梯接汉、玉峡通天和琳宫仙笔的题咏，其余由申朝用的堂弟申朝聘和儿子们完成；而徐元祉多次到申家，也许正是为给申家子弟们"布置任务"或"验收工程"！

　　《平顺县志》还记载了一件事。平顺建县后，某位平顺县令曾邀请当地诗词名家为新建的平顺县写过颂歌。此事件从《平顺县志》记载的同题诗歌《题平顺》中可以看出来。这次活动，县志中收录的诗作有六首，除徐元祉和一位叫孟奇的长安作者之外，其余作者为申朝聘、申锐、申以赞和申以详。所以，我最初以为，《题平顺》也许是平顺古八景写作前的"选拔赛"。这组诗的写作，至少让平顺官府知道，申家人才辈出，可堪此重任。

　　我的推测被后来我拿到的《申家家谱》推翻。《申家家谱》对题咏平顺八景的申家子弟有一个简单记载。

　　申朝用，生于正德五年（1515 年），由太学生初任广平府经历、真定府经历，升辽东前屯广宁卫经历，诰封征仕郎。在徐元道主政平顺时，申朝用二十多岁。申朝用是官员，也难怪徐元祉与其交好。但申朝用并没有参与平顺古八景诗词创作，而是他的三个儿子参与了创作。

　　申朝聘，申朝用堂弟，生于嘉靖十六年（1537 年），隆庆二年恩拔贡，初任山东黄县主簿，升河南延津县知县，后又升任陕西西和县知县。徐元道嘉靖十二年主政平顺时，他只有 4 岁。到徐元道离任平顺，也不过 14 岁。平顺八景，申朝聘写了两首。他所写《青羊卧月》的署名为有"邑人"，可推知他写《青羊卧月》的时间应在隆庆二年（1568 年）之前。申朝聘写过一篇《王公生祠记》，这篇文章中，他的署名为"邑人、知延津县事"。这时候的申朝聘应与万历二十年任平顺知县的陕西华州人王荣诰交好。

　　申锐，申朝用次子，生卒年月不详，由生员中万历乙酉（1585 年）科武举。

　　申以详，申朝用三子，原名铥，后更名以详，生于嘉靖癸卯（二十二）（1543 年），由廪生选恩贡，中武举，登万历十一年（1583 年癸未年）进士。初任潞州卫左所镇抚，升本卫指挥佥体统行事，署守雁门关印务。到徐元道在平顺任职 9 年之后的嘉靖二十一年离开平顺时，申以详还没有出世。

　　申以赞，生卒年月不详，申朝用六子，由生员中万历癸卯年（1603 年）科举。按照排行来说，他更小。

如果《申家家谱》所记申家申以详、申以赞等人的生卒年月是正确的，如果平顺古八景最早诞生在徐元道为政平顺时，那么，申家申朝聘等人是不可能参与平顺八景的题咏的。

那么，如果徐元道编纂过《平顺县志》，平顺的八景诗，可能就是徐元祉《题古迹》中的一组七言律诗了！

那么，又是什么机缘巧合，让申家子弟集体参与到了平顺八景的题咏中呢？

康熙版《平顺县志》清清楚楚记载了申家申朝聘等写的"八景诗"，清清楚楚记载了申家申朝聘等人参与了平顺八景诗的题咏。

我在万历三十二年赵完璧编纂的《＜平顺县志＞旧序》中找到了申家人的身影。

为修撰新的县志，上任平顺知县的赵完璧遍访平顺诸先达。当时，不仅在平顺，在整个潞安府，安乐村申家大约也是名气远扬。赵完璧上任后，曾亲自到当时的乐头村拜访申家子孙，并诚挚邀请他们参与编写志书。

赵完璧在万历版《平顺县志》中说："有申公者，以文学、政事擅名于时，其子姓亦多贤于邑之故实，必能识其大小，因造其庐而礼聘焉。公亦慨然身任其事，据古传，采群议，掞精撼思，据事属词，越月而成帙。"

赵完璧拜访的"申公"会是谁？

万历三十五年，与徐元祉交善的申朝用已经去世 26 年。此时，支撑申家门面的是申朝用的儿孙以及他的堂弟申朝聘等人。

《青羊卧月》《彩凤仪春》的作者申朝聘，万历三十二年 67 岁。

《龙门奋蛰》的作者申以详生于嘉靖癸卯（1543）年，为申朝用三子，万历三十二年 61 岁。

申锐和申以赞生卒年月不详，但申锐为申朝用二子，申以赞为申朝用六子，他们的年纪与申以详不会相差太多。

申朝聘与万历二十年任平顺知县的陕西华州人王荣诰关系应该不错。康熙版《平顺县志》收录有一篇《王公生祠记》，署名"知延津县事申朝聘撰"。

碑记说，申朝聘是受石华、路崇谦之邀，在他们完成王公生祠后写的，写于万历二十九年。

申以详为万历十一年（1583 年癸未年）进士，初任潞州卫左所镇抚，升本卫指挥佥体统行事，署守雁门关印务，为三品官。申以详卒于万历三十八年，也就是说，赵完璧赴任平顺时，申以详还健在。

参与平顺八景事写作的申家人，都是有官职的人。赵完璧说的"申公"，可以是其中任何一位。

不过，后人认为，申朝聘居多。

申家子弟集体参与今天流传下来的平顺八景诗的题咏，大约就是此时。此时的他们虽然老迈，但为平顺八景之诗的创作，不是难事。

赵完璧在他的万历版《平顺县志》自序中介绍了这本没有流传下来的志书："卷分为六，目列四十有五，以县境附之舆图而模拟工；以邑名、沿革、星野、疆里、城池、景迹、山川、形胜、乡村、市镇、风俗、土产属之封域而区画周"，"以制诰、碑铭、诗志、行歌括之艺文而识述备，胪分胪列，井然有条"。从志书的目录可以看出，志书设有"景迹"一栏。也许当时申家人题咏的平顺八景就收录在"景迹"一栏。

既然申家子弟参与编撰《平顺县志》,他们可能照搬原来的旧志八景吗？各县八景均非一成不变，平顺在编撰新的志书时重新规划新的八景，也是非常正常的事。

申家不愧为平顺的钟鸣鼎食之家，申家子孙也不愧才华横溢，他们首先想到了县城附近应该有两道景观，也或者，是赵完璧以及平顺县诸位儒生提议（但我感觉,这个可能性不大）。总之，"青羊卧月"与"彩凤仪春"，当是同时诞生的两道景观。"青羊卧月""彩凤仪春"其实为平顺县北山、南山之景。北山形如青羊卧在一弯月牙之中，南山秋来色彩斑斓，如彩凤起舞。这两道景观真是写到官府官员的内心了。近水楼台的两道景观，宣传了县府之地，在交通极其不便的古代，也省掉了再去寻找别的资源的跋山涉水。

平顺八景中，大概数"赤壁悬流"一景最早。元顺宗正元间黎城县尹马复曾写过绝句《赤壁悬流》，且此景就在安乐村附近，这里赤壁丹崖，绿漳东去，确为胜景。今天，赤壁悬流依旧是平顺 4A 级景区。申家申锐、申以赞对此景再一次进行了题咏。

龙门奋蛰也是安乐村申家大院门口一道街景，申锐、申以详对此题咏一番之后，"龙门奋蛰"成为一景。

只有梵宇神灯这道景观最远。但金灯寺是不能错过的一道景观，金灯寺早在元末金初就很还有名，北宋宰相张商英写过《洪谷圣灯》，还有大文豪元好问也写过《洪谷圣灯》，这个自然应该列入古八景。

加上徐元祉题咏过的"虹梯接汉""玉峡通天""琳宫仙笔"，新的平顺八景被载入史册。

平顺八景，有人文古迹，有自然风光，有先贤遗迹，有寺庙禅音，还有政治大事的载体。不得不说，无论徐元祉题咏过的"疑似平顺八景"，还是流传至今的平顺八景，他们的选择都是值得行走的风景，是平顺风光的历史瑰宝。

7. 八景诗文

值得一提的还是"虹梯接汉""玉峡通天""琳宫仙笔"。申家士子们题咏"青羊卧月""彩凤仪春""赤壁悬流""龙门奋蛰"四组八景诗，均为双双题咏。唯梵宇神灯，只有申锐一人题咏过。而"虹梯接汉""玉峡通天""琳宫仙笔"三首八景诗，他们似乎有意避开，无一人再去题咏。

尽管此时申朝用已去世多年，他的儿孙是不是会记得，曾经有一位叫徐元祉的官员，与他们的父亲关系很好，多次到过他们的府邸，且写过八景诗。对于这位前辈，他们的父亲生前非常敬重，于是，他们在保留（或选择）"虹梯接汉""玉峡通天""琳宫仙笔"作为新的平顺八景诗时，也多了一份神圣的敬重？他们只是保留了徐元祉的诗，而没敢步韵而题？

申家士子对徐元祉的怀念和敬重，从今天流传下来的康熙版《平顺县志》中保留的二十多首徐元祉的诗词可以看出。如果那部消失的万历《平顺县志》为申家士子们编纂，那么，他们无疑把那部县志作为文化桥梁，认真地保留了徐元祉的诗。而且，他们还把今天看来徐元祉题咏的"疑是八景诗"起了一个总题目《题古迹》，收录在了县志中。

至于平顺八景变化，那是根据时间、需要进行的选择。纵观黎城、壶关等县，他们的八景选择，也在不同朝代有变化。

当然，题写平顺八景的诗文不仅仅申家人所写的几首，也不仅仅是徐元祉写过的几首。

康熙版《平顺县志》中明代安阳举人孙德茂写过七言律诗《赤壁悬流》。这首诗可能为题咏古八景而作，也可能为和马复韵而写；石凤腾（生卒年月不详）也写过七言绝句《赤壁悬流》。

不仅申锐写过《梵宇神灯》，康熙二十九年贡生、考授训导的平顺豆口里人路跻垣也曾写过。不过，他的《梵宇神灯》为五言律诗。他还和过一首五言绝句《彩凤仪春》。

顺治年间恩贡、新城县县丞、壶关人牛倬曾写过一首五言绝句《玉峡通天》，为五言绝句。牛倬为壶关人，顺治年间恩贡，新城县县丞。他的《玉峡通天》无疑为步后尘之作。

此外，路帝简写过《虹梯接汉》，为五言绝句。路帝简为青羊里人，康熙例贡；路帝由写过《龙门奋蛰》，为七言绝句。路帝由与路帝简或为兄弟，同为康熙年间人。民国版《平顺县志》中还记载了一个叫路帝临的康熙年间例贡，他们或为一家兄弟。他们的写作时间都晚于申家写的平顺八景诗。

平顺王庄里人王升辇写过《青羊卧月》，但他的诗为五言绝句。王升辇是顺治七年岁贡（曾任宁武府训导，后升代州学正），他写《青羊卧月》不用说也是步前人后尘。

再往后，壶关人、诰授朝议大夫王宣政（生卒年不详）曾写过八景诗：《玉峡通天》《梵宇神灯》《琳宫仙笔》各两首；壶关人王泰魁（字符六，号瀛溪，生卒年不详）写过《玉峡通天》《梵宇神灯》《琳宫仙笔》各一首；

王震魁（生卒年及生平不详）写过一首《玉峡通天》。此三人的八景诗均收录于清道光版《壶关县志·艺文》。乾隆二十九年，平顺撤县设乡，复归三县原割析之地。此时，玉峡关、金灯寺和灵显观，均属壶关管辖，于是这三道景观成为壶关八景中三景。这大概就是《平顺乡志》所记录的"旧八景中惟青羊卧月、彩凤仪春、虹梯接汉属县，余之玉峡通天、梵宇神灯、琳宫仙笔属壶关，赤壁悬流、龙门奋蛰属黎城"的来历。这说明，玉峡通天、梵宇神灯、琳宫仙笔、赤壁悬流、龙门奋蛰，均原为平顺设县后创设的八景，乾隆二十九年平顺被三分后，它们才属于不同县属。这也说明，王宣政、王泰魁、王震魁属于乾隆二十九年之后、道光年间之间的人，而他们写的八景诗是晚于申家的八景诗的。

也许，乾隆二十九年到道光年间，壶关、黎城各县曾重新编纂过县志，八景再度被重新选择、题咏过。于是这个时期，玉峡通天、梵宇神灯、琳宫仙笔作为壶关八景的三景而存在过。而赤壁悬流、龙门奋蛰两道景观，因为地属黎城，而成为黎城县的景观。但我没有找到这两道景观成为黎城八景的记载，而且，这个时期也没有对应的题咏诗出现。可见，这两道景观，即使一度重归黎城，但黎城并没有把它们作为八景题咏对待。

无论徐元祉的"疑似八景"，还是流传今天的平顺八景，这些景观无疑都是平顺的珍宝。

徐元祉的"疑似八景"中，"错凿遗渠"是4A级景区赤壁悬流中的一道景观；"穿窑避兵"是今天已经开发旅游的藏兵洞；"筑城聚米"是石勒屯粮的千年古镇；只有"祷旱灵湫"讲的苍龙洞似乎名气不大。但对于当时的平顺来说却很重要。平顺自古缺水，有这样一个祈雨非常灵验的苍龙洞，是不是很受百姓欢迎！

至于今天流传下来的八景更不用说：虹梯接汉、玉峡通天，虹梯和玉峡关不仅风光绝伦，也成为今天人们评古悼今的历史遗迹；青羊卧月、彩凤仪春，青羊山和彩凤山为平顺县城增添了一抹靓丽色彩；赤壁悬流，成了4A级景区；龙门奋蛰至今依旧是浊漳河一道少见的奇景；梵宇神灯，金灯寺，如今是"国保"单位，吸引着四面八方对于游客和研究者。只有琳宫仙笔，随着灵显观消失在历史深处。

今天看来，平顺之美，绝非仅仅过去当时他们拟定的古八景。平顺有比平顺古八景更美的地方，比如通天峡的风景、张家凹的风景、天脊山的风景。也许徐元祉和申家兄弟根本没有抵达这些地方，他们只是从政治需要的角度选择了所谓的"平顺古八景"！

遥看平顺八景，我站在有限的资料上，只能以自己的理解做出推测。

无论怎么说，平顺古八景的选定、题咏，掀开了平顺文化史新的一页。从这一天起，平顺这块土地上，太行深处的平顺县及当地百姓至少不再是各位大臣奏折中的林莽之地、野蛮之人。从此，这里的百姓告别愚昧洪荒，开始走上中华文化教化之路；从此，这里开始与外面的世界接轨、与山外的文化碰撞；从此，平顺人有了新的天地，新的生活目标，也让外界对平顺有了新的认识！

2021 年 8 月 23 日

孙渤、李晏与元好问

题记：我让孙渤、李晏和元好问这三个不同朝代的人来到了这篇文章里，是因为在交错的时光里，他们曾经有过一个共同的话题。

孙渤、李晏与元好问，这三位来过平顺的官员中，他们都既为官，也为诗人，有意思的是，他们为官的心理，都是矛盾重重。

1

来到龙门寺，很多人会不经意错过那块碑。

那块碑镶嵌在龙门寺水陆殿东山墙上，与寂静的寺院不为人知地浑然一体。无论龙门寺金代的天王殿前，还是北宋的大雄宝殿后，龙门寺有很多矗立的碑刻，述说着龙门寺古老的过往。与那些矗立的古碑相比，那块沉默的古碑似乎有些相形见绌了。

而且，位于龙门寺之后的水陆殿，不能耀眼地引起人们的关注，是因为它不过是一座清代建筑。与龙门寺五代、金代、宋代的殿宇比较，它的确年轻了一些，不过一百四十多岁。偏偏这块碑就被镶嵌在了年轻的殿堂上。

水陆殿重修于清光绪六年（1880年）。立于龙门寺大雄宝殿之后的《重修水陆殿圣僧堂碑记》勒石于光绪八年，由清末恩贡密峪村（今克昌村）

白鉴如撰文并书丹，碑记述说了重修圣僧堂、水陆殿、新建钟楼，创建院外照壁及狮台的经过。

水陆殿镶嵌的碑的落款时间为"崇宁二年秋九月"。不知道那块碑是不是一开始就被镶嵌在水陆殿的，如果是，在清光绪重修水陆殿时，那座殿宇也是古老的。

宋徽宗用过6个年号，崇宁是宋徽宗赵佶的第二个年号，取继承宋神宗常法熙宁之意，一共用了5年，即从1102年到1106年。

我在2020年孟夏的阳光中注意到了那块碑刻。碑刻为四首诗，碑文落款为"县令苏门孙渤"。

也就是说，917年前的北宋崇宁二年（1103）9月的一天，黎城县令孙渤曾来到龙门寺。

当时，龙门寺的住持是思昊大师。思昊大师于北宋熙宁八年（1075）来到龙门寺。龙门寺现存大雄宝殿建于绍圣五年（1098），即为思昊大师所建。为重修这种古老的寺院（龙门寺始建于北齐武定八年，即公元550年），大师每日只吃一粥，生活非常简朴。绍圣、元符年间，适逢饥荒，粮食歉收，大师开仓济粮，救活了很多百姓。

孙渤来到龙门寺时，恰是龙门寺香火鼎盛之时，而大雄宝殿也才刚刚落成5年。

那次龙门寺之行，孙渤为中国诗坛留下了《题龙门山寺》《过石勒城》《留题松池寺》和《归路马上口占》四首古诗。四首诗被龙门寺住持僧思昊以石永记——就是如今镶嵌在水陆殿前廊东山墙的那块高不过四十厘米，宽不过八十多厘米的碑。

四首诗最吸引我的是那首《题龙门山寺》。全诗如下："涧水激溅溅，危峰百丈峭。山僧道心真，缔构甚殊妙。殿阁多峥嵘，丹壁互相照。我来虽抱檄，乃得尘外笑。秋声起岩壑，宛若苏门啸。下步穷水源，高蹑白云嶕。岂期俗士驾，放目一览眺。微官安足荣，归欤从荷蓧。"

"涧水""危峰"，这首诗前两句形象描绘了龙门寺的环境。龙门寺让孙县令由衷感慨，这些出家的僧人可真会选择寺庙的地址，寺庙也建得如此高峻魁梧，与四周大山互相映衬、相得益彰。"山僧道心真，缔构甚殊妙。殿阁多峥嵘，丹壁互相照。"正如《大宋隆德府黎城县天台山惠日禅院住持赐紫沙门思昊预修塔铭》记载，此时的龙门寺有修堂殿、厨库、僧房有近百间，一派兴旺之相。

"下步穷水源，高蹑白云嶋。"此时此景，让孙渤游龙门寺兴味盎然。自古文人多雅兴，何况面对龙门寺前一泓碧水，寺周一山高峻。缘溪寻水源，小心翼翼攀山崖，孙渤虽因公务而来，但他在龙门寺却意外寻到了俗务外的一种快乐。尤其面对龙门寺殿阁峥嵘、鸣钟香鼎、红墙碧瓦的兴盛之相，孙县令忍不住诗兴大发，于是写下这首《题龙门山寺》，并慷慨地将此行所做的其余三首诗一并留在了龙门寺。

恰恰是《题龙门山寺》的最后四句，让我忽然对九百多年前的那个县令充满了兴趣。

"岂期俗士驾，放目一览眺。微官安足荣，归欤从荷蓧。"登上龙门山山头，孙渤无限感慨说，如果期待与那些俗不可耐的官员一起来，就不能像现在这样登高望远、敞开胸臆了。再说，像他这样的小官，有什么值得炫耀的，还不如辞官做一位隐者。

孙渤留诗碑

身为朝官，身不由己的孙渤，必然有繁杂的事务。此次到龙门寺，孙渤流露出了对职业生涯的厌倦、对龙门寺僧人归隐山林闲适生活的羡慕之情。身在职场的孙渤县令为什么会有这样的感慨？

河南豫剧《七品芝麻官》中的唐成县令有一句名言：当官不为民做主，不如回家卖红薯。孙渤显然不是这样的官员，也似乎并非为官务所累。雍正版《山西通志》记载，孙渤（生卒年不详）才器超逸，爱民礼贤，六事毕举。虽然是简简单单十二个字，却是很高的评价。

孙渤留给后人的资料非常少。从他留在龙门寺的四首古诗看，他不仅是一位官员，还是一位诗人。遗憾的是，除了思昊大师为他勒石留存龙门寺的四首诗外，他几乎再无其他诗作流传下来。

那么，这位孙渤县令到底是何人？

孙渤在诗歌后面署名为"苏门孙渤"。"苏门"原本为河南省辉县山名，晋朝时孙登曾隐居于此。《晋书·孙登传》记载，孙登，字公和，汲郡共（今河南辉县）人。他出生于魏晋时期。隐居僻野，住土窑，夏编草为裳，冬以覆发为衣，好读《易经》，喜欢抚琴，史称"苏门先生"，是反对司马集团的成员之一。孙登善品啸，其啸声如凤凰鸣叫，清脆悦耳，所以史有"苏门啸"的典故，而"苏门"也成了孙登的代称。

"苏门孙渤"会不会是孙渤在说自己是隐者孙登之后？

古代，很多士大夫为官，喜欢攀附名门望族，以增家族及自身荣耀。就如大诗人白居易，说自己是太原人，不过因太原为大唐龙兴之地，事实上，白居易不仅不是太原人，而且未曾来过太原。他将自己祖上与大唐李氏攀为同乡，不过因自己是大唐朝臣，不单是荣耀，也是一种保护。这样的事例还有很多，比如刘禹锡、李商隐等。

然而，《魏书·孙登传》记载：孙登终身未娶，身后没有子嗣。如果孙登无后，孙渤为什么要自称"苏门孙渤"？孙渤自称"苏门孙渤"是为了攀附孙登吗？孙登不过一位隐者，他为什么要"攀附"孙登？

关于孙登的故事，史书将他与阮籍联系在了一起。《晋书·阮籍列传》记载了"竹林七贤"之一阮籍拜访孙登的故事。阮籍曾在苏门山遇到孙登，同他一起讨论往古以及神仙导引气功的方术，孙登缄口不答。阮籍在回去的半路上，忽然听到像鸾凤的声音回响在岩谷，正是孙登在长啸。

阮籍回去后写了《大人先生传》，这部作品成了阮籍流传后世为数不多文章中的精品。在这部作品中，阮籍对"君子"给予了否定。尽管，世人都认为天下没有比君子再尊贵的了，他们的衣服有固定颜色，面部表情有固定格式，说话有一定分寸，行为有一定规矩，站立时弯腰如磬，打拱时像怀中抱鼓，一举一动有板有眼，走起步来都合乎音乐的节拍，进进出出，与人交接，都有一定规矩，希望行为成为时下榜样，语言成为后代准则，少年时为家乡地方人士所赞美，而年长以后则要闻名全国，在朝廷要做三公，在郊野也不失为九州牧。其实，他们犹如裤裆缝隙里的一群虱子，以为破棉絮就是最好的住宅，行动不敢离开衣缝边缘，活动不敢离开裤裆空间，自以为完全合乎规矩，殊不知，天气炎热时，他们会随裤裆烂棉絮一起毁灭。不如隐者，以天地为家，清静淡泊，无求于世，学识渊博，看透兴衰，胸怀像自然一样广阔，默默无声的探求着道德的真谛。

阮籍宏论无论当时还是如今，都是石破天惊的。士大夫又有多少可以左右历史更迭的车轮？他们战战兢兢在朝为官，很多时候，并不能明哲保身，就如嵇康，不为时代洪流淹没，最终也被黑暗的官场和政治吞没。所以，阮籍认为，不如去做像孙登一样的隐者"大人"，哪怕在历史的长河中寂寂无名。

这篇因孙登而写的《大人先生传》，自称"苏门孙渤"的孙县令显然不会不知道。儒家历来强调修身齐家治国平天下的理想，然而，到魏晋南北朝，随着佛教与道教的兴盛，老庄思想的盛行，尤其在黑暗的政治面前，很多士子面对现实，感到困惑与迷茫。无奈之下，他们只能选择缄默甚至隐遁的方式来维持内心可怜的清高、人格尊严，守护心中的政治理想。这是士人无奈的选择，也是专制体制下士人表达对现实不满和批判的唯一途径。

孙渤自称"苏门孙渤"的原因也许源于此。

我们不知道孙渤在官场中曾遭遇过什么，或者他对当时的官场有多么失望，至少他隐归的思想是强烈的。孙渤在《游龙门山寺》这首诗的最后一句是"归欤从荷蓧"。"荷蓧"指代的也是一位隐者。

"荷蓧"出自《论语·微子》。这个故事是这样的：子路跟随孔子出行，落在后面，遇上了荷蓧丈人。子路问他可曾看到他的老师孔子，老人却认为，四肢不勤、五谷不清的人怎堪当老师？子路赶上孔子后，把老人的话告诉孔子，孔子说："老人是个隐士呀！"

后来子路再去拜访老人，老人出门了。子路对老人的两个儿子表达了自己的观点：不做官是不合乎道义的。长幼之间的关系不可废弃，君臣之间的大义又怎么可以废弃呢？君子做官，是为了推行道义。至于理想主张难以实行，其实我们早已知道。

孙渤如很多饱读儒家经典的学子一样，认为"君子之仕也，行其义也。"然而，理想最终败给现实，他循规蹈矩，做着如此的小官，恰如裤缝中的虱子，在不堪的环境里还自以为是。种种官场的不如意，让他心生厌倦，于是萌生"归欤从荷蓧"的想法，希望自己像孙登一样浪迹天涯，放浪形骸，隐归山林，哪怕做一个"荷蓧丈人"。

孙渤为官的时代正是宋徽宗当政的时代。宋代是中华历史中一个特殊的时代。宋太祖赵匡胤立下规矩，不杀文人士大夫，因此，有宋一代文学大盛，不止苏东坡这个名字辉耀历史，还有王安石、欧阳修、司马光等，他们无一不是中国文学史和史学史上的高峰。就连宋徽宗本人，在书法、绘画、诗歌、建筑等方面也都有极高的造诣。以至于史学家陈寅恪先生如是说："华夏民族的文化，历数千载之演进，造极于赵宋之世。"

然而，宋徽宗时代的腐败也是很突出的。宋徽宗在位期间追求奢靡，史家称其"机巧多技，大兴土木，穷极淫乐，天变民怨"。他的大兴土木使朱缅之流借着采办花石纲中饱私囊，蔡京之流还弄出了生辰纲，以至于"天变民怨"，政治腐败，加上外交不力，敌国虎视眈眈，最终埋下北宋靖康年间亡国的祸根。

孙渤后来是归隐还是继续为官，史书没有给我们留下答案。九百多年的历史风尘早已淹没了他的身影，他与他的大宋王朝最终都化作了一抔黄土。

孙渤的几首诗成为今天我们探寻他身影的印记。黎城为官，孙渤是称职的，他完成了"君子"的理想。

今天留存于龙门寺的题诗碑，不仅让我们看到了九百多年前一位黎城县令矛盾挣扎的内心，还让我们欣赏到了九百多年前的一幅精美的书法作品。有人说他的书法像极了宋徽宗创立的瘦金体书法，挺拔秀丽、飘逸犀利，即便是完全不懂书法的人，看过后也会感觉极佳。宋徽宗创立瘦金体，所谓楚王好细腰，宫中多饿死，上行下效，朝臣投其所好，进行模仿，也许当时的士大夫的确会有这种行笔之风。

2

龙门寺大雄宝殿东南角的角柱上，刻着短短几句话："为予守官三季，每欲来游，以山路迂曲因循未能。今春偶被檄劝农，遂率邑中士人吴东美、王全一、路行甫、秦谦甫、李仲华、陈明叔、石信之同来，信宿而还。大定乙丑四月改朔，邑令李晏致美题。"

这道碑文勒刻于 1169 年，距我抵达龙门寺时已经过去了 851 年。大概因其勒刻于殿宇石柱，这是一个人们不方便触摸的高度，碑刻至今字迹非常清晰。此碑与不远处阳高村淳化寺一块题诗碑上的《游龙门寺回投宿淳化寺》落款时间一致，为大定九年四月初一，都出自当时黎城县令李晏之手。

在碑文中李晏明确说，那年的春夏之交，他终于来到梦寐以求的龙门寺，还住了两天。他与孙渤一样，那次出游写了两首诗。有意思的是，他没有把此次出行写的诗篇留给龙门寺，却留给了淳化寺。更有意思的是，那首《游龙门寺回投宿淳化寺》最后一句"回首烟霞应笑我，人间官职信徒劳"竟然与孙渤的《游龙门山寺》最后一句"微官安足荣，归欤从荷蓧"，有异曲同工之意，流露着不想为官的想法。

如果说孙渤不想为官是受魏晋时期隐者的影响，那么，李晏"人间官职信徒劳"的念头因何而起？

元好问在他的《中州集》中写了李晏的小传。李晏，高平人，唐顺宗第十六子福王绾之苗裔。

元好问出生于公元 1190 年，李晏去世于 1197 年。李晏去世时，元好问 7 岁。时间并不久远，元好问笔下的李晏至少有元好问认为的真实。

李晏出生于皇室贵胄，儒学世家，其祖上世代为官，他别无选择走了儒家入仕之路。李晏 19 岁即中进士，可谓少年成名。

李晏到龙门寺是 1169 年，46 岁。从 19 岁中进士到 46 岁任黎城县令，李晏的官职可谓原地踏步。李晏是因为这个原因对于这个"官职"感到失望吗？

似乎也不是。《金史·李晏传》提到，李晏曾经几次辞职。"丁内艰，服除，召补尚书省令史。辞去，为卫州防御判官。""以母老乞归养，授郑州防御使，未赴，母卒。""以年老乞致仕，改礼部尚书，兼翰林学士承旨。越二年，复申前请，授沁南军节度使，久之，致仕。"

李晏的人生分为两个阶段。第一阶段，几任调迁，却始终是在地方做着默默无名的小官。但好在他为官辽阳时遇到了父亲刚刚去世的 12 岁的金世宗完颜雍。那时的完颜雍与他的寡母生活在战战兢兢中，孤苦而志气高远的完颜雍也许倾慕才气横溢的汉臣李晏，于是时常交往，深深记住了他的名字。李晏与金世宗的"藩邸之旧"最终把李晏的人生推向了第二个阶段。

龙门寺大雄宝殿角柱李晏题字处

金世宗登基之后，开始寻找李晏。于是李晏从黎城县令成了德州刺史，之后是"翰林文字"。一句话，李晏此后的仕途可谓顺风顺水。可是，即便如此，他依旧想着辞职。可见，李晏不愿为官，并非嫌弃职务小。

那么，李晏为什么不愿为官？

李晏是唐王后裔，是正宗的汉族人。李晏的祖父、父亲，尽管他们生活的时代已经江山更迭，大唐早已不在，但毕竟还是汉人的天下，所以他们按照儒家学子的理想，义无反顾走上了仕途。然而，不幸的是，1127年，"靖康之耻"，北宋在10多万被驱掳的帝王、皇后、公主、王子以及众多悲凄哀号中落下了帷幕。北宋王朝府库蓄积为之一空，金兵所到之处，生灵涂炭。如此惨烈的灾难，给宋人留下了难以治愈的伤痛。而金人为了羞辱这些"亡国奴"，把宋徽宗叫做"昏德公"，把宋钦宗叫做"重昏侯"；让他们行"牵羊礼"（把衣服脱掉，披上晒干的羊的皮，把他们的手绑起来，让他们跪在地上被人牵着走），之后皇上和皇后换上平民的衣服，被金军押着去朝拜当时金朝的君王。

北宋靖康之耻，不仅仅是北宋王朝的耻辱，也是汉人千百年来不愿提及的耻辱。

要知道，那时候，金国与北宋，是两个不同的国家。

"靖康之变"那年，李晏5岁。不说父辈会给他讲这段屈辱往事，他至少也是在"靖康之变"的耻辱中长大的。家国沦丧，李晏与很多汉人一样不得不成为金国臣民。金朝初期民族歧视非常严重，金朝地位最高的是女真人及其近亲渤海人，然后是契丹人和汉人，最底层是新征服地区（如山东、河南等地）的"南人"（金人称汉人为"南人"，元代将南宋地区的人称为"南人"）。

对于儒学传家的李晏来说，走上仕途是别无选择的命运，因为饱读诗书的目的，除了俗话说的"书中自有黄金屋，书中自有颜如玉"，还有"修身治国平天下"。

金国建立之初，女真贵族为巩固统治，不得不竭力网罗（笼络）辽、宋文人。当时，较有名望的作家如宇文虚中、吴激、蔡松年、高士谈等，都由宋入金做了金国的官员。这些人并不是不具有坚贞的民族气节，他们只是在王朝更迭家国沦丧中别无选择。也许归隐是最好的选择，但与他们所学儒学"经天纬地"的理想格格不入。但他们又无法忘却自己的民族、自己的身份，于是，他们的笔下便出现了很多怀念故国家园情思的文章、诗文。

江山更迭之际，李晏这个"士子"还不同于宇文虚中他们，他是皇室贵胄，同时也是一位诗才卓越的诗人。他的身份、文人身上的民族气节，都让李晏不想为官，抵触为官，但儒家所倡导的读书致用，又让他一边犹豫着一边走上了仕途。以汉人之身为金朝之官，李晏的内心矛盾重重。他不知道历史会给他怎样的评价，他更不愿意成为历史不齿的"汉奸"。所以，他一边追寻着"治国平天下"的理想，一边又对自己金朝官员的身份不屑一顾。

李晏为自己取号"游仙野人"。也许在他心里，闲云野鹤一般度过一生也很好。于是，即使在他后来青云直上时，"辞官"的想法始终没有放下。

李晏留给后世的诗歌中，很多是怀念故国江山的。比如《赠燕》："王谢堂前燕，秋风又送归。向人如惜别，入户更低飞。海阔迷烟岛，楼高近落晖。不知从此去，几日到乌衣。""旧时王谢堂前燕，飞入寻常百姓家。"这是唐代诗人刘禹锡《乌衣巷》的一句诗，刘禹锡感叹时代变迁之下王谢旧居早已荡然无存。乌衣巷在南京秦淮河南岸，李晏生活的金代，乌衣巷在南宋境内。李晏看到燕子，想到自己身为汉人，却在金国，不免想到北宋灭亡的悲哀，而汉族人居住的南宋乌衣巷，自己这辈子只怕也难到达了。此时此情，李晏的无限感伤胜过了余光中的"大陆在那头，我在这头"的深深乡愁。他的愁，也是国恨。

历史的车轮滚滚向前，今天，我们已经无法简单用"汉奸"一词来定义他们当年的为官行为。

金大定之后，金朝的民族政策走向缓和。汉人和南人界限消失，而金代朝廷中也渐渐形成了金朝廷中的汉人官僚集团。更重要的是，女真贵族子弟开始习汉语、改汉姓、易汉服，并开始参加科举考试。此时，在蒙古人眼里，金朝的女真人也好、契丹人也好，已和汉人没有什么区别，统统都叫"汉人"。推动女真人汉化，这其中，不能不说，也有汉人金臣李晏的功劳。

3

1247年冬天，位于今天平顺县隆滤山危崖峭壁间的金灯寺迎来一位须发皆白的客人。

这是这位客人第二次拜访金灯寺方丈。就在昨夜，他在山下的洪谷寺看到了金灯圣灯，写下了一首《洪谷圣灯》，他在诗里告诉读者，他看到了金灯圣灯。

这位千里迢迢来到金灯寺的客人是58岁的元好问。

许多往事，对于58岁的元好问来说，还是没有放下。乱世之中的他，不知道自己这一生到底做对了，还是做错了。

如果说，后来担任金代礼部尚书兼翰林承旨的李晏在经历"靖康之耻"时年纪还小，心理创伤容易治愈，元好问却是在成年亲身经历了亡国之变。

今天，人们提及元好问，首先想到的是他的《雁丘词》"问世间情为何物，直教生死相许"。都知道元好问是金末元初著名文学家、历史学家，被誉为文坛盟主、"北方文雄"、"一代文宗"。他文学成就耀眼的光辉让今天的人们几乎忽略了元好问曾经背负的诟病。

元好问是北朝魏代鲜卑贵族拓跋氏，为唐诗人元结后裔。他的祖父元滋善，在金朝海陵王正隆二年（1157年）任柔服（今内蒙古土默特右旗托克托附近）丞；父亲元德明多次科举不中，以教授乡学为业，著有《东岩集》。可以说，元好问出生书香门第。金宣宗贞祐二年（1214）三月，蒙古军屠忻县城（今忻州），死者十余万，元好问的哥哥元好古也在这次屠城中被杀害。

童年的元好问有神童之誉。尽管身处乱世，但元好问并没有停下求学的步伐。他从 16 岁开始，先后七次参加科举考试，终于在 35 岁得中进士。七次挫败，七次不坠青云之志，不用说，元好问对仕途充满了渴望，他希望用自己所学实现平治天下的理想。

然而，命运却与他开了一个很大很大的玩笑。在元好问终于从冷官国史院编修、河南镇平县令、内乡令、南阳令，调任金中央政府任尚书省令史，此后又升任左司都事，转任尚书省左司员外郎，终于官至翰林知制诰时，在元好问摩拳擦掌准备大展宏图时，金国灭亡了！

如果金国不亡，元好问一定会是一个名垂青史的有作为的好官。

但历史没有假设。

大蒙古如狂风卷残叶的铁蹄下，1234 年正月，负责守卫汴京城西的元帅崔立发动兵变，投降蒙古。四月十八日，他把金朝皇族绑缚成群，献给蒙古大军。两天后，汴京开城，金朝灭亡。

任何时候，都有趋炎附势、卑躬屈膝之人。就在汴京城破、百姓一片待宰的绝望的哭泣声中，大臣翟奕假借尚书省命令让王若虚为崔立作功德碑碑文。当时的翟奕之流依仗权势，作威作福，罗织罪名，随意杀害大臣。王若虚料定自己必死无疑，悄悄对元好问说：现在他们召我作碑文，我不顺从就会被杀害；作了又会败坏名节，声誉扫地，不如一死为好。抱着必死之心的王若虚质问翟奕等人，崔立有何功德？翟奕认为，崔立以京城归降大元，使上百万百姓得以活命，就是功德。王若虚说："学士的职责是代王立言，把撰写功德碑称作是代王立言，可以吗？况且崔丞相既然以京城归降，那么朝廷百官都是丞相门下的人。自古以来，门下为主帅歌颂功德，后人能相信吗？"翟奕等见王若虚拒绝，就让太学生刘祁、麻革等到尚书省书写碑文。本来这其中没有元好问什么事，但是，当元好问看刘祁推脱不过草草写就的碑文后，决定自己撰写。写成以后，他还给王若虚看过，共同删定几个字。尽管碑文直叙其事，敷衍成文，元好问的人生还是从此被烙上了为人不齿的烙印。

有人说，元好问这样做是担心崔立等人借此屠杀异己、涂炭生灵，但接下来的一件事，让元好问更成了众矢之的。1234 年 4 月 22 日，元好问上书耶律楚材，请他保护资助 54 名金朝有建树的儒士，酌加任用。当然，这封信的前面，有很多对耶律楚材的溢美之词。

作为金国官员，元好问为什么要这样做？在故乡忻州，元好问见识过蒙古人铁马冰河过关来的屠城，他的哥哥便是被屠杀的十万生灵之一。汴京城破那一刻，元好问内心怀着深深的恐惧，他清楚知道蒙古国的屠杀政策。眼看中原文化将被连根拔除，他斗胆给蒙古国宰相耶律楚材写了一封举荐信，请求他保护有建树的 54 位中原秀士。

身为契丹民族却为蒙古效劳的耶律楚材没有辜负元好问，他将元好问举荐的儒士果然保护了下来。而元好问自己，却立下誓言：他绝不朝秦暮楚，做蒙古人的官！

元好问保举下来的 54 名知识分子，有的做了元朝的官员，有的则隐退山林。这 54 人中，有 15 人在《元史》中留下了足迹。无论元好问背负怎样的人格诟病，不容置疑的是，他为保存中原文化方面起到了很大的作用。

有人指责元好问主动地向敌国宰相（中书令）耶律楚材上书，其实质是其本人欲向蒙古政府投诚，而采取掩人耳目的荐人自荐手法，这封信是元好问通敌卖国的铁证。毕竟，中国人历来认为"饿死事小，失节事大"，亡国之际不如文天祥"人生自古谁无死"那般浩然正气令人崇敬。

1244 年 5 月 3 日，元好问作为金国囚犯金国朝臣一起，被押往山东，开启了 5 年的囚

笔者在东庄村走访

徒生活。北渡黄河，看到满目尽是蒙军掳掠景象，元好问心如刀绞："白骨纵横似乱麻，几年桑梓变龙沙；只知河朔生灵尽，破屋疏烟却数家。"路上，他还怀抱着一个朋友托付的幼儿，这个在他照料下幸存于兵燹中的男孩，就是后来"元曲四大家"之一——白朴。

在山东的第五年，元好问结识了身为汉臣的元朝官员赵天赐和严实。元好问对雪中送炭的严实和赵天赐的感情非常深。赵天赐和严实去世后，他为他们写下了《千户赵侯神道碑铭》和《东平行台严公神道碑》，歌颂他们的功绩。而严实初为金臣，他是在蒙古军队不断南下时，携部众三十万，投降蒙古的"叛臣"。元好问与赵天赐和严实的交往，让后人对他的民族气节更加怀疑。

元好问正是在他精神极度迷茫时来到金灯寺的。他背负着沉重的精神枷锁，在他饱读的诗书中找不到答案，于是走进了佛门。佛教文化不分民族，不分种族，抑恶扬善，普度众生，这让元好问豁然开朗。佛教文化如此，儒家文化何尝不能如此？江山易主，但只要儒家文化在，汉民族的灵魂就在。那天晚上，他看到了金灯圣灯，一盏一盏飞向黑漆漆的夜空。与其说元好问看到的金灯圣灯，不如说他找到了一种精神依托。

自古人皆有死，独有道者不亡！人之道，不仅仅为王朝殉难，而是设法保存文化、延续文化，"国亡史兴，己所当为"，比起殉难的名节，元好问肩负起了著史的历史责任。

至此，元好问放下了心中羁绊。公元1252年，63岁的元遗山与张德辉北上觐见了忽必烈。

有人依旧质疑元好问北觐忽必烈一事，叹息他失大节。但元好问此行说服忽必烈，让他信奉孔子，任用汉人，并请准免除儒户赋税，在汉地行汉法，这些无疑又宣传、保护了中原文化，实现了他将蒙昧落后的蒙古新朝引上一条崇尚文明之路的理想。

元好问原本的人生追求是为官经纬天下的，所以他七次科考以求飞黄腾达，实现人生抱负。但乱世之中，他不得不放弃最初人生构想，最终恪守了"金亡不仕"。

金亡蒙兴之际，作为金朝官员，元好问至少有三种选择：为君死节；隐居终老；出仕新朝。但他不死、不隐、不仕，为宣传、保存儒家文化，开始著书立说。

五百年后，乾隆皇帝在《御批通鉴辑览》中写下："元好问于金亡之后，以史事为己任，托文词以自盖其不死之羞，实堪鄙弃。"

但今天，我案头的《中州集》，就出自这位被乾隆皇帝鄙弃"失节"诗人之手。

1256 年，元好问携家人游览获鹿龙泉寺，题诗"明年此日知何处，莫惜题诗记姓名。"一语成谶，第二年 9 月，68 岁的元好问为搜集整理金代文史客死他乡。巧的是，将他的灵柩运回老家的学生郝经，正是当年带他走出山村的老师郝天挺的孙子。

他生前曾说"某身死之日，不愿有碑志也，墓头竖三尺石，书曰：'诗人元遗山之墓'，足矣。"现在，忻州他的家乡野史亭边他的墓碑上，只有这七个字。

元好问在《摸鱼儿·雁丘词》的姐妹篇《双蕖词》中说："问莲根、有丝多少，莲心知为谁苦。"他内心的苦楚，又有多少？其实，元好问早已从灵魂深处审视过自己。他有一首诗："虚名不值一钱轻，唤得呶呶百谤生。可惜客儿头上发，也随青草斗输赢。"他对人生价值早已看透。

站在金灯寺，我对曾经来过古寺的这位乱世中的大诗人油然而生敬意。清代文学家赵翼对他的评价入骨三分："国家不幸诗家幸，赋到沧桑句便工。"好在，元好问最终在文学领域以"文坛之主"的身份高高伫立，这对元好问而言，足矣！

豆口往事

杏花开罢，杨柳成荫。一条浊漳河，带来一座村庄的岁月。

岁月守不住，岁月也赶不走。我徘徊在老院子幽深暗哑的光阴里，听一块砖一片瓦挤挤挨挨地述说往事。

像一场大戏，老院子的繁华早已落下。沧桑的老屋，以它昔日的风华正茂送走一茬又一茬主人。它若有情，一定哭过，也笑过。就像它的主人，哭过、笑过，最终转身而去，远远地在一年又一年杨柳晓风里化作尘埃。

时间过去了四百多年，豆口观音堂那口铸造于道光二十八年（1848）的古钟早已在晨光中哑然失声。而张六顺这个名字，依旧被人提起。

怎么能忘记呢？一座村庄总有一座村庄的荣光，就像张六顺，是豆口古村四百年来唇齿间说不够、不能忘的荣光。知道一些豆口村历史的人，都会这样骄傲地告诉你：张六顺，那可是洛阳知府啊！

四百年，也足以沧海桑田了。但他的名字一直都在，他曾经做过洛阳知府的往事一直都在，他在豆口的身影一直都在。

张六顺是明万历年间人。那个走进北京金銮殿的学子，是在豆口的浊漳河里戏水、读书，是豆口人看着长大的啊。当然，如果仅仅只是一个知府，五品官员，原本也没有什么好奇怪的，偏偏他是洛阳知府。洛阳，隋唐时是陪都，有武则天、杨玉环喜欢的牡丹，那是一个风云际会、人所共知的大都市！

张六顺的传奇，就这样，一直在豆口人宠辱不惊的讲述中传递着。

到了豆口村，不能错过的，就是张六顺的家。

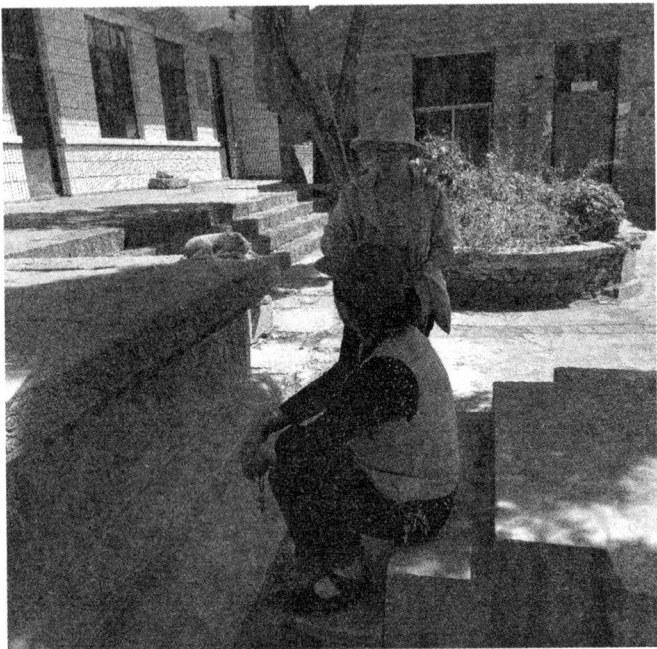

豆口村走访

张六顺的家在豆口村楼底圪廊。一街两排，六个院落。院落与院落之间有角门相通，主院、下院、会客厅、仆人院，分工明确，各成格局。站在青石铺砌的古老的楼底圪廊，闭上眼睛，可以想象一下，当年张家一条街轿子、高头大马进进出出的车如流水马如龙景象。

张家主院其实是张六顺的父亲张廷佐修建而成。那时候，张家是豆口村的第一大姓。传说张家是在明朝中期溯头村迁来，一开始居住在"太和日"。明万历年间，传到张廷佐这辈时，张家田产数百亩，牛羊成群、房产数院，已经是方圆十里八乡数得上的财东。龙门寺万历九年《重修天王殿记》中，重修天王殿的就有豆口村张朝经之子张廷佐。

　　主院大门的迎风石至今犹存，为鼓形，古朴庄重；大门门匾上书"西山拱秀"。我一直没有没能猜出当年老主人为什么要用这样一个匾额。无论抱鼓石还是门匾，都透着当年张家的非贵即富。

　　院落坐北朝南，虽为一进院，但布局严谨，门窗雕饰华丽，充满中华传统古建的文化韵味。

　　正房向阳处，明间次间一溜儿六抹头隔扇门。横披窗与隔扇门格心均为寓意财源滚滚不断菱形锦，隔扇门裙板四周附加一层起装饰作用的圈卷草木雕。隔扇门上面的绦环板贴雕如意、卷云纹、向日葵图案；中间的绦环板为浮雕向日葵和如意图案。阑额上方曾绘有苏式彩绘。苏式彩绘除了有生动活泼的图案外，"包袱"内还有人物、故事、山水等。一座乡间宅屋虽无京都金銮殿的奢华，在远离京都的大山中，却处处透着民间多数人家无法企及的富庶和讲究。

　　西厢房与正房应是同一时期所建。面阔3间，进深4椽，五檩式构架，两层单檐悬山顶，灰布仰覆板瓦屋面，檐下设一斗二升交麻头斗拱。一层明间设六抹头隔扇门，二层设木肩墙及六抹头菱形锦格心。

　　张家西厢房压窗石与一般农家压窗石不一样，首先是长，有约两米。我在浊漳河岸边的很多村落走过，使用这样长的压窗石的人家，都是村里数一数二的人家。别说这样长的压窗石费工费料，当时运输石头，在生产力不发达且到处是崎岖山路的四百多年前的平顺，不知道要耗费多少财力。

　　张家不仅仅用到了长长的压窗石，还在压窗石上雕满了各式线雕吉祥花纹。左边压窗石上为缠枝向日葵，右侧为牡丹，寓意一举夺魁、满家富贵。

　　东厢房近代重修过，但保留了原来的压窗石。东厢房的压窗石与西厢房一样，有两米多。左侧窗户石左侧有一幅图，一位戴着乌纱帽的官员，站在松树下，左手指云朵上方的太阳；脚下是一个书箱，还有两柄雨伞，一侧写着"指日高升"。乌纱帽成为官员专用的帽子并作为官员的代称是在洪武三年（公元1370年）。明太祖朱元璋规定："凡常朝视事，以乌纱帽、团领衫、束带为公服。"从此，乌纱帽成为只有当官的才能戴的帽子，平民百姓不能问津。其实，乌纱帽最早产生于东晋，那时乌纱帽并非官员特有，它不分贵贱，官民皆可戴。到唐代，才定为官帽。这幅石雕画充分展示了明代官员的形象：乌纱帽、团领衫、腰间束带。四百多年前，张廷佐是多么希望自己的儿孙金榜题名、指日高升啊。

窗台石右侧是一只长有鹿角的梅花鹿，还有一只猴子，寓意"高官厚禄""马上封侯"。中间为缠枝莲花，花朵上下反转，二排为一循环的方式构成图案主题。

右侧压窗石最右边的石雕图案是一个乡村员外，面对一个高高的鼎，背后为竹子，寓意"爵禄永享"。中间图案为缠枝牡丹，与左侧一样，花朵上下反转，每朵花中，各卧一个可爱调皮的童子。花朵二排为一循环，寓意富贵延年。不知道这三个童子，是不是张廷佐以此希望自己的三个孙儿能富贵延年，故而雕刻了这样的图案的。

我不知道新中国成立后，这里居住过什么样的主人。庆幸的是，东厢房屋主人刨掉老屋，建新房时，还是保留下了这块极其珍贵的压窗石。

在古代，大凡读得起书的学子，家里都不会穷得揭不开锅。正因为"凿壁偷光"的故事太少了，匡衡才成为穷家孩子仿效的榜样。张廷佐正是有足够的钱财，才能让张六顺可以安心读书求取功名。

在豆口，还流传着一个绵羊卧地的传说。传说，张廷佐的妻子王氏生了一个女儿，一直没有儿子。不得已张廷佐纳妾张氏，还是没有儿子。眼看不能光耀门庭，还有断香火的危险，他很着急。一天夜里，他做了一个梦，梦见自家岗凹（村里地名）地里有一只绵羊卧在那里，绵羊身下的地里躺着自己的父母。他与妻子说了梦中情形，决定出个告示，求高人指点迷津。他的告示贴出，一位身上披着羊皮袄的僧人带着一个徒儿走来，揭下了告示。传说僧人原是五台山和尚，法名天斗，上通天文，下知地理。但因嘉靖皇帝喜欢青词，专修道教，佛教受到冲击，很多和尚被驱逐，天斗被迫云游，落难到此。

天斗和尚在张家住下，之后几天，他在张家房前宅后转了转，又到张家祖坟看了看，对张财主说，这样吧，我给你寻一处风水宝地，保你张家人丁兴旺，钱财滚滚，还会有人荣登仕途。

这天，天斗和尚随张财主来到岗凹地里。因为走得急，出了一身汗，他就把身上的羊皮袄脱下来放在身后的地上。羊皮袄在阳光照耀下，恰似一只绵羊卧在哪里。张财主一看，立即想到自己做的"绵羊卧地"的梦，难道羊皮袄下就是天斗高僧说的地方吗？于是他指着放羊皮袄的地方对天斗说："我看这里就好啊！"天斗和尚一惊，说："张东家，你可把我给毁了！"张财主忙问何故，天斗和尚说："风水先生都不点正位，或从左到右，或从后往前排，这样也能保你三辈丁财两旺出贵人。我把羊皮袄脱在那里，本是想挡住正位，让你看别处的。可人算不入天算，被你一语道破天机。看来上天要惩罚我，我就要瞎眼了！"张财主忙说："只要高僧不嫌弃，我张家养你后半生就是了！"

几天后，张财主按天斗和尚的指点和朝向，将父母的遗骨安葬在了天斗和尚放羊皮袄的地方。

不久，天斗和尚的眼睛果然看不见了，而小姜张氏如愿怀孕，十月之后果然生下一子。张财主期盼儿子六六大顺，于是按照《左传》，"君义、臣行、父慈，子孝、兄爱、弟敬，此数者累谓六顺也。"为儿子取名张六顺。

这个传说为后来担任"洛阳知府"张六顺的出生增加了神性光辉。不管传说是否为真，张廷佐一脉单传却是真实的。

东厢房的压窗石上留下了张廷佐的建房记录："万历三十六年（1608年）岁在戊申十月十七日，时（啻）四载建立良宅一所。宅长张廷佐，妻，王氏、张氏。男，张六顺，妻刘氏。孙，张养气，妻刘氏、贾氏；张养志，妻石氏；张养性，妻王氏。（闻）君子创业垂统，惟可继也。今舍宇既完，而弗记之，后世子孙，则莫知其创矣。工成列石，以垂时来之为念云。"

从压窗石记录可知，张廷佐修建张家大院时，张六顺已经结婚。这个不奇怪，四百多年前的婚配，只需十五六岁甚至更小。且张六顺有了三个儿子，三个儿子也已结婚。这时候的张六顺应该有三十多岁了吧。

那么，这时候的张六顺是否已经有了功名？查阅康熙版《平顺县志》，仅记其为北直隶昌平州大使；而民国《平顺县志》记载，张六顺为崇祯岁贡，江南夹沟驿驿丞，后任北直隶昌平州大使。

如果张六顺为崇祯岁贡，那么，他有岁贡之身时，大约在四十岁。明清时期，每年或二三年从各府、州、县学中选送生员升入国子监就读，被录用的读书人便是"岁贡生"，历史上蒲松龄、吴承恩，都是"岁贡"，即保送生。但要入朝为官必须高中进士，明清时期有"非进士不入翰林，非翰林不入内阁"的说法。这些岁贡虽可以做官，但通常只能做八、九品的小官。平顺建县后的首任知县高崇武就是岁贡，他先做山东诸城、历城二县县丞，之后才做了七品的平顺知县。而洛阳知府为五品官员，如果张六顺没有强大的背景或者特殊的机遇，不可能为官洛阳。

而且，如果张六顺为崇祯年间岁贡，关于他的官职记录，相距不过百年后的康熙年间《平顺县志》，不应出现那么大的谬误；如果《平顺县志》记录是真实的，那么，张六顺就不曾担任过洛阳知府。

康熙版《平顺县志》记载，张六顺先任江南夹沟驿驿丞，后任北直隶昌平州大使。那么，江南夹沟驿驿丞是一个什么官呢？

江南夹沟在今天的安徽宿州市北六十里夹沟镇。明代音韵学家、著名藏书家陈第曾经写过一篇《夹沟道·夜过夹沟驿》："夜过夹沟驿，十里驰车声。"

明清时期，各州县设有驿站之地，均设驿丞。驿丞有掌管驿站当中的仪仗、车马、迎送官员的职责，相当于今天官办宾馆，张六顺担任的职务为江南夹沟驿的"总经理"。但明清两朝，驿丞不在官员的品阶里。也就是说，张六顺还不如高崇武。最起码，高崇武还做到了平顺县令这个七品官员。但这个"总经理"也还是不错的，迎来送往的都是官员，无疑是一个肥差。

张家有一座八角门院，就在张家老宅不远处。据说此院即为张六顺亲手所建。第一道大门为中规中矩的北方墙垣门，留存在世的八角门为第二道门。

　　无论月亮门还是八角门，其实都不是北中国特有的"建筑"。走一走北方的山西民居，大多古老宅院的宅门都是传统的墙垣式或者如意式。江南水乡不乏月亮门、八角门，苏州园林、扬州个园，都有形式各异的角门，与旖旎水乡浑然一体，营造出了院内主人落花人独立的氛围。

　　在江南为"官"的张六顺，显然喜欢江南水乡别具一格的大门形制，于是，他一改北方传统大门形制，为家里修建了一道八角门，为后世留下了一隅可以远观江南的角落。八角门的边缘有砖雕竹节环绕，周围还曾有过精美砖雕，遗憾的是，在新中国的某次运动中，被无情凿毁。

　　这道八角门，让张六顺的江南梦做到了浊漳河岸边。这道八角门，也成了张六顺在江南担任驿丞的印证。

　　张六顺所建的院落，正房东房已经拆掉重建，仅剩西厢房。西厢房为小悬山梁架结构，土坯起墙，可见当时的张家已经风光不再。

　　张六顺后来担任北直隶昌平州大使。北直隶昌平州在今天北京市北郊昌平一带。昌平州为明正德元年（1506年），升县为州，旋复降为县，八年（1513年）复升为州，治所在今昌平区。这说明，张六顺的"无品官员"做到了京城附近。

　　北直隶昌平州大使是一个什么官？

　　关于"大使"这个"官职"，我查了一下，在明朝，很多部门都有设立。比如户部设有诸库大使（正五品、六品），布政使设立有司仓大使、府仓大使（从九品）；此外，还设立有州仓大使与县仓大使（秩未入流）。据《历代职官表》卷五十三记载，山西设府库大使一人，秩未入流；《清朝文献通考·职官考十三》记直隶设州库大使一人，秩未入流。此外，王府长史司也设有大师之职，其官秩大多为九品或者不入流。

　　张六顺担任昌平州大使，按照明朝官职规定，州仓大使是没有级别的。

　　沿着楼底圪廊向东，有一座侯家院。侯家院也为五抱三四合院，正房一层，悬山结构，明间、辅间均为六抹头隔扇门。但木雕石雕用得很少。

　　据说，侯家院是张六顺家的马夫院，姓侯的马夫跟随张六顺多年，年老后，张六顺带着他回到豆口，建筑此院，让他安家立命。侯家成为豆口唯——一支姓氏。

侯家院保留较为完好，正房右侧压窗石有线雕荷花，右侧还留有石刻："维大清康熙岁次末年癸亥朔乙酉之辰吉时上梁，宅主侯公瑞，妻张氏。男侯中命、侯复命……"由此可知此院建于清康熙二十二年（1683），现存建筑为清代遗构。

后来的侯家家族兴盛，日子过得红红火火。但传统礼法讲究"贵贱有别，尊卑有序"，奴仆怎能碾压主人?！张家见侯家气势渐大，担心"客大欺主"，就在侯家大院后墙处建了柳侯院，意思是用枷锁套住侯家，不让他发展；还挖了厕所，以破坏侯家风水。

侯家后来果然没有再兴旺起来。然而，阻止侯家兴旺发家的张家，最终也走上了衰败之路。

清嘉庆年间，浊漳河沿岸流传着一出戏剧《蜜蜂记》。即使今天，这个故事在豆口、青草凹、东庄村，很多人依旧能为你娓娓道来。

嘉庆年间，张六顺的后裔迎娶了东庄大户王家的小姐。王家小姐三天回门时，张家见没有什么为新娘子可带的，就把没来得及染的白布给新娘子带了几匹。孰料，东庄王家认为豆口张家让回门的女儿带白布回家，是对王家的诅咒，于是用白布为新娘子做了一身衣服，让她穿着回了婆家。本在喜期的新娘子身着孝服走过正在打夏的豆口街头，引得豆口村人指指点点。张家公子情急之下，甩手给了新娘子一个耳光。新娘子自小养尊处优，何曾受过如此折辱，一气之下，跳崖而亡。这下张家捅了马蜂窝。王家打上门来，张父胆战心惊跳了茅坑，而张家十多口皆被下了牢狱。在豆口私塾教书的青草凹秀才史书看到东庄王家不依不饶，仗势欺人，毅然决定舍弃秀才身份，帮助张家申冤告状。官司起起伏伏、坎坎坷坷打了很多年，自下而上牵涉到几十位官员。九死一生的史书在在朝为官的靳会昌的帮助下，终于见到嘉庆皇帝。官司虽打赢，贪官污吏该斩首的斩首、该流放的流放，而史书也因民告官而被发配云南。张家官司虽赢，但一家人9口几乎都死在了牢狱之中。此时秋风凄冷，张家败落。王家小姐的棺枢因停张家房内多年未下葬，以至蜜蜂早在棺木中筑巢酿蜜，暗结珠胎。

就这样，昔日车马喧嚣的张家在一场官司中落幕。

豆口人在一日一日的晨光中醒来，夕阳落下时如鸟回巢。张六顺的故事成了传说；《蜜蜂记》的故事也成了传说。

有人的地方就有袅袅炊烟，有人的地方就有河流带不走的传说。

夕阳西下，豆口那么安详，像一位沧桑的老人，守在浊漳河岸边。

于 2020 年 7 月 3 日

从古村奥治的"进士匾"说起

1

三年前我在奥治村走访时，奥治村党支部书记任建民告诉我，奥治村原来有一个任家大院，任家大院出过一位进士，那进士匾额就悬挂在任家大院的门楼上。

奥治村任进士匾额

遗憾的是，我再到奥治村时，任家大院已不存在；更遗憾的是，那块进士匾额也不翼而飞。

奥治村出过一位进士？我翻阅三版《平顺县志》，却没有找到奥治这位进士。如果奥治真出过一位进士，相信，三版《平顺县志》不会没有记载。

据任书记说，2018 年春天，奥治村组织几个文化人翻山越岭经过十几天的实地考察，统计出奥治村近代墓碑中有明确记载、有名有姓的"进士"一共有六人。如果一个村庄真能出六位进士，那这个村庄的文化底蕴还真是让人刮目相看。

任家进士匾虽然丢失，但因是近年来刚丢失的，照片还是留了下来。之后任书记给我发来了任家的进士匾额照片。我一看照片，瞬间明白了奥治这位任家进士的身份。

科举牌匾是古代对考生科考成功经历的记载，也是对科考成功的褒扬与赞赏，能在宗祠悬挂科举牌匾是一件极其荣耀的事情。

奥治村进士匾底色为黑色，匾额上的字迹为金黄色。右侧写着"钦命提督山西全省学政翰林院编修加三级记录五次刘为"，中间为"进士"两个大大的字，下面"受业门人"有邑庠生任凤祥、郡庠生段复光、优（贡）生赵廷玉、廪生许占元等 13 人，"戚"后有王修己、李先芳等十多人；立匾人为"庚子恩贡任克己立"；别忘了很重要的一个字，"进士"两个字当中有一个小小的"恩"字；落款时间为"光绪辛丑小春谷旦"。

提督山西学政，这是官职，相当于今天的山西省教育厅厅长；翰林院编修是七品官职。清代科举，头甲进士直入翰林，二三甲进士则通过考选庶吉士才能入翰林，称为朝考。朝考名义上由皇帝亲自主持，合格者由皇帝亲笔勾定，称"钦点翰林"。状元授修撰（从六品），榜眼、探花授编修（正七品）。可见，授予恩贡任克己进士匾额的这位山西提督学政，是榜眼或者探花出生。加级、记录均为奖励。清代对官员进行奖励称为"议叙"。"议叙"分为记录和加级两种，记录分一、二、三次等，加级分加一、二、三级，加级和记录可以相互转换，加一级折合为记录四次。清代官吏九品十八级，加级就是提职了，例如，这里的加三级，也就从正七品提升到从五品了。也就是说，颁发这个进士匾的刘学政，当时是五品官员。

"受业门人"指的是一同跟随老师学习的同学，也可能是匾的主人教授过的学生、徒弟。"戚"推测为这位"进士"家里的读书人；"光绪辛丑小春谷旦"，"光绪辛丑年"是1901年，"小春"是夏历十月，"谷旦"指良辰，旧时常用为吉日的代称；落款的"庚子恩贡任克己立"是说，晚清1900年（庚子年）任克己获得"恩进士"，而颁布这块匾的时间为辛丑即1901夏历十月，颁布人为山西刘姓提督学政。

如果任克己果真是进士，按照清代科举政策，最低也应该是一个七品官，但奥治村并没有相关纪录甚至传说，这不符合光宗耀祖的习惯。

其实，任克己的身份，匾额说得清清楚楚，"进士"中间的一个小小的"恩"字，代表了他真正的身份。任克己并非真正的"进士"，而是一位"恩贡"。任克己也没有撒谎，他在匾额上清清楚楚写了立匾人为"庚子恩贡任克己立"，里面自称的也为恩贡。

"恩进士"是"恩贡"的雅称，可以写在族谱和碑文里，却不能用于正式的文书中，即使带有"颂扬性"的普通文体，如书信、传状里也很少用到。但因为恩贡有"恩进士"的雅称，所以，很多恩贡、岁贡，都会在门匾上写上大大的"进士"，中间用一个小小的"恩"或者"岁"来界定自己真实的功名。说到底，这块门匾是用来光宗耀祖的，可以唬唬不懂科举制度的人。

那么，"恩进士"与真正的进士有什么区别呢？

想搞清任家这位恩进士的身份，必须了解中国古代的科举制度。

2. 秀才

中国科举制度最早起源于隋代。隋炀帝开科举是为了在朝廷里引进寒门士子做官，对抗自汉以后察举制和九品中正制形成的贵族士大夫阶层对朝政的垄断，尤其是对抗北魏以后形成以八国柱为代表的关垄集团对朝政的把持。隋炀帝开科举时设有"明经"和"进士"两科：明经科主要考经史典籍，考你读书读得如何，分"贴经"（相当于今天的填空题等基础题）和"墨义"（相当于今天的问答题）；进士科则是考综合能力，相当于今天的写作题。唐代开始重进士科，轻明经科，北宋干脆废除了明经科，只有进士科。所谓进士，其实就是指通过考试，有识之士、饱读圣贤书的学生进入士大夫阶层，在朝廷帮皇帝分忧。正因如此，历代进士最后一考都是皇帝亲自殿试，亲自录取。

明清两朝科举的基本制度和考试程序大体相同。

我们今天对读书人会称其为"秀才"。其实，在古代想成为"秀才"也是很不容易的。

科举考试的第一场考试，需要有"童生"资格，这次考试被称为"县试"或"府试"。清朝的县试多在二月举行，府试多在四月举行。县试和府试分别由本县知县和知府主持，考场设立在县衙或者府衙，府试及格者称为"童生"。童生相当于现在高中毕业。

童生考试只是科举考试的一场小小的考试，可以理解为预演，还不能算正式进入科举考试的行列。真正进入科举考试行列的第一场考试是院试。进士科正式考试其实共分三级：院试、乡试和会试与殿试。

院试是国家科举考试的最初一级，在府城或直属省的州治所举行。主持考试的官员是学政（又可称学台、宗师）。院试也不是一蹴而就，而是包括岁试和科试两种考试。岁试的基本任务是：第一，从童生中考选出秀才。第二，对原有秀才进行甄别考试，按照成绩优劣分别给予奖惩。童生通过岁试，才算是"进学"了，即成为国家的学生，称为生员，俗称秀才、相公。这是院试的第一步；第二步，岁试成绩优良的生员，方可参加科试。参加科试通过了，才准许参加更高一级的乡试，叫做"录科"。

秀才秀才，读书人中的优秀人才。根据考试成绩和资历，秀才被分为三等，只有考到一、二等级的合格者才能获得"秀才"的称号。

有资料说，在清代，每个府院三年两考，每次仅录取45名秀才，平均每年录取人数大约也就 30 名左右，再细分下去，每个县也只有 5 个读书人能考中秀才，相当于现在全县高考的前五名。这样的人，哪个不是"超级学霸"？所以，中了"秀才"也是很了不起的一件事。

秀才是进入士大夫阶层的最低门槛，代表有了"功名"，在地方上受到一定的尊重，也有一些特权：一是见了县官不磕头，不称大老爷，而且还有座位；二是犯了罪不可以直接脱开裤子打屁股。即使要打手心也只能由县处级的学官动手，不许衙役打，动刑则要省里批准革去功名才可以；三是不出徭役，房子可以比别家高三寸，还可以用丫鬟等仆人。

明清时期，通常在乡试之年的七月，还要在省城集中举行一次科试补考，凡因故未能在各府参加科试的人，可乘机来补考，叫做录遗。

吴敬梓著的《儒林外史》中有一篇小说《范进中举》，读过的人印象深刻。文章开头就是范进进学回家，他丈人胡屠户拿着一副大肠和一瓶酒来道贺。此时的胡屠户对范进是不屑一顾的："我自倒运，把个女儿嫁与你这现世宝，历年以来，不知累了我多少。如今不知因我积了甚么德，带挈你中了个相公，我所以带个酒来贺你。"这时候的范进，即是通过了科试，中了相公。

但说到底，秀才只是一个"功名"，民间称其为"酸丁"或者"穷秀才"，因并未入仕，也没有俸禄，带不来财富，所以胡屠户一开始对范进很看不起。很多乡村秀才因为家贫，在功名上未能更进一步，只能回乡以教书为生。

3. 举人

想要有入仕资格，必须参加乡试。乡试是省一级考试，在京城及各省省城举行，三年考一次，一般在子、卯、午、酉年举行，考期多在秋季八月，所以又称"秋闱"。乡试的正副主考官一般由皇帝任命在京的翰林及进士出身的部院官充任。乡试有正规的考场，叫做贡院。贡院内建有一排排的号房，为考生住宿、答题之所。乡试发榜在九月。这是正值桂花开放，所以乡试榜又称"桂榜"。乡试取中的称举人，第一名叫解元。

《范进中举》中的范进，即是当年参加了乡试。小说写道："因是乡试年，做了几个文会。不觉到了六月尽间，这些同案的人约范进去乡试。"范进因没有盘费，就去找丈人借钱。他不敢说"借钱"，而是同丈人"商议"，结果被胡屠户骂了个狗血喷头，认为他癞蛤蟆想吃天鹅肉，竟然"痴心就想中起老爷来！"最后，范进不得不瞒着丈人，到城里参加了乡试。孰料，范进竟然中举了。当报信的告知他中举的消息时，范进竟然一下"傻了"！为什么傻了呢？太激动了，没有想到。这时候的胡屠户来贺喜，带着烧汤的二汉，提着七八斤肉，四五千钱，礼品可谓丰厚；而平日伸手就打，出口就骂的胡屠户，也不敢再打女婿了。平日素无交集的张乡绅也来拜谒，并说："世先生同在桑梓，一向有失亲近。"可见，通过乡试与通过院试有多么大的差别。

通过乡试中举的举人，也就有了做官的资格，是"体制内"的人了。民间常说的"赶考"，即通过乡试而中举。中举之后就如范进，从此就被称为老爷了，可以享受政府的特殊津贴，衣食无忧，生活潇洒。而且，举人一般可出任知县、教职等职务，因此举人有"头顶知县，脚踏教官"的说法。举人即使不当官，也可以和县处级干部平起平坐。

古代科举中，举人的名额是有规定的，大省100名左右，中省70名到80名，小省40名到50名不等，不可以随便增加或者减少。

举人相当于现在的大学生学士。在一篇文章中看到一份不完全统计的资料说，明代276年，举人大约有10万人左右。平均下来，全国每三年只中举1000人，一年300多人。参照清华、北大每年招生7000人左右来计算，一年下来考中举人的人数仅仅约为清华、北大人数的1/20，所以古代举人的含金量远远高过清华、北大的大学生。

乡试是万里长征很重要的一步。考中举人，就有了参加全国性的会试的资格。即便会试未能取中，也具备了做官的资格。

在清朝，除了按正常制度举行的乡试外，每逢遇到皇帝万寿（生日）、登基等庆典时，还额外有加科乡试，叫做恩科。我们常看戏剧中，某某中了恩科状元，即这年朝廷遇到喜事，没有等三年一考，忽然就中了状元，就是遇到了此类乡试。

4. 进士

"进士"意为"可以进授爵禄之士"。进士科历经唐宋元明清多个朝代，是科举考试中最高等级的考试科目。成为进士后，除了赐官服、官靴之外，还赐银两（最高 100 两），作为题刻匾额、立旗杆、修牌坊之资费。

乡试第二年，举人就可以参加会试了。会试一般在乡试的第二年，也就是丑、辰、未、戌年举行，考期多在春季的二、三月，故会试又称"礼闱""春闱"。会试被录取的人，称为贡士，注意，是贡士，不是贡生。第一名叫做会元。会试发榜时，往往正值杏花开放，所以又称为"杏榜"。我们刚才说的范进，他是举人，还不是贡士。只有通过会试，他才能成为贡士。贡士相当于现在硕士研究生。

会试由礼部主办，在京城的贡院举行。明朝会试的主考官多以翰林官充当，明末又多以内阁大学士担任。清朝称主考官为大总裁，由内阁大学士或六部尚书充任。

清朝对新录取的贡士，在殿试之前，还要进行一次复试。复试结果按成绩分为一、二、三等，这个等级对于以后授予官职有重要关系。

会试的同年，也就是"杏榜"放出不长时间，贡士就可以参加殿试了。殿试在四月份举行，由皇帝亲自主持。此外还要任命阅卷大臣、读卷大臣，协助皇帝评阅试卷。明清两朝都只考策问一场。殿试出榜分三甲，所以殿试考中也称为"甲榜"：一甲为赐进士及第，只有前三名，为状元、榜眼、探花，合称三鼎甲；二甲为赐进士出身若干人，第一名称传胪；三甲为赐同进士出身若干人。一、二、三甲的都泛称进士。

一句话，殿试为国家级考试，皇帝主考，贡士参加，考上为进士，相当于现在的博士。

会试和殿试是最高一级的考试，其中会试是带有决定性的考试，而殿试只定名次，不存在被黜落。中了进士，功名就到了尽头。

凡是通过乙榜中举人，再通过甲榜中进士而做官的人，叫做"两榜出身"。乡试第一名叫解元，会试第一名叫会元，殿试第一名叫状元，一身兼解元、会元、状元的，叫"连中三元"。明清两朝都有数人连中三元。

在清朝，殿试以后还要进行一次考试，叫朝考。朝考的第一名叫做朝元。最后根据贡士的复试、殿试、朝考三次成绩得出录取等级，再根据录取等级确定授予的官职。

自宋代开始，中进士后可以马上授以官职。清代略有不同，清代状元、榜眼、探花不再参加朝考，状元一般授翰林院编撰，为从六品，榜眼、探花授翰林院编修，为正七品。二、三甲进士会被分派到朝廷六部、都察院、通政司、大理寺等"部委级"衙门观政，也就是实习，一般两年后经考核被授予正式职位。凡殿试二甲第一名的传胪和朝考第一名的朝元，也照例要到翰林院任职。

相关资料记载，清朝从 1644 年入关到 1911 年灭亡的 267 年中，科举会试 112 次，全国考中进士 26391 人，其中山西省 1456 人。清朝殿试考中最少的一次是 81 个人，最多一次是 399 个人。道光以后，中国人口四亿多，每年平均只有一百个进士，可见考试之难。这些人的姓名全部刻在北京国子监所刻题名碑上。清朝所有的进士在现在的国子监都有历史记载。遗憾的是，在清朝的这个记录中并没有发现平顺县籍贯的人士，更何况奥治村。再查《山西历代进士题名录》（王欣欣著），从隋朝到清朝 1300 年之中，记载潞安府共有进士 255 名，其中长治县 81 名、长子县 13 名、襄垣县 23 名、黎城县 15 名、壶关县 31 名、潞城县 16 名、屯留县 14 名、沁县 29 名、沁源县 5 名、武乡县 28 名，也没有平顺县的踪影（明朝之前因为还没有平顺县，资料不详）。

古代考取进士有多难？参照北京科举匾额博物馆展示内容：在中国 1300 多年科举考试历史中，全国平均下来每 375 万个读书人才能考中一个进士。

从隋代大业元年（605 年）到清朝光绪三十一年（1905 年）举行最后

一科，科举制经历了整整 1300 年。萧源锦先生《中国历科进士人数统计表》所统计出的中国历代进士（包括未获正史承认的张献忠的大西国科举在内），共 745 榜 106855 人。就平顺而言，真正进入这个数字的，按照现有《平顺县志》记载，文进士大概只有张孝先、王大用、王蒲、郭承恩、靳会昌和郭骥远。

进士可直接为朝廷官员。没有中进士的贡生、举人、秀才，他们多数会成为为各级官员服务的门生故吏。前者为官，后者为吏，这些官吏一起构成了封建朝廷的行政体系。官，享受朝廷俸禄，吏，则只能从地方徭役收支中获取报酬。

5. 贡生

在古代，除了科举考试外，还有一条路可以走上"仕途"，这条路就是成为贡生。

贡生，俗称"明经"，其实就是选拔出来的优秀秀才，即可入京师的国子监读书的人，意思是以人才贡献给皇帝。明代有岁贡、选贡、恩贡和细贡；清代有恩贡、拔贡、副贡、岁贡、优贡和例贡。无论是哪种贡生，他们都需先参加县试和院试，成为秀才，才有可能走上成为贡生的道路。

以下内容，来自搜狗。

岁贡：每年或两三年由地方选送年资长久的廪生入国子监读书的，称为岁贡。由于大都挨次升贡，故有"挨贡"的俗语。岁贡是有名额的，府学一岁一人，州学三岁两人，县学一岁一人。平顺县首任知县高崇武、第三任知县徐元道都是岁贡。

秀才没有俸禄，但经岁、科两试一等前列者，可以成为廪生。在明清两代，指由公家给以膳食的生员，官府每人每月会给他们廪米六斗。明初生员有定额，皆食廪。其后名额增多，于是只对经岁、科两试一等前列者设食廪者，这些生员被称为廪膳生员，省称"廪生"；增加的生员称为"增广生员"，省称"增生"。额外增取的生员，附于诸生之末，谓之"附学生员"，省称

"附生"。后凡初入学者皆称为附生，岁、科两试等第高者可补为增生、廪生。廪生中食廪年深者可充岁贡。清代沿其制，每年发廪饩银四两。平顺县密峪村（今克昌村）撰写《擦耳岸争界讼案碑》的白懿就是廪贡。

恩贡：凡遇皇室或国家庆典如皇帝登基，据府、州、县学岁贡常例，除岁贡外，加选一次作为恩贡。清代特许"先贤"后裔入监者，亦称恩贡，比如，朝廷每年都会给孔氏后裔一定的贡生名额，以示尊孔崇儒。蒲松龄就是"岁贡"，后来得到一个虚衔"儒学训导"。奥治村的任克己也是恩贡。

优贡：每三年各省学政三年任期满时，就本省生员择优报送国子监的，称为优贡。但优贡每省不过数名，也无录用条例。同治年间规定，优贡经廷试后可按知县、教职分别任用。

拔贡：每十二年各省学政考选本省生员择优报送中央参加朝考合格的，称为拔贡。清初每六年选拔一次，清乾隆七年（1742年）改为每十二年一次。名额是每个府学二名，州、县学各一名。合格后的拔贡分等级录用，一等授予七品小京官或知县，二三等授外省知县或本省教谕。编撰万历年间《平顺县志》的平顺知县赵完璧就是拔贡。

副贡：乡试也就是秀才考举人的考试中，没有考中举人，但成绩尚可，取入副榜直接送往国子监的贡生。副贡始于元朝至正八年（1348年）。明朝永乐年间会试曾设副榜，嘉靖中设乡试副榜，准作贡生。清朝定制为各省学政在乡试录取名单外增列的优秀落榜名单，入国子监读书肄业，称为"副榜贡生"。

例贡：通过纳捐（也就交钱捐款）取得的贡生资格。

纳贡：明代准许纳资入监（国子监），凡由生员身份纳捐的称纳贡；没有生员身份的亦可纳捐入监，称例监。纳贡的性质与清代例贡略同。

做了贡生，理论上就可以当官了，但通常，贡生只能做七品、八品、九品甚至不入流的小官。当然也不会像真正的进士，一开始就能授翰林院编撰，或者进"省部级"衙门，而是只能做县丞、知县或者教谕之类的官员。

这些贡生，不用说，是有别于真正进士的。但他们也想光宗耀祖，所以他们家里在匾额"进士"二字前面或上面往往加上前缀,如岁贡生写作"岁进士",恩贡生写作"恩进士",例贡生写作"例进士",优贡生写作"优进士"等。这些"山寨版"进士匾,往往"进士"二字放得很大,远远一看,让人肃然起敬,因为一个县很多年难出一个进士。但是,走近一看,有见识的人一眼就能看清其秀才身份。

在网上,我无意中看到拍卖频道一件实物。这是 2005 秋季拍卖会上一个叫沈曾华的收藏品,写着"光绪二十六年(1900 年)'提督山西全省学政翰林院编修加三级纪录五次刘'颁发之'恩贡'一件"。图片不太清晰,但下面有"光绪二十六年(1900 年)提督山西全省学政翰林院编修加三级纪录五次刘'颁发之'恩贡'一件"字眼,盖有红色官印,保存较好。这份"恩贡"文件,推测已是奥治任克己的任命文书。

2021 年 7 月 4 日

回望明伦堂

1

本来没想写明伦堂。因为写明伦堂旧址上的《程子听箴》《晓示生员碑》，我一次次沿着甬道抵达那个地方。也因两道古老的碑刻，我知道这里是昔日的平顺儒学明伦堂。仅剩的两道碑刻，仿佛遥远而殷勤的向导，带着我走进了明伦堂的历史。

第五次到明伦堂旧址那天，阳光特别好。我站在院子里数院子里的松树。阳光从松树的缝隙中穿越我的眼睛落了一地，洒了我一身金灿灿的光辉。

当年，这里是平顺学子们的圣殿；如今，通往祥龙公园的通道从这里穿过。总感觉，这里有一种特别的幽静，是来往脚步、热烈阳光所打不破的。

我第三次到这里看碑时，一个五十多岁的女人路过，看我蹲在碑前，好奇得很，也凑过来看。我说，这是一块清代顺治碑，已经三四百年了，所刻内容相当于今天的学生守则。女人带着夸奖的口气说，你还懂很多啊！我天天从这里过，不知道这还是一个古物！

确实没有多少人注意那两块碑，也没有多少人知道，这里曾经是平顺近五百年前的一座学堂。从明嘉靖八年平顺建县，这里就成了平顺一代代学子情有独钟的地方。平顺的文化教化，不仅仅是从圣贤书中生长出来的，还是从这里传播出去的。

再去查阅志书，我发现一个很有意思的现象。关于文化，大多史书记载较多。这也许与中国古代重文抑商、重文轻武等国家政策有关。也是，千年岁月，如果留下文字，可省却多少挖坟掘墓的考古发掘？而考古发现的成果，最终还是要付诸文字记载。

平顺明伦堂与天下很多明伦堂一样，消失在历史尽头。但因为它是明伦堂，因为文字的存在，它似乎依然存在。

明伦堂并非平顺独有，而是天下儒学共有名称的建筑。那时候，凡有儒学处，都有明伦堂。所以，明伦堂几乎可以代称儒学。

搜狗资料对明伦堂是这样介绍的：多设于古文庙、书院、太学、学宫的正殿，是读书、讲学、弘道、研究之所，是传承千年的文化教育品牌，是过去具有一定社会地位的社会精英讲学论道的地方，同时也承担着传播文化与学术研究的功能。

"明伦"二字出自《孟子·滕文公上》，是乡里办的地方学校的名称，夏朝叫"校"，商朝叫"序"，周朝叫"庠"。明伦堂为县州府设立的学校。"明伦"，顾名思义，教导人们懂得人与人之间的伦理道德标准。作为"明人伦"的讲学厅，明伦堂是古代（至少从宋代开始）地方官方办学之处，是参加科举考试的社会精英们获取知识与智慧的庄严神圣的讲堂。

平顺明伦堂始建于明嘉靖十五年（1536）。嘉靖八年（1529）年，在勘验"青羊之乱"战绩的兵科都给事中夏言的建议下，"平顺"这个名字出现在史书中。到嘉靖十二年，平顺迎来第三任知县徐元道，平顺教育才真正拉开序幕。在一穷二白的深山之内，虽然有夏言当年勘验战事时留下的一些经费，但穷家难当，徐元道一定是历经艰难，才按照当年夏言的规划建起了平顺儒学。

徐元道的哥哥徐元祉受弟弟之邀写下一篇《创建平顺县儒学碑记》。这篇碑记让我们可以一窥新建的平顺儒学的规模。当时,平顺儒学有先师殿、明伦堂各五楹，两庑各七楹，两斋、启圣、乡贤、学仓、神库、神厨各三楹，教谕、训导宅共三十楹，先师等门、等龛、等碑各八座，敬一亭等、太平坊等各二座，还置备了炉、盘、台等祭器。

不仅如此，徐元祉还写过一首题为《明伦堂》的五言律诗："吾道无古今，斡旋归大造。舜徽五典精，孔立千言奥。鱼跃自渊渊，鹏搏从浩浩。惟师为善人，万世关名教。"这首诗的意思是说，万事万物运行轨迹不论古今，舜立五典（五典为五常之教，即父义、母慈、兄友、弟恭、子孝。为封建社会的父子有亲，君臣有义，夫妇有别，长幼有序，朋友有信），孔立千言（儒家经典），教育关系万世名誉，从此，平顺将开启教育局面，平顺人才将如鱼跃渊，鹏鸟高飞。

你一定奇怪，为什么徐元道要建先师殿。中国古代学校庙学合一，学校通常会与祭祀大成至圣先师孔子的文庙在一起。

生活在平顺这个当时"三不管"地带的书生再也不用跋涉几十里乃至上百里到壶关、潞城或者黎城求学了。教化之风让这片土地迎来山外世界一样的文明。

万历二十五年（1597年），潞安知府刘复初到平顺巡视。懂风水堪舆的刘知府看到平顺儒学逼近山崖，光线幽暗，对当时的平顺知县王荣诰说，学宫这样布局，平顺很难出人才。

王荣诰恍然大悟。从嘉靖十五年平顺儒学建起来，平顺出了四十多位贡生，却连一位举人都没有。但他对刘知府的建议很茫然，因为改建平顺儒学，谈何容易？

进士出生的刘复初对于教育的重视，让王荣诰格外震惊。万历二十一年，刘复初刚到潞安府，就曾捐款捐粮重建过潞安府儒学。让王荣诰没想到的是，刘复初当下就决定，捐俸金130两，积谷300石，要把平顺儒学改为坐北向南，并向东移动。

刘复初是陕西高陵人，王荣诰是陕西华州人。放到现在，两人是老乡。两个人的关系应该还是不错的。刘复初出钱出粮，王荣诰负责监工建设。

遗憾的是，刘复初没有等到工程完工，即奉调令调离了潞安府。

万历版《潞安府志》记载，刘复初因"不解事得罪中管，旨从中出，左转广东提举"。他是被降职调走的。

刘复初走时不用说怀揣着无限落寞。而平顺知县王荣诰并没有因为刘知府离开而停止工程。他继续推进儒学工程，粮食不够了，还"以仓谷百石营之"。孰料，王荣诰也没来得及把儒学建成，便升任而去。

接着来到平顺的知县是崔一龙。看到修到中间的半拉子工程，崔一龙筹集空缺生员未领取的廪银（生员和官府领取的折算成银两的膳食津贴）90两，继续修建儒学。工程快完成时，他也升任而去。

万历甲辰（1604年）年六月，赵完璧来到平顺县。甫一下车，他便看到了半拉子的平顺儒学工程。未建的一片荒芜、建好的也已倾塌，赵完璧不由内心一片悲凉。这位来自孔子之乡的知县，深知文化教育对于一个县域的重要，对于平顺学子的重要，对于平顺历史的重要。他当即捐俸银一百多两，让平顺儒学工程重新上马。

从万历丁酉（1597）年春初，到万历甲辰（1604）年秋末，这次平顺儒学改建，经历了八年时间，五任县令（陈所行于万历二十五年任平顺知县，他在任时间短，志书未有其建儒学记录），新的儒学终于建成。平顺教谕梁大壮、李之仁、赵永继，庠课马秉智、袁澄、王夭衢，县幕刘应第、程世爵、高文衢，庠生郭连城、王之栋、王士彦、王桥，省祭马进德、陈希列等，均为此工程做过努力。

由当时户部清吏司主事李汝松撰写的《平顺县改建儒学碑记》记载了这次历时八年重修的儒学规模："文庙、明伦堂各五楹，两庑各七楹，斋房六楹，启圣、名宦、乡贤祠各三楹，敬一、祀典亭各一座，号房九楹，戟门三楹，学门、泮池、棂星、牌坊、殿后牌坊各一，照壁一座，教谕、训导宅各十二楹。"康熙版《平顺县志》学宫图，就是按此规模进行擘画。

赵完璧是平顺历史中对文化教育比较重视的一位知县。他在平顺不足五年，不仅捐俸禄恢复重建了平顺儒学，使瘫痪的平顺儒学完工，让平顺学子有地方弦诵经典，更重要的，他还主持编撰了平顺有史以来第一部《平顺县志》，并亲自为这部县志写下序言《书籍记》。

刘复初因改建平顺儒学，浓墨重彩地出现在了平顺志书中。尽管刘复初是降职离去，但平顺学子却没有忘记这位对平顺学子的给予关怀的知府。万历二十六年，平顺教谕梁大壮与平顺的生员王之栋等一起请求平顺知县李时化为刘知府建立生祠。李时化同意并选址开工，然而，过了一年，不等生祠完工，李时化调走。刘公生祠与平顺儒学工程均一拖数年，直到赵完璧来到平顺担任知县，儒学得以完工，刘公生祠也才得以建起来。

在平顺儒学设立过生祠的官员不多。第一位是夏言，是他建议大明朝庭设立平顺县，并规划出了平顺儒学；第二位是潞安府知府刘复初，他捐款捐粮改建了平顺儒学；第三位是万历二十年平顺县知县王荣诰，他是继刘知府后接着兴建平顺儒学的县令。三位官员，都重视教育，与平顺儒学有关。

新建的平顺儒学，第一个走出去的举人是石怀玉。石怀玉为天启七年（1621年）举人，先后担任过太原府训导、霍州教谕、灵台县知县。

查阅民国《平顺县志》，凡地方官员举教育者，同期走出的举人、贡生便多一些。这当然不是巧合。

有意思的是，万历甲寅（1614年），刘复初的亲家公吴之儒来到平顺担任知县。有一天，他奇怪地问儒学的学生："平顺虽然是新建的县治，但并不缺人才，为什么很少有人得中功名？"书生们七嘴八舌把当年刘复初刘知府的话说了一遍。于是吴之儒决定再次完善学宫工程，并为学宫创建了城楼。

2

崇祯五年（1633年）四月六日，流寇入侵平顺县城。

县志没有留下那些流寇来历。地处太行深处的这片土地，正如夏言《开设县治巡司关堡抚恤降民事宜》疏所言："强狂之民，往往出山潜行劫掠，四外流来之贼，往往入山托为窠巢，是以泾渭同流，薰莸一器，积成逋逃久薮，号为盗贼之区。"我们无法描述当时惨状，但志书给后世留下两句话"平顺城内居民被屠杀殆尽，房屋焚毁一空"，足见此次兵燹的严重后果。

烈火炙烤着大山中的小小县城。在这次浩劫中，平顺知县徐明扬大骂贼寇，被乱刀砍死。这次破城，志书虽然没有提及平顺儒学是否遭涂炭，但儒学与官府一墙之隔，且志书有"房屋焚毁一空"之句，想来儒学未能幸免！

野火烧不尽，春风吹又生。历史上多少次改朝换代的铁蹄如狂风掠过，都会生灵涂炭。但生命如野草，哪怕只有一条根脉在，一息尚存，就会在春风里恣意蔓延，旺盛成群。

顺治七年（1650年），平顺县迎来了知县余廉徵。此时的神州大地，大明朝已成明日黄花。行走平顺街头的人们，头上盘着长长的发辫，大明的衣裙长袍换做了大清的长袍。

今天余知县所刻明代《晓谕生员碑》犹存明伦堂旧址之上，成为明伦堂一道遗留的景观。余知县喜欢理学，每天办完公差，便到儒学给学生讲授理学。

康熙版《平顺县志》收录了平顺王曲村王镇寰（顺治元年岁贡，曾任洪洞县训导，河南西华县知县）撰写的《重修明伦堂记》。碑记说，顺治十二年（1659），知县丘旦来到平顺，看到平顺儒学"沿今百五十年，数经兵燹，居民走死无吊，城中庐舍焚毁过半，学宫亦鞠为茂草"，于是响应弟弟王御寰、路跻垣、王道亨等人的倡议，慢慢理顺了平顺儒学的一些事宜，唯独明伦堂倒塌没有来得及维修。康熙丙午（1666）年，刘博来做平顺县训导（明清时期学校学官），看到倒塌明伦堂，于是提议重修，但没有得到当时平顺县知县的回应。

康熙丁未（1667）夏，吴瑁来到平顺县担任知县。三日后他便来到平顺儒学，并希望让平顺获得过功名的或者有学问的人到明伦堂为平顺学子讲课。当他看到倾毁破败的明伦堂，忍不住长叹说："明伦堂，是读书人的根本之地，怎么能坏成这样呢？"他联合平顺儒生路跻瀛、路跻垣、秦亨贞、石声振等人，决定恢复重建明伦堂。然而，平顺缺水，建县时的两口井，无法解决工程揪涂用水之需，吴琯只好先修了三个大水池。这年秋天，大雨之后，两口水池被注满，水源问题得以解决。经历了五个月时间，明伦堂修缮工程终于完成。

吴琯是平顺教育历史上第四位修建（缮）明伦堂的官员，也是志书中记录的修建平顺水源的第二位官员（第一位是潞州知州周昊）。吴琯离任后，平顺人李中白曾写下《吴侯去思碑记》说："公为浚池者三，民不病渴矣。平学官久圮，瓦崩土解也。公为葺修明伦堂，美免雕崇矣。"

值得一提的是参与修建儒学的路跻垣。路跻垣为豆口里人，他的父亲路鸿逵曾担任过河南淇县知县，淇县人还为其立过生祠。吴琯县令亲自为他写过《祭路公入乡贤祠文》。在这样的家庭长大，路跻垣品行自然高洁。路跻垣是康熙二十九年（1690）岁贡。早在顺治十一年（1672），在吴琯县令还没有就任平顺知县时，他就捐资督理重修文庙。所以，当康熙七年吴琯任平顺县令后，提议修文庙，他是积极参与者。

路跻垣对平顺历史文化非常重视，康熙二十一年（1682），他立局供馔，延请师儒修县志。他修的县志大概就是刘徵县令当政平顺时修的那部。康熙二十二年，他参与重修棂星门；康熙二十三年（1684年），因为淫雨滂沱导致明伦堂倾覆，路跻垣躬亲募化，竭力重建，众捐不敷，他自己拿出十二两金子，再次参与重修了明伦堂。

吴琯县令联合重修平顺儒学的平顺儒生中还有一位叫路跻瀛。路跻瀛为路鸿翀子，推测与路跻垣为堂兄弟。后来的路跻瀛弃儒业，徜徉山水之间，终身不践市井，以诗酒陶情，成为人称"自在翁"的隐者。

十年之后的康熙丁巳（1677）年六月，平顺又迎来一位知县——江西南昌进士刘徵。平顺历史上的知县，有进士身份的仅有三位，即顺治四年的河南济源人段昌祚、浙江遂安的余廉徵和康熙十六年的江西南昌人刘徵。"举目皆可怜之色，乏泉无生聚之由"，小县的贫瘠程度严重超过了刘徵的想象。"朝夕于斯"的刘徵"犹之寒虫之吟"，留下八首描写平顺的七言律诗《绘愁吟》，生动描写了当时平顺的现状。尽管平顺的贫瘠让这位天之骄子感到意外、震惊，但他在平顺的六年，却劝农桑、督纺织、禁火耗、补学宫、开垦荒芜，宽厚廉明，善政累累。

身为进士，不用说，刘徵知道教育对一方百姓的重要。康熙十九年（1680），儒学棂星门损坏，慷慨捐出俸禄进行了重修。

刘徵对平顺做出的最大贡献在于，他深知县志对于一方地方考千代兴衰、鉴政事得失的重要，所以，在钱谷刑名之余，他开始召集当地贡生路跻垣等学子修文事撰县志。此县志成为之后平顺县令杜之昂编辑康熙三十二年《平顺县志》的蓝本。

3

康熙二十七（1688）年，河南扶沟举人杜之昂来到平顺县担任知县。他看到这里"土狎而硗，民贫而苦"，"百姓之桀（凶暴）者常多，良者常少"，尤其看到衙舍几颓，欹者欲倾，不由心生悲戚。家有三宗事，先挑紧的办，杜之昂先修了县衙大堂"思补堂"，又于1692年建了分贮仓。

当杜知县看到平顺"山城草昧，文明未起，学校虽设，科目无人"，"诵读绝少，不惟科目寥寥，而生员增广之例，俱不满额"，决定创建文昌宫，"广义学之设，充增广之额，勤考课之期，务与诸士，刮垢磨光，锐力精进"，意思是他要建立不收费用的学堂，让更多平顺平民受教育，真正改变平顺文明难以推行的局面。

在古代，家里没有余粮，就如吴敬梓笔下的范进，如何安心读书？平顺难出有功名的人，也因为除了浊漳河沿岸和北社村一带的百姓稍微富裕一些外，山里的百姓，哪里有钱读书？杜之昂想打破这种局面，所以他"力请学宪，足其成数，复广立义学，以教民间子弟。"杜之昂的做法有一些成效，使平顺"士风稍稍兴起。"

鉴于对平顺教育的重视，对于平顺儒学学宫面貌，杜之昂也非常关注。康熙三十二年（1693），儒学原来的木立照壁朽坏，西庑倾颓，杜之昂率领贡士路跻垣等秀才进行捐款，建起青砖照壁，并葺修西庑，考太学源流图，挨次添补东庑西庑先贤先儒牌位，使得儒学面貌得到改变，各位先贤均得享祀。

为改变平顺"深山穷谷，罕闻声教"的局面，杜之昂创建了平顺建县史上唯一一个官办书院——杜公书院。杜公书院位于平顺儒学西面，每月初一，杜之昂会亲自在书院讲课。正如杜之昂在《平顺县志》序言中所说："余奉圣谕十六条，朔月讲读，复刊刻捷解成帙，家喻户晓，礼让之风亦蒸蒸乎渐异于乔野之旧矣。"

杜知县的一系列做法不是没有收到一点效果，但收效甚微。他自己也说，不过是"惟仰体圣天子蠲租阜民、敷教化民之意，而勉尽职分"。说到底，他普及教育的希望不过一位封建官员的幻想而已。但他让平民的孩子免费读书的做法，在那个时代，无疑是先进的。以他所处的时代，让平顺的文化之风惠及千家万户，却是兴建一座文昌宫、一个杜公书院无法改变的。

杜之昂为平顺留下了很多故事，比如修建龙盘山路（龙盘山改名为杜公岭）；时有豹为害，杜之昂为文祷神，豹竟自毙于路；杜之昂被调潞城任知县后，又在平顺人热切的呼唤和奔走中，重新回到平顺任知县等。这件事，还曾费沁州官至保和殿大学士兼刑部尚书的吴阁老（当地人的称谓）吴琠写下过一篇文章《邑候杜公署黎归治序》。

杜之昂还做了一件名垂青史的事，那就是于1693年继续修撰康熙壬戌（1682）年刘徵编撰的《平顺县志》。这部志书成为继万历（1606）年赵完璧编撰的《平顺县志》之后的第二部县志。这部县志得以传世，成为研究明清平顺的重要典籍。

杜之昂所立下马碑

康熙三十年，杜之昂奉旨在儒学棂新门西面的古今坊立下下马碑两座。其中一道碑，碑面简洁，上写"康熙三十年二月内奉旨文武大小官员以及兵民人等至此下马，平顺县知县杜之昂立石"。

何朝开始有下马碑的，我没有查到。资料说旧时宫殿及孔庙前，东西面都会各立一通下马碑。平顺的"下马碑"立于杜之昂担任平顺县知县时，这至少说明，在杜之昂心里，读书人的儒学是神圣之地，甚至高于国家官员的身份。

如今这块碑被移立立在平顺一中校园之内。不知道有多少人知道这位县令，有多少人琢磨过杜县令崇尚儒学、推广儒学的苦心。

4

雍正年间，江南桐城贡士张廷琪来到平顺县担任知县。雍正帝继位后，曾亲自到太学视察，并新修了曲阜孔府、孔庙。雍正一朝，遵循顺治、康熙二帝"崇儒重道"的传统国策，重视正统儒学，尤其是程朱理学在政治统治中的作用。在皇帝的影响下，张廷琪来到平顺后，也先对儒学进行了一番调研。当他看到儒学戟门倾圮，廊庑颓漏，便有了重修儒学的心思。秋丁日（农历八月第一个丁日是祭祀孔子的日子，称秋丁），张廷琪代祭崇圣祠，看到祠堂狭小且倾欹，位置失序，越发有了重修之心。他捐出养廉银，并号召平顺县绅士踊跃赞勷，四乡分募，将崇圣祠移建于文昌祠之东。张廷琪还亲手撰写了《重修崇圣祠碑记》，以表达他"吏兹土者，亦得以宣化佐治，稍抒书生报国之诚于万一焉"的理想。

乾隆二十九（1764）年，平顺裁县为乡，但保留了儒学。没有了县治，平顺儒学名存实亡。平顺北社乡小铎村嘉庆十年（1805）进士郭承恩在《重修文庙碑记》中写道："厥后一切祠宇神坛，大半颓废，惟文庙旧制尚存。"尽管也有人想过修缮，奈何耗费颇巨，提议者束手无策。

嘉庆乙亥（1814）年，平陆赵禾村来掌管平顺乡文教，看到平顺儒学庙貌倾圮，墙宇废坏，心生重葺之意。1817年仲春，在学校的"君师"典礼时，他约来平顺一些乡绅，商量重修事宜。众人认为，想举工程必须先有钱，但捐钱最好还是潞城县令衷渔璜（衷邦渭，江西南昌监生，嘉庆二十二年任）以身为倡。赵禾村于是率平顺乡的秀才前往潞城拜访衷县令。重修儒学，兴盛教育，衷县令听了众位秀才的建议，慨然自任"总监"，并制定了募捐的办法，让平顺乡的秀才们，分持缘簿，各捐各乡。这次捐款共计收到一千六百多两银子。嘉庆二十二年（1817）夏，重修工程开始，嘉庆二十四年冬，平顺乡学工程竣工。这次重修，与万历年间刘复初那次重修一样，工程涉及整个儒学。大成殿、崇圣祠、万寿亭、文昌祠，以及东西两庑、戟门、棂星门，名宦、乡贤祠，司训讲堂、宅舍，俱焕然一新。当时，明伦堂仅剩下基址，节孝祠连基址也没有了。他们不仅重修了明伦堂，还重建了节孝祠。

时光一晃，又是一甲子。光绪壬午（1882）年，司训祁晓斋掌管平顺乡教育。他看到儒学大成殿土墙坍塌，亟须修葺，就请潞城县令卢晓六向潞安知府何泰尊请示，按当年平顺建县时原辖三十一里发文，以钱粮多寡进行募捐，重建平顺儒学。

潞安府对此次重修平顺儒学给予了支持。担任此次工程督工的是郭承恩之子、同治十一年岁贡郭鹏远，经理是北社村光绪六年岁贡生原攀瀛。1882年春天，工程开始。他们决定先把大成殿增高三尺，易土为砖。遗憾的是，没等大成殿工程完成，司训祁晓斋与督工郭鹏远都去世了。

光绪十一年，忻州举人娄昭继任平顺县乡学司训，他接过祁晓斋的工程继续干，光绪辛卯（1891）冬，平顺乡学工程终于完工。这次工程把平顺乡学的东西庑、戟门、棂星门、照壁，以及名宦、乡贤二祠，都加高三尺；明伦堂、霭春堂也进行了修葺；节孝祠墙壁全无，东西斋已无基址，也一并增建。

这次重修工程，北社贡生原攀瀛出力最多，大约出钱也不菲。

光绪甲午（1894）年，黎宗干担任潞城知县。不久后，他因公差到平顺乡，但见万山中的平顺县内茅屋无华，而乡学学宫官墙数仞，焕然一新，很奇怪。进乡学学宫看碑刻才知道，自嘉庆二十二年（1817）重修后，再无重修，那平顺乡学怎么能如此整齐完善？平顺学正赵绍周给他讲了来龙去脉，而黎知县也仰头看到了房梁上的悬书"督工绅士郭鹏远、原攀瀛经理重修"等字样。

乡学工程耗尽了平顺乡绅的钱粮。工程勉力竣工之后，平顺再也筹不出请人撰文立碑之钱。一乡之民，为什么会竭尽全力修复儒学，他们渴望这块土地多出人才！正如后来我们国家提出的"再穷不能穷教育"，当时的平顺儒生、乡绅已有这样的认识，不能不说，平顺人对功名是非常重视的。

感动于平顺人对教育的重视，黎县令铺开纸笔，为新修的平顺儒学写下了《重建文庙碑记》。

5

民国元（1912）年，在石璜等人的积极奔走呼吁下，平顺复县。知事李生裕是平顺复县后的第一任知县。

从乾隆二十九（1764）年裁县为乡，到民国元年平顺复县，时间过去了157年。157年，无人打理的平顺县衙早已坍塌。平顺撤县设乡时，唯保留了乡学，加上光绪辛卯年乡学曾重修，所以当时平顺县最好的建筑就是乡学。因为县衙坍塌，平顺没有县治之所，李生裕暂借乡学学宫作为了平顺衙署。

这时候，科举制度已成明日黄花，杜之昂推崇过的系统的国民教育开始掀开历史的一角。那么，把学校建在哪里呢？知事李生裕同平顺县议会议长张玉龙、崔维新等商量，决定把城外东藏寺（现平顺一中位置）改为平顺第一高级小学校。"识字不识字，住过东藏寺"的说法就是那时候开始有的。

民国二年，李生裕督率邑绅张景德、崔维新等，在平顺县衙遗址上重建县衙。之后，平顺知事姚秉钧赓续工程。民国六年，平顺二次复县后，平顺知事曾广钦、陈廷璋等继续完善县衙工程。

民国七年（1918），平顺知事曾广钦把县衙腾出来的明伦堂改为劝学所，并添置东、西房各三间。后来，明伦堂又改设为平顺县教育局。

民国八年，平顺县知事曾广钦为东藏寺添建讲堂二所，东西斋舍八十余间；民国十九年，平顺县县长王永焱又重修西教员室八间，这时候的东藏寺也有了一定规模。

民国十七年（1928），平顺县县长王鸿翥同公安局局长樊荫嵩把平顺公安局设立此处，筑北厅五楹，东西巡警房十二间，在霭春堂旧址上筑二门，儒学外门改为大门。

1937年，抗战爆发。1938年9月中共平顺县委员会成立，1938年10月到第二年3月，中共平顺县委员会在全县范围内分别建立了中共第二区、第一区和第三区分区委员会。明伦堂成为第一区委员会的办公之所。

新中国成立后，残破倾废的明伦堂在新中国的建设中彻底消失了踪影。至于大成殿（现平顺宾馆北楼），很多六七十岁的人回忆，新中国成立后，这里曾作为大型会议礼堂使用，同时也是当时平顺县的"电影院"。

平顺儒学，完成了它的历史使命，彻底退出了人们的视线。

五百风云倏忽过，明伦一座照古今。平顺走过了当年刘徵县令描述的"布衣皓首宁终隐，负耒横经若个稀""杏苑从无题姓字，鹿鸣都是别闻诗"的时代，迎来了一代代封建官员也曾期盼过的真正的太平盛世。今天的平顺中学，几乎每年都有学子考取清华、北大，真正是"谁道青云不可期？"

2021 年 7 月 17 日

寻找妙轮寺

1

在我看来，妙轮寺是平顺寺观中最为扑朔迷离的一座寺院了。

康熙版《平顺县志》寺观一栏中，妙轮寺排列第一。县志是这样写的："（妙轮寺）旧址在城，被兵火烧毁，其旧儒学即基址也。今改建城外东北山曲，见有碑记题咏。"这段话告诉我们，当年的妙轮寺曾位于平顺城内，平顺建县后的儒学就建在妙轮寺的旧址上。

康熙三十二年，杜之昂组织编辑《平顺县志》时，妙轮寺还存在，只是已改建在了县城外东北山曲。关于妙轮寺，当时还留有碑记题咏。

民国版《平顺县志·祠宇》记载，妙轮寺"旧在城内。因兵燹毁废，后改建城外东（北）山曲。今寺头有寺名妙轮，寺故址或即此寺。"

万历版《潞安府志》与平顺两版县志记载雷同："旧刹兵焚，今改建东北山曲。"

平顺建县为嘉靖八年，青羊村改村为"城"始于此时。县志说"妙轮寺旧址在城"，那么，妙轮寺就应该最早建立在青羊村，而不是后世人们说的寺头村（今东寺头村）。

　　两版《平顺县志》说，这座妙轮寺被兵火烧毁。在平顺建县前，青羊村，一个小小的村落会不会遭受大的兵燹呢？如果青羊村确实遭受过兵燹，又会是什么原因招致？

　　这把火会不会正是因"青羊之乱"而起呢？

　　那座被记录在府志、县志中的妙轮寺，仅剩下了一行字，连一块砖一片瓦都不复存在了！于是，嘉靖十五年，平顺知县徐元道在这里建起了平顺儒学。

　　按照两版县志所说，妙轮寺遭受兵燹被焚毁后，寺院并没有因为寺院建筑的焚毁而消失，而是改建在东北山曲。

　　民国版《平顺县志》在"祠宇"中提到了彰法寺，说彰法寺位于张井后里寺峪沟内，系妙轮寺被火焚移建。是不是说，原在青羊村的妙轮寺被兵燹被焚毁后，改建在了张井村，更名为彰法寺？

　　这个方位倒是符合康熙版《平顺县志》所说的"今改建城外东北山曲"。徐元道的哥哥徐元祉游过彰法寺。这位文采横溢的官员每走一处，都会留下诗篇。到彰法寺也一样，他为平顺史志留下一首《题彰法寺》的五言律诗："彰法何年建，浮屠插翠微。客登青玉案，僧卧白云扉。刹古鹤惊舞，林深鸟倦归。空谷风鼓腋，直欲逐天飞。"

　　读这首诗，感觉这里的彰法寺与改建东北山曲的妙轮寺并不是同一座寺院。徐元祉写到了"彰法何年建"，如果嘉靖八年青羊村的妙轮寺才遭到兵燹，才改建东北山曲，那么，徐元祉游的彰法寺就不是一座古寺，他也不会写"刹古鹤惊舞"之类的话了；还有，如果妙轮寺为嘉靖八年遭兵燹被焚，时间过去不足二十年，徐元祉怎会不知彰法何年所建？

　　那么，会不会这场毁掉妙轮寺的兵燹更早？所以到嘉靖八年，这里早已是荒凉一片？而当年这里的妙轮寺，早已移建东北山曲？

2

　　提到妙轮寺，相信很多人想到的，是消失在今天平顺县东寺头村的那座寺院。东寺头村村名来历，就与这座寺庙有关。因村庄位于妙轮寺南头，所以村庄取名寺头村。1990年全国村名普查，因山西省有两个寺头村，根据方位，寺头更名东寺头村。

大约与虹梯关乡虹霓村、石城镇源头村一样，寺头村也是先有寺庙，后有村庄。烧香拜佛的香客多了，有的人干脆在寺庙旁边住了下来，久而久之形成村庄。还有一个原因，历史上的几次大的灭佛运动，那些被驱赶出寺院的僧人，不愿远离寺院而就近围寺院而居，从而形成村庄。

有人说，位于今天平顺县东寺头乡羊老岩村东，曾经有一座妙轮寺上院。关于这座妙轮寺上院的创建，还有一个传说。当年，刘秀被王莽追杀，在太行山平顺境内留下"马跑泉"、"塌地垛"、"靴尖寨"等地名，还有"天下都城隍"、"封赏椿树、桑树"等诸多传说。"妙轮寺"则为光武帝刘秀为感恩"葫芦套大佛救主"而建。

话说刘秀被王莽追杀，从"老马岭"、"塌地垛"一直逃到羊老岩一带，由于这里"西葫芦套"、"中葫芦套"、"东葫芦套"环环相套，致使刘秀的兵马被迷在了地势险要的太行山中。王莽追兵众多，将刘秀围困了七天七夜。这七天，刘秀靠喝黑龙洞滴泉之水，吃"野生糖梨果"苟延残喘。就在刘秀绝望时，第七天子夜时分，他梦见一金身巨人告诉他说："一直往东，可保平安。"刘秀从梦中惊醒，把梦中所见告诉身边将士。将士说："东边为百丈悬崖，怎么下去？那是自寻死路呀！"

刘秀说："再无办法，如若等死，不如一试！"于是，趁着天未亮，刘秀一行悄悄东行而去。

次日早饭之后，王莽让士兵搜山，看到了刘秀等丢弃的残灶破碗。沿着足迹一路寻找，到"天瀑崖顶"往下一看，刘秀和他的兵士正在百丈悬崖下的"碧水潭"边饮酒，十分惬意。王莽仰天长叹："天不助我也！"口吐鲜血，昏厥过去。

刘秀怎么下到悬崖下的？在老百姓的心中，有道君王总有神力帮助，让他们跃下悬崖，安然无恙。

刘秀称帝之后，重访旧地，只见崖边天然巨佛（位于今天脊山景区）端坐微笑，立即三跪九叩。为感恩大佛当年指路，就命地方官建寺供养，并赐名"妙轮寺"。诗云："葫芦三套奇景妙，环环相扣神难逃。幸有大佛指迷津，东度悬崖如乘风！"

这当然是传说。王莽赶刘秀本身就是一个传说，何况那种看不到的神力，实在为天马行空且没有根据的想象。那首诗也不知何人所为，没有什么文采，不过一首顺口溜而已。

传说还没完。这座妙轮寺建成后，香火鼎盛，成为太行山居民祈福许愿、消灾劫病的圣地。但由于地处偏远，所以人们又在寺头村北建起一座"妙轮寺"，并称为"妙轮寺下院"，羊老岩的旧妙轮寺则称为"妙轮寺上院"。

羊老岩的寺院是不是叫妙轮寺，并没有相关资料。关于羊老岩村名来历，当地人说，是与一座寺院有关。传说唐朝时，这里有一座寺院，一位老僧在这里修行，当地人称寺院为"养老院"。"羊老岩"即为"养老院"演绎而来。

羊老岩的寺院早已踪迹难觅。但寺头村的妙轮寺却是真实存在过，现仍存舍利塔塔一座、摩崖石佛两尊，而高大的"三晋第一碑"以其磅礴的身姿依旧吸引着八方宾客。巨碑龙首、龙须、龙形，据专家考证为"汉代风格"。

寺头村的妙轮寺位于寺头村北500米处，也早已不复存在。但它比志书中的妙轮寺幸运，留下一通元至顺三年（1332）勒石、首题《重修妙轮院并胜果院田庄之记碑》的石碑。这通石碑螭首、龟趺座，通高215厘

妙轮寺舍利塔（遭遇盗毁，现存平顺县九天圣母庙）

米、宽100厘米，碑文楷体，有2072字。

观妙轮寺遗址，虽无平顺龙门寺深幽，却也古道曲折，群山环抱，颇有几分"深山藏古寺"之韵。正如《重修妙轮院并胜果院田庄之记碑》所描述的"隐磷磩之峰，临云宁之水，苍虬数万，飞炼百楹，南有溪桥，西有石鼓，亦人间之胜地"。

《重修妙轮院并胜果院田庄之记碑》是站在潞州的角度来介绍妙轮寺的："妙轮院，在州之东余三舍矣。""州之东"这是说妙轮寺位于潞州之东。古代一舍三十里，三舍为九十里。这个九十里，大约是当年潞州城到妙轮寺山路的距离。现在，从长治到寺头村，不走高速，57公里。碑文并没有把寺院置于距离壶关县城的角度来讲，那么这句话至少说明，早在元代，妙轮寺是潞州的一座有名的寺院。

这个时间还是保守的。碑文继续说道："自李唐迄今而主院者，朴素相尚，树麻而衣，陶瓦而食，柴土而室……至周显德元年（953年），壶关县有文殊院，承残弊之余，岁不坍隳，其寺留不克完，而父老张显等诣妙轮院，请僧住持。当是之时，择其行高德备而住之，众推僧智宝而住焉。"

这段碑文说明，妙轮寺不仅在元代存在，早在李唐时代就已存在。周显德元年（953年），壶关县文殊院因为寺院倾毁，父老张显曾经到妙轮寺请住持，妙轮寺推荐了和尚智宝。

碑文还讲述了壶关县文殊院、即妙轮寺下院因为僧人私心导致的所属问题而打过三次官司。

和尚智宝到壶关县文殊院后，修旧起废，使文殊院焕然一新。他开垦荒田，种植粮食，妙轮寺上下两院僧人，当时全赖这些土地生存。至宋太平兴国（978）三季（三个月为一季，大概为秋季），受命改文殊院为胜果院。

景德（为宋真宗赵恒年号，使用时间为1004-1007四年）年间，妙轮寺派和尚智韶、智定去住持胜果院。按法号推定，智韶、智定大约为胜果院住持智宝和尚的师兄弟。但不久后，两位住持以私灭公，欲占胜果院为己有。不得已，妙轮寺只好与两个师兄弟智韶、智定打官司。最后判定，胜果院为妙轮下院，也就是说，胜果院归妙轮寺所有。

按照此碑讲述，早在宋代，胜果院为妙轮寺下院，那么，位于寺头村的妙轮寺不仅存在，还是上院。

既然寺头村妙轮寺为上院，那么，羊老岩村的妙轮寺上院来历，不用说也为民间附会。

官司打赢后的天圣间（1023 年 –1032 年，天圣是宋仁宗赵祯的年号，北宋使用该年号共计 10 年），妙轮寺派和尚惠问住持胜果院。孰料学坏容易学好难，惠问仿照智韶、智定所为，也欲把妙轮寺下院当作私有。大观（宋徽宗赵佶的年号，北宋使用这个年号共 4 年）年秋，妙轮寺只好继续打官司。这场官司惊动了不少人。妙轮寺住僧道义迳诉于台省（唐高宗时以尚书省为中台，门下省为东台，中书省为西台，总称为台省，亦有合"三省"及御史台称台省者），台省委托给转运使（宋初为集中财权，置诸路转运使掌一路财赋，并监察地方官吏，官高秩重者为都转运使，简称漕，实为府、州以上行政长官）审理。转运使又移推给泽州通判。官司打赢后，泽州通判断令胜果院以及史寨田庄依旧归妙轮寺所有，并差戒行僧二年一替到胜果寺也即妙轮寺下院，按照妙轮院的管理办法对寺院进行管理。

三晋第一碑上有大观丁亥季夏二十日济南朱进忠以尉事受檄届此的碑刻。上面写着"径观大石，迟留累刻，檄届此命，义僧踏曲"十六个字。大观丁亥年为 1108 年。这说明，朱进忠路过这里时，这里有寺庙，朱进忠就是在妙轮寺一位僧人带领下，走小路抵达三晋第一碑前的。

且此时正是妙轮寺兴旺之时。

妙轮寺还真是多灾多难。本来刻了碑让寺院的高僧轮流住持轮流坐庄，应没有纷争了，孰料明昌二年胜果院的住持僧人永贵又开始与妙轮寺上院打起了官司。这场官司历时六年，经历了潞州、僧正司（管理佛教事务之机构。元朝始设于各州，掌理僧尼词讼）、提刑司、平阳少尹等多个部门，一度还追毁永贵度牒，剥夺了他的僧人身份，一直到承安四年（1200），官司才告一段落。根据"复令妙轮上院为主""主僧崇琛□□胜果院，并史家寨田庄依旧令妙轮上院，永远为主"的判决结果，推测这次官司，大约是两个寺院因争高下，谁管理谁而起的矛盾。

再后面的碑文是寺院住持僧人的一番感慨和谆谆教诲。

碑阴是妙轮寺以及其田庄的四面界限。

"□……□答驰界、玉陡崖、杏成村、杨魁子、庄则头、申家平、砂地栈、池底村、圪台庄、串底庄

□……□后至灵泽王庙、王庄村、莫流、西岭、清羊村、石返庄、大河、黑虎、山庄

□……□南庄、□岭庄、□都庄、横梯庄、槐树平、棒家岐，四至已里并是妙轮院坛越为主。

本院田庄四至如后，东至七子大岭为界，西至□□□义口为界，南至石□□岭□为界，北至白合水白龙潭为界，四至已里并妙轮寺田庄□□

壶关县胜果□□院四至如后：东至赵全、西至牛，南至张记，北至道，四至已里竟是妙轮寺下院。"

碑阴的四面界限清楚说明，当时壶关的胜果院，是妙轮寺下院。

壶关县文殊院在哪里？查阅明弘治年间《潞州志》、万历版《潞安府志》以及新的《壶关县志》，均没有找到其踪影。按照胜果院之称查找，依然没有收获。

王陡崖、杏成村、杨魁子、庄则头、申家平、砂地栈、池底村、南庄等，这些村庄至今犹存。"清羊村"为"青羊村"，"石返庄"大约是今天的"石埠头"。从妙轮寺的四至界限看，当时的妙轮寺，还真堪称太行第一寺。

如果"清羊村"为"青羊村"，也就是说，当年青羊村、后来的平顺县城不过是妙轮寺的田产所在地。那么，如《平顺县志》所说，青羊村有另外一座妙轮寺吗？

3

妙轮寺还存有一孤塔，因其属于妙轮寺，人们称之为妙轮寺塔。后来塔被偷盗，追回之后，很多部件消失。但网上留下了它的照片以及介绍："（妙轮石塔）坐北朝南，塔基平面为六边形，束腰须弥座通高4.8米，直径约2米，塔体为汉白玉雕凿而成，塔身为八角空心室，上下两层。基座埋于地面以下。一层塔身由八根雕龙石柱支撑檐，檐下四周雕刻斗拱，橼飞套兽，檐坡雕刻瓦垅沟滴，八面出水，檐出平缓。塔身南向辟门，拱门两侧雕刻两尊金刚像，身着盔甲，左右侍立，威武雄状，造型逼真。室内雕刻石佛一尊，结迦趺坐于莲台之上，面容丰满，神态安祥。外壁各面雕刻如意，花卉共命鸟等吉祥物。二层塔身底部雕刻飞云腾空，波涛翻滚等浮雕。四周用檐柱支撑塔顶。塔身各面浮雕释迦牟尼修炼成佛的佛教故事及山水花卉等。塔楔八角尖，八坡水式。此塔虽建造于元天历三年（1330），但人物造型上仍沿袭唐宋时期的雕造风格。"

《三晋古塔》一书称，妙轮院石塔建于元代。但也有人推断，将此塔断为元代的原因大约是依据妙轮院的元代重修碑。因为根据此塔外观，推测古塔建造年代大约是唐至五代，应是妙轮院元代重修之前的遗物。

妙轮寺遗址西南山崖上还留存着北魏时期的摩崖造像二尊，神态端庄，刻工精细，具有一定的研究价值。

妙轮寺到底何时所建，很多人根据三晋第一碑的雕刻风格推测是北魏时代。三晋第一碑的凿刻与妙轮寺的创建互为印证。那面巨大的摩崖石碑，有人说原本是寺院为北魏时期某位帝王所留，无奈时代更迭太快，巨碑雕凿好了，而那帝王已淹没在时代洪流的改朝换代之中，于是，巨碑成了一块无字碑。

还有一种说法，三晋第一碑是一块巨大的汉碑。如果巨碑与妙轮寺互为印证，是不是早在汉代，妙轮寺已经存在？无论哪种说法，妙轮寺的古老不容置疑！

那么，古老的妙轮寺到底延续了多久？又消失在什么时代？

关于妙轮寺，史书留下了两首诗，一首为漳野李新芳所写，题目是《题妙轮寺》：

"山门天畔起，宝树傍云栽。

鸟去香仍在，客来花欲开。

慈根盘地轴，法影荫星台。

锺吕闲吟赏，垣娥莫浪猜。"

从诗中我没有发现关于妙轮寺的任何线索。那么，李新芳是谁？

万历版《潞安府志》收录了李新芳写的《陵川宗约序》。这篇序文写的是明沈简王及其后代宗族的事。李新芳写到明沈简王的孙子辈，那么，李新芳应该是明代早期或者中期人。

如果此妙轮寺是位于寺头村那座寺院，那至少说明，在李新芳生活的明代，妙轮寺还存在。

另外一首为同知、卫人、靖四方所写的七言律诗《登妙轮寺》：

"寻芝那更怯峻嶒，宝寺名山纵一登。

鸟道千盘云外转，珠宫五色日中凝。

情知瑞产须灵地，欲探真源有慧僧。

借问佛王曾药否？也能不灭万年灯。"

"同知"为明清时期的官名，为知府副职，正五品，负责分掌地方盐、粮、捕盗、江防、海疆、河工、水利以及清理军籍、抚绥民夷等事务，同知办事衙署称"厅"。

靖四方是隆庆年间潞安府同知，河南淇县举人。他为什么要署名"卫人"？淇县古称朝歌，是商朝的首都，也是周朝最大诸侯国卫国的首都，《封神榜》故事的演绎地。大约靖四方以家乡为骄傲，所以署名"卫人"。

靖四方曾写下一组《题平顺县和壁韵》，还写过写陈卿暴动的《青羊歌》。按照他诗歌的创作时间，推测他担任潞安府同知时，妙轮寺还存在。

李新芳、靖四方所游的妙轮寺会是寺头的妙轮寺吗？

当年，陈卿"青羊之乱"的老巢就设在寺头村一带。夏言的《奉敕查勘青羊山平贼功次疏》写到了参加平息暴乱朝廷职官的所为，比如哪些将领带领多少部下，在哪里斩杀了多少人，斩杀的都是谁，斩获多少颗头、多少副耳朵，是不是误杀了百姓，等等，非常详细。夏言在疏文中提到了很多寺头村附近的名字，比如羊井底、谷堆底、花园口、王陡崖、佛堂岭、井垴、神河寨、智度寺等，还明确写道，官军占夺七子岭等处，烧毁了安阳、门楼（两座村庄）等巢穴。如果妙轮寺还存在，无论陈卿的"匪徒"，还是朝廷的官兵，怎会放过妙轮寺？但夏言的疏文却没有妙轮寺影子。

三晋第一碑是存在的，山西按察司佥事分巡冀南道的庆阳人陈大纲就把巨碑当作小黑板，题写下了一段平息陈卿起义的"丰功伟绩"。

查乾隆版《潞安府志》，潞州县的寺观栏中有妙轮寺："妙轮寺，旧刹在青羊里平顺旧城内，寇毁，今改建城外东北山曲，以下五寺（彰法寺、大云寺、海会寺、荐福寺、龙门寺），皆系平顺并入潞城。"

再查顺治版《潞安府志》，在平顺县寺观一栏中，也有妙轮寺，与康熙《平顺县志》所记妙轮寺内容相同。

那么也就是说，在平顺建县之前，青羊村真有过一座妙轮寺？当寺头的妙轮寺不复存在时，青羊村的妙轮寺也不复存在后，平顺县城的东北的山里还有过一座妙轮寺？

查阅顺治版、乾隆版《潞安府志》，别的县域并没有名字与妙轮寺一模一样的寺院。

李新芳、靖四方不可能虚构一首诗，说到过妙轮寺吧？

民国版《平顺县志》说彰法寺位于张井后里寺峪沟内，系妙轮寺被火移建。乾隆二十九年，平顺并入潞城。根据乾隆版《潞安府志》所说，除了妙轮寺，还有五寺并入潞城，其中就有彰法寺，这说明，妙轮寺与彰法寺并不是同一寺院。

乾隆版《潞安府志》和民国版《平顺县志》，谁的说法正确？

寺头村的妙轮寺到底毁于何时？也许在元至顺三年（1332）后的某个时代的某天，寺头村的妙轮寺因为某种原因已经不存在，有人把妙轮寺移建在了青羊村。在平顺建县前的某朝某日，青羊村的妙轮寺遭遇兵燹被毁，于是，妙轮寺再度移建，又到了平顺县东北山曲？

《重修妙轮院并胜果院田庄之记碑》至少说明，妙轮寺曾经是平顺这块土地上最大的寺院。平顺建县后的万历年间，秀才们编撰《平顺县志》时，他们只记得县城曾存在过一座妙轮寺，后来移建了东北山曲，而没有考证到，妙轮寺的"祖寺"其实在寺头村，历史上最有名的妙轮寺其实是在寺头村？

不过推测而已！

历史宛若滚滚而去的河流，带走鲜活的生灵，带走人间的烦恼苦乐，带走你方唱罢我登场的盛世繁华，也带走岁月记忆的痕迹。

那截断碑带着一个扑朔迷离的古老寺院走向我，让我忽然对那座那么大却消失无踪无影的寺院充满了兴趣。

其实，我不走近，妙轮寺，它也永远沉积在岁月里。我走近了，它，依旧沉寂在岁月里。

2021 年 7 月 18 日

从《创建平顺县碑记》说起

1

《创建平顺县记》收录于康熙版《平顺县志》，为此版县志"艺文志"开篇之作。作者顾鼎臣，时为光禄寺大夫、太子太保、礼部尚书。

平顺这个小小的太行山县域，因为"青羊之乱"，甫一建立，便吸引了很多人的目光，包括大明嘉靖皇帝，也包括这位叫顾鼎臣的朝廷一品大员。

搜狗介绍，顾鼎臣（1473—1540），初名仝，字九和，号未斋，南直隶苏州府昆山（今属江苏）人。弘治十八年状元，官至武英殿大学士，历经明弘治、正德、嘉靖三朝，号称三朝元老。

即便建立平顺县的原因曾经让朝野震惊过，让天子震怒过，但能让三朝元老顾鼎臣亲自执笔写下《创建平顺县记》，一定不是简简单单的事。

《创建平顺县记》中写道："江西右布政使李君崧祥，昔以按察司兵备副使尝预谟议举职守，思惟一时政令之大，不可无纪也，特走状京师征予文，将刻诸石，以昭示无极。义不可辞，乃为述其梗概云尔。"这段话说明，当初顾鼎臣写《创建平顺县记》，并非机缘巧合，而是有人相邀才写下的。发出邀请的人是当时江西右布政使李崧祥。

李崧祥，字时望，号密严，晚号恭川，明代贵池源头（今安徽石台县仙寓镇源头村）人，明正德九年（1514）进士。他一生经历了正德、嘉靖两代皇帝，凭着对大明王朝的一片忠心和过人的才智，深得皇上青睐和器重。一开始授户部主事管仓徐州，不久便擢升为山东按察司佥事，备兵青州；后又迁山西按察使副使，驻守潞安；嘉靖十三年，升任河南布政司参政；嘉靖十四年（1535）春，升为浙江按察司按擦使；嘉靖十六年，升为江西右布政使，后升为四川左布政使。

按察使，也叫臬台，原称提刑按察使司按察使。明朝省级地方官员分为三司，分别是布政使司、按察使司和都指挥使司，布政使管"民政"，按察使管"刑名"，都指挥使管"一省军务"。三司分别相当于现在的省长、省法院院长、省军区司令。

据《江南通志》记载，李崧祥一生做了两件轰动全国的大事，一件是"文官挂帅出征。"嘉靖十三年，当李崧祥准备从山西按察使副使这个职务调往河南布政司参政，走马上任时，恰逢陈卿起义爆发。起义如火如荼，朝廷束手无策。于是山西抚按以李崧祥有"征寇"之才，且在潞安工作过，对青羊山周边情况较为熟悉为由，向嘉靖皇帝举荐，让他担当征剿大任。李崧祥受命总领四道兵马前往镇压，事后奏报朝廷析壶关等县地另设县制，得嘉靖皇帝准旨而设立平顺县。

这段历史显然为李崧祥把别人的功劳帽子戴在了自己头上。首先，夏言在《奉敕查勘青羊山平贼功次疏》中，详细写明了在平息陈卿起义过程中各地方官及参战军吏的所做所为，其中并无李崧祥的名字。夏言的论功行赏疏中也没有他的名字。且不说《江南通志》说他是统领四路人马的总指挥，就是真在此"征战"中有功绩的小官员，夏言也不会遗漏。李崧祥担任山西按察使司副使、潞安兵备的前任叫宋景。万历版《潞安府志》记载："宋景，号南塘，江西新奉人，进士，青羊除定，人心危疑，公以镇静处之，反侧自安，地方坐以无事。"这说明，李崧祥是平息"青羊之乱"后来的潞安府的。其实，从朝廷给他的官职称谓"又迁山西按察使副使，驻守潞安"也能看出，他到潞安府的时间，是平息"青羊之乱"之后。因为"潞安"之称，是平息"青羊之乱"后才有的，与"长治"与"平顺"一样，都带着希冀地方安定、长治久安之意。

还有，"青羊之乱"后奏报朝廷析壶关等县地另设县制，这事是夏言所为，有夏言各道存世的奏疏为证，《江南通志》显然扩大了李崧祥的功劳。

《江南通志》曾经历数人之手方才成书。康熙二十二年，总督于成龙与江苏巡抚余国柱、安徽巡抚徐国相等，奉部檄创修《通志》，凡七十六卷；雍正七年再次编修，直至乾隆元年才编辑完成。大约因事已过了两百多年，且李崧祥曾在江西等地任职，为增其光辉，故而有这样的张冠李戴之说。

李崧祥与"青羊暴乱"的联系，恰是《创建平顺县记》和《夏言生词记》。两篇碑记后，碑记作者大明光禄寺大夫、太子太保、礼部尚书顾鼎臣和少傅华盖殿大学士李时都提及，是江西右布政使李崧祥特意到京城盛邀自己撰写的碑文。会不会是两篇碑文都写到李崧祥是撰碑人"主家"，让《江南通志》的编撰者误会，认为他就是平息"青羊暴乱"大功臣的？

李崧祥于嘉靖十三年调离山西，平息陈卿暴动一事他应该清楚。但他到京城拜访顾鼎臣和李时时已调离山西，是什么机缘巧合让他不远几千里到京城，邀请顾鼎臣和李时为山西的平顺县写下《创建平顺县记》和《夏言生词记》的？

按顾鼎臣在碑记中的说法，江西右布政使李崧祥找到他，认为建立平顺县是大明的一件大事，不能没有一篇文章来记叙，所以特地来到京城，希望他写一篇文章来记录此事，用要刻石留念，以留后世。

李崧祥找顾鼎臣写碑记，不是一件容易的事。顾鼎臣一旦不答应，那么，李崧祥就如蛤蟆过门槛——大伤脸面了。

顾鼎臣的身世，李崧祥应该清楚；对于顾的品性，他大概也有所了解。

顾鼎臣是明代唯一一位做过叫花子的状元。其父顾恂是小商人，母亲为顾家一个粗使丫头。一日，顾恂在小店做生意，顾妻派婢女去送饭，碰巧遇上雷电交加，无聊之际，顾恂便强行与婢女苟且，之后有了顾鼎臣。

顾妻得知后大怒，几次想加害顾鼎臣，还曾将他投掷磨道欲碾死他，幸得磨坊主人发现，救出收养。长大后，尽管顾鼎臣聪慧好学，但顾氏夫妻始终不肯认其为子，并一直将顾鼎臣的生母当奴婢对待，使其受尽欺凌。直到顾鼎臣中状元，养父讲出真情，他才到顾家与亲娘相认。但凶悍的顾妻仍不准顾鼎臣认母。在亲友帮助之下，顾鼎臣才进到房内。他长立庭下，坚持要见生母。顾妻更加愤怒，但顾鼎臣主意不改，说："即一见，死不恨。"亲朋好友也从旁规劝，顾妻只得令其生母从灶间出来见儿子。顾鼎臣看到生母衣衫褴褛，蓬头垢面，母子抱头痛哭。以顾鼎臣为原型的戏剧在民间广为流传。观《明史》中顾鼎臣所为，虽才华横溢，但总感觉他有些唯唯诺诺。原生家庭对顾鼎臣性格的养成有很大影响。《夏言传》记载，顾鼎臣入内阁后，仗着自己入官在前并且年龄较大，很想对政事表示一些意见。但他看到夏言不高兴，便再也不敢与夏言争论了。《明史·顾鼎臣传》对他有这样的评述："时夏言为内阁首辅，鼎臣素柔媚，不能有为，充位而已。"

顾鼎臣从民间走来，出身贫寒，受尽欺压，无论官位再高，看起来多么气势凌人，他的内心，始终有一块卑微角落。

李崧祥那趟京城之行没有白跑，因为，他不仅仅延请顾鼎臣写了《创建平顺县记》，同时还拜访了另一位一品大员李时，并请李时写下了《夏公生祠记》。

李时，字宗易，河北任丘人。弘治十五年（1502）进士，授编修。正德中，历侍读、右谕德。明世宗嗣位，迁侍读学士。嘉靖三年（1524），擢礼部右侍郎。嘉靖十年七月，加太子太保，后屡加至少傅兼太子太师、吏部尚书、华盖殿大学士。《明史》中对他这样评价：李时素宽平，无大匡救，而议论恒本忠厚，廷论咸以时为贤。嘉靖十七年十二月十六日卒于官，赠太傅，谥文康。可见李时也是一位"平易近人""极好说话"的高官。

李时的"好说话"在《明史·夏言传》中也有体现。嘉靖十六年，尽管李时为首辅大臣，但此时国家政令却多出自夏言。嘉靖十七年十二月，李时死去后，夏言接替他的职位当上了首辅大臣。为什么顾鼎臣和李时就那么乖巧听话，会慷慨答应写这两篇碑记？尤其李时，就那么心甘情愿愿为《夏言生祠记》？！他们心里就没有一点对夏言的羡慕嫉妒恨？

这需要弄清此时夏言的身份。《创建平顺县记》中说到夏言的职务：少傅兼太子太师、礼部尚书、武英殿大学士。《夏公生祠记》说夏言此刻身份为少傅大学士。查阅《明史·夏言传》可知，嘉靖十五年闰十二月，夏言晋升为太子太保、太子太傅、武英殿大学士，开始入内阁参与机务。

透过碑记中夏言的身份，推测碑记写下的时间为嘉靖十五年十二月到嘉靖十七年十二月之间（李时于嘉靖十七年十二月去世）。

无论顾鼎臣还是李时，能居高位者，不得不说，都是识时务者。嘉靖十年八月，夏言升为礼部左侍郎，掌管翰林院。仅过一个月，便接替李时成为礼部尚书。当时，嘉靖皇帝制作礼乐，大多为夏言做礼部尚书时议定的，而内阁大臣李时、翟銮只是空占官位罢了。皇帝还赐给夏言一枚印章，让他密封上书，评论政事。这等于尚方宝剑，满朝文武，谁不害怕？朝中孚敬、献夫两位大臣也曾相继入内阁为首辅大臣，他们知道皇帝宠信任夏言，不敢和他对着来，不久干脆辞官而去。嘉靖十五年 (1536) 因为应天府尹刘淑相的事，霍韬、夏言意见相左，最后霍韬败北：郎中张元孝、李遂稍稍违了夏言的心愿，夏言便奏请皇帝贬了他们的官；李时虽为首辅大臣，政令却多出自夏言；顾鼎臣入内阁后，仗着自己入官在前并且年龄较大，很想对政事表示些意见，但他看到夏言不高兴，顾鼎臣便再也不敢跟他争论了……这样的情形下，李时这个首辅大臣、顾鼎臣这位三朝元老，自然不敢也不愿与宠臣夏言结仇，也不愿错过与夏言攀好交结的机会。

李崧祥身在江西，冷眼旁观，对当朝人物心理把握得还是挺准的。所以，无论是有人拜请他去找李时、顾鼎臣，还是他自告奋勇，他都是乐意为之，欣然愿往。

于是，顾鼎臣以他三朝元老的身份、用他卓越的文采写就了这篇《创建平顺县记》，记中对夏言赞誉有加："盖事之始终，经营规划，悉出公（夏言）一心之存，而抚巡、藩臬诸君赞相以成之。然非圣天子倚任忠贤，勿贰勿疑，其何能尽嘉谋，以竖此瑰伟之绩哉！""少傅公今日密勿机务，弼成治理，以垂名于竹帛，亦于是乎基之。"而李时也以他66岁首辅大臣的身份为夏言写了《夏公生祠记》，对夏言进行了一番盛赞："始服公之料敌制胜，炳于几先云。于时将领之勇怯，吏治之殿最，财赋之盈缩，功赏之高下，公一一裁之，莫不诠叙精核，敷奏详明。""夫兹土之方乱也，公平之，其甫定也，公安之。此国家万年之虑，而平顺百世之泽也。""凡设策决机，无不立酢；文武功勋，高出近古。青羊之绩校诸二公，其多让哉。"

生祠记不比平顺创县记，说白了，就是为人歌功颂德。李时写生祠记，应该经过一番激烈的思想斗争。但最终还是写了。让他下决心写的原因，不仅可拉近同朝为官的权臣夏言，他还从大义出发，找到了一个很好的角度——为生民立命。他在这篇生祠记中写到，为夏言立生祠写生祠记是平顺百姓的意愿，而李嵩祥不过是带着平顺百姓的意愿而来。所以他在文末加了这样一句："余故乐为之记，以慰其邑人"，意思是，我不是为歌颂夏言而写，是为了表达平顺百姓对夏言的感激而写，所以，我乐意为之。

李嵩祥功成而归，顾鼎臣、李时、夏言三位权臣一笑泯恩仇，唱了一曲《将相和》，也算一段历史"佳话"。

2

嘉靖十四年（1535）春，李嵩祥晋升为浙江按察司按擦使，他叩响李时、顾鼎臣府邸大门的辅首时，已经升任江西右布政使（正三品）。按说，他本可以不管平顺的事情，为什么要紧巴巴地跑到京城，请李时、顾鼎臣写《夏言生祠记》和《创建平顺县记》呢？

无利不起早。李嵩祥让顾鼎臣写这篇记，推测有两个原因。第一，有人拜请李嵩祥，让他请李时、顾鼎臣写记。但此人官职够不着这位一品大员，于是请李嵩祥搭桥为之；第二，李嵩祥自告奋勇为之。

今天的长治标志上党门前，古碑《新开潞安府治记》依旧耸立。古碑龟趺式，青石质地，总高2·53米，宽0·97米，看起来高大端庄。碑帽上写着"新开潞安府治记",落款为"朝列大夫、南京国子祭酒、奉旨致仕、相台崔铣撰,本府同知孟奇、通判袁轩冕、推官孙简同立石。"碑阴有"嘉靖十二年(1532年)春三月十五日,经历刘祯照磨,马瑀督工,庠生姚谊篆书,石工常相镌"字样。

这块古碑已489年了。

碑文记述了嘉靖八年潞州升为潞安府并增设长治、平顺二县的缘由及重要性,青羊山农民起义的规模和被镇压的过程,上党这一带的风俗民情、农事和军事战略地位的重要作用。在习惯性盛赞当朝皇帝的同时,碑文还盛赞了一位大臣——夏言。"皇上至明大仁,志存安辑,又命兵科都给事中、今大宗伯(掌邦国祭祀、典礼等事)夏公言,奉诏勘实止狂。刘革冒赏降,实德夏公。""兹举也,明主(皇帝)之抑倖功,大宗伯(夏言)之发石画,溅恩长算,可泯登载乎?"也就是说,潞州能升潞安府,建长治县、平顺县,夏言功不可没,功高至伟。

这块古碑,上面写的立石人是潞本府同知孟奇、通判袁轩冕、推官孙简,但事实上立碑人是潞安府首任知府宋圭。碑文中有"癸巳(嘉靖十二年)春,中丞陈公达命知府宋圭氏刻石纪由"之句。中丞是御史中丞的简称。明清时期没有御史台,中丞用作巡抚的别称。明朝都察院副都御史职位相当于御史中丞。按碑文之意,刻立此碑是当时山西省都察院副都御史陈达之意,潞安府宋知府只是奉命行事。

嘉靖十年,从谏官开始不到一年就做到六卿之一礼部尚书的夏言,着实惊瞎了大明朝廷各位官吏的眼睛。《明史》评价,这是史无前例的。用青云直上形容夏言的官运亨通,一点不为过。

在等级森严的封建社会,对当时平顺县知县徐元道而言,他想找李时、顾鼎臣,还真是伸手摸天,很难够得着;即使他的哥哥徐元祉为五品官员,见到当朝一品权臣也不是一件容易的事。

那么,是谁邀请李嵩祥出面的呢?

再来看李时的《夏公生祠记》。古人写碑文,大约考虑到金石可传世,大多态度真诚。李时在此碑记后面写道："前山西按察副使李君崧祥亦有事于建治者也，知公之伟绩为详，因请记于余。"这句话，大约是李崧祥说给李时，李时转而写下的。李时在碑记中还说，平顺人民对夏言"驱我虎豹，奠我井邑，绥我父母，长我子孙，以永我俎豆，此邑人之志也"这位大功臣心存感恩，所以建立祠堂，永远纪念。前山西按察副使李崧祥刚好找建造夏公生祠的人（会是平顺知县徐元道吗）有事，而且对夏言设立平顺"伟绩"非常了解，所以他找到我，请我写了这篇生祠记。

李时之记写得非常巧妙。此时，李崧祥已经不再担任山西按察副使，如果写上李崧祥现任职务，显然，他请李时写生祠记一事就是多此一举，于是，李时写了李崧祥之前的官职——山西按察副使，这样，李崧祥请李时写生祠记就师出有名了。而且，碑记中说"此邑人之志也"，即撰写碑记是平顺百姓心愿，夏言得知自然更高兴，而李时他们也可不用承担赤裸裸"趋炎附势"的名声。

"前山西按察副使李君崧祥亦有事于建治者也"这句话却很值得推敲。三品的李崧祥怎么会有事求七品的平顺徐元道？放眼当下，这样的职务悬殊，打一个电话即可解决；古代，下一份公文，下属怎敢不执行？！换个角度，七品的平顺县令徐元道有机会接触三品的李崧祥吗？只怕五品的宋圭知府也不好对李崧祥说，请他去找当朝一品大员写平顺建县碑记！也就是说，无论建夏言生祠，还是请内阁首辅写《夏言生祠记》《创建平顺县记》，即便最初的主意是徐元道的，定夺者必不是徐元道，最后请李崧祥到李时、顾鼎臣府上求碑记的，肯定是官位与李崧祥大致相同的人，比如曾下令让潞安府立《新开潞安府治记》碑的山西省都察院副都御史陈达。

可以想象，明嘉靖十六年夏言生祠的建立，在山西乃至整个大明朝廷，是一件从上而下都在关注的事，也是一件官员们都支持的事，是山西的一件大事。因为，不仅仅夏言建言创建了平顺县，长治县，潞州升了潞安府，更重要的，夏言不再是那个到太行山处理"青羊之乱"小小的兵部给事中，嘉靖十六年的夏言已经是太子太保、少傅和太子太傅、武英殿大学士，开始入内阁参与机务，是皇帝跟前炙手可热的大臣！

不知道是不是因撰写《新开潞安府治记》的缘故，四年后的嘉靖十八年，两次被罢官、在家乡专心研究学问的崔铣竟然奇怪地再度被朝廷想起，重被起用，且官职还不低，担任了詹事府少詹事兼翰林院侍读学士，后又升任了南京礼部右侍郎。而受命制立《新开潞安府治记》碑的宋圭知府也升任了徐州道。这时的李崧祥更是顺风顺水，由江西右布政使后转任四川左布政使。

只有徐元道，依旧以县令之职徘徊在平顺这块土地上。

3

有没有可能是李崧祥自告奋勇找两位朝廷大员撰写关于两篇碑记？如果是，他这样做的目的又是什么？

联系两篇碑记都与当时位极人臣、炙手可热的权臣夏言有关，让人不得不想到李崧祥的真正目的——走近夏言。

两篇碑记都写到了李崧祥的职务，江西右布政使。江西，让我们自然而然想到夏言的籍贯——夏言是江西贵溪人。作为江西地方官，正好借撰写碑记的机会接近一下江西走出的权臣夏言，同时，还可以走近当朝三位权臣，李崧祥何乐不为？听过一句话，关系都是麻烦出来的，即使明代有"结交近侍"之罪（后来致夏言于死地的曾铣的第五条罪状就是"结交近侍""暗通权贵"），但夏言此时正受皇帝宠信，在朝为官，背靠大树好乘凉，这个险他值得冒！

但这个可能非常小，因为李崧祥不是夏言生祠的创建者。他想通过李时、顾鼎臣等写碑记走近夏言，首先得在平顺县创建夏言生祠。也就是只有有了夏言生祠，他才有可能请人写碑记。

那么，李崧祥会不会就是建立夏言生祠的倡议者呢？

我们需先搞清夏言生祠何时所建？

李时在《夏言生祠碑记》中有这样一句话："相与即文庙之巽隅（东南

角）创为祠宇生祠"，这句话是说，看得文庙东南角这块地方不错，便在这个地方创建了生祠。这说明，夏言生祠建在平顺文庙之后，至少是文庙的规模初定后。根据徐元祉《创建平顺县儒学碑记》记录，平顺文庙为徐元道在任的第五年建成，徐元道是嘉靖十二年赴任平顺，那么夏言生祠建成的时间，大约是嘉靖十七年。此时，夏言已成为武英殿大学士开始入内阁参与机务，成了大明重臣。

嘉靖十三年升任河南布政司参政之前，李崧祥担任过山西按察使副使，当时就驻守在潞安。夏言对于平顺乃至潞安府的设立，功不可没，这个情况李崧祥清楚。

嘉靖十二年，徐元道刚刚上任。上任伊始，徐元道继续完善平顺县城城建各项工程。联系嘉靖十二年潞安府的《新开潞安府治记》，这时候，担任山西按察使副使的李崧祥尚在潞安府，他与当时山西省都察院副都御史陈达应该是熟悉的。都察院副都御史为正三品官，山西按察使副使为正四品官，两人相识或者相熟或有可能。

都御史陈达令潞安府立碑纪念潞安设府时，会不会同时令平顺建夏言生祠呢？如果是，建立夏言生祠的主意会不会是担任山西按察使副使的李崧祥提议的？

我脑海里闪过一个画面：李崧祥提议潞安府立碑并在平顺创建夏言生祠，陈达笑说："潞安府立碑不难，但平顺生祠建起来需要时间。而且，生祠建起来，谁来写生祠碑记？"

李崧祥笃定地保证："只要生祠建起来，我亲自到京城走一趟，请一位一品大员来写生祠记！"

他们当时还不会想到，从嘉靖十二年到嘉靖十五年，夏言官位的过山车还远没有到达顶点。

嘉靖十二年，平顺知县徐元道到任，他接过了高崇武建设平顺县城、衙门、桥梁等"未备未举者"工程的同时，开始修建学校。

平原上，建几座祠堂、多大的祠堂都没有关系。但在大山之中建同等规模的建筑，颇费时力。一，当时平顺交通非常不便，山高路陡，运输必然困难；二，平顺山大沟深，土地狭窄，两山夹一沟的县城内，所有建筑都是依山而建，很多建筑的地基都是石头垒起来的，增加了工程难度和工程量；三，平顺缺水。清康熙丁未（1667）夏，吴琯来知平顺县，看到文庙的明伦堂倾毁破败，决定修葺，但因平顺缺水，无法解决工程揪涂之需，他只好先修水池，等这年秋天大雨把两口水池注满，明伦堂修缮工程才上马。一座明伦堂尚且如此，当时的徐元道又要建城墙门楼，还要建县府衙门、文庙等，再建夏言生祠，委实不易！四，平顺缺资金。嘉靖七年闰十月，大明朝廷户部曾回复夏言奏请发官银两万两，让他用以赈济山西、河南被掠贫民。夏言到潞州时，实际带来了一万五千两。赈济"被贼残害贫民与胁虏人口"用去了四千两零五钱，一百二十两用以起盖玉峡、虹梯两关关门，剩余一万八百七十九两五钱，用于起盖衙宇、公馆、学校、铺舍、城池、坛庙以及王斗崖、蟠溪峰、白云谷三处巡检司，开修一百七十里的道路八条。正如夏言所说，这些工程，一应木石砖瓦、夫匠、工费，大概用银不下万两。这些钱肯定没有建生祠的预算。新生的平顺县县衙尚没有任何收入，这笔钱如何挤出来？大概只能由上级部门支援。

因此，平顺文庙与夏言生祠的创建历时五年，不难理解。

曾经存在过的夏公生祠早已不知去向，但在489年前的明代，夏公生祠却是光彩照人的。李时在《夏公生祠记》记录了当年夏公生祠的形制："祠之制，内外为门各三楹，翼以左右庑各六楹，中为堂祠公，而其制特崇，楹亦三焉。"

嘉靖十六年，夏言生祠落成时，也恰是夏言红得发紫时。巧的是，此时的李崧祥刚好官任江西右布政使，在夏言的家乡为官。所以，当旧事重提，山西某官员、潞安府抑或平顺县需要李崧祥赴京寻找一位高官为夏言生祠撰写碑记时，他自然慨然同意。他先至山西，与山西方面督建夏言生祠的官员碰面，商定请谁来撰写碑记，继而商定，既然要写《夏言生祠记》，不如再写一篇《创建平顺县记》，两篇碑记互为补充，夏言闻说，岂不更高兴！

官场上，李崧祥是一个颇懂政治权术、巧于迎奉的人。正如《江南通志》对他的评价，他的确才智过人。想必他亲自到平顺看过新落成的夏言生祠，之后才红尘快马到了京城，叩开了李时、顾鼎臣府第的大门。

于是，平顺这座因农民起义而建的县城，它后来的史书中，有了大明嘉靖一品大员顾鼎臣的撰文、一品大员李时的撰文。两篇碑记，为小小的平顺带来京师的讯息，也让这座天高皇帝远的小城与京城有了一丝联系。

世间事总是风云莫测。让一众仰望着、巴望着与夏言有千丝万缕联系的官员没想到的是，嘉靖二十一年，夏言被罢官，严嵩取代夏言步入内阁，与夏言有交集的十三位大臣被无情贬斥，有的还被发配到了遥远的荒凉地带。这是夏言第二次被罢官。

在这年，兢兢业业、"九载考绩"的徐元道忽然思归田里，急流勇退；曾撰写《新开潞安府志记》的崔铣不久因病乞归，此后致力写作《洹词》、编撰《彰德府志》，于嘉靖二十年（1541）离世。而那位红得发紫的上柱国夏言，在被三次罢官后的嘉靖二十七年十月二日（1548 年 11 月 1 日）最终败于严嵩阴谋，在西市被斩首。

李崧祥凭着他游刃有余、左右逢源的聪明，在事官四十年（嘉靖三十三）后"谢事旋里"，老死家乡。

攀富结贵、趋炎附势，其实是基本的人性。官场如此，民间何尝不是如此。

一荣俱荣，一损俱损。一场大雪，白茫茫一片大地真干净。

2021 年 7 月 8 日

抗大六分校在平顺

采写平顺和峪村的导游词时，我读到了王根民先生写的《难以忘记的伤痛》。王先生在《难以忘记的伤痛》中写道："1941 年，抗大七分校和太行二中的部分师生也先后驻扎在和峪村……"

我走访平顺的传统古村落和红色村落时，一些村落的老人回忆，曾经有抗大某分校在此驻扎过。比如石城镇恭水村，村里的老人就说，抗大六分校曾经在村庄的一个老院子驻扎过。

笔者在恭水村走访

笔者在黄花村走访

在敌后战争环境办学，经常要应付日伪军"扫荡"和国民党顽固派的骚扰，所以，抗大一分校、抗大六分校办学的流动性很大。到底是哪个抗大分校曾经来过平顺呢？

我用大量时间求证这个信息，将抗大一分校至抗大七分校的资料全部捋了一遍，求证的结果是，只有抗大一分校和抗大六分校到过平顺。

我们先来搞清抗大到底有几个分校。

先来说说抗大一分校。根据《何长工传》记载，1938年9月，中共中央六中全会召开，为贯彻六中全会精神，更好地为敌后抗日根据地培养干部，根据中央办抗大的决定，12月13日，罗瑞卿正式宣布成立抗大一、二分校，全称"中国人民抗日军政大学第一、第二分校"，作为抗日战争时期中国共产党创办的培养军事和政治干部的学校。何长工为抗大一分校校长，周纯全为副校长，韦国清为训练部部长，黄欧东为政治部主任。同时，决定到敌后晋东南办学。

1938年12月25日，各单位学员在陕西延长县集合，宣布抗大一分校正式组成并进行深入敌后办学的动员。此后一分校以校长"何纵队"为代号，于 12 月底从延河渡过黄河，向晋东南根据地进发。

1939 年 2 月 23 日，一分校在屯留故县镇开学。1939 年 7 月，日军结集 5 万人对晋东南抗日根据地进行第二次大"扫荡"。7 月 6 日清晨，抗大一分校九个营三千多学员被迫离开屯留进行转移。之后，抗大一分校来到平顺。7 月 14 日，平顺县工委、县牺盟会在县城召开两千余人欢迎大会，何长工作《坚持华北抗战》的报告。抗大一分校曾经驻扎平顺县龙镇，一直到 1939 年秋后，才从平顺转移到壶关县山区。1939 年 9 月 18 日，抗大一分校第一期三千多学员在壶关县神郊村真泽宫大庙校部驻地举行毕业典礼。也就是说，从 7 月 14 日到 9 月 18 日，抗大一分校曾经在平顺驻扎过两个多月时间。

1939 年冬，抗大一分校近四千名干部和学员由晋东南挺进到山东沂蒙山区，1940 年 1 月到达沂南县岸堤，1941 年由沂南县转移到莒南县，校部（司令部）设在曲流河村，对外番号是十支队。抗大一分校在沂蒙山区转战 6 年，培养了 1.4 万多名党政军领导骨干。抗日战争胜利后，罗荣率八路军山东主力部队挺进东北，抗大一分校亦随之行动。1946 年 2 月，延安抗大总校挺进东北改名为东北军政大学，抗大一分校被编为该校第三大队。

与抗大一分校一同产生的抗大二分校驻扎在晋察冀根据地。何长工在《何长工传》中回忆，1939 年秋，抗大总部决定迁至太行山区。这时，抗大一分校仅留一个留守大队在太行山上，主体部分（第六期学员）则由新任校长周纯全率领第二次东征，到山东抗日根据地办学。10 月 10 日，抗大总校抵达晋察冀根据地，来到抗大二分校所在地。春节过后，总校师生在罗瑞卿副校长率领下，于 1940 年 2 月 26 日抵达山西武乡县蟠龙镇，与何长工留守的一千多名师生会合。可见，这时候，抗大一分校留守大队已经迁至武乡办学。6 月 28 日，日军进占蟠龙和西营，学校迁移到西井一带；7 月 26 日，学校又迁移到黎城霞庄一带；9 月 13 日，潞城微子镇黎城日军进犯黎城，学校又转移到曹庄一带。11 月 1 日，关家垴战斗后，抗大总校转移到邢西县（现邢台）浆水镇一带。

再来看抗大二分校。1938 年 12 月初，中央军委决定以抗大第七大队和第一大队第一支队为基础，组建抗大第二分校，东进晋察冀根据地办学。陈伯钧任校长，邵式平任副校长，徐德操任训练部长，袁子钦任政治部主任，张平凯任政治部副主任。1938 年 12 月至 1939 年 2 月，抗大第二分校全体人员分三批东渡黄河，于 1939 年 2 月 24 日到达灵寿县，驻扎在寨头、索家庄一带。从 1938 年 12 月成立，到 1944 年 3 月撤销建制，第二分校历时五年多，基本上驻扎在灵寿县陈庄地区，共培养了两万余名干部，在晋察冀抗日武装力量的建设和根据地的巩固与发展中发挥了重要作用。

1939 年秋，抗大总校离开陕北延安，留在延安的部分教职员和第一、第二、第五大队组建成抗大第三分校。1941 年 10 月，八路军工程学校和炮兵团教导营并入第三分校。同年 11 月 11 日，第三分校改称军事学院。

1939 年 3 月，抗大第四分校在安徽涡阳成立，彭雪枫、张爱萍先后担任分校校长。

1939 年 11 月，以皖北、苏北两个干校的一部分在淮南合并组建第五分校，陈毅兼任校长。

1940 年 6 月，受中共中央北方局指示，在河北涉县王堡村筹建抗大第六分校。抗大总校派出第四团两个营千余人至涉县，与一二九师随营学校合并组成。

1941 年到 1945 年，为满足部队在抗战中对指挥人才的需要，抗大在晋绥地区兴县成立第七分校，在淮南天长县成立了第八分校，在苏中南通县成立了第九分校，在鄂豫皖地区成立了两个第十分校。

由此可知，第二、第三、第四、第五、第七、第八、第九、第十分校都没到过山西晋东南。那么，曾经在晋东南活动过的只有抗大总校、抗大一分校、抗大六分校以及抗大太行分校。而抗大一分校在晋东南活动主要集中在 1939 年 2 月到 9 月，之后大部分人员到了山东。

那么，抗大六分校会不会到过平顺呢？

网络上有一篇《革命熔炉——抗大六分校》的文章，文章详细回忆了抗大六分校的一些情况。

文章说，抗大第六分校于 1940 年 11 月底正式成立，至 1943 年冬结束（中间曾与总校合并八个月），历经新、老六分校两个阶段，前后办了 3 年。

1940 年 5、6 月间，北方局与华北军分会根据当时抗战形势的发展，认为"由于党所领导的队伍八路军、新四军的扩大，要求专为训练八路军、新四军骨干的抗大，必须随之加强与扩大"，"为了扩大抗大培养干部的事业，应继续准备在晋冀豫、晋西北、华中、115 师等处增设分校"。最后决定"目前即应由总校拨出一部分学生去第一分校受训及拨出两千人的基础去 129 师，将 129 师随校加强，改组成为第六分校"。

有的资料记载，抗大六分校组建于 1940 年 6 月，有的资料认为，抗大六分校组建时间为 1940 年 11 月，到底哪个时间准确？

《革命熔炉——抗大六分校》记载："根据北方局和华北军分会的指示，抗大总校先后派出了华中、山东派遣大队，并于 6 月 13 日从山西武乡县蟠龙镇派出抗大第四团第一、二营和第一团第三营共九个队一千余人，由第四团团长洪学智、政治委员穰明德、政治处主任铁坚等同志率领，前往 129 师驻地河北省的涉县王堡，准备与 129 师随营学校合并，筹建第六分校。"

正在这时，日寇对太行山区进行"扫荡"，抗大总校派出的 9 个学员队与 129 师随营学校都先后转入反"扫荡"战斗，筹建工作被迫暂停。至 1940 年 11 月初，反"扫荡"战斗胜利结束，抗大总校迁往河北省浆水镇一带，总校派出的 9 个学员队及 129 师随营学校才先后到达武乡县蟠龙、洪水镇之间的中村、义村一带集中，于 11 月底正式成立抗大第六分校，校部驻在蟠龙镇的寨头村。此时，因洪学智调往抗大总校第二华中派遣大队，穰明德也调回总校，所以，总校另派刘忠任校长，黄欧东任政治委员，姚继鸣任教育长，胥光义任政治部主任。这是关于抗大六分校成立会有两个时间的原因。

抗大六分校校部驻在蟠龙镇的寨头村，但与其他抗大分校一样，属于流动办学。

河北沙河市阴村沟人王敬口述过一篇《我与抗大六分校的缘分》。他在这篇文章中回忆说："由于我对工作负责、积极、胆大、好学，郝季甄介绍我到抗大六分校学习有关抗战知识和理论。该校不是天天上课，也没有固定的校舍、固定的地方。我先后到邢台的浆水、前南峪、沙河的王茜、石岩沟等地听课。第一次听课是在浆水村，有二十来人，由一二九师副师长徐向前讲课……抗大六分校后来转移到阴河沟，在杜兴有家的里院东屋上课，有十多人听课，由太行第六军分区司令员范子侠讲授……1944年冬，郝季甄给我颁发了一枚抗大六分校的铜制毕业证章，证号是1484……"

关于抗大六分校第一阶段是如何结束的？《革命熔炉——抗大六分校》写道："1942年2月3日（春节前），日寇就开始所谓'第一期驻晋日军总进攻'，纠集一万二千余兵力，对我太行地区进行'扫荡'。六分校奉129师的命令，以第四营（特科营）为基础，增配步枪数百支，组成一个加强营，在营长谢光粹、政委邢亦民等同志率领下，分散活动于武乡、襄垣、榆社一带，开展游击活动。他们以精干的小分队，携带机枪、迫击炮，对榆社洪杜、武乡段村等敌人据点进行夜袭，牵制迷惑敌人，配合主力部队粉碎了敌人的所谓'总进攻'。4月28日，太行区反'扫荡'胜利后，六分校奉命调回总校归建，学员全部毕业分配回部队和地方机关工作，教职员大部分返回总校，至六月合编就绪，第六分校即暂告结束。"

抗大六分校政治委员黄欧东、参谋长姚继鸣曾在1942年3月20日的《抗大六分校反"扫荡"战斗总结》中写道："全校'把握游击战战术原则，不久住一地，经常转移，并加强封锁消息，协同地方政权适时清查户口，防止敌探混入刺探军情与防止敌人突然袭击。在那次反'扫荡'斗争期间，第六分校教职学员歼敌近百人，有40名同志献出了宝贵的生命。由于敌人频繁'扫荡'，六分校的生活异常困苦。为解决粮食困难，经常组织人力跋涉二三百里的崎岖山路，到平顺、昔阳等游击区去背粮。出发时，每人要背上背包，带上三四天的口粮，还要通过敌人的封锁线。"

1960 年晋升大校军衔、第六、七、八届全国政协科技组委员、原第七机械工业部副部长兼一院院长、一院代理党委书记张镰斧也回忆说，1940 年底，为了全面提高军事、政治素质，抗大六分校招生，新一旅应招一百多人，他作为学员被送到抗大六分校学习。当时没有粮食吃，抗大六分校的学生曾经到襄垣县、昔阳县、祁县等敌占区背粮食。而在这一年左右的学习时间里，他参加了两次"反扫荡"。在 1941 年秋季"反扫荡"时，张所在连队在昔阳县地区与敌人遭遇，队伍被打散了，连长被俘……

由此可知，从 1940 年 11 月到 1942 年 5 月，抗大六分校并没有正式到过平顺，但有抗大六分校学员到平顺背过粮食。

日伪军残酷的"扫荡"和"蚕食"，加上太行山严重的自然灾害，使抗大总校在太行山办学的形势越来越严重，为减轻太行根据地负担，最大限度保存干部，1943 年 1 月 24 日，根据中央北方局意见，何长工率一千四百多名抗大师生从河北邢台撤回陕北。

1943 年 1 月，以抗大总校留下的基本科第一、第二营为基础，并从校直和各队抽调部分干部，在涉县原曲、固新一带组建新的抗大第六分校，设 4 个大队，有教职员、学员一千六百余人。徐深吉任校长，袁子钦任政委，胡汉标为教育长，张力雄为政治部主任。新抗大六分校直属 129 师。

抗大六分校校址在河北涉县固新镇原曲村龙王庙，但为了预防敌特破坏和日军袭击，他们并不久居一地。

1943 年 5 月 5 日，日、伪军又出动三万多人对太行根据地进行大规模"扫荡"，分别从山西长治、潞城，河南林县和河北邯郸、武安三路合围驻扎在涉县一带的 129 师师部和新抗大六分校驻地。六分校采用"敌进我进"的战术，以大队为单位，分散寻隙跳出敌人的合击圈，转移到敌人后方开展游击战。河北涉县固新镇原曲村距离平顺和峪村只有三十多公里。平顺百姓记得抗大六分校来过平顺和峪等村庄，大约就是这个时期。

1943 年 8 月 16 日，六分校奉命参加了"林南战役"，配合太行区兄弟部队歼灭公开投降日寇的国民党庞炳勋部，俘敌二千五百余人。战后，太行军区将巩固林县以北新开辟的根据地和改造敌军俘虏两项任务交给了六分校。平顺县石城镇王家庄村曾经驻扎过俘虏训练营，那么，抗大六分校应该就是在这里对俘虏进行训练的。当时，六分校以校部教职员为主，组建了"129师补充团"，进行改造俘虏的工作。

1943年冬天，补充团经过三个多月的教育整训后，除少数政治不纯和思想落后者被遣送回家外，大部分自愿参加八路军，被补充到太行军区各部队。抗大六分校较好地完成了改造俘虏的任务。

如果抗大六分校此时驻扎平顺，那么，抗大六分校在平顺的时间也就三个多月。此时，太行军区部队进行整编，六分校除留下童国贵、彭宗珠等率第二大队教职员改编为"抗大太行大队"，继续留在涉县固新镇一带培养干部外，大部分被分配到太行军区各部队工作，新的六分校宣告结束。

平顺县恭水村的一位老人回忆，村庄的大院住过抗大六分校伤员，推测是林南战役之后。

太行二中应该到过平顺。太行中学成立于1940年，1941年太行二中、三中和抗战学院相继建立。太行中学驻地在偏城县，即现河北省涉县的杨家庄。1941年年关，日寇第一次"大扫荡"，学校以班级分散突围，其中一个班在班主任以及其他几位老师的带领下，向太行区南部进发，经涉县城向南，再经故新镇向西，进入山西省平顺县东部山区。他们在平顺停留了不到一年时间，"大扫荡"结束后，返回了原驻地。

1941年到1945年之间，抗大还成立了太行分校和太岳分校。太行分校是否来过平顺，还需要查阅相关资料。

"书鼓"声声

冬日慵懒的阳光斜斜地照耀着精神焕发的"国保"西社村卫公庙。

它真的老了。正殿直径近一米的大梁弯曲的身躯，似乎还是苍茫古森林中的一株古树，挺直着腰杆，支撑着一方水土的信仰。它弯曲的身躯轻而易举地就让人看出了殿宇的年龄，那个从草原铁蹄下带着草叶腥味奔涌而来的王朝。

2018年夏天，我来过这里，当时这里正在修缮。

那时的我，完全是一个古建门外汉。我的眼里，它与很多庙宇一样，就是一个破院子，几座破房子。

而今天，当我的眼睛再次触摸那些建筑"零件"时，我竟然欢喜得像三五岁时得到意外"糖蛋"的饥渴孩童。那硕大的斗拱是五铺作、猪鼻昂，飞翘的檐角从和缓的卷棚顶上延伸下来，撑起一座多么美的殿宇；三组六抹头隔扇门格心图案为含着道家深刻含义的"一码三箭"；还有梁柱彩绘，中间是一条色彩鲜艳的和玺彩画金龙……

我最后的注意力被献殿下的4个柱础吸引了。它们静悄悄矗立在四根木质外柱下方，一如既往托举着古老的殿宇。那是4个约60厘米高的书鼓形柱础。柱础雕凿得那么惟妙惟肖，两侧提手，正面龙头，仿佛就是活生生的四面"书鼓"。

我的目光逡巡到里面的柱础。里面两根木质内柱以及正殿前檐外柱、内柱的柱础，皆为约20厘米扁圆的点鼓（怀鼓）形柱础。再看东西偏殿的檐柱柱础，为点鼓形柱础。如果按类型分，都属于鼓形柱础；按照柱础的发展规律，里面内柱点鼓柱础要比外柱下的书鼓柱础时间更为久远。

我之后来到西社村观音庙。我发现，观音庙的四根外柱柱础也为书鼓形柱础，只是比西社卫公庙的"书鼓"小一些。

西社村民的先祖为什么会对这种"书鼓"柱础情有独钟？

如果仅仅把这些建筑构建看作建筑构件一晃而过，不能低头沉思一下，或者，这些"书鼓"背后隐藏的情怀就会沉寂于浩渺的历史中。

书鼓，乐器的一种。鼓有很多种，比如花盆鼓、堂鼓、渔鼓等，其中"书鼓"发音较堂鼓低，但很响亮，专门用于北方说唱音乐"大鼓书"等各种鼓书伴奏，也适用于各地曲艺演唱和鼓书伴奏。

联系西社村的"王八音乐"，我忽然豁然开朗。

王八音乐为八音会的"先祖"。为什么叫王八音乐？封建社会的乐户属于下九流，认为他们是一群忘了"孝悌忠信礼义廉耻"的人，所以被称为"忘八"；加上这些乐户只要订下事，就是自己父母停尸家中，也得先出去给人家办事，因此常被人诟病，人们就渐渐地把这一伙人带着诋毁的眼光叫成"王八"，把他们所演奏的音乐称为"王八音乐"了。

西社村的大禹山传说是一条龙脉。早在明代，也许是更早的元代，西社村民大概感觉村庄没有生气，百姓贫苦生活一直没有大的起色，于是决定唤醒被卫公庙所供奉的托塔李天王所镇的沉睡巨龙。经过高人指点，他们从平顺王曲村请来了"王八音乐"，开始对着大禹山日夜吹打。

来自王曲村的"王八音乐"的掌门人刚好姓王。为了让"王八音乐"一行人能在西社住得安稳，西社村民煞费苦心。"王八"是生活在水里的动物，他们就在村东挖了坑；还为他们建造民宅，让这伙人居住下来。

也是怪了，自从"王八音乐"入住西社，西社村焕发出了前所未有的生机。到清末民初，西社成了享誉三晋的财主村。大多村庄有一两个财主，西社的财主则是"乌压压一片"。他们成为清末民初潞商的一支劲旅。这些财主的生意不仅遍及北京、哈尔滨，还延伸到了俄罗斯。山西人有了钱，最大的爱好就是修房盖屋，于是，他们给西社村留下了一座座高大而富丽堂皇的窑楼民居。这成了西社一道瑰丽的风景，以至于今天的西社村被誉为"北方乡村民居的活化石"。

西社村还是北社乡一带"八音会"的摇篮，这大约也与"王八音乐"有关。八音是中国古代传统民族乐器的统称，指金、石、土、革、丝、木、匏、竹八类。八音会是民间组织的音乐班子，主要使用鼓、锣、钹、旋、笙、箫、笛、管等八种乐器。上百年来，"王八音乐"代代传承，从"王八音乐"到"八音会"，铿锵锣鼓、丝竹管弦之声从未消失。

西社村能成为"财主村"，西社人当然忘不了"王八音乐"的功劳。于是，他们把"王八音乐"的乐器神圣地"镶嵌"在了两个重量级的庙宇中。当香火缭绕而起，有一抹，是西社人捧给"王八音乐"的代表"书鼓"的。

都说建筑是无声的语言，这沉默的"书鼓"声，从古代石匠的手里传来，从一代代西社先人的心愿里传来。

我欢喜地听到了！

直到今天，西社这个人口只有九百多的村子里，从事八音会行业的就有近百人。那是恩养一方水土的精神旋律，在西社人心里，丝竹管弦声，从来没有走远，从来不会走远。

2020 年 12 月 23 日

石券——乡村守卫者

行走太行深处的村庄，不经意的，就会与一座座石券相遇。它们是乡村的守卫者，一百年、几百年，甚至上千年，默默伫立，守护着村庄。

今天，它们已经老迈了，枯黄的衰草在被脚印打磨得光亮洁净的青石缝隙里一岁一枯荣，斑驳的石块有的摇摇欲坠，有的生满幽暗的青苔。它们幸存的身影孤单而寂寞，仿佛一位满头白发的老者，拄着拐杖，步履蹒跚，却依然守望着村庄。当黄昏一盏盏灯火在窗棂的花格中透出，我仿佛听到，天地间那清冷的笑容在一块块石头中绽放。

这样的石券，平原上的村庄极少见到。这样的石券，太行深处的平顺县，比比皆是。这是平顺一道别样的风景。

石城镇豆峪村，东有关帝庙，西有文昌阁，它们是豆峪的村门。东出

青草凹村石券门

豆峪，上晋冀古道，必须经关帝庙；西进山西，上河南晋阳道，必须出文昌阁。一武一文，一庙一阁，它们脚踏的，均是一道幽深达8米多的石券。石券高约3米，宽不足2米，行人、车马均可通过。站在石券前，车辚辚、马萧萧的情景恍如昨日。

在豆峪村读古碑

在豆峪村走访

遮峪村是河南晋阳古官道第一座进入山西的村庄。昔日扼守东西通途的石券随一次山洪远去，但村民们至今记得它们伫立的位置。遮峪村前后两座石券如豆峪村的一样，也是踩在庙宇之上。村民在，庙宇在；庙宇在，石券在。古朴的太行山深处，修一座庙宇极其不易，于是先民们想到了上建庙宇，下修石券的方法。可见当年石券的重要。如今，遮峪村被冲毁的关帝庙重新披着不绝的香火站起来，尽管很小，却承载着生生不息的希望。石券却一去不返。石券，失去了其战略意义，默默退出了历史舞台。

流吉村，安静得像一幅雪后的素描，安静得似乎仅剩下了鸡鸣狗吠。在流吉行走，那道古老的石券赫然入目。石券横跨村庄南北，如今看来，像一座桥。

阳高村，村北有东西叉拉门2处，村南有东、中、西三座石券，呈弧形布排，将村庄封闭成一座城池。东券上有观音堂，现已不存；中券和东券大致相同，券正面有石匾"龙山凝瑞"；西券深约9米，是当年进出村庄的主要通道，如今被"淹没"在潞林公路之下，寥落成了村庄的排水道。

青草凹村，高耸的春秋阁脚踩的是一道丁字券。这道石券东西长10米，行走河南晋阳古道的人，可一路南北而过；石券中心位置，又开一门，券深六七米，为进村之门。丁字券宛若一村之匙，一夫当关，万夫莫开。青草凹古隘口雄踞浊漳河南岸，为古河南晋阳官道的必经之地。明清时期（或更早），晋豫古官道从骡断岭经遮峪、苇水村，一路向西，再经过青草凹、奥治、王曲，一直向北，最后抵达晋阳古城。青草凹没有像豆峪村一样，行人可以自由出入村庄（豆峪村位于晋冀古道上，古道穿村而过），而是在村口修筑了一道丁字石券。值得一提的是，青草凹不仅有村口的丁字券，进了丁字券后，还有两道石券，若卫士，在新中国成立前的岁月一直护卫着村庄。

安乐村，村口的文昌阁，也踩着一道石券。上面写着古老的碑额"物阜人安"；村庄东面，有两道石门，尽管残破，其功能似乎犹在。

这些石券，是用来做什么的呢？为什么独有平顺大山中的村庄，会有这样多的石券？

青草凹村春秋阁外东山墙上刻有砖雕榜书"御险阻"三个遒劲大字，这三字道出了石券的用途。它们，如古老时光里的旧城门，都曾经肩负过重要的使命——护佑乡村。

走走平顺的大山，你会感慨，这里多么适合隐居。在平顺，关于隐居的传说有很多。山大沟深，藏匿起来，山高路陡都会成为寻觅者的噩梦。

但这块适宜藏匿隐居的山地，也是盗匪的天堂。令朝廷震惊天子震怒的"青羊之乱"就因这里独特的地势而成气候。正如顾鼎臣《创建平顺县记》所写："蟠居衍迤几二百里，岩岫巉巇，壑谷深窈，廻峦叠嶂，长林丛薄，屏翳阨塞，四方亡命往往窜匿其中……"

尽管夏言在"青羊之乱"后建议建置官府，以为防御，同时设立二三巡检司，控扼要害，长年戍守，以为这样可以百年无事。但平顺险峻的地理形势，还是成了贼寇纵横的天堂。平顺，因为山高沟深，新中国成立前始终是一块多灾多难的地方。

明崇祯六年（1633）四月六日，流寇袭城，居民屠戮殆尽，房屋焚毁一空。知县徐明扬骂贼不屈，被攒刃之；清顺治六年（1649），姜瓖破潞安，转攻平顺，破城劫库，掳掠男女甚多；清道光戊戌（1838），东匪孟姚等三十余人，啸聚茉兰岩，劫掠为生，历三四年，官厅不能制，民受其殃；清咸丰三年（1853），发匪窜入潞安，经潞黎入涉县、平顺；清咸丰六年（1856），消军岭附近土豪王抓钩等聚众抗粮，多人啸集；光绪二十八年（1902），东匪入界；光绪二十九年（1903），东匪入平顺之南，居民受祸颇巨；民国元年（1912）八月，盗匪百余人入玉峡关；民国二年（1913），盗百余人，入遮峪口，劫掠迷峪、王家庄等村；民国四年（1915）九月，盗犯隘峪口，积匪傅孟贵，率匪三百，从口直入。当地村民躲避村外、依树宿壑，食菜饮水，风声鹤唳，苦不堪言；民国十六年（1927）春夏，匪众数千，入石窑滩、寺头、龙溪镇，远近村庄，悉被蹂躏；民国二十一年（1932）五月二十一日，刘匪桂堂率部数千人，窜入茉兰岩……

"普天之下莫非民，此地投生苦更贫。山瘠葍畬无厚壤，水穷播种极工辛，鹑衣百结垂丝絮，藿食连餐杂柳蓁．正赋输将如折骨，难图鸠鹄达枫宸。"苦不堪言下，平顺县邑刘徵忍不住感慨。

即使各村有石券门守卫，依然不能阻挡凶悍的匪徒。《平顺县志》上，记载的不仅仅有文臣书生，还有武状元、武进士、武举人、武秀才。为了能安稳睡觉，有钱人家不得不雇佣练武之人。练武，成为这片土地上年轻人较容易谋生的职业。

平顺不仅仅留下了石券村门，还留下了一座座武举人、武秀才宅院。比如，豆峪村的刘日增院、南庄村的关殿元院、安乐村的申家大院。一块块重达250斤、300斤的练武石，它们也如一座座石券，承载过平顺的劫难，承载了往昔百姓无望的期盼，成为平顺乡村特有的历史物件。

笔者在豆峪村武举人院

如今，一座座石券苍老、沧桑，它们成了追溯往事的景观凭证，早已失去了昔日的用途。刀光剑影的岁月远去，它们默默隐退在历史深处。无需守卫之村庄之静谧、祥和，它们终于等到了。它们完成了自己的使命。

一座座拱起的石头脊梁，迎着夕阳的光华，似在倾诉，也似在观看。

山里的百姓，夜夜有梦，不知，多少人还会在梦中看到昔日的石券。

修改于 2021 年 7 月 8 日

村庄的诗意栖居

不要以为，陶渊明距离我们很远。在古老的乡村走走，你会发现，其实，世外桃源或者就在你的身边。那些曾经捧读过圣贤书的学霸，他们曾在旧时光中诗意地雅居，尽管他们早已化作了灰，但那些遮护过他们凡身肉体的老屋，穿透岁月的雾霭重重，依旧散发着令人感叹的清香。

古老的豆口村，有很多明清老院。如今属于岳树明先生家的老院，便是一处溢满书香的古院落。

我到豆口时，正是炎炎夏日。站在岳家老宅前，我仿佛看到一个尘封依旧的梦。

久没人居住了，老院正房的前廊堆满了煤球、柴火、破浪的板凳。陪同我的老申峧村的王中怀老师勉强挤进去时，惹了一身尘埃。

王老师从杂物的缝隙中挤出来，我也挤进去。我勉强拍下一张照片。

那些老屋会让你重新认识古代的居所文化。不要以为，我们如今居住的屋宇宽敞明亮，富裕人家极尽奢华。你居住的高楼大厦的文化远不及古代的富贵人家。你只是拥有一个或舒适或奢华的家，而那些古代文人，他们是居住在绚烂的中华文化中。

古人真是把中华文化渗透在了居所的任何角落。拴马石、上马石、迎风石、垂花柱、阑额、斗拱、雀替、柱础、压窗石、门脑石、格栅……你再不经意，那些雕梁画栋还是扑面而来，会把你弄得眼花缭乱。

不过，如今没有多少人识得那些古文化了。它们苍老而落寞，伴随着颓废的老屋，守望着岁月。不是专业人士，谁还来看那些腐朽的木头、嶙峋的石头？

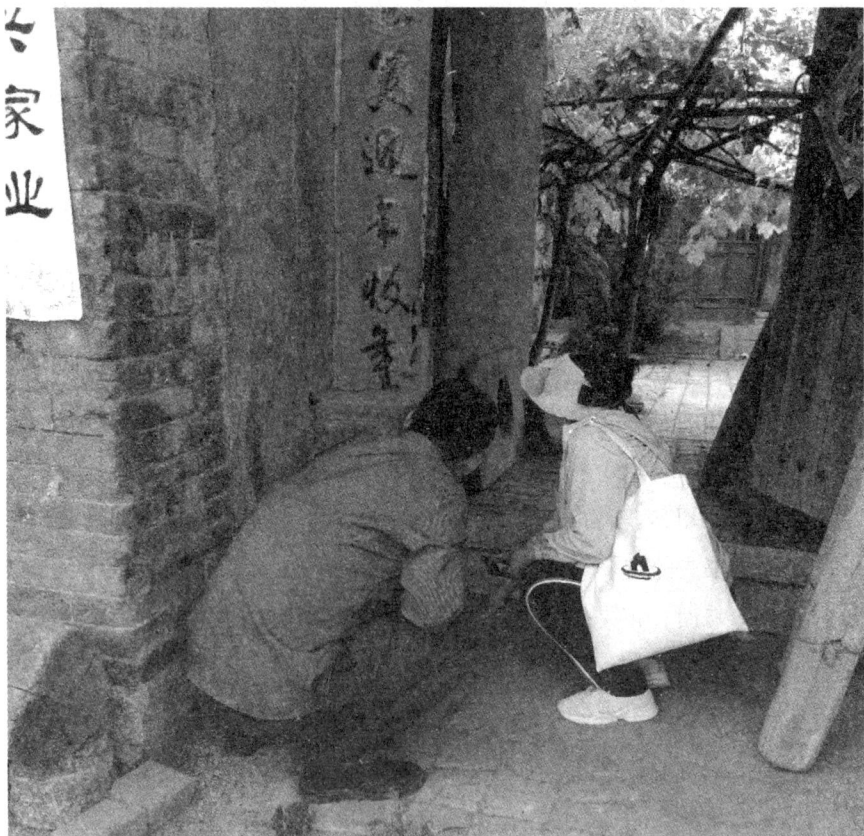

笔者与王中怀老师在豆口村走访

我也不是专业人士，四十多年，在繁华的古建面前，我一直是瞎子。两年前，我接到县里的任务，不得不睁大眼睛打量那些古老的石雕木刻。于是，我的眼睛开始忙碌，我的眼睛甚至选择性地忘记了身边的人和事，满眼里都成了木雕石雕古老而迷人的颜色。

我走进岳家大院的时候，大门口的迎风石一把拉住了我的脚步。那对迎风石有三组图案，上面是人物，中间是一只狮子，身前身后各有一只绣球。这是一幅典型的狮子舞绣球图案，寓意狮子滚绣球，越滚越富有。这样的图案乡间较多，易于辨识。下面就模糊了，大约是一池荷花，天空还漂浮着悠闲的云朵。荷花又称莲花，"青莲"寓意"清廉"。似乎还有一只蝴蝶，但图案布满黄尘，需要洗涤才能辨识。陪同我们的村妇联主任看来很熟悉院子的情形，她从院子里找到一个破碗，一个破笤帚，然后在大门里一个方形坑里打开水表，从一旁的水龙头接了一碗水，用笤帚洗了洗两侧的迎风石。蝴蝶图案还是模糊，毕竟已有几百年岁月了，即使是石头，也会风化。仔细辨认，右侧最下方图案为牡丹，左右两角各飞舞着一只蝴蝶。蝴蝶在牡丹之上翩翩起舞，这是一幅"蝶报富贵"的浮雕。

终于大致看清了上面主图的图案。那是一对官员的造型，身材肥硕，肚子高挺，头上戴着舞台上常见的两翅乌纱帽，身着官袍，勒着肥腰的玉带栩栩如生。他右手捻须，腆着肚子，左右扶着腰间玉带，面露喜色，似乎在迎来送往。他的左肩处，似乎是一支莲花；右侧衣着装饰如左，不同的是，他的肚子更大，堪称大腹便便。右肩处，仿佛伸手托举着一个巨大的石榴果。

幸而之前做功课看过了一套吉祥符号的书，我知道这是一对文门神。门神信仰由来已久，据《山海经》说：在苍茫的大海之中有一座度朔之山，山上有一颗大桃树，枝干蜿蜒盘伸三千里，桃枝东北有一个万鬼出入的鬼门，门上有两个神人，一个叫神荼，一个叫郁垒，他们把守鬼门，专门监视那些害人的鬼，一旦发现便用芦苇做的绳索把鬼捆起来，扔到山下喂老虎。于是黄帝向他们敬之以礼，岁时祀奉，在门上画神荼、郁垒和老虎的像，并挂上芦苇绳。若有凶鬼出现，二神即抓之喂虎。这种以神荼、郁垒、虎苇索、桃木为辟鬼之神的信仰就这样被人们传承下来。除夕时人们常常在门上贴上画有二神与虎的画，并挂上桃枝或桃人和苇索，以驱鬼辟邪。与过去稍有不同的是，画中神人除了神荼、郁垒外，唐代出现的钟馗，元代后出现了秦琼、尉迟恭。

北方地区多见尉迟恭、秦琼。尉迟恭手持硬鞭，秦琼手持镀金熟铜双铜，他们面貌狰狞、孔武有力，为主人阻挡鬼魅。

还有的地方把门神分为三类，即文门神、武门神和祈福门神。文门神为身着朝服的文官，如天官、仙童、刘海蟾、送子娘娘等，武门神即武官形象，如秦琼、尉迟恭等，祈福门神为福、禄、寿三星。只是，文门神毕竟是文人，他们通常被贴在二道门或者厅堂正屋，以区别镇守大门驱妖降魔的武门神。

如此看来，这里并非古院的第一进院落了。后来咨询古院主人岳树民先生，果然，古院原本一进三院，外院在抗战时期被侵华日军烧毁，仅存大门遗址；二院现在还在，但房倒屋塌，早已不成样子了。我们此刻所在的位置是第三院的大门口。

这是一个严谨的四合院。正屋5间，两侧各有3间厢房。

正屋的隔扇门、隔扇窗以及横披窗皆为菱形格，屋檐下雕梁画栋，到处都是莲花等木雕。屋角、廊柱两侧的卷草雀替上，我看到了四个圆形的浮雕，上面各有一个篆体字。几经辨别，分别是"诗""书""礼""仪"。四个字高悬廊柱阑额之下，经年累月，像誓言一般，宣告着屋主人昔日的追求。后来岳树明先生告诉我，窗户隔扇上还有相同规格的几个字，分别是"忠""厚""传""家"。

忠厚传家、诗书礼仪，这八个字让我联想到了一句古诗"忠厚传家久，诗书继世长"。这句诗出自北宋文学家苏轼所写的《三槐堂铭》，意思是为人应当忠厚，饱读诗书、不断学习，这样的家族定会繁荣兴旺，长久不衰。建造此屋的屋主人把这样一句话写在老屋的显眼之处，不用说，第一，他很喜欢这句话，第二，他是把这八个字作为家族家训，或者说子孙奋斗的理想安放在那些木刻上的。

有意思的还是压窗石上的图案。两侧压窗石浮雕了一个八角扇面，上面龙飞凤舞着一行行草书。我一时无法辨别，只能先拍照回来。

豆口民居压窗石

破译了数日，几行字也难住了王中怀老师。复请教老屋主人岳树明先生，他生于斯长于斯，我想他应该知道。孰料他摇头——也许几百年没人来费神破译它们了。我只得再次请教平顺县政协的申松珍主任，他辨识过平顺洋洋千副碑刻。耗申主任一天工夫，查找古人碑刻写法并进行比对，终于认出，那是几句小诗。四个扇面上的文字分别是："月落梅无影，风来开有声""远睹门水玮，近看画图新。书怀。""喜绕世间屋，鹊鸣柳州叶。偶书。""去迳有客，未扫柴门，无人一开"。

"月落梅无影，风来开有声。远睹门水玮，近看画图新。"这大概是屋子主人写下的一首诗。月落梅花犹自开，风来无声弄梅影；远看门前的浊漳河入玉一般清澈，近看却是一幅时时变化的美景；丽日下喜鹊绕梁，榕叶飞落，满庭莺乱啼。乡间美景让屋主人想到了柳宗元的《柳州榕叶落尽偶题》——屋主人描绘了多么美的一幅乡居之画啊。栖居于此，满目诗意，世外繁华，与我何干？！

尤其"去迳有客，未扫柴门，无人一开"一句话，更是写出了屋主人的好客豪爽。有客路过，即使没人打扫柴门，客人也可以开门进来。这句话让我想到了杜甫的"花径不曾缘客扫，蓬门今始为君开。"当然，屋门并非柴门，不过是形容简陋，但无论柴门如何简陋，依然不能阻挡屋主人的好客。也许，"绿蚁新醅酒，红泥小火炉．晚来天欲雪，能饮一杯无"恰是他的生活常态呢！

几句诗，让我看到了屋主人的修养和满腹经纶，看到了乡村生活的闲适和趣味。他不仅喜欢这样幽静的乡村生活，也喜欢古老的中华古诗词文化。他一定仔细吟咏过自己的这几句作品，一定也很喜欢自己写下的这几句诗，否则，他不会把笔墨化作石雕流传后世。

我能想象得到，冬日他雪下赏梅，夏日榕树下读书、夕阳下伫立东去的漳河河岸的身影。他会是谁？会是那位后来为擦耳岸争界诉讼案奔走最后没等来打赢官司死于光绪四年旱灾之后大疫的豆口里贡生岳廷秀吗？

如果是他，那么，他的前半生至少是安逸的。如果是他，世事还告诉他，人间并非只有风花雪月。风花雪月的故事只在风花雪月人的眼里。尽管，每位读书人心里，都希望人生道路一路风花雪月、岁月时时静好。

浊漳河沿岸村居的古屋，像岳家老宅一样有自写诗句的老宅还有很多，比如奥治村刘家西院正房门窗刻有"山翠借厨烟，水痕浸岸柳"的优美诗句；刘家小姐院东房门脑石曾刻有"鸟鸣于春，雷鸣于夏"，西房门脑石上刻有"鹿鸣于秋，风鸣于冬"等词语。刘家用此十六字描写了各季不同景色，也透出刘家并不强调男尊女卑的开明。事实上，当时，刘家女眷可以上私塾，接受文化教育，这在当时多么难能可贵。

安乐古村申家大院现存有一个照壁，上面有马上封侯的砖雕图案，图案右下角竖题有两行行草诗文：三晋云山化北向，二海风云自南来。这两句诗其实改自大唐状元崔曙《九日登望仙台呈刘明府容》中的"三晋云山皆北向，二陵风雨自东来。"申家改用崔曙这两句诗，并且用在二门处的照壁上还是颇有深意的。不仅仅崔曙诗里所描绘的情形与申家水壁凉亭的环境很相似，更重要的是，这两句诗出自唐代状元崔曙之手。成为状元大约也是申家子孙所追求的一种理想吧。诗贵精美不贵多，就像崔曙，一首七律一千多年来始终为人称颂，也许，这也是申家子孙为诗的目标。还有，诗中还透着一种不求闻达于诸侯的隐逸思想，而当初，申家六代申洪等人确实一生隐居。

西社古村曹生芳家正窑的压窗石上也雕有几句古诗，分别是"逸兴千杯酒""消闲万卷书""雅室枝叶茂""春风桃李新"。曹家大院建于民国二十一年六月（1932 年），由曹家二东家曹生芳创修。曹生芳读过书，但后来成为商人。他有一份文化情怀，所以，曹家在东北经商发富后，办起了家养戏班恒乐怡剧团。曹生芳的女儿曹扁女，大概一开始只是迷恋戏剧，后来干脆成了剧团扮演小旦的角儿。正是因为有一份文艺情怀，他们才会把自己的居所当作一个文化积蕴的场所，得意于自己的新居，也得意于那份"乡村日月长"的诗意生活。

如今的新农村，却几乎找不到这样的风景了。形制大致相同的小楼述说着这个时代的旋律。人们都在各自奔着自己的好日子，没有多少人可以停下来，捧一杯茶，听梅花开落，看雪花飞舞了……

远去的古院古屋，成为今人远远观赏的一道风景。

站在繁华岁月这边，看远去的慢时光，心里竟然有一丝淡淡的失落。

修改于 2021 年 7 月 6 日

北秋房神话

去北秋房，要走太行天路。

这条"天路"也许与你的想象不同。"天路"，并非上天之路，顾名思义，是距离天空最近、地面最高的路。我曾去过西藏，见识过世界屋脊上的天路。青藏高原那条被称为"天路"的公路，是因为修在地球上海拔最高的地方。平顺的太行天路是修在峻岭奇峰峭壁陡崖之上。上党从来天下脊，这是说太行山的高峻雄伟，一度被古人理论而诗意地认为，这里便是撑起穹空天宇的龙柱脊梁。如此解释，也就不难理解"太行天路"的意思了。人行其上，山河万物如波涛浩浩荡荡奔涌而来匍匐脚下，当真有伸手可触摸蓝天白云的感觉。这条路9层18折62道弯，一层层盘旋延伸，一层层傲然崛起。一面万丈悬崖，一面巨石遮天，弯多坡陡，胆小的人在这条路上不敢开车，外来的人也多请本地熟悉路况的师傅开车。修筑这条路是怎样一个惊心动魄的工程，可想而知。

北秋房、岳家寨、茱兰岩都在这条路上。太行天路像一条项链，把这些古朴寂静的村庄珍珠般穿成一串，把深山里的目光引向外面的世界，也把外面的目光带进了深山。

没有太行天路之前，深山里的村庄，一个个似被世界遗忘的角落。这些山民，何以会到如此杳无人迹的深山居住？我一度与平顺县人大常委会原主任苏和平探讨这个问题。苏主任的回答与我想象的基本一致，此类村庄的形成，不外乎两种原因：躲避战乱或被谴谪抄家灭门侥幸逃脱的人臣之后，比如岳家寨，传说是岳飞之子岳霖后代；平顺芦芽村很多曹姓村民为明朝大迁徙后偷跑回家乡的人。他们不敢回家，只能悄然在距离家乡不远的深山中开辟山田度日。王朝更迭，迁徙旋风过后，很多曹姓人最终还是回到了故乡西社村。这些胆大的村民，最终成就了西社村富甲一方的神话。他们骨子里有不甘心的基因，这基因可以演变为反抗精神，还可以演变为创新思维。我想这也是为什么独独西社村可以成为财主村的原因；还有一种，是为了生存，躲开地主剥削，到深山开发土地，耕耘收获，自给自足，怡然自乐，这样形成的村庄为大多数。

我一直觉得，"北秋房"是一个诗意的名字。很多村庄以聚居地先祖之姓为名，或凭某事件留名，或凭某地域为名。"北秋房"之名来源于什么？我曾经问过北秋房村民它的来历，他们咿咿呀呀没有说明白。有一天看到来平顺见习的大学生的调研报告，说"因此处土地肥沃，地势平坦，所以太行山西部早期山民夏季来此日出而作，日暮而休，秋收而归，加上它坐落于太行山北部，所以称它为北秋房。"这个说法中心意思大约是对的，但北秋房土地肥沃这一说法不能成立。山里的土地怎么能与平原的水田比呢！我能想象，某一年，某一天，北秋房村民的某位先祖，忽然来尚未开垦的深山里垦殖，秋天把成熟的庄稼再肩背手扛地运送回家里去。夏日耕作，难免会有暴雨不期而至，先民便就地取材，石块为砖，石板为瓦，筑起了简单的石屋以避风雨。农具拿来了，被褥也带来了，后来，他或者他们开始栖息这里，再后来他或者他们带来了妻子、儿女，再后来，亲戚来了，邻居也来了……一个村庄就这样悄然形成。大约因这里位居开垦人的老村之北，且他们多是春天播种，秋天收获，他们不知怎么地就挑拣出了"北""秋""房"三个字。这三个字，各代表一层意思。有方位，有事件，还有具体的物象，组合一起，便有一种说不出的美感。这是什么时候的事，已不可考，但北秋房没有古老的庙宇，这一点似乎也杳渺地在述说，这个村庄的历史并不是很长久。有中国人的地方，就会有庙宇或戏台，中国古老的村庄，大多留有庙宇或庙宇的痕迹。北秋房不同，仅有的一座小庙，简单得不能再简单，形制也是近代的。那是垦殖这块土地的先民带来的信仰。北秋房有岩头、井凹、南秋房、北沟、水泉、松苤册、圪节凹、岩沟等16个自然庄，这也说明，这里的百姓原始的散开的开垦方式最终形成了他们分散的居住状态。时光进行到近代，他们依旧处在日出而作、日落而息自给自足的生活状态中。

我第一次去北秋房，是仲秋时节。车在太行天路上一路盘旋。开车的小伙子叫申谦，是北秋房第一书记，内秀但富有想法。就在我去北秋房不久之后，他通过考试，调到了长治市委宣传部。两年扶贫，他已经无数次去过北秋房了。陡峭的天路在他的车轮子下，若识途老马，风轻云淡地如履平地。轻车熟路，熟能生巧，哪里能快，哪里需减速，他早了然于心。北秋房的扶贫工作队队长平顺县委宣传部办公室主任郭万胜坐在副驾位置上。他们熟门熟路，但对太行天路不甚了解的我，却在几次陡峭而狭窄几乎擦万丈悬崖边缘而过时，忍不住惊得手心里渗出了汗。今年秋天，与苏和平主任一起到棒峧村时，苏主任曾给我说起过一个故事，一个外地来的企业家，走太行天路后，下车腿软得竟无法举步。如此比较，我自宽慰，自己还算胆大的。

尽管有事在身（那天县领导要到北秋房检查工作），郭主任对于我这个骨子里充满浪漫的作家，还是多了一些照顾。他了解我需要什么。到观景台时，嘱咐申谦停车，让我去看看。我踏着满山莺声燕语登上观景台。山花葳蕤、万山逶迤、群山奔涌的雄阔气象尽收眼底。平顺的大山，每个季节都是波澜壮阔的壮丽山河。春有不畏严寒的金色迎春、妖娆俏丽的梦幻山桃、气势恢宏的一片片海带田；夏日林密如海，深绿浅绿交相辉映、山风鸟啼却混交成世外的宁静，正所谓"禅躁林愈静"；秋日漫山红叶，燃烧着一岁收获的激情；冬日黛岭托白雪，斑斑驳驳，苍山沧桑，你要寻找的，似乎都能找到。平顺之美，用任何词语来形容，都不为过。

"停车坐爱枫林晚，霜叶红于二月花"。自冒着丝丝细雨，向牧童寻问酒家"但将酩酊酬佳节""半醉半醒游三日"的晚唐诗人杜牧把霜叶列为胜过二月之花之后，红枫便成了文人追逐的暮秋景致。大山里枫树未见得多，但大多树木至深秋，叶片都会泛出浓艳的红色，致使大山色彩斑斓，风摇叶动，一片璀璨。出发前，我以为此行或者能饱览太行漫山红叶，不料极目四望时，红色还藏于青色之内，还需之后一些时日的风霜催化，漫山红叶才可粉墨登场。然而太行山赋予我的一片一片丛丛簇簇的黄色、白色野菊花，以及夏秋之色中的群山嵯峨，让我颇生"平生辞藻少，难慰此风情"之憾。

江雪你瞧，就那个路口，我前几天来，一只鹿在那里翘望。郭主任指给我路口，他的口气里有骄傲，也有激动。我循着郭主任所指望过去，山路空空荡荡，并没有鹿的影子。仲秋的阳光暖暖地照在一座座山峦上，天蓝如洗，白云悠悠飘荡。我知道那鹿"只在此山中"，只是，天高云阔，"云深不知处"而已。不过，郭主任无意间给了我一个入山的奢望。之后每一次走进太行深处，我都希望，薄雾迷离中，一只东张西望的小鹿会不经意撞进我的视野。这不是传说，只不过我无缘遇到而已。

我曾从申谦拍的照片中看过之前的北秋房，原始而破落的一个小村庄。石头老屋，墙倾屋颓，屋顶石板，破损凌乱，显示着百姓建屋居住的随意性。唯有卫生所是新建筑，蓝色石棉瓦屋顶，鹤立鸡群一般显眼。这座村庄，甚至没来得及发展出民国时期的"地主"来。所有的房屋都是普通的石头屋子，这里百姓的生活贫穷而平静。

深山中的村庄，没有几个不是贫穷的。大山阻隔，受交通条件限制，与世隔绝，即使村里有核桃、花椒、党参，没有路，丰富的物产也不过处于自产自销状态。这样的情形下，一旦家里人患上一个不好的疾病，整个家便会沦陷在穷困漩涡里不得翻身。加上山里没有小学，有些人家为了孩子的未来，搬离深山，更多坚守土地的人则成了文盲。这也意味着，即使出外打工，他们也只能成为依靠出卖苦力的廉价劳动者。

那天，我到达北秋房时，北秋房已经与照片上的景色迥然不同了。当时的北秋房正在建设中，到处是百废待兴的景象。一条水泥路一直进村，通到了村委会。村口有三块艺术巨石，写着"北秋房"三字。村委会前的文化广场有了雏形，只是尚未铺设。村委外也是新建筑，外面建了公厕，这对于耕耘生活的百姓而言，也是破天荒的事。一个院子要改为农家旅社，还有一座用石料建成的二层楼，原汁原味采用了木质窗棂，还有一栋楼也正在建……

郭主任忙着准备迎接检查，我则一人在村里悠然逡巡。石板屋顶上，到处都是百姓的收获。红艳艳的一片是采摘晾晒的花椒，浅土色的是核桃。屋子旁边，或有一株梨树，绿莹莹的梨沉甸甸挂在枝头，或者有几株豆角秧，一串串挤挤挨挨牵动着让人摘取的欲望，再或者，是几株挂着几个泛白发红的西红柿的秧苗，到处是自给自足的景象……从这点上说，百姓比城里人富足多了，一年四季，想吃什么种什么，几粒种子，就能长出自己想要的果实。

我看到一个七十多岁的大婶在屋顶上晾晒核桃。等我转到一个坡下时，大婶已经从屋顶上下来了。她穿一个过时的毛绒坎肩，里面衬了一件秋衣。典型的农村大娘行头。我与大婶擦肩而过时，我打招呼说："晾核桃啊！"没想到，大婶伸出手，一把拉住我，说："走，到我家吃核桃去。"吃过嫩核桃的人清楚，刚刚采摘的嫩核桃脆、甜，还有一股奶香，比晒干的核桃好吃很多倍。

那是一座小巧的四合院。西屋屋墙以形制规则的条形石砌筑，上面的建筑材料是土坯，用白石灰刷白了。屋子里堆满筛子等农具，有些凌乱。在深山里建这样一座房子，代价不菲。这说明，大婶家曾是北秋房的殷实人家。一问果然，大婶的男人原来教书，工资来源是修这座屋子的基本保障。

南屋是老屋，屋子里有几件老式家具。大婶说，那是她的嫁妆。我走过不少村庄，能完整保留嫁妆等物件的，也只在平顺见得多。平原上的村庄，老屋多翻盖新屋，新屋摆放新家具，极难见到老式家具。倒是平顺，山多沟深，百姓生活无欲无求，与外界交流也少，很多老屋得以保留。这也是平顺为什么全国传统村落多的原因。

南屋前，堆着不小的核桃堆。大婶用一个铝盆挑选了一盆青皮核桃，开始给我敲着吃。这样的核桃，吃多少都不够。我一边嚼着嫩嫩的洁白的核桃肉，一边与大娘闲聊。大婶并没有避讳我是外人，直接揭开了家里的疮疤：儿媳跟人跑了，原因？嫌家里穷呗！如今儿子在外打工，有一个孙子，也出外打工去了。

我们说话间，一个男人挑着两包核桃进了院子。男人不高，四十多岁。我猜大约是大婶的儿子。男人目光大约往我这里瞥了一下，嘴角微微咧了一下，算作打招呼。他把两麻袋核桃倒在地上，开始用棒子敲。核桃的青皮一块一块在木棒的敲击下脱落。我看到大婶的目光慈爱得落在那个脊背上，声音里多了一丝轻轻叹息。

她的儿子大概念及母亲年迈，回来帮助收秋的。儿子鳏居是大婶的心病，就如她说的，没有女人的家，即使有钱也不是家。我安慰大婶，您赶上好时候了，村庄富裕起来，金凤凰也就飞来了，您的日子一定会越来越好。我的宽慰起了作用，大婶眼角的皱纹多了起来，那是她在笑。

忽然多出一个默不作声的男人，两个女人的话题马上显得局促起来。大婶要给我烤红薯，我谢绝，赶紧离开。山里百姓穷，但他们从不会为几个玉米棒子、几个红薯而吝啬。这一点是城里人无法想象的。你到山里人家做客，他们会拿家里最好的东西招待你，而这一切，丝毫没有沾染金钱的俗气。他们请你吃东西只是认为客人到了家里是最自然不过的事，绝非待价而沽自己的食物。如若你用金钱去衡量他们的热情，那真是玷污了他们原本纯净的用意。

那天中午，我在卫生所吃的午饭，当地特色饭食，炉面。午饭后我们离开，郭主任和申谦要去寻找一种仿古的抹墙方式。他们想保留村庄原汁原味的古朴，不想让现代表面的文明遮盖村庄原本的味道。

后来，我在申谦的扶贫报告里看到了对北秋房的规划：建两座蓄水池，构筑稳定脱贫的产业格局，确定移民搬迁就近分片集中安置的方案，成立

"平顺县太行天路旅游开发有限公司"、"秋芳客栈"、建设"太行天路"网上微信公众平台，宣传北秋房旅游，在线销售土特产品，订购食宿和乡村旅游服务……我觉得，这是一个不算小的目标和计划。对于一个小小的根本没有资金的山村，改变是多么艰难！

入冬时节，我调到旅游局。春夏之交，我受单位安排陪同某全域考察团第二次到北秋房。一年时间，不算太长，但那段时光对于北秋房多么重要啊！文化广场修了起来，那个高大的土坡已经铺设成了石板路，"秋芳旅馆"显然已经开始营业，透过玻璃窗，我看到屋内床上洁白的被单被罩，厚厚的席梦思垫子，全是现代宾馆设备，只不过屋子外观保留了原始农庄的朴拙因素。西面的一排楼也建了起来，北面仿古的建筑也投入了使用。一个宁静的村庄，仿佛昨夜还是一个待字闺中的少女，今天忽然成了靓丽的新娘。这改天换地的变化，让人觉得是奇迹，期间，又倾注了多少人的心血啊！

因为行程匆匆，我没来得及去看看那位大婶。如今的北秋房就如一首老歌唱的，成了"陕北的好江南"，想来，大婶的生活也多多少少有了变化吧。

与我一起来调研的苏和平主任看着巨变后的村庄，悠悠说，真不容易啊！刘部长每周最少到一次北秋房，她包着这个村，找资金、想办法，没日没夜奔波，真是为北秋房脱贫殚精竭虑了！苏主任说的刘部长是平顺县委宣传部部长刘沁梅。

车出村，上了太行天路。太行天路上的拓宽工程正如火如荼。

黄昏的薄雾悄然升起来。路过观景台，前面的车忽然停下了，我以为发生了什么事，前面有激动的声音传来："鹿，梅花鹿！太行山上竟然有梅花鹿！"

我赶紧下车。面对车队长龙，面对一张张陌生的人类面孔，羞涩的梅花鹿早已匆匆消失在山林之中，哪里还看得到那可爱精灵的影子？只留下一片意犹未尽的啧啧称奇声。

我对远方的客人们说，其实，太行山上，到处都是让人喟叹的奇迹！

最坚固的建筑

1

到了大海唱渔歌，到了大山唱山歌。到山西平顺来，除了秀美的大山风光，不可错过的还有一道风景，是庙宇。

比不得敦煌莫高窟，也比不得佛教圣地五台山。但平顺以其太行山深处、甘于寂寞、宁静乡村独有的模式，保留了一座座极其珍贵的庙宇。

龙门寺，集五代、金、宋、元、明、清六朝建筑为一身，不能说不是一个奇迹。岁月以其纵向行走的姿态穿越岁月丛林，到了龙门寺，形成一个站在今朝即可横向观览历史纵深的中华建筑的独有景观。这，敦煌未必有，五台山也未必有，难怪专家称之为"中国古建筑博物馆"。

大云院，以中华唯一的五代壁画而著称。大熊猫之所以被称为"国宝"，因这个物种濒临绝境。大云院壁画，中华大地，绝无仅有，这是何其珍贵！短暂的五代十国，风云变幻，金戈铁马，太行山内，技艺高超的匠人却宁静地一笔一笔勾画着他内心纯净的佛家故事。粉壁上留下一幅与敦煌晚唐壁画同出一格的"焦墨薄彩"的佛家壁画画作。笔墨飞舞中，画作中晕染着旖旎秀美的南国风光。不知道那位画师从何而来，如画家荆浩一般，到太行深处抑或逃难、避世？他笔下的南国之风，在交通不发达的五代，是否可以看做是南北方文化的一种交流？

中华现存仅仅四座的大唐建筑之一天台庵，恬静地回望着历史深处繁华的大唐。大唐古建的恢宏大气渗透着它小巧寂寞的身姿。仿佛大唐忘记将它带走，将它遗忘在了浊漳河岸边，等待一个盛世的来临。

还有九天圣母庙、淳化寺、佛头寺……平顺15处"国保"，皆为庙宇！是什么力量，让这些庙宇伫立乡间千年不倒？

2

中国乡村，最坚固的建筑是什么？我把这个问题发到一个作家群里。有人说是石屋、石窟，有人说是石塔，还有人说是坟墓。精确答案也许并非唯一，每个人心里都有一份来自他人生阅历的认知。

石屋结实，众所周知。依山而筑，就地取材。寒窑虽破能避风雨，作为血肉鲜活、生老病死演绎的舞台，一间间窑洞里秘密隐藏着人间欢笑、悲苦的密码。再没有比住所更亲切更需要的建筑了。猪有猪窝，狗有狗窝，何况人。择木而息让人这个物种无可避免走向衣食住行的更高端。各式各样的建筑依需而建，石窟不过其中之一。

我想答曰"石窟"者，或见过石窟，或住过石窟，懂得石窟的寒凉暖热。原始的建筑材料无非土、木、草、石。金木水火土说到底是人类物质观的体现。在没有砖瓦烧制技艺之前，土地、木材与石头共同组成人类欢喜温暖的家园。石窟是属于乡间的。背靠大山的先民，一处处天然洞穴带着最初朴拙的温度，为人遮蔽风雨。人类对物质生活的更高追求启发人们开掘规整洞穴的欲望。人类故事的演绎场一孔孔石窟在乡间应运而生。

把石头运用到极致的不是东方人，而是西方人。古罗马角斗场以残破的身躯讲述着那个古老帝国的文明，尽管渗透着残酷而不忍直视的屠戮。以石为建筑材料，每一块残石缝隙纹理之间都充满犀利尖叫热血沸腾的古罗马角斗场最终成了一片承载历史记忆的废墟。

当然，也有一些石质建筑穿越风雨洗礼一直挺立到今天的，比如梵蒂冈圣彼得大教堂、圣索菲亚大教堂、科隆大教堂等等。这些高、尖、奇形异状的宗教建筑有一个共同的名字——教堂。用中国话通俗来说，是信仰之所，是寺庙。

东方的中原大地上，并非任何一个地方都可以"依山而筑"。乡间平原上最早崛起的是草棚、地窨、土屋；城市里达官贵人所居住的是土木结构的亭台楼阁、宫阙万间。这与千年儒家文化、中国哲学分不开。无为中庸，不求来生、唯讲现世的儒道情怀，万物土中生的理念，让中国建筑更多趋向平铺直叙的土木结构建筑。

宫阙万间做了土。不求永恒的中华土木建筑无可选择走向了消亡。今天人们在中国大地所能寻找到的最古老的土木建筑，是五台山的大唐佛光寺。

似乎殊途同归，中西方最古老的建筑，共同指向了一个性质的地方——寺庙！

3

石塔，确实可以历经千年岁月洗礼。

平顺县最古老的建筑大概是虹梯关乡虹霓村的明慧大师塔。建于公元877年的明慧大师塔承载着一段扑朔迷离的大唐佛家故事，将一位禅师的名字穿越风穿越雨送到了我们面前。刀砍斧凿的莲花开在没有芬芳的石头间，高高托举了明慧大师从容向死的灵魂。

县志文字的缝隙，残破的石头蛛丝马迹里，述说着这里有一座规模不小的海会院。按照明慧大师塔的塔铭记载，这一带河谷皆为海会院所属。香火旺盛、僧众如云，但最终，谁也没能逃过灰飞烟灭。倒是这座石塔，虽历经兵燹、焚烧、洪水，古刹梵钟远去，一代代僧人远去，依然雄伟仁立，与紫峰山彼此相惜辉映。

能穿越深厚悠长的岁月，明慧大师塔不过一个幸存者。这沧桑的幸存者做了千古岁月的见证者，向我们讲述一座寺院的往日辉煌，佛教无所不在地在太行山深处的兴衰起落。

明慧大师俗姓颜氏，出身儒门，琅琊临沂人。有人研究，孔子弟子七十二贤之一颜回的第二十四代后人颜盛，三国时曾任徐州刺史，他把家人从原居之地曲阜迁到了他的治下琅琊临沂。也就是说，明慧大师与孔子弟子颜回、唐代大书法家颜真卿为血脉一统。作为孔子第一代弟子的颜回后人的明慧大师，在交通极其不方便的千年之前，来到太行山深处传教，是不是意味着，当年的海会院在大唐国土上也为名刹古寺？

有一个无可辩驳的事实是：明慧大师塔作为明慧之冢，代表的是佛教，那么其身后，一定有一座寺院！

尽管地处深山，历史上的虹霓村并不寂寞。也许在虹霓村出现之前，这里只是以一座深山古寺的形象而存在。且不说祖祖辈辈旺盛的香火，隋唐演义，陈卿起义，都不曾绕过这个地方。虹霓村李泰山老师研究，京剧有一出戏就叫《虹霓关》。铿锵锣鼓声中，梅兰芳饰演的白袍女将连败瓦岗寨程咬金、王伯当两名虎将。不知道是不是剧作家联想之后的关名竟然与虹霓村的偶然重合。

20 世纪五六十年代，虹霓村建起水电站，成为平顺最早用上电的村庄，平顺县广播站就诞生在这里。奇怪的是，这样一座村庄，却没有一座舞台，哪怕是娱神的舞台。倒是乡土的庙宇数不胜数：娲皇庙、土地庙、山神庙、南海观音菩萨庙、龙王庙、五道爷庙……百姓需要谁来保佑，就会有敬奉相关神仙的庙宇出现。

从信仰的角度看，那些庙宇成了海会院的化身。

无论怎样的疾苦，怎样的动乱，寺庙在乡村如韭菜，即使割掉了，还会生长。

4

我认识的最早的寺庙，是土地庙。

外婆去世后，我把外婆的魂魄一直送到了村西的土地庙；父亲去世后，我把父亲也送到了村西的土地庙；舅舅去世之后，我还是把他的魂灵送到了土地庙。外婆有外婆生活的村庄，父亲有父亲生活的村庄。相同的是，两座村庄，都有土地庙，都在村西。他们的根，似乎都在土地庙。人的最终归途，是一抔黄土。正如《红楼梦》所言，最终不过一个土馒头。乡村的人，最后都化作了一抔黄土。不似如今生活在城里的人，化作的是一缕青烟，飘向哪里不知道。所以，城里，很难看到土地庙。

行走乡村你会发现，再小的村庄，哪怕山顶、山脚一个十几户人家的自然庄，你都会遇到一个叫做"庙宇"的建筑！如平顺县岳家寨、北秋房，村庄很小，有的只有十多户人家，但都有庙宇存在。村庄里可以没有戏台，庙宇必须有。

戏剧娱神也娱人，但庙宇是神仙之所，先得给神仙一个家园，其次才会有凡人的娱乐。两者相较取其重。何况，山路崎岖陡峭，如凌云霄，建了戏台，戏班子未必能爬山越岭攀缘而来。庙宇却不能不建，哪怕仅十多户人家。

庙宇对于乡民，是刚需。可以说，是那些大大小小的庙宇构筑了乡村朴素而崇高的精神世界。

乡村有土地，哪怕方寸，都可以立得下需要请的神仙。

乡村百姓的信仰，应该叫"诉求"更准确。天旱不下雨，需要找龙王，于是村里有了龙王庙；死后之人去哪里报到？人食土地一生，最后回归黄土，化作尘土，死后之人应该找与土地有关的神仙，于是有了土地爷；有了土地爷，总得给土地爷一个住的地方吧，于是就有了土地庙。每个村庄，村庄西面，必有一座土地庙。庙无论大小、奢华简陋，能住下土地爷就行；有人找不到对象，有人生不出孩子，找谁？二仙奶奶或者九天玄女，于是，村里就有了圣母庙、二仙奶奶庙；想发财了求谁？财神爷！北方人多敬赵公明，南方多敬关公。无论做什么，都想求个平安吧，找谁？观世音菩萨！这时候的观世音其实不再是菩萨，而是"奶奶"。佛教称之为菩萨，道教称之为"奶奶"。百姓可不管她是佛教菩萨还是道教神仙，只听说她能闻声救难，就她了！此外，还有生病了需要求的神仙、读书考学需要求的神仙……林林总总的庙宇遍及乡村。

于是，庙宇成为乡村最独特的风景。

南朝四百八十寺，这是形容历史上寺庙众多最有名的一句诗。诗里所言，指的是佛寺，而非统指"庙宇"。佛寺仅指佛教场地。庙宇所指，可为儒家，可为道家，还可是民间崇拜如二仙奶奶。百姓心里的"禅"，最是事关百姓生死祸福。如此一来，无论南朝、北朝，放眼中国大地，庙宇又何止四百八十寺！

看过一组数字，国家文物局前后一共列出七批、4296处全国重点文物保护单位，其中寺庙就达1088处，相当于全国2000多个县，平均两个县一座。

这是全国重点文物保护单位的数字。那些省保、市保、县保，更多的是如芸芸众生一样，没有等级的庙宇，若夕阳中安详的老人，无论南北东西，大河两岸，安然于山水的角落，不计其数。

无论寺庙还是道观，说到底其建立都源于信仰的力量。不计其数的庙宇，都源于百姓朴素的诉求。

现实中的百姓把诉求当做信仰。

庙宇，是百姓朴素的图腾！庙宇，是乡村基础的文化！

庙宇的生生不息，只因，信仰的根，深深扎在百姓心里，一代又一代。宫阙万间都做了土，但庙宇，哪怕以最简单粗陋的姿态，还是坚守着中国乡村。

中国大地历经四次灭佛运动，乃至新中国"破四旧"，那些庙宇依旧不倒！

庙宇是乡野间一条河流。不枯不竭，因为，泉眼，在百姓心里。

绝处寻幽金灯寺

从人口密集的小城到深藏山中的金灯寺，道路委实遥远。我原以为，一个小时怎么都能到达，不曾想，从平顺县城出发后一个小时，车到杏城镇，同行的女伴竟然要求停下车来，吃饭之后再走。

我看时间，十点半，距离中午尚有一个多小时，距离早晨已过了两个小时。这不早饭不午饭的半路饭，让我心生疑惑，不知为何如此突兀安排。

金灯寺是意外中的一次行程。女伴是旅游局的，到金灯寺有公务要办，知道我没去过金灯寺，遂唤我同行。

女伴的老家在杏城镇，对前往金灯寺的路比较熟悉。我说：我吃过早饭了，不用给我点饭。女伴提醒我：上了山，再没饭店，我让你吃的是午饭！我始明白她的用心。莫非金灯寺四周荒凉，没有人家没有烟火吗？

眼前的村庄说是镇，其实不及平原地区一个像样的行政村。大山之中，能聚集百十户人家，也属不易。山中人家悠闲、逍遥，连鸡扯着脖子的一声声鸣叫都显得诗意悠远，这是山外人在忙碌脚步声里难以听到的。低矮的房屋，一道道粗树枝组构的木篱笆门，一块块手工对成的铜钱状的门帘……帘内那个没有城里暖气烘烤出的世界，有比城里冷许多的温度，有同城里不一样的喜怒哀乐，也有城里找不到的闲适平和……生命的滋味，跟我们身处的环境有着极大的关联。城里人与乡下人，即使有相同欲望，程度也会不同。

我们下车，向路边的小饭店走。

一条不小的大肥狗摇着尾巴不紧不慢地从我们身边走过，没有惊慌，也没有轻吠，处变不惊的安详里没有城里一根狗绳压抑下的嚣张、解放后的轻狂，仿佛陌生人一般与我们擦肩而过。

饭店的主人是一对中年夫妻，在一片热气腾腾中，夫妻俩拿出几个西红柿、几个青辣椒，开始忙碌。

寒冬腊月，几个红的绿的菜蔬，像山中人家窗玻璃上朴拙的窗花一样，让我的眼睛亮了一下，心里瞬间暖了。其实，山里有与山外一样的生活要求，现代元素不仅体现在一些零星建起的崭新建筑上，也体现在饮食里。

店里有两个小火炉，我们几个围炉而坐，等待一碗农家刀削面。

吃过饭，我与女伴上了一位姓于的经理的车，继续赶路。

冬日的大山像脱光了上衣的壮汉，钢筋铁骨胸肌铮铮亮亮裸露，雄壮蓬勃的大气并不逊色于穿了西服或者休闲服装的奶油小生。我喜欢用"穷山瘦水"来形容北方天寒地冻的风景，但到平顺的大山里走走，我发现，这个词并不适用于这里的大山。映日荷花别样红是一景，无限风光在险峰同样是风景。

上山的路崎岖坎坷，这样的崎岖和坎坷在平顺不足为奇。我曾经到过天脊山，也曾经到过太行水乡，那些山路经过一代代改良，或者没有了崎岖，或者没有了坎坷，但去金灯寺的路却是地地道道的崎岖不平、坎坎坷坷。

开车的于经理是一位年逾五十的大姐，听说，金灯寺景区得益于她的开发。她说话大大咧咧，走路风风火火，一看就是经历过多年江湖闯荡的人。有一次她跟朋友来到这里游玩，站在南天门的山脊上，放眼四野，苍茫云海、巍峨峻岭、天高云淡、松风阵阵。她不禁陶醉了，无限感慨地说："这才是神仙真正的寓所。能在这里修房盖屋，颐养天年，才不枉活了这辈子。"

当时的金灯寺正在招商。言者无心，听者有意，有人把她的话转给了相关部门的负责人。没几日，她便接到了一个电话，询问她是否有意开发金灯寺。她是否犹豫过，不得而知，反正，后来她成了这里的开发商。

一路走着，于大姐絮絮述说着曾经的过往，也回味着曾经的梦想。

"我想将来在这里盖一座二层小楼，精精干干招几个老师，建一座小学，让这里的孩子不用奔波十多里山路就能上学。"

在这条山路上走多了，山里的孩子都认识她。只要她开车进山或者出山，总会停下车捎上正在路上行走的孩子。有一次，她故意问几个孩子："你们怎么这样胆大，我让你们上我的车，你们就敢上来坐？"

几个孩子毫无羞涩地回答："俺娘说了，你不是坏人，是老板儿。"这里与河南一山之隔，所以，这里人的口音有浓浓的河南味儿。

于大姐不由笑了起来。这些质朴的孩子毫不掩饰自己的感情和爱憎。

"山是好山，景也是好景，唯一的不足是这里缺水。"于大姐感慨地说。

来时，领导让我拍一些南天门松涛的照片回去。我心里还疑惑，什么样的山，会堪当"南天门"这样豪壮的名字？

车随山势越上越高，我们也似乎距天越来越近。一座座大山在车的攀登中开始"温顺"起来，不再气势凌人，高峻严肃，似乎收敛了竖立的毛发，悄然安然地"卧"在了我们的脚下。

中国有一个成语叫"心旷神怡"，尽管在车上，那扑面而来的凌空而起的澎湃情怀还是让人有一种飞天的错觉。瞬间，我理解为什么人们把这里称作"南天门"了。

2013年4月我曾到泰安登临泰山，当我数着台阶喘着粗气站在南天门回望来时路时，南天门下的世界成了微缩的景观，拥挤的人流如爬行的蚂蚁慢慢蠕动，脚软腿软浑身轻飘飘心中有终于到达的欣慰与快感，有十八盘如此陡峭险峻难以攀爬之感，以南天门为界抵达仙境飞天的感觉却丝毫没有。所以，至今回想，泰山之上南天门的世界只有上下高低之分，却没有眼前豁然开朗的舒爽和惬意。

过了"南天门"，视野开阔起来。我们的车宛若闯入一个雄性刚硬的世界，向上望是山，向下看还是山。"南天门"牌坊处一片片气势汹涌的松涛柏树被抛到了车后，山上凋尽荣华的树木向天干巴巴地伸着光秃秃的枝丫，沿路目之所及连风中颤抖的枯草都甚少。寂寞的大山中，没有鸟痕，没有动物，仿佛仅仅剩下了渗透山骨的寂寞和空旷，逼得人想扯开嗓子，美美地狠狠地吼上两声，不然，在遍山的沉寂里，担心自己被吸入其中，化作一块不经磨凿的石头，守着这山、这天空，还有阴晴不定圆缺难言的月了。

这时候，本来坎坷不堪的水泥路渐渐没有了，车轮下成了一条紧挨山崖开凿出来的山石泥土路，开始在大山寂静的臂弯里绕来绕去。

大大小小的山石滚落路上，路边还有几尊残缺不全的石头雕像。在这些雕像的注视迎接下，车似乎变得战战兢兢起来，像一个皮球一般被路上顽劣的石块抛来抛去，弹上弹下，让车内的人随之颠来簸去，似乎要被摔得浑身散架。于姐说："我该开我的大奔来，大奔比这个（长安越野）避震好。这车在城里开还行，空间大，也比较舒服，到了这儿不行了。"

这段路是去年秋天刚修的，已经大致有了路基路形，只是还没有铺上水泥，所以石头四下裸露，风吹日晒下，也格外凹凸不平。

颠簸曲折的路径让我忍不住想，将一座金灯寺如此弯弯绕绕藏在大山深处，"扫荡"的"小鬼子"八成也找不到吧。

车从北面上了山，又在南面慢慢开始下山。我们终于看到了人气——一座两层小楼伫立路边，孤零零的。继续走，拐角一个二十多米平坦的地方，竟有一个舞台。这遍及乡野生旦净末丑演绎人生悲欢的建筑汇聚着熙熙攘攘人群、汇聚着朴实而厚重的传统文化的建筑，让一路天苍苍、野茫茫的盼望变得灵动而富有生趣。有舞台，便有人类聚集，便有人类文明和繁华。

车停了下来。抬头看，一座寺庙被藏在一块凸出的山崖背后，露出红杏一角。一处石制塔林高高矮矮大大小小颇有气势地出现在停车空地的高处。

后来查阅资料方得知，这片石塔林名曰舍利塔，共有 46 座，其中最大的是千佛塔。千佛塔的石雕造塔基呈正六边形,高8.8米,中心有石室,内2.25米见方,镶有石门。门框侧均刻有字,隐约可辨"坐莲从西至,拽虎自东来"的字样。塔身雕刻着神态各异的佛像一千尊。

相传千佛塔是金灯寺创始人芊禅师的安葬处。芊神师法名静真,是河南安阳人,曾拜名僧清果为徒,先在悬山寺修行,又到陕西两当山庵中苦炼,后云游四方,夜眠虎穴,以虎为伴,每天拽虎携钵沿途募化,最后登上风景独特的林虑山,心中不胜欢喜便在此落脚,创建了金灯寺。

于姐下了车,指着路边一个条形的洞穴说:有人说这里是一个泉眼,也有人说洞穴下面藏有金灯寺的宝藏。具体有没有宝藏,她没有开发,也始终没见泉水喷涌而出。

人们都喜欢猜度佛寺的财富,很多人认为只要有佛寺,就会有宝藏被藏在佛寺宝塔之下。人们喜欢把人的思维强加给佛,人喜欢钱财宝藏,置身红尘之外的佛也开始迷恋钱财,所以人们开始供奉人间食物、金银珠宝。就像我在布达拉宫见到的舍利塔一样。说到底,佛不过人们心里的佛,你信什么,佛也信什么;你不信什么,佛也不信什么。这世上是先有了人,才有了佛。佛性也不过是被美化了的人性。往往人们得不到什么,渴望得到什么,才会把渴望得到的东西强加给意念中无所不能的佛,希望依靠香火虔诚"求"得欲望之物。

金灯寺坐落在林虑山东面游云缭绕的陡崖之凹内,初名宝岩寺,后来芊禅师惊奇地发现每到夜晚便有两盏金灯由东而西飘入寺内,寺内顿时金光满照,所以便把宝岩寺改名为金灯寺。金灯寺东面的一个山头叫"起灯山",寺西不远处的山头叫"落灯山"。据说住在金灯寺内,每晚不管有无月亮,数米内的东西均可看清,读书写字、穿针引线也不会出错,可谓金灯寺的一大奇观。可惜,我步履匆匆,无缘亲身体验这样的夜晚、这样的月色。

群山之内,一道红色的山门将一个佛家世界高高悬在了半山腰上,所以金灯寺还素有"上党小悬空寺"之称。

我们站在山门外的一处宽阔的平台上极目四望——天啊，伸出双臂做大鹏展翅，真有飘然若仙要飞的感觉！

脚下壁立千仞，深渊万丈，一道大山活生生切开了泾渭分明的两个省、两个世界——山上崇山峻岭，壁高万仞，属于山西；山下，一马平川，四通八达，属于河南。

那天天蓝如洗，云薄如羽，能见度非常高。于姐指着山下一座座村庄说，看，像不像一群群觅食的鸡！

我的感觉，脚下的一座座村庄一簇簇开放着，更像穿越桃花流水的桃花源，阡陌交通、屋舍俨然，只不过因为居高临下，且距离太远，看不到黄发垂髫，闻不到鸡鸣狗吠。

对金灯寺的历史我知之甚少。我用不到半小时的时间囫囵吞枣地走马观花地转完了这座藏在大山中的清幽院落。

有人说，一年四季，金灯寺有三个季节飘在云雾之中。身在寺内，我无法体验只缘身在此山中神仙般的云雾飘摇；倘若置身山崖之下，仰视绝壁之间挂着的寺庙，大约可见此处云里雾里，神秘莫测，恍如仙境的景观吧。

我这红尘之人从远方而来，从红尘而来，带着一身红尘俗气。爱恨情仇、油盐酱醋，哪一样我都逃不掉、离不开，对于眼前的南无阿弥陀佛，充其量我不过一个过客，一个看客。

冬寒料峭的腊月，大约因为特殊的地理地形，金灯寺没有想象中的凌厉奇寒，相反，感觉比山外的世界似乎还要温暖几分。

眼前院落北依陡崖，南临深谷，因山势所限，由东往西形成了藏奇纳胜的一进七院格局。麻雀虽小，五脏俱全。寺院有山门、钟鼓楼、大佛殿、关帝殿、聚仙楼、地藏阁等木构建筑20余间，明、清碑碣40余通，现存殿堂多具明清时期建筑风格。每一个院落小巧而别致，各院均有殿堂，自成一体。大约为了充分利用空间，过道那些简朴的僧房竟是两层小楼，恰到好处的高度，"窝"在山凹之内、巨崖之下，中间有可通后院的甬道。只是，如今僧人不知何处去，桃花依旧笑春风，世事轮回之后，僧房住着的是与我们一样看护寺院的俗人。

金灯寺每一个院落内坐北朝南陡崖石壁上，凿有大小不同形制各异的石窟。后来查阅相关资料，说这些石窟最早凿于北周时期，之后明正德、嘉靖、隆庆、万历年间扩建，共有大小石窟 17 个，雕像 281 尊，浮雕像 1200 余尊。大的 3 米多，小的只有 0.3 米。

金灯寺内最大最著名保存最为完好的殿宇是水陆殿，又名水罗殿。这是一个完全从大山坚硬的岩石中掏挖出的殿堂，面积约 125 平方米，其工作量可想而知。殿宇内一股泉水从西北石隙中涌出，清澈见底。摩崖上雕有规格大小相等的千佛，极有气势。石窟外檐就山崖凿作，建成殿堂，中心辟门，方形檐柱上横施额枋，布局错落有致，雕刻十分优美。迎面有高出水面约 50 厘米的长方形佛台，正面并坐三佛像，背面倒坐三大士像，后面佛台上亦并坐三佛。前槽为八角形金柱，宝装莲瓣柱础。窟顶有精美的佛龛和方形藻井，藻井四周雕造佛像。四壁浮雕水陆画，亦雕佛、菩萨、罗汉等像，仪态灵活多样、色彩夺目鲜艳。

这是我此生见过的唯一一个"飘浮"水上需穿越水沼拜谒佛主的佛殿。仅这一点，我想这佛寺应该得到历史的格外垂青与护佑。

这也是金灯寺唯一一个游人可登临近观的殿堂。登石阶，跨石门，一池碧水将人与佛台上的神灵相隔开来。水面下数不清的硬币闪着熠熠银光。为使来者穿越池沼近距离叩拜各界佛祖，池沼之上架了一块混凝土预制板桥。这太过"善良""人道"而直白的"桥"在我看来有些不伦不类多此一举。只怕，人距佛越近，石崖上的鲜活文化将会离历史越远！

其他的院落中，也布满了石刻雕像。让人眼花缭乱令人缠绵留恋的雕像，大多不再完整。尽管藏在山中，在历史的一次次硝烟中，金灯寺还是没能幸免毒手屠戮。

鲜卑族拓跋部，起源地嘎仙洞位于黑龙江嫩江大兴安岭一带，有着与林虑山一样的山崖洞穴，过着游牧生活。北魏佛教兴起并得到空前发展，一直到西魏恭帝三年（557 年）被权臣宇文护逼迫禅位于其堂弟宇文觉建立北周，佛法石刻文化一直在中原盛行，所以，这深藏内地的大山深处，这印记在山石上的文化，应该与大同云冈石窟、洛阳龙门石窟有着相同的悠远和绚烂。

翦伯赞曾这样评价曾经的游牧民族："像鹰一样从历史上掠过，最大多数飞得无影无踪，留下来的只是一些历史遗迹或遗物，零落于荒烟蔓草之间，诉说他们过去的繁荣。"

这无疑是一处闪光的遗迹，中国的大地上，很多历史遗迹淹没在荒草尘埃中，它们不是死了一千多年的历史标本，而是活了一千多年的文化。一千多年的层层累聚，它们牵扯着一代代艺术家的呼吸，也让我们的世界变得丰富多彩、眼花缭乱。

可惜，历史价值的天平上，许多荒原埋没了昔日的跋涉与奋斗。如眼前的寺院，难以走出大山，难以走进繁华，只能寂寥落寞地静卧大山中，日复一日年复一年撞响自己的晨钟暮鼓，直至碎成轻尘，化为云烟。

我想起了8月到应县木塔参观时的情形。被重重呵护的木塔，游人只能入其一层，且只能远观而不可亵玩，诸如拍照、抽烟之举也断不可为。那是怎样的繁华与荣耀？而眼前的石窟，同为历史遗存，却可以燃香叩拜拍照抚摸，只要不用刀刻斧凿，大约皆可。相比之下，这里何等凄凉？

我不由苦笑。如金灯寺一样，躲得世外幽静，哪能修得梅花墙外扑鼻香？然而，江湖很远，江湖也很近，纵然山高水长，最终难免伤痕累累！

看护寺院的是一对中年夫妻，妻子兼管寺院中的一个小卖部，丈夫学会了抽签打卦，想来香客鼎盛时，朴素的营生也能维持无需太丰盈的生计。群居的动物离群索居，看上去总有一些无法言说的伤感。

中年男人与我有一样的姓，不知多少轮回前，或者我们的祖先是一脉。男人上身穿了一件普通而陈旧的棉衣，军黄裤子的膝盖、臀部均磨白了颜色。他向我们走来的脚步有些犹疑、迟缓，脸上有与塑像一样不置可否的笑容。

女人想必是一个热辣而善良的人。她热情地带领我们参观寺院，在我购买一把香火后，她也没有许多旅游景区那般"坑爹"地漫天要价，只说给个心意钱就行。我买了一挂鞭,然而自小我却不会燃放鞭炮。我面露难色,欲寻同行的男士帮忙。女人一边自告奋勇说不用,一边快步将我带到燃放鞭炮的地方,手脚麻利地把鞭炮扯开平铺地上,然后小心翼翼试探着用打火机点燃鞭炮捻儿:一伸一缩,女人的胆怯显露无遗。女人让我站远一些,否则身上会落一身鞭炮灰。我捂着耳朵站在她身后约两米的地方。她胆怯地点了一下捻儿,以为点着了,赶紧捂着耳朵缩着脖子掉头跑……半天没有等到我们需要的响声,她回头看地上的鞭炮,一边嘟囔说:我还以为点着了……那情形,活活一幅年画中的点鞭炮情景。第二次,她横下心,看到捻儿变黑了,才又捂着耳朵急速跑开。导火索将一世的红尘撕裂揉成碎末,伴随着一声声脆响嘣向天空,洒向寺院,冬日的寺院似乎有了一丝生气。

寺院中有两只狗,是一对母子。狗妈妈身材矮,大约是一只狮子狗,狗儿子却高大威猛,完全与狗妈妈不一样。两只狗影儿一样跟着我们的脚步。我们坐在大殿前闲聊时,它们就各自慵懒地卧在离我们不远的地方,似睡非睡耷拉着眼皮,头贴着地面,似乎想多沾一些人气儿,听我们有一搭没一搭地说话、晒太阳。女伴喜欢小动物,将一个面包撕开扔给了狗儿子。狗儿子看了看,似乎不感兴趣地抬起了头。狗妈妈一摇一摆地走过去,开始狼吞虎咽起来。这一幕直让人看得心思悠然——动物世界中的情感有时候比人类更高尚而纯洁。

寺院内还有一个老人,头上戴了一顶黑色毛线帽,门牙掉了两颗,说话兜不住风。我们闲聊时,他旁若无人地专心用漏斗过滤香案中的香火。我走过去搭讪,他解释说不过滤一下这些香火,当心插香时会折了香客的香。老人指着山下说自己的家在那里。沿着寺外一条古老的梯道下去,再走一段路,便可去往他的家。

老人告诉我,他今年58岁。在城市,这个年龄或者还可算中年。清晨城市的人行道上,或者奔驰的车内,如他一样年龄的人西服革履、油头粉面者甚多,或疾步赶着上班,或挥洒着成功的成熟练达、魅力四射。山中野人家，锄禾日当午，沐浴着自然风雨，缘何会老迈那么多？

其实，每个人都守着内心的一座寺院在修行。不一样的人，不一样的寺庙、不一样的修行，便有不一样的结果。成仙得道的毕竟是少数，努力的结果也未必就会成功。就如这金灯寺，大山中的背负、跋涉、开凿、雕琢，远比交通便利的云冈石窟之类"国宝"要艰难万分、险峻万分，但即使诞生再艰难，即使修炼千代万世，金灯寺不过还是金灯寺，总难走出这重重大山与繁华都市中的经典古建媲美……

石头　开在豆口的花

对平顺县豆口村慕名已久。那天，我们为寻访近代中国青年运动领袖赵作霖的故居而去了豆口。

那天的行程真的是走马观花。但短暂的行走，我记住了那些绽放如花的石头。一块块，或大或小，以各自独有的姿态，自在、闲适、绚烂，开遍村庄。我的脚步匆匆忙忙。但行走在豆口，怎么都丈量不完脚下的石头。太多了，真的太多了，举目抬眼，目光所及，到处都是开花的石头。墙上、地基、门口……生活的炊烟小调，岁月的铿锵往事，豆口村人就地取材，用石头表达着对大山的依恋热爱。于是，石头充当起了这方水土的主角、岁月的主角、人生的主角，尽情演绎了山乡民居特色。

石头和土坯，是大地最朴实的伙伴，它们肩负了村庄绵延不绝的烟火人生，担负着一座座村庄绵延千年的故事。

粗朴的石块，迁移到村庄后，不再是简单的石块。圆的磨盘、方的窗台石、门脑石、下马石……典雅古朴。无论站在哪一块石头前，驻足，凝神，都可感受到一段时光静静在那些漫卷的花瓣中缓缓流淌。那些硬朗的花朵线条流畅地被雕刻在豆口的某一个角落，托举了一座村庄的雍容和繁华。

在我看来，深山中的豆口村是寂寞的。远离了都市，尘世的喧嚣似乎渗透不入；那些石头之花，遍地开放，一代代，一朝朝，把一种幽静而瑰丽的文明带入了豆口。于是,豆口就像微笑的蒙娜丽莎一般，多了一丝神秘，一丝让人留恋的美。

绽放的石头之花不仅美化、辉煌了豆口的历史，日出而作日落而歇简单生活在这里的村民，也因这质地坚硬而永恒的花朵变得不再简单。在石花的簇拥下，世外休闲般的村庄，仿佛被镶嵌了优雅的流苏，变得璀璨，与村外的河水一般，华丽而宁静地在时光隧道中款款流淌。

当我们这些城里人惊诧于一块块美丽的石头时，豆口村口乘凉的村民，却在用他们的目光对外来的我们进行阅读。

她们三三两两，散漫地坐在一块块石头上。年轻的妇人，衣着素朴，不施脂粉，面容娇美，眼角还弯着月亮般的微笑。手起手落，她们手中的红蓝丝线纳出了心中最美的花，纳出了她们对爱人对亲人最纯朴的爱恋，这也是大多数城里人享受不到的待遇。买来的鞋垫，用不过半年，而手工纳出的鞋垫，常常一垫几年，都不会变形破损。再看那年老的妇人，鬓发如霜，岁月之花绽满面孔。她们坐在阳光下，有一种经历了人生岁月静看花开的从容。孩童则不安分地站立一旁，用好奇的大眼睛打量我们。

这样的安然闲适，让我想起一句诗：笑问客从何处来。

我站在巷口，像一个看西洋景的孩子，呆呆看她们。说实话，那一幕，羡煞了我。那一刻的安宁、恬静、淡然、超脱，让人瞬间呼吸轻松。生活在这里，似乎人世间没有了纷争，红尘没有了爱恨。无须在拥挤的人流中奔波，不用担心工作的压力，一日三餐变得没有了高下，衣着也没有了贫富之分……有的只是一针针飞花的自在，一线线的巧笑嫣然。

豆口村的中央，有一座青砖砌筑的老式楼房。小门窄窗，面目严峻，看起来是"文革"前的建筑。这样的建筑，如今也已不多。风从这里刮过，雨在这里下过，风雨的剥蚀让曾经的光彩变得黯淡破败。破如碎絮的麻头纸飘摇于夕阳下，仿佛激烈战斗之后的战旗……是非成败转头空，时光悠悠，当年热闹的运动，如今沉寂一片。

据朋友介绍，豆口村有 20 多处寺、庙、关等古迹遗址。这里有隋朝的夏王窦建德修建的窦王爷庙（后改名为观音堂）；明朝万历年间曾任洛阳知府张六顺建造的"张家大院"和马童（姓侯）修建的"侯家大院"……豆口，是一座不简单的村庄。

但匆忙于斜阳下，我们仅仅走进了几处院落。

每一座古老院落都有一段人生故事，那些精美的石头上，绘满了春天走向秋天的人生，深藏着许多不为我们知道的故事。

豆口的民居，大多不关大门。顺着村民的指引，我们探身进入村庄的一个院落，一位女人迎了出来。朴素的乡音，不加修饰的衣着，门上吊着手工制作的红蓝布块对出图案的门帘……这便是我们找寻的目的地——赵作霖的故居。历史走远，村民们并没有觉得这里是什么名人故居，他们依旧生活在这里，依旧是豆口人，依旧操着乡音，朴素着情怀。

一切都已远去，一切又似乎没有走远。那些陈旧于时光中的老宅，今天仍然生活着与我一样的有着鲜活喜怒哀乐的人。伸出手去，我触摸不到过去的光阴，但遗留在屋子里的温暖似乎还在。这样的老屋，像须发皆染秋霜的老人，安详、淡然。而镶嵌于老屋的石头，如花一般，穿越时光，处事不惊，一代代绽放。

院子里的那些石头，或卧或立，或砌或铺于脚下，每一块都是那么安静。这份安静经历了千年的风、千年的雨，这份安静潜藏在厚重的久远里，让人迷惑是否穿越了一个千年时空的隧道，真正来到了远古的村落。是的，每一块石头都有一段来历。那些沧桑的雕梁画栋，该是一场岁月深处豪奢的华宴。其中的女主人，曾婉约地戴着一只玉镯的手腕，安详地捧着一杯茶水，眉目望着远山，遐思无限。高头大马急驶而来，叩响村落的一块块石头，在自家门前在下马石上落下铿锵足印。情肠、愁肠、相聚、离散，天下有一样的日升月落，却有不一样的人生轮回。那些散落在村落的石头，也应该浸满了爱恨离仇，浸满了岁月风霜吧。

奇怪的是，当我们千淘万漉于寻宝鉴宝，把一块块残砖断瓦珍藏起来的时候，豆口村的村民却把一块块精美的石头铺到了地上，砌到了茅房的围墙上。这样的"富贵"，如今已然不多。这也说明，这一块块凝聚于石上的文明，在豆口俯拾皆是，不足为奇。

深山中的豆口的确是一座不一样的村庄。

据说，豆口的出名源于每年都要举行的传统的"二月二庙会"，闹社火、唱古戏、敬神灵，祈求平安吉祥、五谷丰登。庙会期间，戏班名角应邀而至，商贩货郎不请自来，本村艺人争相献艺，吸引了山西、河北、河南三省交界地带的百姓扶老携幼云集这里。所以，豆口庙会还素有"百里水乡、三省交界第一会"之说。

这些我没有亲见，只在网上看到过照片。当我踏着一块块石头在迷宫般的村落里越走越深时，却蓦然发现，我正在跌入这个被千年文化渗染的古村。

车过豆口村的一座桥头时，我看到了一个约莫一米见方的石雕乌龟。为什么要将乌龟雕塑在桥头上，我不解其意。查阅资料，始得知，豆口村一面靠山，三面临水，整体地形似"金龟探水"，而豆口村就建在这个金龟的头上。有诗人曾这样描述豆口："横漳水而带行山，枕龙门而控风壁"。

时光悠悠，发展到现在，豆口已经不再像从前的桃花源一般幽静。浊漳河绕村而过，红旗渠盘山横流，潞林公路贯通东西。

笔者在安乐村走访

时尚之风随着汽车喷吐的尾气，给了豆口新的风景、新的风尚。但与我走过的很多村庄相比，豆口徜徉于石头、土坯间的原生态还是非常独特而罕见的。

站在豆口村青石板上，除了满目苍翠的青山外，还有鸡鸣、狗吠。那声音似乎很近，但却可能来自河北、河南。一村可闻三省鸡鸣，在960万平方公里的华夏大地，这样的情景该不会多见吧！

走走豆口吧，这里石挨石、石对石，石头连成了一座村庄。转转豆口吧，这里巷连巷、巷接巷，千回百转，曲径通幽；看看豆口吧。这里院套院、院对院、院挨院，古朴典雅，千秋各具。

如今，豆口村成了远近闻名的民俗文化村。这不难理解，有千年历史沉淀的文化底蕴，有古色古香别具一格的民俗建筑风格，有远古的神奇传统，还有近代中国青年运动领袖赵作霖的故居……这些，无疑都是豆口村的丰碑。

车出豆口，看随山风渐起的薄雾恰到好处地为这座古老村落蒙上了一层谜样的薄纱，隐约雾中的村落，素描一般成了一个宁静而淡远的梦：淡淡的青山、淡淡的秀水、淡淡的炊烟，淡得几近中国传统的写意水墨画……

素颜的村庄

它依山傍水，站在山脚下，没有明眸善睐，没有顾盼生辉，甚至，一袭衣裙都是简约灰白的冬色。

裹着棉袄的羊倌高举羊鞭，随之而来的有羊群咩咩的啼叫，还有带着土腥味儿的泥土飞沫。不用装扮不用粉饰的乱石路，仿佛就是送信的海娃走过的那条路。鸟飞过的痕迹犹在，两岸挤着一些低矮褐黄的山崖。倘若在这里拍电视剧，应省了很多工夫。我仿佛蓦地落在了一个远方的时空里。那感觉，有泥土熟悉的味道，也有河流蜿蜒向前的陌生。

河水在平坦的地方忽地散开，叫闹着的羊群便撒着欢儿随之在衰黄连天的河滩上散开，俯在河边喝水。冬末的阳光无声地穿过树木枯枝，沉寂了羊群的热闹。时光慢悠悠地跌落在一片片涟漪中，荡漾四散。这河水，经不起任何风吹草动，一片树叶也会荡起万千伤痕。这河水，又那么坦然自若，收起点点心伤，一如既往，寻找流动的方向。

羊群追逐着水流，我追逐着羊群。水流的方向在远方，我的方向却是一座村庄。我被那群羊群引领着，走向浊漳河，走向一重重大山的褶皱中去，走向褶皱中的一座村庄——白杨坡。

我远在大山之外，白杨坡似一位含羞的少女，挥洒着一条长长的纱巾，远远地招手！

那条流淌着春日黄花、夏日白云的婆娑的纱巾，委实让人震惊而心生敬佩。它有一个惊天地的名字——红旗渠。那素颜而立的村庄白杨坡偎依在大山怀抱，静悄悄的。如今，如雷号子、山崩地裂、人头攒动、乱石穿空、热火朝天……所有的辉煌都淡如云烟，就剩下了一线款款流动的漳河水，在风里，在阳光下，在巨石护岸的水渠中由北而来，向南而去。

白杨坡没有多少白杨树。但有人说，这里曾生长过很多白杨树。无法追寻的过往，只留下一个让曾经生活在这里的人常常念起、梦里思念又无法返回的名字。

村西口，有巨大的纺车、织布机模型，村东口，有曲辕犁，有耧耙模型。那是白杨坡的衣食往事，也是白杨坡昔日的荣光与内涵。只是，大山在，黄土在，山风在，流水在，许多年轻的身影不再。再过若干年，还有多少人能扶得起耧耙？还有多少夜晚，有纺织机的低吟浅唱？

白杨坡没有多少人家。一栋栋房屋以古朴而简单的姿势依山伫立。我逡巡的脚步里，许多养育过故事养育过肌骨的房屋，早已人去屋空。属于它的或甜蜜或心酸的故事，被锈迹斑斑的铁锁牢牢锁上。这样的空屋，让村庄变得苍凉而孤独。

一位包着头巾的老妇，俯身趴在泥土垒砌的矮墙上，远远地张望。她的身后，一道遗落于尘世的柴扉，几笔素描一般诗意地围拢起一段不急不躁的年华。老妇人似乎从唐诗中走出，脸上有暮雪飘落后的等待与淳朴。倘若我敲开她的柴扉，一定有一碗温热的水捧在我的面前，温暖我行走的疲惫，感动我敏感的记忆。

冬末的阳光懒懒散散。一位满面沟壑的老人卧坐在阳光下，挥动着荆条一般粗砺而有力的手正灵巧地编织着他的生活。大山，厚爱着亲近他的人。一坡花香、满山青翠，伸出手去，总有丰厚的收获。墙角有箩有筐，那是他承载生活的器物。

几只老母鸡，埋头在村庄的垃圾堆上，用亘古不变的动作，扒拉着它精神的沃土，寻找着它的天堂；小小的村落，安静如水。那一刻，它们似乎才是村庄真正的主人，刨食了昨日，又刨食今日，不急不躁，日出而作，日落而歇。白杨坡，有桃花源般的安逸。

一朵花也没有的村庄，没有一丝装饰过的妆容。风冷冷地吹，驴的鸣叫从还没有绽放苞蕾的枯枝间传来。鸟鸣山愈幽，大山忽然变得空旷，村庄也越发静谧。

白杨坡，你不施脂粉地洗浆着平静的岁月，如何敌得过车鸣人流姹紫嫣红的山外浓妆？

很多人都在寻找，寻找繁华，寻找幸福，寻找金钱，寻找高高在上被仰视的崇拜。曾经最初的清纯影像，散落在寂寞而亘古苍翠的大山之中，遗落在如此宁静的村庄院落。面孔没有了锄禾的光照，变得白皙光滑；但没有了大山的跋涉，脚步未必轻松。外面世界的根一辈子都长在山村，许多人成了遗落城市的乡村孩子。只是，经过芜杂世事日复一日地涤荡，他们的心会变得面目全非。有人留恋着内心难忘的纯净，希望放松自己，寻回浣溪的美好与善良，找一间窑洞终老，寻一个土屋忆旧，有的还在一方泥土中洒下几粒往事的种子。可惜，冬去春来，一粒粒的种子还能开出旧时花，结出旧时果腹的果吗？短暂的新鲜过去，那份经历过的难忘熟悉还能回去？

人回不去了。但这素颜的村庄，始终在那里，不远不近，不深不浅，任由人心，不再不深不浅，不远不近。

我不是白杨坡的主人，我不过是寻找过往奇迹的流年过客。我带着我记忆里的素颜村庄，走过了一座又一座陌生的城市。经历的辗转，心已伤痕累累，再也无法单纯如水。我的心依旧在不断地流浪。我想寻找一方养育我清纯时光的土地，一方精神的乐土。也许，错过的、走过的，都难以重来。所以不管我走在哪里，我明白，那些风景，都不过一场繁华的路过，注定留不下时光的从容。始明白，看尽落叶染红，看过落雪飞霜，很多故事，不过是繁华过后的惋惜声声。

老马岭村看夜戏

车出了县城，向北走一段，下公路，穿过一座古色古香的门楼，便进山了。

汽车真是个好东西，可以碾过冰雪，爬上坚硬的石头，只要有一条可以容纳下四只轮胎的小路，便可欢快地蹦跳着攀登上去。

不要说你在北方长大，司空见惯了春日黄花遍野、冬日黛色裸露的大山。到平顺走走，到平顺的大山里走走，你才知道平顺的大山是怎样挺拔着峭壁山峰向上生长的，重重叠叠到底有多少层，有多少巨大的皱褶、沟壑、弯口，有怎样雄壮苍茫、气势磅礴的云天暮霭。

我在车里，随着行驶的车一点点升高。那是一条紧贴陡峭绝壁的老旧柏油路，一圈一圈，缠着一座一座的山，总也走不尽的样子。山回路转，似乎不知路在何方。隔着车窗，从我身边闪过的大山一层层被抛在了山下。回头，透过车窗，我看到一条灰白的带子，蛇一般扭着细细的腰身，穿过积雪、石砾，细细地、绵软地缠绕着棱角刚硬的山崖。我看不到大地在哪里，眼前似乎只有大山，远远近近，披着无与伦比的玫瑰色落霞，苍劲地横亘、绵延、挺拔。天地之间，唯余一片寂然无声、莽莽苍苍、厚重而深沉。

走走平顺的山路，你才会知道，平顺是怎样的县域，平顺的农家，散落山间的山羊群一般，怎样藏匿在大山里；你才会发现，平淡的生活，面对大自然神秘的景致，你的心底也藏着被大自然被人力所征服后的感慨、感叹，你的心底无法不涌动起无需晴空一鹤排云上而牵引着的万千诗情。正如此刻，我忽然想大喊，想高声歌唱，想面对大山，伸出双手，给那片坚韧空旷的苍茫一个热切的拥抱。

一条瘦骨连绵的山路，连起了深山的人家与外面的世界。走在山脊之上，不得不佩服平顺的先民，他们用锄头、斧头、镢头之类，一点一点开出一条通往山外的路，通向那个铺着绵软的被褥、散发着温柔体香的炕头。世界上所有欲望的根基，那种原始力量的源泉，归根结底，不过是对平淡生活朴素的守护和相守。

真的，平顺山里的每一座村庄，都是一个奇迹。正如我们要抵达的村庄——老马岭。暮霭沉沉中，我们在那条瘦骨嶙峋的山路上大约走了四十分钟，抵达了一座山的山尖之上。我看到了目的地的村标——老马岭村。崇山峻岭之间，暮色苍茫之中，山脊之上，逍遥而寂寞地卧着几间房屋，分外醒目。同行的平顺文化馆的馆长张向平说，那是平顺电视台的一座转播台。由此可见这里地势之高。我不知道这里为什么要叫老马岭。沁水县有一段山路也叫老马岭，以崎岖著名。有一次外出，正好天降小雪，许多车被堵在了老马岭上，因此，我记住了它的名字。是不是这样的山路，只有经验丰富的老马，铁蹄踏破，方可抵达？

乡村长大的孩子，不用说，都看过夜戏。乡村长大的孩子，到邻近的村子看戏，也非稀罕事。可是，像今天这样，翻山越岭到深山里看戏，却是平生第一次。

越过山尖，再转过几个弯，下行一段，这才真正抵达老马岭，一个背山的山窝窝里，一个山脊之上覆盖了一层薄薄黄土的小村庄悄然散落、静静繁衍。

今夜，是老马岭村的节日。文化下乡，为深藏山间的村庄送来了七场大戏。

扯大锯拉大锯，姥姥门前唱大戏。山外大戏的到来让农家迎来节日的喜悦。对于乡下，有戏唱的日子，就是节。

薄寒的夜色将一声声热切的问候扯得长长的，清晰地响在村庄上空："吃了没？瞧戏咯！"

"吃了，走，瞧戏咯！"

发出声音的是山村窑洞的主人——这里的居住者。

窑洞是山村典型的居住符号，老马岭村支书刘君平的家就是三孔窑洞。窑洞外，一个小院子，半截水泥铺过，半截裸露着黄土。没有围墙，围墙便是黛青的大山，触目可见对面人工梯田上的积雪斑斑驳驳。院门是一截藤条编成的篱笆。这样的大门，只能是象征性的。

窑洞内，两张老式木床挨着串放一起，对面是砖垒的老式炉子，紧连着堆放着煤泥的煤池。窑洞正中放一个躺柜，雕着粗朴的花纹，还有一个古旧的红色的木箱。窑洞的两侧墙壁，糊着一张张报纸，昔日的岁月仅留了一个昏黄的报纸边儿。电话机装在一个白色纸盒内，唯一与现代紧紧相连的是一台放在躺柜上的二十英寸的大肚子电视机。

山路尽头的窑洞，让我猝不及防，一头跌落进了七十年代的记忆里。煤池的记忆是七十年代的；简易木床、叠摞的被褥上盖一块毛巾或者头巾，这记忆也是七十年代的；还有墙壁上裱糊的一张张刊有花花绿绿新闻的报纸墙，也是七十年代的。我留心到，忙碌的女主人里面穿着棉袄，外面罩了一件衣服，那也是七十年代的衣着习惯……一条山路的两头，竟然连起了四十年时差的两个时代！

童年时，每年过年，父亲会挑水推土，三锹煤面一锹土，将煤面与"烧土"和起来，然后围成一个池子，放入水，继续和，直到把煤面、土和水和均匀，这个过程叫"调煤"。调好的煤一锹一锹储存在煤池，用时再用水和开，用煤锹和面一样翻动，直到和匀了，填入炉子中，用火柱捅个核桃粗细的眼儿，让火焰慢慢从湿气中旺上来……

洞中方一日，世上已千年。大山隔绝了现代文明的浸入。听人说起过一个故事：一个旅行者无意中走入平顺深山中某个小村，打听路时，遇到了一个老人。老人没牙漏风的嘴颤巍巍问了一句话："日本人走了没？"我不知道那个游客的心情，反正我是被那句转述而来的话雷到了。老人应该几十年没有出过大山了，真的是"不知秦汉，更无论魏晋"。

平顺县的版图内，有263座行政村，而散落大山深处的自然庄有名称的就有近两千座。有的自然庄只有一两户人家。一两户人家，在大山中，日出而作，日落而息，原生原态、原汁原味地生活，本身就是奇迹！那些一代一代守着大山平静生活的山民，是真正无欲无求的"隐者"，他们一生下来，就已选择了安静地"归隐"山林。

老马岭自然庄只有25户人家，八十多口人。大多人出去打工了。年轻的刘君平留了下来，他看中了春日漫山遍野的"黄花"——连翘花。所以，如今，老马岭有了另外一个名字：连翘茶的生产地。

山岚雾霭中，鞭炮声响起来，锣鼓声响起来，戏开演了。张向平问我："你能听出什么戏吗？"

我侧耳一听，回答："梆子，上党梆子。"

他笑着点头："对喽。梆子难唱，落子红火。"

我笑着说："我曾经是戏迷，童年时。"

小村唱戏是大事。那一夜，青羊镇的书记、邻村的支书，都来了，挤在刘君平家的窑洞里，满满坐了一屋子。

我沿着曲曲弯弯的羊肠小路，到下面的"小剧场"去看戏。

这一夜，平顺县剧团带来的是《三关排宴》，一出上了年纪的老人都熟悉的杨家将老戏。舞台上，白发佘太君的唱腔有一种欲与大山一比高下的铿锵。凛冽春寒下，舞台下的人们正安静地享受着传统戏剧带给自己精神世界的慰藉。岁月凝结了，时光凝结了，那一刻，台上台下，迷茫着北宋杨家将御敌沙场的悲壮。

老戏演了多少场？看了多少次？耳熟能详了一样喜欢、热爱，那些被戏剧浸润滋养过的灵魂，把一出出老戏爱到了生命深处、人生尽头。乡村的百姓，他们人生观、价值观的来源并不是昂贵的书本，很多都是戏曲。

比如他们奉劝一个人不要丢弃糟糠之妻时会说，不能当陈世美；奉劝一个人不能忘恩负义时会说,你看《骂殿》,赵德芳怎么骂赵光义的……百姓心中，戏剧中的"朝廷"比现实中的"朝廷"要近得多。

我悄然站在舞台下，披了一肩旧时光和寒薄的山风，任记忆慢慢回溯。我还是三十多年前那个扎着羊角辫的女孩，追着戏剧演员的脚步，眨巴着好奇探究的眼睛，看他们一笔一笔精心把油彩涂在脸上，看他们扎着腰带练功、对打、吊嗓子……好生羡慕他们衣袂飘飘的扮相，可以瞬间回到一个故事里流泪欢喜，可以游走四方，看天地大世界……

我知道，山外，脱贫攻坚的号角已经吹响，一座座隐在山中的村庄就要消失了。山中的百姓，将一步跨进现代生活中。与山村一起消失的，还有这样消闲轻慢的老式生活，这样群山环绕的朴素舒缓的夜色，这样对于农家节日盛典一般充满激情的看夜戏的心情，这样一群深深爱着戏剧的山村观众。

大山之外，很少有如此执着于一场老戏的。太多新的媒体充斥着现代人的生活。戏里戏外，执着着上党老戏的人，都在老去。

许多年后，不经意走进记忆深处，这样看一场夜戏，这样的机会，还会有多少？

光影下的苇水村

苇水村，像一张民国女子的老照片，泛黄、悠远，但宁静、素淡的气质，让人过目难忘。

想象中的苇水村，有成片顶着洁白摇曳芦花的芦苇，有一片一片碧绿的水域，还有成群不知名飞来飞去的水鸟——那应该是一个充满诗意的村庄。因了古老的浊漳河，一脉河流润泽辈辈生灵，漳河沿岸，星罗棋布，遗留下很多古老而美丽的村落。苇水村算其中之一。

苇水村一角

早春二月，天空飘着桃花飞雪，我们冒着料峭春寒，在细细的雪花下，走向苇水村。

沿路，浊漳河畔，桃花浓粉淡粉，连翘浅黄深黄，<u>丛丛簇簇</u>，逍遥、妖娆、妩媚、蓬勃，呼啦啦开出了一片令人心动、生机盎然的早春盛景。还有一片金灿灿的油菜花，蓦地扑进眼底，惊出车内一阵大呼小叫。城市有景观桃花，有一片一片三月盛开的葳蕤樱花，如此金色的油菜花海，终归无法模拟。多年未见，似曾相识。那一片惊呼，是沉积心底无法追忆的感叹。

前往村庄的山路不足两米宽，曲里拐弯，崎岖陡峭。我以为去平顺老马岭的路狭窄难行，不料这里远比老马岭的路要窄、陡、急得多。很多路口，车需停下，倒倒车，方能拐了弯，继续上行。

同行的"平顺通"赵伟平老师说，这条路，可是当年的晋豫官道哩。河北、河南人进山西，走的就是这条道！

难怪，苇水村会被藏在深山里。324省道的开通，昔日人来人往的官道远去了笙箫骢马，漫天黄尘，一座座繁华的村庄可不就随着昔日的官道隐匿到山中来了！

乡村，是我的故乡。苇水村，附在了我故乡的记忆之上。

我站在村口，端详村庄。

每走过一座村庄，陌生的目光，像远远端详一位女子。而一座村庄的气质，历尽风雨，不经意的，会被浸透在村庄的各个角落。

眼前的苇水，背靠九龙山，断崖高起，群峰峥嵘，巍峨挺拔，峰高入云。一座座古朴民居依山而立，层层叠叠，素淡幽静；石板延伸，弯弯曲曲，上上下下，或成台阶，或成巷路。站在村里望远方，苍木嫩柳，山桃灼灼。漳河浩浩行远，山村空蒙如画。

苇水村太安静了。静谧的空气中，狗吠都是轻柔的。

我想，这个时节的乡村，当有"篱落疏疏一径深，树头花落未成荫。儿童急走追黄蝶，飞入菜花无处寻"的景致，可是，我们在村庄内走了半晌，没有遇到一个仰面问我们"客从何处来"的可爱稚儿。

村内有一座代销店。原生态的追求让代销店的格式停留在了七十年代。砖块垒砌的柜台内，放着油盐酱醋、纸张脸盆。一米多高的柜台，似乎拉远了"站柜台的"与顾客之间的距离，也勾起了很多熟悉了又远去的回忆。

靠山吃山，依水吃水。百姓生存，不仅"吃"山，还住山；临山靠崖，掏一洞穴，一箍一圈，便是居所。即便有的山村也有不少房屋，但绝少不了窑洞。而苇水村，目光所及，却没有发现窑洞。

苇水村的一座座老屋，大多两层，依山而建，高峻挺拔。虽多是泥坯屋、石头屋，却颇具规模，形制讲究，与一般乡村不同。我们进了两户人家，屋内均有木质楼梯。能建得起、住得起这样屋子的人家，当不是赤贫人家。

想起了赵伟平老师的话。苇水村处于晋豫官道上，人来人往，车行马走，当年的骡马店、茶水店，想必鳞次栉比，村内定然一片盛世繁华，好不热闹！如此看来，苇水村有如此的建筑就不足为奇了。这是一座穿越历史时空颇有见识的村庄。

苇水村有一座九龙庙。门口立有五通重修九龙庙的石碑。拂去尘埃，我认真辨认了一下，康熙、乾隆、嘉庆、道光、光绪，竟然祖辈五代。三百多年，有过多次修葺，可见九龙庙的久远和繁盛香火。陪同我们的老支书岳东来说，这庙，大概始建于明朝，甚至更远。

浊漳河沿岸，白杨坡、岳家寨、眼前的苇水村，村民多姓岳。他们自豪地说，他们是岳飞的后代。倘若真是岳飞后代躲避奸臣构陷而来到太行深处，眼前的九龙庙，修建时间应该更远。有人的地方，才会有庙；有庙的地方，当会有人。庙里的神，是人的神，村庄有人，才需要神。

青幽幽的石板路，绵延着远去的故事；一座座泥坯老屋，伸出手，触摸到的是满满的乡村的醇厚温度。

苇水村巷道的洁净堪比城市。这个少有"追逐黄蝶稚儿"的村庄，全村 96 口人，出外谋生者大半，只有 28 位年迈村民，守着安静的村落，守着一方土地，守着一颗宁静的心，等着春分之后的种瓜种豆，锄禾当午。

一座座老屋，成了寂寞村庄的主人。无论主人在不在，老屋都在；老屋在，村庄就在；村庄在，乡愁就在，思念就在，记忆的根就在。

空落落的碾盘上，绕着碾盘转动的脚步，一声一声，嵌入时空里，在记忆里不肯散去。袅袅升起的炊烟，温暖了多少人饥渴的肠胃。炊烟升起的地方，就有家啊！

我们路远迢迢，追的是老屋朴拙的身影，追的是一座座村庄的远去的群像。

这个时节，芦苇尚未吐绿，更无芦花漫天。这个因遍地而生芦苇得名"苇水"的村庄，村内一眼泉水，温润吐玉，碧绿悠悠，一池幽静可见云天。

乡村的空气真好啊，绿茵茵的似乎能拧出新鲜的汁水来。乡村的土地真好啊，随便扔点什么种子，都能恣意疯狂地开出一大片一大片金色红色白色的花，最后沉甸甸地结满了长的圆的果实。果实是丰收，果实是希望，果实就是丰盈的生活。可我们的脊背，还是背着行囊，背对着乡村，背对着挂了霜依旧红艳艳的一树树玛瑙一般的软柿子，远行了……

苇水村的主人，村庄原有的居民，大多散落在城市的角落。他们穿了羊绒、呢子的大衣，廉价皮鞋上有一尘不染的洁净。太阳的颜色在年轻的脸上渐渐消褪，年轻的女孩，身上有远远近近的香味，脸上有浓浓淡淡的脂粉。除了籍贯无法删改陈旧的尘土气息，似乎，他们比城市人还城市人。是不是好水手，都想下海漂一漂、捞一捞、搏一搏。城市的大树，落下的不是树叶，而是金子。拥有金子的数量代表着荣华富贵，代表着光宗耀祖。追逐幸福、安逸没有错，这是永恒的主题，是永远的话题，也是祖祖辈辈一直做的富裕的梦、祖祖辈辈永远走不完的路。

城外的人想进来，城里的人想出去。村庄的人出去了，城市里的人进来了。如今苇水村的原居民走了，郑州一家海河原生态旅游发展公司来了。他们修了一道道木制栅栏门，建了别致的宾馆，修缮了一些残毁的四合院、土坯老屋，移植来了一些城市文明，比如垃圾桶、男女公厕，开起了农家乐旅游。苇水村成了一个原汁原味的民俗旅游村。那些空荡荡的石头老屋里、泥坯老屋里，那一盘盘土炕上，开始有南腔北调飘荡飞扬。

跳出山村看山村,山村只是回忆。站在城市看山村,山村才是一道风景。这道风景,只是等着城市游子来散心。苇水村完美保留了一个时代村庄的影子。在这里,时间如同静止了,生活慢了下来,变得舒适愉悦,人与人友善和睦,只有时光在悄然流逝,四季轮换。这个隐秘的小村落,如同被时光遗落在秀美风景中的一粒珍珠,保留着原始朴素的特性,还有可以追忆乡愁的山野菜、榆钱饭。炊烟,也成了一道追寻记忆的风景。

今天,我以一个城里人的身份来看苇水村。而我,不过城市里擦着脂粉回眸一笑女子中的一个。对于山村,我不是客,不是背着行囊猎奇的四方游子,而是回归山村追寻记忆探望故乡的孩子。我的肩头落满了霜花,我的疲倦写满额头。很多时候,我想倚在乡村的肩膀上大哭一场。我不过一朵被风吹过四处飘散的蒲公英……

而对于眼前的苇水村,我是游子,不是归人。

在这片冷寂春光里,我听到了一声声似乎苏醒的悠远鸡鸣,还有一头驴,扯着嗓子歇斯底里,把一座村庄的寂静撕裂得破碎,似在呼唤走远的温馨过往……

啊！山桃花

我们的车在一座大山脚下停住。

山脚下，有一座小村庄。七八户人家，大约是一个自然庄，青砖红瓦，屋舍俨然，有世外桃源般的安逸、逍遥和静谧。天空像擦干净的镜子，阳光洒下来，暖融融的。

最美人间四月天。然而，春风，不解风情地将一粒来历不明的山火吹成了一场大山的灾难。好在大火已被及时扑灭。我们奔赴大山，目的是看守觊觎复燃的死灰。

我们沿着崎岖的山路攀升，在一座大山一座大山中逡巡。满山黑色的忧伤，诉说着山火的无情、暴虐、来势汹汹。枯黑挺立的松柏似不肯屈服的卫士，挑着星星点点灰白的灰烬，有一种说不出的悲壮和苍凉。

山顶上，有一片平坦的土地，土壤泛着橙黄的光芒。

在这片满山山火肃杀的世界里，我们惊奇发现，一棵挺拔的山桃花树竟奇迹般活了下来，淡粉色的山桃花缀满枝头，似一树耀眼的春光点亮了一座山头。

正午过后，我们开始下山。

顺着山石铺就的七拐八扭的小路，我和同事慧走进了一户人家。

山里人家，没有严格意义上的高墙，也没有华贵威严的大铁门。一米高的篱笆墙、敞开的几片木板钉成的一米高的门，如同山里人家摇着尾巴低眉顺眼的狗，都不过形式上的防护方式。

那是一座土坯和青砖混合的老屋，晋东南的格局，装了厚厚的旧式木门，用红蓝黑对出菱形格的门帘高高挑起来，屋内一角同暖暖的阳光融合在了一起。院子里，核桃粗细的木篱笆围起来的粮囤里，装满了金黄的玉茭棒子。一位老人端着碗，翘着一条腿，坐在院里的石桌上吃饭。阳光照在他满脸的沟壑沧桑里，反射着与世无争安闲的光芒。

我没留意到大娘是从哪里出来的。大娘直接走向我们，拉着我们就要回屋，一边说，吃了饭再走。

我们忙解释说，我们只是需要借用一下茅厕。大娘挥手说，去吧，去吧。

我们刚出来，等候我们的大娘立即迎上来，执拗地一手抓着我的胳膊，一手抓着慧的胳膊："孩儿，大中午了，进来吃了饭再走！"大娘的语气不容商量："我闺女说中午要回来，结果也没来了。我做了那么多饭，我老了，也吃不了。你们在山上一上午了，多累哩，快进来，快进来，吃了再走！"

那是一种不容分说的母亲式的挽留。那份诚挚和热情，让我和慧都无法再拒绝。

因为上午在火场闲隙时采摘松针，我的手指上全是黑乎乎的油腻。大娘拿起暖壶，给我们倒水洗手。我担心山里吃水困难，想阻拦大娘少倒些。大娘手动着，嘴也没闲着："孩儿，别嫌弃，我们这里吃的是活水，不是死水，干净哩。"

山里人家，没有自来水，很多地方也没有河水、山泉，于是发明了一种家用"旱井"。在院子里挖一口井，用水泥砌光滑井壁，盛水之用。平顺地处太行山，地表之下，石块纵横，这样的井一般挖不出水。旱井水的主要来源是雨水。天下雨时，旱井地势低，雨水便流入井内，储存起来。上中学时，我曾经到山内一位同学家玩，她家的吃水问题便靠院子里的旱井解决。那时，我的那位同学每天晚上是不洗脸洗脚的，甚至清晨都不洗脸。

有一次，我问她为什么不愿意洗脸，她笑说，洗得再干净，自己也看不到。后来我才明白，她家在山里，缺水，不洗脸似乎已成习惯。因为靠天吃水，据说，山里人家用水非常节俭。洗了菜的水用来洗碗，洗了碗再用来喂猪……总之，水被循环使用到了极致。而农家院子多喂鸡、牛之类，旱井中储存的水，难免让不习惯山区生活的人疑惑不干净。

我们洗净了手，大娘递过来一条毛巾。不等我们转身，大娘已经打开木柜上的电饭锅，给慧满满盛了一碗米饭，再在火炉上煨着的炒锅里盛了菜，送到了慧手里，一边说："孩儿，我老了，但我在吃的上面讲究，干净哩，你们不要嫌弃。"慧急忙起身接过："太多了，吃不了！"慧给锅里回拨饭的工夫，大娘又将满满一碗米饭送到了我的手中。大娘指着木箱前铺了手工纳制棉垫的宽宽条凳，"快坐下吃，孩儿。我这家里乱，你们不要嫌弃。"

大娘用来招待闺女的饭食，用来招待了陌生的我们。我忽然想，大娘做饭招待儿女的话，或者本身就是一个美丽的谎言，老人是为上山防火的我们故意准备饭食？饭做多了剩下是寻常人家常有的事，米饭剩下了，晚上用鸡蛋、大葱炒了，更好吃啊。

饭是热的，菜也是热的。比饭菜还热的，还有大娘的心。

菜是烩菜。烩菜是晋东南人吃米饭常吃的菜。菜的原料有土豆、粉条、鸡蛋、黑木耳。这个时节，土豆是普通人家的主菜，山外绿色大棚的蔬菜进入山里毕竟要费周折。粉条、黑木耳是干透的食材，四季能吃。山里人家大多喂鸡，鸡蛋应是不缺的。但毕竟鸡蛋是大多数山里人家的"生财之路"，一般舍不得吃。大娘用鸡蛋来炒烩菜，可见大娘确是为了"招待闺女"的。

我一边吃饭，一边打量大娘所说已有三十多年的老屋：一层一层报纸覆盖下，屋内已经看不见墙壁的颜色。报纸上面，张贴了一米宽的年画，是北京颐和园的风景。大娘的照片，放大了，装了框，挂在年画上方。照片里的大娘短发、红衣，年轻、漂亮、干练，不似眼前，脸上有细密的岁月风干光华后深深浅浅的痕迹。但大娘的干练还在，美丽还在。大娘整洁的衣着、说话的口气，举止投足间，干练不曾老去，美丽也不曾远去。

　　屋子的陈设很满：东面是碗柜、老式木箱、砖垒的灶台和一个大铁炉，西面是两张大小不一的老式木床。大床前还放了一个说不上名字的木柜，约一米半长，雕花彩绘，看起来像是一个古董。屋子中间放了一张八仙桌，两边是两把陈旧的木椅……眼前似曾相识的一切，让旧时光瞬间活了过来。我的许多岁月就沉淀在母亲一年一年用报纸覆盖烟熏火燎的墙壁上、张贴着四季风光的年画中。我依稀记得家里拆掉时常闹老鼠的土炕后，父亲和母亲请来木匠，拆了家里的老橱柜，做了两张简易木床。那简易的木床就是我年幼无知梦想的温床。许多时光咿咿呀呀发了芽儿，开成了梦里的花儿。

　　人们的感动，很多时候源于曾经的熟悉和今天的失去。走远的时光里，看到那些熟悉的背影，尤其印象深刻的，怎能不留恋不感伤！

　　吃着饭，我与大娘闲聊起来。我告诉大娘，那个放在床前的木柜大约是一个古董。大娘高兴起来："我都丢到院子里了，你瞧，柜腿都坏了。后来觉得好歹是个物件，还能放东西，又抬回屋里，放这里了。昨天来的人也说，这柜子是古董，还拿着相机拍了好些照片，还给我拍了好些照片。"

　　大娘的话证实，昨天，她家也有"闺女"来过。

　　饭吃到一半儿，进来一位红衣男子，大约三十多岁，脸上有黄土地的颜色，五官非常俊朗，神情里有与大娘一样的和善。大娘连忙介绍："这是我小儿子，上午也上山救火了。"我们笑着点头，与他打招呼。红衣男子在桌旁的椅子上坐了下来，没有说话。他没有见到陌生人的慌乱，倒有几分浅浅的腼腆。大约见我们这两位城里来的女子有些不习惯，他静静坐了几分钟，然后起身走了出去。他去了西屋。过了一两分钟，他又进来，递给大娘一包白糖："妈，你看人家吃糖不？"晋东南有些人家吃米饭，喜欢放了白糖吃。红衣男子递出糖转身又走了出去。大娘拿着白糖问："你们吃糖不？"慧赶紧回答："不吃，我不吃糖。朋霞你吃吗？"我赶紧说："我也不吃糖。"慧对大娘说："那就不要拆开了，拆开就干了，不好保存了！"

　　我惊诧而又感动于红衣男子这般沉默的热情。人与人，有时候，真的不需要了解得太深太多，不需要有太多的利用和被利用。一包白糖，诠释了红衣男子与他的母亲山泉一般甘洌、纯净的内心。

山外几十年的摸爬滚打，感觉人心总隔了一层肚皮。经历过的人眼目光，多多少少含了一些看人下菜的势利。没有笑问客从何处来，没有虚假的寒暄，于我，这普通寻觅生活的陌生女子，眼睛中蒙上厚厚尘世昏黄的女子，邂逅如此干净、朴素、纯粹的热情，竟有遭遇梦幻般传奇的奢侈。

大娘向我们絮絮说着她的过去：七十岁的她，曾经上过学，读到了初中，但天不遂人愿，没嫁个好人家，却嫁了一个老实疙瘩，家里什么都得靠她拨弄，山里穷苦，缺吃少穿，真受罪来。现在总算好了，两个儿子都结婚了，前院便是给大儿子盖的新房，二层红砖新楼，很排场。小儿子也成家了，女儿也出嫁了……

见我们饭快吃完了，大娘又给我们倒水。大娘拿起一个玻璃罐头瓶，对慧说："这是一个梨罐头，刚吃完的，干净。"然后又找来一个阔口洋瓷缸，认真检查了里面，给我倒了水。

我委实饿了。一碗饭风卷残云。

外面还等着同事。我们匆匆向大娘告辞。大娘一直握着我们的手将我们送到村外，看我们坐上车。她没走开，而是站在路边的地里，看着我们，像送别远行的儿女。这时候，我才想起来，还不知道大娘的名字。我问，大娘，您能告诉我您的名字吗？风中，传来大娘的声音：向俊娥。

车驶动了，我摇下车窗，向大娘挥手。

这样的送别，平生只在母亲身上发生过。眼睛里有眼泪不知不觉流下。

车出了村庄，我问同行的人，那座村庄叫什么？同事回答，安咀村。

山回路转，村庄消失在背后。我抬眼看向窗外，一树一树的山桃花，在春风里，不为人知而又绚烂恣意地开着、美着、香着……

蓦然，我对大山，对大山中的那树山桃花，有了一种莫名的眷恋。

三分尘土换流年（后记）

在不紧不慢的蝉噪声中，秋天来了。

我在初秋的晨光中一如既往搬运文字。窗外，秋看不见，摸不着。红花绿树、裙子衬衫挥散不去的炎热尚在，秋却真真实实来了。我们看不到秋，只能经历一场场秋雨、一阵阵秋风，看一朵朵花零落、一树树叶泛黄，然后，抱紧被秋夺去的体温，道一声：天凉好个秋！

不知不觉，来到"平顺旅游局"已四年。这个说法其实不准确，"旅游局"其实是"平顺太行水乡管理中心"，是后来的"平顺生态文化旅游示范区"。单位名称与我到这里的使命似乎关系不大，我为写平顺全域导游词而来，这四年的时光里，我的眼睛里只有平顺的旅游文化、历史文化。

这是一次真正的乡间行走。自认为自己是乡村长大的，但写这部书之前，我对乡村并不了解。我无忧无虑欢笑过的地方，只有目光可及的星空、原野、小溪、芦苇地，它们构成了我多年来对乡村浅薄的认知。我至今不知道养育过我的村庄从哪里来，不知道村庄有过怎样的过往，没有审读过生我养我的村庄的一块碑，我甚至不知道村庄在密密麻麻生长的青砖红瓦的新居的角落里，是否还有一截或者几截断碑，像一树老藤，在无助无望但依旧执着地守护村庄的根。

我记得我生活的那座村庄有一座大庙，记得大庙中的古旧的舞台，记得那天演出的戏剧叫《十五贯》。当舞台上锣鼓喧天时，我则在乐此不疲地把大把时光挥洒在一块光滑青石上——那是脚跺旁边的一块非常老的石头，我把一种自上而下快速的摩擦当作游乐。

我生活的村庄曾有过很多高森的大院。母亲告诉过我那些院落的名称：骡马院、当铺院等等。我家老屋不远就有好几个老院。我曾在距我家最近的一个二进老院外的空地上与村庄的小伙伴玩"打麻池、二马开，叫你娘家送马来，叫谁去，某某来"，或者"刮大风、下大雨，里面坐个白毛女"等游戏。如今，那些院落与院落的老主人一样，都不在了，都化作了一抔尘土，洒在了乡间。

我如浅秋中的一片叶、一只蝉，看不见摸不着地凋黄、衰亡，走向尘土。

四年时间，对古建、宗教等文化一无所知的我冒打冒撞走进平顺县的一座座古村落。因为带着使命，我不得不在宠辱不惊的近天命之年竭尽全力更新自己的知识结构、认知水平。我认真打量一座座老院、古宅，一座座古庙、古碑，它们挤挤挨挨走向我，伸出双手——我终于能慢慢叫出它们的名字，比如斗拱、柱础、抹头、阑额。

四年时间，我粗浅而竭尽所能地写出五本关于平顺旅游的书。那些古村、古建、古碑的往事扑面而至，让我忘记了秋风秋雨中一杯清茶的滋味，忘记了仰望大雁南去的离情，忘记了母亲与我一样老去，耄耋之年的她渴望着我陪护，忘记了千里之外女儿等待母亲关切的电话铃声。

四年时间，我不是我，我几乎无我。白天我在古旧的老村、老屋、老碑间徘徊，拂去岁月尘土，打量它们曾经的春色和繁华，夜晚我在密如森林一般的志书中寻觅它们的来时路。一方水土的承载如一声叹息，沉浸在一截又一截被我们忽略的沧桑的古庙、老屋、断碑中，我得侧耳倾听、仔细琢磨。我也许能在它们化作一粒尘埃前，听到一些软软的呢喃呢！

我在2021年的春节的脚步声中匆匆停下写那五本书的笔。然而，我双脚走过的地方，我目光走过的地方，还有那么多的故事被覆盖在残砖断瓦中。

我克制不住地想知道，元好问为什么要两次不顾山高路远、山路崎岖而至金灯寺？宋徽宗时代的孙渤县令为什么会厌恶官场？明慧大师到底与谁结下了不可谅解的必杀之而后快的矛盾？老道岩到底住过哪位老道？妙轮寺到底建在了哪里？是谁雕凿了三晋第一碑？……他们、它们，都曾如我们一样鲜活。他们、它们，共同书写了当时的故事。我顺着一点点的线索摸索着试图还原他们的时代、他们的美好和悲哀，于是，就有了这本书。

　　写完这本书那天，微信朋友圈发来一则消息，一个认识的文友去世了。他是一位诗人。这几年，一些文友的相继离去，让我深切感受到了岁月的无情和生命的脆弱。2016 年，我与《山西文学》的王保忠老师共同通过中国作协的定点深入生活项目。我与王保忠老师聊过几次，他的项目是写黄河。最后一次聊，他说他打字不方便，胳膊摔断了，让我与他微信语音聊。孰料，不久之后，我便看到朋友圈发来的他去世的消息。我泪雨滂沱。那么平和而执着于文学的他消失在了众人的视野，与芸芸众生一样化作了一粒尘埃。好在，他的《甘家洼风景》还在，替他活着。

　　某一日，我也会离去，如一片尘埃；我今日的努力，如此书，也许，也是一片尘埃。正如清代诗人杨芳灿的《高阳台·又题梦隐词》说的："向翩翩，蝴蝶前身，悟到诗禅。繁华弹指春明梦，把三分尘土，轻换流年。"明知人生如梦，还是忍不住飞翔，不得不飞翔，这是蝴蝶的宿命。

　　如我！

　　感谢平顺县人大王鸿斌主任和文友申文彪对此书的友情校对！

　　感谢一路走来关注、支持我的领导、同事、朋友和亲人！

2021 年 8 月 11 日